Jassja Te'Deas
Arcosantis
Lixantha-Dschungel
Wald
ALAAK
Canda
Silvas
Isenja
Ekaterin
Nehiri
Gilmor
ilder
NERADA
Torreventus
Turm des
Gildenrates
SOS
Relvo
narra-Gebirge
Dar Bredin
Eolus
des
eten
Grasmeer
Toleno
Turm
FEUER:
TASSOS
ERDE:
ALAAK
LUFT:
NERADA
WASSER:
VANAMEE

KJB

Foto: © Petra Haidn

Katja Brandis, geb. 1970, studierte Amerikanistik, Anglistik und Germanistik und arbeitete als Journalistin. Sie schreibt seit ihrer Kindheit und hat zahlreiche Romane und Sachbücher für junge Leser*innen veröffentlicht, darunter die Bestsellerserien »Woodwalkers« und »Seawalkers«. Sie lebt mit Mann, Sohn und drei Katzen in der Nähe von München.

Weitere Bücher von Katja Brandis bei Fischer KJB:
Daresh – Im Herz des Weißen Waldes
Daresh – Im Tal des Kalten Feuers
Daresh – Das Land der flüsternden Seen

Weitere Informationen zum Kinder- und Jugendbuchprogramm der S. Fischer Verlage finden Sie unter www.fischerverlage.de

Katja Brandis

FEUERBLÜTE

Tochter der Flammen

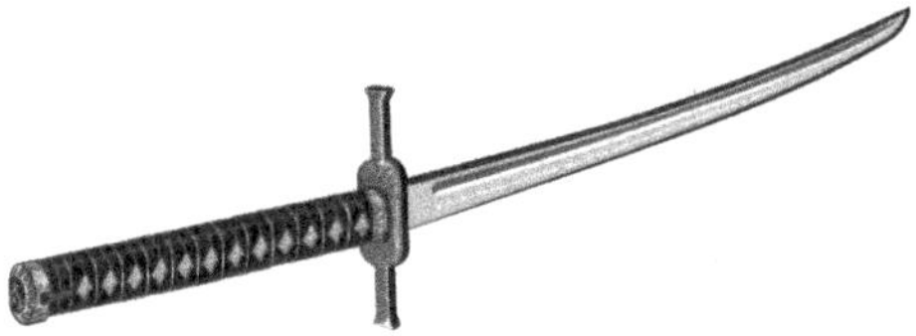

KJB

Aus Verantwortung für die Umwelt hat sich der Fischer Kinder- und Jugendbuch Verlag zu einer nachhaltigen Buchproduktion verpflichtet. Der bewusste Umgang mit unseren Ressourcen, der Schutz unseres Klimas und der Natur gehören zu unseren obersten Unternehmenszielen.

Gemeinsam mit unseren Partnern und Lieferanten setzen wir uns für eine klimaneutrale Buchproduktion ein, die den Erwerb von Klimazertifikaten zur Kompensation des CO_2-Ausstoßes einschließt.

Weitere Informationen finden Sie unter: www.klimaneutralerverlag.de

MIX
Papier | Fördert gute Waldnutzung
FSC® C014496
www.fsc.org

Erschienen bei FISCHER KJB

Dieses Werk wurde vermittelt durch
die Autoren- und Projektagentur Gerd F. Rumler (München).

Umschlaggestaltung: Marie Graßhoff
unter Verwendung von Adobe Stock
Schwert-Vignette und Landkarte: Markus Weber, Guter-Punkt.de
Satz: Pinkuin Satz und Datentechnik, Berlin
Druck und Bindung: GGP Media GmbH, Pößneck
Printed in Germany
ISBN 978-3-7373-4356-5

REBELLIN

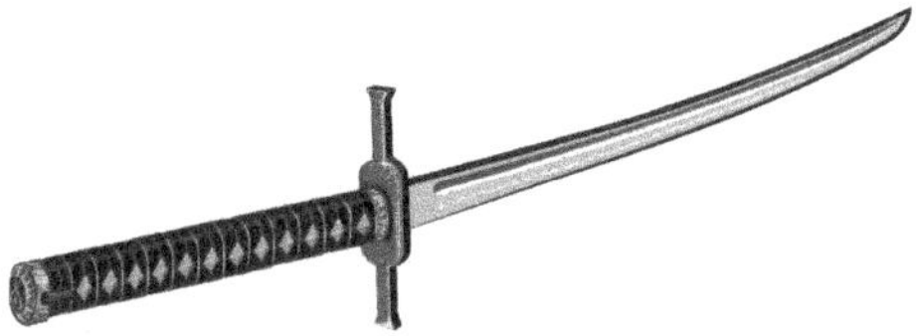

Der zweite Bürge

Ich weiß, was sie vorhaben, dachte Alena ke Tassos. Sie lag auf dem Bauch an der Kante des Hügels und spähte hinunter auf die Straße, die sich durch den schwarzen Vulkansand zog. Neben ihr kauerte Cchraskar und witterte mit den feinen Sinnen des Iltismenschen nach rechts und links. Er und Alena blickten hinüber zu der anderen Seite der Schlucht – wenn man genau hinschaute, bemerkte man Zarko und seine Getreuen, die anderen Jugendlichen des Dorfes Gilmor, die dort hockten. Sie hatten sich zwar gut versteckt, aber es war ein kalter Wintermorgen, und Alena sah die Wolken ihres Atems.

»Sie warten darauf, dass ein Händler vorbeikommt«, flüsterte Alena.

Cchraskar nickte. Seine pelzigen cremefarbenen Ohren zuckten amüsiert. »Na klarr«, knurrte er. »Warenlager auf vier Beinen zu sprengen macht am meisten Spaß.«

Alena grinste. Händler ritten meist auf Dhatlas, horngepanzerten Reptilien. Dhatlas waren riesig und stark, aber schreckhaft. Wenn sie Angst bekamen, gruben sie sich blitzschnell in den Boden um sich zu verstecken – wenn man nicht rechtzeitig absprang, riskierte man verletzt zu werden. Da auf der Handelsstraße, die mitten durch Tassos führte und westlich von Gilmor verlief, ein paarmal am Tag Reisende vorbeikamen, war Dhatlas-Erschrecken viele Winter lang eine von Alenas Lieblingsbeschäftigungen gewesen. Inzwischen fand sie es kindisch. Zarko dachte offensichtlich anders darüber.

»Ich höre was«, sagte Cchraskar.

Gespannt beobachteten sie, wie ein Dhatla am Anfang der Schlucht erschien und in ihre Richtung schlurfte. Noch war es zu weit weg um Einzelheiten erkennen zu können, aber Alena erkannte an seinem Gang, dass es schwer bepackt war und eine lange Reise hinter sich hatte. Ein einzelner Mensch saß inmitten der Waren auf seinem Rücken.

Alena wusste, was Zarko tun würde. Er hatte nicht viel Phantasie. Er würde, wenn das Dhatla in der Mitte der Schlucht war, eine große Flamme neben ihm auflodern lassen. Das genügte normalerweise.

Langsam kam das Dhatla näher. Je mehr Alena von seinem Reiter erkennen konnte, desto nagender wurde das schlechte Gefühl in ihrem Inneren. Es war ein alter Mann der Luftgilde, sie konnte seinen kurzen weißen Bart erkennen. Er wirkte erschöpft. Wahrscheinlich hatte er in Tassos schon viel auszustehen gehabt und dachte jetzt nur daran, wie er sicher durch die Phönixwälder und ins grüne, freundliche Alaak kam. Sicher ahnte er nichts von der Gefahr, die ihm auch so nah der Grenze noch durch die Feuergilde drohte.

»Der wird bestimmt verletzt, wenn sich sein Dhatla eingräbt«, flüsterte Alena.

»Jedenfalls wird er lange brauccchen, bis er seinen Krempel wieder ausgebuddelt hat«, zischte Cchraskar.

Spontan beschloss Alena, Zarko und seinen Leuten die Suppe zu versalzen – sie konnte die Kerle sowieso nicht ausstehen. Sie konzentrierte sich und murmelte eine Formel, die Feuer aus der Luft rief. Auf der Straße unter ihr erschien ein handhohes, sonnenhelles Flämmchen.

So müde der Händler auch war – er sah die Flamme und begriff die Warnung sofort. Hastig setzte er sich auf und trieb sein Dhatla an, das die kleine Flamme neugierig, aber ohne Angst beäugt hatte. Widerwillig begann das Reptil zu rennen; der Tritt seiner Säulenbeine ließ den Boden erbeben.

Von der Anhöhe gegenüber erschollen Flüche. Zarko richtete sich auf und schüttelte die Faust. Alena sah, dass er sich in seiner Wut ziemlich weit zur Kante vorwagte. Und dass er eine Fackel neben sich gelegt hatte. Schwerer Fehler! Sie murmelte eine zweite Formel. Die Fackel loderte auf. Überrascht wich Zarko zurück. Die Kante bröckelte unter seinen Füßen. Seine Freunde schafften es im letzten Moment, Zarko an seiner Tunika zu packen, aber sie wurde ihm dabei halb über den Kopf gezogen.

Verblüfft blickte der alte Händler auf den Jungen, der halb nackt über ihm baumelte, und duckte sich erschrocken hinter das hornige Nackenschild seines Reittiers. Zehn Atemzüge später verließ das Dhatla die Schlucht und war damit in Sicherheit.

Auch Zarko hatte noch mal Glück gehabt. Zappelnd verschwanden seine Beine über der Kante der Schlucht. Er war nicht wirklich in Gefahr gewesen – der Abhang war nicht besonders steil. Aber es hätte sicher nicht viel Spaß gemacht, ihn hinunterzurollen.

Gut gelaunt krochen Alena und Cchraskar zurück in Richtung der Ebene und machten sich auf den Weg nach Gilmor. Kurz vor dem Dorf verabschiedete sich Alena von ihrem besten Freund – Halbmenschen wie er waren im Dorf nicht gerne gesehen. Alena fand das blödsinnig. Sie kannte Cchraskar seit ihrer Kindheit, sie waren zusammen aufgewachsen.

Als sie sich Gilmor näherte und die ersten schwarzen Pyramiden in Sicht kamen, wandten sich Alenas Gedanken langsam wieder ihrem Alltag zu. Vielleicht kam heute endlich die Nachricht, auf die sie schon seit Ewigkeiten wartete …

Sie hatte Glück. Als sie gerade hinter dem Haus ihre täglichen Übungen durchging, sah sie, wie ein Wühler aus der Erde hervorkam und auf sie zukroch. Schnell steckte sie ihr Schwert weg und nahm dem kleinen Tier die Nachricht ab, die es in einer silbernen Hülse am Hals trug. Das Zeichen des Rates war darauf eingraviert. Alenas Herz schlug schnell. Dieser Brief musste die Antwort auf ihre Frage sein!

Plötzlich hatte sie es gar nicht mehr eilig, das Ding aufzumachen. So viel hing von dieser kleinen Botschaft ab. Was war, wenn der Rat nicht erlaubte, dass sie schon jetzt Meisterin wurde, mit fünfzehn statt mit siebzehn? Alena sehnte sich danach, Meisterin zu werden. Endlich frei sein. Sich von niemandem mehr etwas vorschreiben lassen müssen. Außerdem wollte sie nicht noch länger darauf warten, ihr Meisterschwert zu bekommen. Das Schwert, das sie für den Rest ihres Lebens tragen würde.

Alena drehte die Hülse in der Hand. Sie war nur halb so lang wie ihr kleiner Finger, ein paar Worte passten auf das Blatt in ihrem Inneren, mehr nicht.

Ihr Vater lugte durch die Tür. »Beim Feuergeist, mach das Ding auf, Allie!«, knurrte er. »Ich will wissen, wann ich dein Schwert fertig haben muss.«

Alena hasste es, wenn sich ihr Vater in ihre Angelegenheiten mischte. Sie war längst alt genug, um selbst zu entscheiden, wann sie eine Nachricht aufmachte! »Ach, lass mich doch in Ruhe!«, schoss Alena zurück und stapfte in ihr Zimmer.

Das Zimmer lag an der Außenseite der schwarzen Pyramide und maß in jeder Richtung zwei Menschenlängen. Alena hatte die schräge Metallwand mit einer Drahtbürste bearbeitet, bis alle Rostflecken weg waren und sie sich unscharf darin spiegeln konnte. Wenn sie auf ihrem Bett lag, einer dicken Matte auf dem Boden, reichte sie manchmal hoch, um das kühle, geriffelte Metall der Seitenwand an den Fingerspitzen zu spüren.

Neben der Tür lehnte ihr Lehrlingsschwert, frisch poliert wie immer. Auf dem Boden lagen Grasmatten, abgewetzt von ihren nackten Füßen und grau von der Asche, die sie aus der Schmiede hereingeschleppt hatte. Doch so ein bisschen Asche störte niemanden, der wie Alena zur Feuergilde gehörte.

Im Regal an der anderen Wand lagen einige Messer und Werkzeuge, die sie in den letzten Wintern geschmiedet hatte, ein paar zusammengefaltete Tuniken und die engen Hosen, die sie gerne trug. Außerdem das seltsam geformte Gehäuse einer Singenden Seeschnecke, die ihr Tante Nana mal mitgebracht hatte, und anderer Krimskrams. Dazu ein Dutzend Schriftrollen – das *Sturmläufer*-Epos, Barsoks *Geschichte Dareshs*, Heldensagen der Feuergilde und vieles andere. Alena las alles, was sie in die Finger bekam.

Ihre wirklich wichtigen Sachen hatte Alena in einer ausgehöhlten Stelle der Schlafmatte versteckt. Gedichte, die sie selbst geschrieben hatte. Niemand wusste, dass es sie gab. Die Leute würden sie ja doch nur mit denen ihres Vaters Tavian vergleichen, und die waren wunderschön. Eine Kette, die Alena sich gemacht hatte – sie hatte dafür heimlich ein paar Brocken Telvarium aus dem Erzlager ihres Nachbarn genommen. Das war keine gute Idee gewesen, aber die Kette gefiel ihr immer noch. Die Kralle eines Rubinvogels, die ihr Cchraskar geschenkt hatte. Und dann noch der komplett erhaltene Schädel eines Wühlers, weiß und glatt und vollkommen.

Alena warf sich auf ihr Bett und starrte zur Decke. Schon nach kurzer Zeit hielt sie es nicht mehr aus. Mit zitternden Fingern pulte sie die Botschaft aus der Silberhülse und rollte das Blatt auseinander.

> **Tani, Gildenschwester,**
> **die Arbeiten, die Ihr uns gesandt habt, sind ausreichend, um Euch zur Meisterschaft zuzulassen. Obwohl Ihr offiziell nicht alt genug seid.**

Alena fühlte, wie das Glücksgefühl in ihr hochquoll wie Lava, ihr den Atem nahm. Doch dann las sie weiter.

> **Bitte gebt Bescheid, wer Eure beiden Bürgen sind. Dann seid pünktlich zur Wintersonnenwende im Turm des Rates, und bringt Euer Meisterschwert mit.**

Das Glücksgefühl zerstob. Alena stopfte die Nachricht in die Kapsel zurück und schleuderte das ganze Ding an die Wand. Bürgen zu finden, das war das Problem. Sie hatte gehofft, es würde sich irgendwie von selbst lösen. Hatte es natürlich nicht. Sie musste noch einmal versuchen im Dorf herumzufragen. *Einen* Bürgen hatte sie immerhin schon – ihren Vater. Tavian ke Tassos. Aber selbst ein berühmter Schwertkämpfer und Schmied wie er konnte nicht wettmachen, dass niemand sonst für seine Tochter bürgen wollte.

Es klopfte an der Außentür der Schmiede. Alena regte sich nicht, blieb einfach liegen. Sie wollte jetzt niemanden sehen. Die Tür quietschte an rostigen Angeln, als ihr Vater öffnete. »Friede den Gilden, Marvy. Wie siehst *du* denn aus?«

Marvys Stimme klang schüchtern. Wie immer. »Ach, mir ist ein Holzklotz ins Feuer gefallen. Das gab ganz viele Funken.«

»Und dein Meister will dir keine neue Tunika kaufen? Obwohl da zwei Dutzend Löcher drin sind?« Ihr Vater seufzte. »Sag Alena, sie soll dir einige von ihren Sachen geben.«

»Mach ich. Danke!«

Ein paar Atemzüge später schlüpfte das Mädchen in Alenas Zimmer, die Wangen noch gerötet von der Kälte. Alena hob nur kurz den Kopf und starrte dann wieder an die Decke. Marvy war dünn und hatte struppige Haare, die die Farbe von Steppengras hatten. Manchmal roch sie auch nicht allzu gut. Gelegentlich wünschte Alena sie hätte an diesem einen grässlichen Tag vor einem Winter nicht verhindert, dass ihr Meister Marvy wieder mal verprügelte. Seither lief Marvy, die einen Winter jünger war als Alena, ihr nach und war kaum abzuschütteln. Denn obwohl sich Marvys Meister bitter bei Alenas Vater beschwert hatte, hatte sich die Baumratte seither nicht mehr getraut zuzuschlagen. Er wusste genau, wer von ihnen beiden besser mit dem Schwert umgehen konnte. Nämlich Alena.

»Es heißt, du hast eine Nachricht bekommen«, sagte Marvy. »Vom Rat.«

In kleinen Ortschaften sprach sich alles so fürchterlich schnell herum. Es hatte keinen Sinn, zu lügen. »Ja«, erwiderte Alena und seufzte tief. »Sie wollen mich zulassen. Aber ich habe immer noch keinen Bürgen.«

»Ich würde für dich bürgen, wenn ich könnte!«

»Tja, nett von dir. Aber du bist nun mal keine Meisterin.«

»Hast du den Vater von Kilian und Jelica schon gefragt?«

»Hat keinen Sinn. Zu dem war ich mal frech. Das hat der kein bisschen vergessen, fürchte ich.« Müde fuhr sich Alena durch die glatten rotbraunen Haare. Sie waren länger als bei Lehrlingsmädchen üblich und fielen ihr bis auf die Schultern. Es hatte viele Kämpfe mit ihrem Vater gekostet, bis er das akzeptiert hatte.

»Was ist mit Meisterin Kyria?«

»Die war entsetzt, dass ich deinem Meister gegenüber so respektlos war. Zu der brauche ich erst recht nicht zu gehen.«

»Oh«, sagte Marvy und schwieg eine Weile, dachte angestrengt nach. »Vielleicht der alte Dozek. Der mochte deine Mutter, hab ich gehört.«

Hoffnung keimte in Alena auf. »Ja, das wäre vielleicht was. Er ist zwar unglaublich alt, aber das macht ja nichts. Hauptsache, er bürgt für mich.« Warum war sie nicht schon längst auf ihn gekommen? Soweit sich Alena erinnern konnte, war er einer der wenigen Dorfbewohner, mit dem sie noch nie aneinandergeraten war *und* der ihrem Vater seine Vergangenheit nicht vorwarf.

»Gut. Gehen wir«, sagte Alena, rollte sich mit einer geschmeidigen Bewegung von ihrer Schlafmatte und schnallte sich ihr Lehrlingsschwert um. »Ich muss zurück sein, bevor der erste Mond aufgeht. Kampftraining.«

Das Dorf Gilmor war nicht groß, nur ein paar hundert Menschen lebten hier. Fast alle waren Feuerleute; für alle anderen Gilden war der Norden von Tassos eine gefährliche Gegend. Wie schwarze Skelette ragten die Phönixbäume rund um den Ort in den Himmel, ihre schweren, öligen Äste gingen in regelmäßigen Abständen in Flammen auf. So düngten sich die Bäume selbst, nur so schafften sie es, in der kargen Gegend zu überleben.

Gerade hüllte sich einer der Bäume rechts von ihnen in

eine Feuerwolke. Alena genoss die Wärme und sog den herben Geruch nach Rauch und Harz ein. Schade, dass sie keine Zeit hatte, im Wald heimlich ein paar neue Formeln auszuprobieren. Neulich hatte ihr Vater ihr gezeigt, wie man Kaltes Feuer rief. Das war schwierig und gefährlich – also genau Alenas Sache.

Sie durchquerten das Dorf, Marvy immer einen Schritt hinter ihr.

Auf halbem Weg sah sie, dass Zarko und seine Getreuen am Rand des Dorfplatzes herumhingen. Alle waren sie da – Zarko, Rayka, deren kleiner Bruder Olkie, Doreal, die Geschwister Kilian und Jelica.

Rostfraß, dachte Alena alarmiert und sah sich nach einer Möglichkeit um, ihnen auszuweichen. Zarkos Leute waren die Letzten, denen sie jetzt begegnen wollte. Wahrscheinlich waren sie immer noch wütend und überlegten, auf welche Art sie sich am besten rächen könnten. Das konnte riskant werden! Aber es war schon zu spät, einen anderen Weg zu nehmen. Alena fühlte die Blicke, als sie und Marvy über den Platz gingen. Aber Zarko griff nicht an. Wahrscheinlich, weil Marvy bei ihr war. Ich wette, er will keine Zeugen, und wartet, bis er mich allein erwischt, dachte Alena. Als sie endlich die verschlungenen Pfade jenseits des Dorfes erreicht hatten, atmete sie freier.

Das Haus des alten Dozak lag außerhalb, ein ganzes Stück Fußmarsch entfernt. Er scherte sich wenig um das, was die anderen im Dorf taten. Brauchte er auch nicht. Sie kamen ja doch alle zu ihm, um Lederscheiden für ihre Schwerter anfertigen zu lassen. Darin war er ungeschlagen – oder er war es jedenfalls gewesen.

Es schien unendlich lange zu dauern, bis Alena Schritte heranschlurfen hörte und sich die Tür vor ihnen öffnete. Mit trüben Augen spähte der alte Dozak, ein baumlanger

Kahlkopf, auf sie herunter. »Friede den Gilden, Meister Dozak«, sagte Alena höflich und verbeugte sich.

Der Alte runzelte die Stirn und deutete mit einer langsamen Bewegung auf seine Ohren.

»Ich bin's, Alena – die Tochter von Tavian und Alix!«, brüllte Alena.

Verständnislos blickte der alte Dozak sie an. In seinem Blick war kein Funken des Erkennens.

Marvy und Alena sahen sich an.

Alena seufzte tief. »Tja, einen Versuch war's wert.«

Als sie zurückkamen, war es schon fast Zeit für Alenas Unterricht. Hastig verabschiedete sie sich von Marvy und ging mit langen Schritten zu ihrem Haus zurück. Zu spät zum Essen heimkommen, die Arbeit in der Schmiede schwänzen, mit Blauem Feuer experimentieren – das ging alles noch. Aber zu spät zum Schwerttraining zu kommen war für ihren Vater eine Todsünde und bedeutete ein fürchterliches Donnerwetter.

Schnell zog sich Alena um und legte die schwarze Tracht an, die ihre Gilde zum Kampf trug. Sie nahm sich eins der hölzernen Übungsschwerter und ging hinaus zu dem kleinen freien Platz hinter der Schmiede. Tavian stand schon da und ging seinen eigenen Drill durch. Seine Bewegungen waren gedankenschnell und fließend, tänzerisch elegant, obwohl er seit einer schweren Verletzung leicht hinkte. Er ist verdammt gut – aber in zwei, drei Wintern bin ich auch so weit, dachte Alena trotzig und legte die Hände fest um das glatte Holz.

Sie versuchte, sich anzuschleichen, ihren Vater zu überraschen. Doch Tavian hatte sie längst bemerkt. Mit einem hellen Laut trafen ihre Holzschwerter zusammen. Alena parierte den Schlag und ging zum Angriff über, legte ihre ganze Wut und Enttäuschung hinein. Zwang ihren Vater sich voll zu konzentrieren. Ein berauschender Gedanke durchschoss Alena: Vielleicht schaffe ich es diesmal, ihn zu besiegen. Ein einziges Mal nur, ein einziges Mal! Doch einen Atemzug später setzte sie einen Schlag falsch an. Mühelos blockte Tavian ihn ab und hebelte Alenas Schwert nach unten. Die Holzspitze bohrte sich in den schwarzen Sandboden. Alena war froh, dass bei ihren Übungen nie jemand zusehen durfte. Das war ein Anfängerfehler gewesen.

»Du bist nicht bei der Sache«, sagte ihr Vater. »Was stand in diesem Brief?«

Die trotzige Antwort lag Alena schon auf der Zunge. Heraus kam dann doch die Wahrheit. Als könnte ihr Vater einfach so alles in Ordnung bringen. »Sie wollen einen zweiten Bürgen. Ist ja klar. Aber ich weiß nicht, wen, ich habe schon jeden gefragt.«

»Vielleicht kenne ich jemanden, der es machen würde«, sagte Tavian. »Jemand, den du zum Glück noch nicht vergrätzt hast.«

»Wer?« Alena ließ das Holzschwert sinken. Sie konnte sich jetzt nicht auf den Kampf konzentrieren.

»Deine Tante Nana.«

Alena bekam einen Lachkrampf. »Das meinst du nicht ernst, oder?«

Ihr Vater lächelte. »Doch, und ob. Die Frau, die du Tante Nana nennst, ist in Wirklichkeit nicht mit uns verwandt und heißt Rena ke Alaak. Hast du das nie mitbekommen?«

»Tante Nana ist *Rena ke Alaak*?« Alena kam sich dumm vor. Vielleicht hatte sie einfach nie danach gefragt. Oder sie hatte es wieder vergessen. Als Kind hatte ihr dieser Name sicher nichts gesagt. Doch inzwischen kannte sie die Geschichten alle. Wie Rena, damals ein Mädchen in Alenas Alter, die geheimnisvolle *Quelle* berührt hatte. Wie sie aufgebrochen war, um die vier verfeindeten Gilden Dareshs – Feuer, Wasser, Erde und Luft – zum Frieden zu bewegen und der skrupellosen Regentin Einhalt zu gebieten. Wie sie und das Volk von Daresh das mit der Hilfe von Alix, Alenas Mutter, tatsächlich erreicht hatten. Wie Rena später, als ein Bürgerkrieg zwischen Menschen und Halbmenschen drohte, das fast Unmögliche geschafft und zwischen beiden Seiten vermittelt hatte. Es war nicht ganz einfach, diese strahlende Heldin mit der Tante Nana zusammenzubringen, die Alena kannte.

Doch dann fiel Alena etwas Fürchterliches ein. »Ich denke, sie gehört zur Erdgilde?! Kann sie da vor unserem Rat für mich bürgen?«

»Hm, ich hoffe schon. Seit dieser Sache mit der Regentin ist sie so eine Art Ehrenmitglied der Feuergilde. Und sie war eine gute Freundin deiner Mutter. Es ist kein Zufall, dass dein Name so ähnlich klingt wie ihrer – du bist nach ihr benannt worden.« Tavian blickte sie amüsiert an. »Einen berühmteren Bürgen hat hier im Dorf noch niemand gehabt. Glaubst du, du kommst damit klar?«

»Wart mal ab, ob sie es überhaupt machen will!«

»Jedenfalls schreibe ich ihr gleich eine Nachricht.« Mit langen Schritten ging ihr Vater ins Haus zurück. Skeptisch blickte ihm Alena nach.

Als Rena heimkam, war Tjeri mal wieder im Wasser. Er ließ sich gemütlich auf dem See treiben, eine winzige Gestalt in der Ferne. Rena wusste, dass er bald an Land kommen würde. Die Libellen, die sie umschwebten, und die Salamander, die sich zwischen den Stelzen ihres Pfahlhauses schlängelten, würden ihm von Renas Rückkehr berichten. Sie kochte eine Kanne Cayoral, zog den dicken Winterumhang enger um ihren Körper und setzte sich im Schneidersitz auf die Schwimmplattform vor dem Haus, um auf ihn zu warten. Meist war das in dieser Jahreszeit kein Vergnügen, aber heute war ein milder Tag, nur an den Rändern des Sees glitzerte dünnes Eis.

Rena freute sich auf Tjeri – selbst nach vierzehn gemeinsamen Wintern noch. Sie hatten sich bei ihrer Reise durchs Seenland kennen gelernt, damals, als Rena die schwierige Aufgabe gehabt hatte, den Kontakt zu den Halbmenschen wieder aufzunehmen und einen Mord aufzuklären. Nach und nach war aus ihrer Affäre mit dem jungen Sucher und Agenten der Wassergilde mehr geworden, viel mehr. Schon einen Winter später hatten sie, wie es die Tradition seiner Gilde war, eine Muschel mit ihren Namenszeichen versehen und so den Bund geschlossen. Seither lebten sie an der Grenze zwischen Renas Heimat Alaak und Vanamee, dem Seenland. In einem Haus, dessen Front in den See hineinragte und dessen Rückseite in die Flanke eines Hügels reichte.

Für jedes wichtige Ereignis ihrer gemeinsamen Zeit hatten sie – wie es Sitte war – ein kleines Symbol in die andere Seite der Muschel geschnitzt. Es waren zwei Dutzend bisher, denn sie hatten eine stürmische Zeit hinter sich, voller Glück und Kummer. Es war ein harter Schlag gewesen, dass sie keine Kinder bekommen konnten. Und im letzten Winter hatte Rena sich dazu hinreißen lassen, mit einem der Männer zu schlafen, die zu ihr kamen, um ihren Rat zu erbitten.

»Wieso habe ich mich eigentlich all die Winter beherrscht,

beim Brackwasser?«, hatte Tjeri sie angeschrien, als sie es ihm gestanden hatte. Bald darauf hatte sie erfahren, dass er seit neuestem mit einer hübschen blonden Frau aus seiner Gilde schwamm. Mit Mühe und Not hatten sie es geschafft, ihre Liebe zu retten.

»He, woran denkst du?« Eine feuchte Hand kitzelte sie im Nacken. Mit einer übertriebenen Grimasse zuckte Rena zurück. »Du sollst dich nicht immer anschleichen, verdammte Blattfäule!«

»Ich bin ganz laut aufgetaucht«, behauptete Tjeri und küsste ihren Hals. Dann setzte er sich ihr gegenüber und nahm sich eine Tasse Cayoral. Seine verschmitzten dunklen Augen musterten sie. Er hatte sich kaum verändert, seit sie ihn kennengelernt hatte, nur sein kurzes dunkelbraunes Haar war von ersten silbernen Fäden durchzogen. »Wie war's im Ort?«

»Mal wieder Scharen von Leuten, die wollten, dass ich bei ihrem Streit vermittle. Das einzig Ungewöhnliche war eine Botschaft von Tavian. Er fragt, ob ich kommen könnte. Alena braucht dringend einen Bürgen, damit sie die Meisterprüfung ablegen kann.«

»Und, wirst du's machen?«

»Wahrscheinlich schon. Sie hat sonst niemanden.«

Tjeri hob die Augenbrauen. »Für diesen Wildfang willst du deinen guten Ruf aufs Spiel setzen? Das gibt nur Ärger.«

»Ich schulde es Tavian«, sagte Rena. Erklärungen waren überflüssig – Tjeri wusste, wovon sie sprach. Hätten Tavian und Alix ihnen nicht vor vielen Wintern beim Kampf um den Smaragdgarten geholfen, würde Alix noch leben … und Alena hätte noch eine Mutter. Unwillkürlich drehte Rena den breiten silbernen Ring an ihrem Finger. Der unscheinbare Kristall, der darin eingebettet war, hatte ihr damals den Weg zum Smaragdgarten gewiesen.

»Du kannst nichts dafür, dass es so gekommen ist«, sagte Tjeri und seufzte.

»Kann sein«, erwiderte Rena. Doch das änderte nichts an ihren Gefühlen. Außerdem war Tavian längst ein Freund geworden. Wenn er und Alix' Tochter sie brauchten – das hatte Rena sich schon vor langer Zeit geschworen –, würde sie für die beiden da sein. »Weißt du was, ich entscheide es vor Ort. Mal schauen, wie Alena sich entwickelt hat, seit ich das letzte Mal da war. Wann war das noch?«

»Als hier der große Sturm war und uns das verdammte Dach weggeflogen ist. Häuser sind furchtbar unpraktisch.«

Rena lächelte. Die Menschen der Wassergilde bewohnten Luftkuppeln tief unten in Seen. »So lange ist das schon wieder her? Noch ein Grund mehr, mal wieder vorbeizuschauen. Ich reise in den nächsten Tagen los. Mit etwas Glück bin ich in zwei Wochen zurück. Ist ja keine große Sache.«

Sie ahnte nicht, wie sehr sie sich damit irrte.

Erde und Feuer

Es war am einfachsten, so zu tun, als wäre alles wie immer. Alena half in der Schmiede und legte letzte Hand an ihre Meisterarbeit, ein Messer mit schmaler, etwas mehr als handlanger Klinge und einem Griff aus Schlangenbaumholz. Ob das dem Gildenrat gefallen würde – oder war ihnen der Entwurf zu schlicht, zu schmucklos? Gestern hatte sie einen richtig üblen Traum gehabt. Sie hatte vor dem Rat gestanden und hatte auf einmal gar nichts mehr gewusst. Keine einzige Antwort hatte sie rausgebracht. Und als sie dem Prüfer das Messer zeigte, hatte er gesagt: »Ganz nett, aber wo ist Eure Meisterarbeit?«

Ugh. Alena zwang sich, den Gedanken von sich zu schieben. Jetzt musste das blöde Ding erst mal fertig werden. Wochenlang arbeitete sie schon daran, zwei Fehlversuche hatte sie weggeworfen. Aber diesmal sah das Messer perfekt aus. Heute wollte sie die Klinge noch einmal schleifen und polieren. Kritisch prüfte sie die Schneide mit dem Daumen …

»Hallo, Alena.«

Alena fuhr herum. Eine zierliche Frau mit klugen Augen stand im Eingang der Schmiede. Sie trug ihr hellbraunes, leicht gelocktes Haar offen, es fiel über den Rücken ihrer schlichten Tunika. Ziemlich dünne Arme, wenig Kraft, trägt nur ein einfaches Lehrlingsschwert, schätzte Alena sie blitzschnell ab. Und begriff mit Verspätung, dass sie Tante Nana gegenüberstand.

Plötzlich kam ihr der Name kindisch vor, und sie wusste,

sie würde ihn nicht mehr über die Lippen bringen. »Hallo … Rena«, sagte sie verlegen.

»Oh, du hast dich geschnitten«, bemerkte die Frau und sah sie forschend an. »Tut mir leid, ich habe dich abgelenkt.«

Alena blickte auf ihre Hand. Ja, das Messer war scharf. Und sie hatte es sich gerade ordentlich über den Daumen gezogen. Blut tropfte auf den Boden. Verlegen holte sie einen Lappen und band ihn sich um den Finger. Warum hörte diese Frau nicht endlich auf, sie so anzusehen? Das machte sie nervös!

»Pa holt gerade Nachschub – wir haben kaum noch Caradium, und das Kupfer geht uns auch bald aus«, sagte Alena, weil ihr nichts Besseres einfiel. »Wollt Ihr … äh, willst du … drinnen auf ihn warten?«

Die Frau musste lachen. »Was ist denn mit dir los? Wir kennen uns schon eine Weile, weißt du nicht mehr?«

»Ja, schon.« *Nur vorher wusste ich nicht, wie berühmt du bist, du blöde Motte.* Verlegen wickelte Alena den Dolch in ein Tuch und legte ihn weg. Sie würde später daran weiterarbeiten.

»Frisch geschmiedet?«, fragte Rena.

»Ja.« Alena wollte Rena das Messer noch nicht zeigen. Nicht, bevor es fertig war und sie sicher sein konnte, dass es wirklich toll geworden war. Sie ging voran in den Wohnteil der schwarzen Pyramide. »Magst du etwas trinken? Cayoral?«, fragte Alena und war froh, als Rena nickte. Wenn sie Cayoral kochte, hatten ihre Hände etwas zu tun, dann fühlte sie sich wohler.

Schließlich saßen sie sich gegenüber. Alena merkte, wie ihre Schüchternheit langsam schwand. Es half, wenn sie wenigstens ab und zu daran dachte, dass das da vor ihr Tante Nana war.

»Danke, dass du so schnell gekommen bist«, sagte sie. »Ganz schön nervig, was der Rat verlangt.«

»So sind die Gesetze der Gilde eben. Glaubst du, du kannst die Prüfung schaffen?«

Alena entschied sich, ihre Albträume nicht zu erwähnen. Sonst überlegte es sich Rena vielleicht noch mal, ob sie sich für sie einsetzte. »Ja. Pa sagt, ich bin im Kampf schon so weit wie eine Meisterin zweiten Grades«, berichtete sie. »Schmiedekunst, Metallkunde, Heilkunde und so weiter ... ach, das wird schon klappen. Fehlt nur noch ein Bürge.«

Der Wink mit dem Zaunpfahl ging ins Leere. Rena lehnte sich gemütlich zurück. »Was machst du eigentlich in deiner freien Zeit – so zum Spaß? Spielt ihr immer noch dieses Spiel, bei dem man eins von diesen Feuer speienden Viechern berühren muss ohne Verbrennungen abzubekommen?«

»Du meinst Neck-das-Tass. Nein, das ist was für Kinder. Das habe ich so mit fünf gespielt.« Langsam wurde Alena ungeduldig. Es ging hier nicht um irgendwelche dämlichen Spiele, sondern um ihre Meisterschaft! »Ich bin gern mit den Iltismenschen unterwegs. Und ich experimentiere viel mit Feuer.«

»Das hat deine Mutter auch gerne gemacht.« Rena lächelte. »Hat dir schon mal jemand gesagt, wie ähnlich du Alix siehst? Letzten Winter ist es mir nicht so aufgefallen, aber diesmal ...«

»Ach ja?«, fragte Alena. Musste das sein, dass jeder sie mit ihrer Mum verglich? Das hatte sie noch nie leiden können. »Und, was ist jetzt – bürgst du für mich?«, entfuhr es ihr.

Rena beobachtete sie weiterhin genau und verbarg das nicht. »Gib mir einen Tag Zeit«, bat sie ruhig. »Morgen sage ich es dir.«

Alena war froh, als sie die Tür der Werkstatt klappern

hörte – ihr Vater war zurück. Während der Begrüßung schaffte es Alena, sich davonzuschleichen. Niedergeschlagen warf sie sich auf ihre Schlafmatte. Wieso hatte sie ihre große Klappe nicht wenigstens diesmal halten können? Morgen musste sie das schaffen!

In dieser Nacht holte sich Alena den alten schwarzen Umhang ihrer Mutter, den sie oft trug, und deckte sich damit zu. Er war schon ziemlich zerschlissen, aber er trug in einer Ecke Alix' Namenszeichen, und manchmal bildete sie sich ein, es hinge noch etwas von ihrem Geruch darin. Was natürlich Blödsinn war, schließlich war Alix ke Tassos seit vierzehn Wintern tot. Doch Alena fühlte sich geborgen, wenn sie sich in den Umhang einwickelte.

Und vielleicht hielt er die Träume ab.

Normalerweise wachte Alena spät auf. Sie liebte es, noch eine Weile im Bett vor sich hin zu dösen. Doch diesmal war sie schon früh auf den Beinen und arbeitete in der Werkstatt an ein paar Gravierungen. Sie war gespannt, was Rena tun würde.

Nicht viel, wie sich herausstellte. Sie spazierte umher, schaute sich alles an und ging in die kleine Schänke. Ein paarmal sah Alena sie mit Dorfbewohnern reden. Sogar mit Marvys Meister plauderte sie. Sie holt sich all den Klatsch und Tratsch über mich, ohne sich meine Version davon anzuhören, dachte Alena feindselig. Es war eine miese Idee, sie zu fragen, ob sie mir helfen kann!

Achselzuckend ging Alena ihren eigenen Aufgaben nach und kümmerte sich nicht mehr um ihre seltsame Tante. Heilkunde-Lektionen, alte Schriften der Feuergilde studieren, Arbeit an ihrem Messer, Schwerttraining – die Tage glichen sich jetzt, so kurz vor der Prüfung. Irgendwann fühlte sich Alenas Kopf an, als würde er gleich platzen wie ein reifer Ballonkürbis. Sie entschied sich, ein bisschen zu verschnaufen. Ohne nachzudenken, schlug sie den Weg zum Phönixwald ein.

Dass es eine schlechte Idee gewesen war, ausgerechnet dorthin zu gehen, merkte sie, als sie Jelica und Kilian sah. Wo die Geschwister waren, konnten Zarko und die anderen nicht weit sein. Eigentlich schade, dachte Alena. Sie fand die beiden nett. Jelica war ein fröhliches Mädchen mit dunklen Haaren; sie schmiedete ihren eigenen Schmuck und war wie ihr Bruder eine gute Kämpferin. Nach dem, was Marvy erzählt hatte, war sie längst nicht so brav, wie sie aussah. Kilian war ein großer, schmaler Junge, der sich für alte Dokumente und Landkarten interessierte. Manchmal nickte er Alena zu, wenn er allein unterwegs war. Von Marvy, die immer über alles Bescheid wusste, hatte sie erfahren, dass er eine Schriftrolle mit Tavians Gedichten daheim hatte. Es würde bestimmt Spaß machen, mal mit ihm darüber zu reden – welche ihm am besten gefallen und welche ich besonders gut finde, dachte Alena.

Jetzt hatten die Geschwister sie bemerkt. Sie blickten Alena an, und sie konnte ihnen die Unsicherheit anmerken, ob sie Alena neutral oder als Feindin behandeln sollten. Sieht nicht so aus, als hätten sie vor, mich anzugreifen, dachte Alena. Ich könnte einfach mit ihnen reden. Aber ihr fiel nichts ein, was zur Situation passte. Schließlich brachte sie einfach nur »Hallo! Was macht ihr da?« heraus.

»Ein paar von den Bäumen sind fast reif – wir probieren, ob wir ihnen das Öl irgendwie abzapfen können«, sagte Kilian zögernd und hielt ein Gefäß hoch. »Das wäre …«

In diesem Moment tauchten Zarko, Rayka und zwei andere Jugendliche aus dem Dorf hinter einem Felsen auf. Als sie Alena sahen, gingen sie schneller. Zarko erkannte man schon von weitem, seine blonden Haare leuchteten in der Sonne.

O nein. Alena ärgerte sich über ihre Unvorsichtigkeit. Diesmal war sie allein. Eine perfekte Gelegenheit für Zarko, sich für die Sache mit dem Dhatla zu rächen. Nichts wie weg hier! Aber es war zu spät, die anderen hatten sie schon umringt. Alena blickte sich nach einem Ausweg um, aber Zarkos Gefährten hatten sie geschickt in die Zange genommen.

Ihr wurde mulmig zumute. Klar, sie hatte ihr Schwert dabei, und sie konnte die anderen Jugendlichen jederzeit besiegen. Aber ihr Instinkt warnte sie davor, ihre Waffe jetzt zu ziehen. Sie trug ihr scharfes Lehrlingsschwert. Wenn sie einen von ihnen verletzte und der Rat erfuhr, was für einen Ruf sie hier hatte, konnte es gut passieren, dass sie doch nicht zur Prüfung zugelassen wurde.

Und das wusste Zarko genau. Siegessicher blickte er sie an. »Na, Angst? Tsstss. Aber wieso denn. Wir tun dir nichts. Vielleicht.«

»Ihr *könnt* mir nichts tun«, sagte Alena verächtlich. »In tausend Wintern nicht, ihr dämlichen Nachtwissler.«

Das war genau die falsche Bemerkung gewesen. Zarkos Gesicht verzerrte sich. »Ach ja? Das wollen wir doch mal sehen, du kleine Baumratte. Dein Iltismensch ist nicht da und dein Vater auch nicht.« Er hob einen Stein auf und warf ihn nach ihr. Alena wich aus, aber nun kam aus einer anderen Richtung ein zweiter Stein angesaust und traf sie am Arm. Sie versuchte, sich nicht anmerken zu lassen, wie weh es getan hatte.

Der Ring zog sich enger. Nun kamen auch ein paar Messer zum Vorschein, blank und scharf. Enttäuscht sah Alena, dass auch Kilians und Jelicas Waffen darunter waren. Sie hatte sich wohl geirrt, die beiden mochten sie genauso wenig wie Zarko.

Ein kleines Geräusch nur, das Kollern eines Kiesels. Doch es ließ Zarko stocken. Alena folgte seinem Blick und sah auf einmal jemanden an einem der Felsen lehnen. Eine zierliche Frau in einer dunkelgrünen Tunika. Zarko überragte sie um einen ganzen Kopf.

»Sechs gegen eine – für so feige hätte ich euch gar nicht gehalten«, sagte sie unbekümmert. »Oder was ist das hier? Ein geselliges Treffen mit kleiner Tanzeinlage?«

Alena starrte sie an, ihre eigenartige Tante. Was machte die auf einmal hier?

Der Ring um sie löste sich auf. Plötzlich waren Zarkos Getreue nur noch ein paar Lehrlinge, die linkisch herumstanden und sich wünschten, ganz woanders zu sein. Nur Zarko blickte immer noch feindselig. Er trat einen Schritt an Rena heran, das Gesicht verkniffen. Einen Moment dachte Alena, er würde ihre Tante angreifen. Alenas Hand fuhr zu ihrem Schwertknauf, blieb wieder unschlüssig darauf liegen. Doch Zarko hatte es sich sowieso schon anders überlegt. Vielleicht, weil diese Frau nicht die geringste Furcht vor ihm zu haben schien. Freundlich, fast neugierig musterte sie ihn, bis er schließlich die Nerven verlor.

»Kommt, wir gehen«, sagte er und stapfte davon. Seine Getreuen folgten ihm.

Langsam, ganz langsam, entspannte sich Alena. »Äh, danke«, sagte sie. »Ich weiß auch nicht genau, warum die mich nicht ausstehen können.«

»Ich wette, er wird wegen seiner Haarfarbe oft aufgezogen«, meinte Rena nachdenklich.

Alena konnte schon wieder grinsen. »Wer? Zarko? Und ob. Manche sagen, dass seine Mutter sich mit einem Mann der Luftgilde eingelassen hat. Die sind ja fast alle blond, habe ich gehört. Zarkos kleine Schwestern sind beide dunkel.«

»Er bekommt keine Schwertlektionen wie du, oder? Ich wette, seine Eltern haben einen Erzberuf. Er hat Erde unter den Fingernägeln.«

Alena war erstaunt. Ihr war das nie aufgefallen. »Ja, seine Eltern sind Erzschmelzer. Die achten nicht so auf die Kampfausbildung. Aber einen Unterricht wie meinen, von einem Meister vierten Grades ... den bekommt in ganz Tassos kaum jemand.«

Rena seufzte. »Du hast ihn mal besiegt, stimmt's? Und seine Freunde waren dabei?«

»Ja. Es war leicht. Zwanzig Atemzüge, länger hat er nicht durchgehalten.«

»Kein Wunder, dass er dich hasst«, sagte Rena.

Plötzlich war Alena wieder auf der Hut. Was wusste diese Frau schon? Wieso dachte sie, sie würde hier alles durchschauen? »Was sollte das eigentlich alles?«, fragte Alena scharf. »Bist du mir gefolgt?«

»Nein, den anderen Jugendlichen. Ich wollte sie etwas fragen. Tja, sieht so aus, als hätte ich's mir mit ihnen verdorben.« Rena zog eine scherzhafte Grimasse. »Macht aber nichts. Ich habe mich gerade entschieden.«

»Und?«

»Geht klar. Ich bürge für dich.«

Etwas in Alena löste sich, ein Knoten der Sorge. Aber wieso hatte ihre ›Tante‹ das gestern noch nicht gewusst? Was war denn so Besonderes passiert? Die Frage schien ihr ins Gesicht geschrieben zu sein, denn Rena sagte: »Weil du eben das Schwert nicht gezogen hast. Und weil Marvys Meister Grund hatte, sich über dich zu beschweren.«

Alena war viel zu verblüfft, um zu antworten.

Aber Rena wartete auch gar nicht auf eine Antwort. Sie

stieß sich von dem Felsen ab und schlenderte davon, in Richtung der Schmiede.

Alena ahnte, dass ihr Vater und Rena über sie sprechen würden, sobald sie allein waren. Also wünschte sie ihnen gute Nacht, tappte in ihr Zimmer und glitt ein paar Atemzüge später lautlos zurück. Die beiden saßen in der Küche – sehr praktisch. Alena hatte im Nebenzimmer schon lange ein kleines Loch in die Wand gebohrt, gerade groß genug zum Spionieren. Es wurde auf der anderen Seite durch Bündel von getrockneten Kräutern getarnt.

Alena setzte sich davor und schaute hindurch. Die Sicht war exzellent, und die Stimmen klangen zwar ein wenig dumpf, waren aber durch die dünnen metallenen Wände gut zu verstehen. Alena richtete sich auf eine interessante Nacht ein.

Eine Weile saßen Rena und Tavian sich einfach nur gegenüber. Beide in Gedanken versunken, einen Becher Polliak in der Hand. Es war ein gemütliches Schweigen. Die zwei mussten sich schon sehr lange kennen. So miteinander zu schweigen war nicht leicht, das wusste Alena aus Erfahrung. Schade, dass ihr Pa so wenig darüber erzählt hatte, wie er und ihre Mum Rena kennengelernt hatten.

Endlich fingen sie an zu reden. Erwartungsvoll presste Alena das Auge an ihr Guckloch.

»Ich komme mir wie eine Verräterin vor«, gestand Rena. »Warum war ich eigentlich so selten bei euch?«

»Machst du dir schon wieder Vorwürfe? Darin bist du richtig gut.« Tavian lächelte. »Weil es weit ist von dir aus nach Tassos und du dein eigenes Leben hast. Das sind schon zwei gute Gründe.«

»Stimmt«, gab Rena zu. »Jedenfalls ist es spannend, jetzt mit Verspätung ein bisschen mehr über deine wilde Tochter zu erfahren. Ich mag sie.«

Es fühlte sich ganz seltsam an, das zu hören. Alenas Gefühle waren in Aufruhr. Wann hatte jemand zuletzt so etwas über sie gesagt? Es war lange her.

»Wild? Ja, da hast du recht.« Tavian verzog das Gesicht. »Ich weiß, was sie alles macht. Zuletzt hat sie Beljas probiert. Außerdem hat sie sich vor ein paar Monaten einige Male heimlich mit diesem Jungen, einem Erzsucher aus dem Süden, getroffen.«

Ihr Pa wusste davon? Alena war alarmiert. Sie war so vorsichtig gewesen!

»Wahrscheinlich war ich kein besonders guter Vater. Sie allein aufzuziehen war nicht leicht.«

»Und du warst entschlossen, es selbst zu schaffen.«

Tavian seufzte. »Ich muss immer an Alix denken. Wahrscheinlich war sie in diesem Alter genauso. Deshalb habe ich Alena vieles durchgehen lassen. In den letzten Wintern habe ich ihr manches verboten, aber das hat nichts genutzt.«

»Verstehe ich.« Rena zögerte. »Es macht mir Sorgen, dass sie bis auf diesen Iltismenschen keine echten Freunde hat. Sie ist nicht glücklich, Tavian.«

Plötzlich war Alena kalt. Ja, das stimmt, dachte sie, und der Gedanke tat weh. Marvy war keine richtige Freundin. Außer Cchraskar hatte sie niemanden. Alena fühlte sich schlaff, ohne jede Energie. Sie wollte schon zurückschleichen in ihr Zimmer, nachdenken. Aber dann schaffte sie es doch nicht, sich von ihrem Beobachtungsposten loszureißen. Sie zitterte vor dem, was Rena sagen würde, aber sie wollte es hören.

»Ach, das sieht vielleicht nur so aus«, meinte ihr Vater. »Ihre Arbeit macht ihr viel Spaß. Noch macht sie beim

Kämpfen ab und zu gefährliche Flüchtigkeitsfehler, aber das kriegt sie schon noch in den Griff. Sie ist schon jetzt besser mit dem Schwert, als ich es in ihrem Alter war.«

Im Ernst? Wieso hat er *mir* das nie gesagt?, dachte Alena. Freude durchpulste sie.

»Verdammt, Tavian! Als ob das das Wichtigste wäre!« Rena schien langsam sauer zu werden. »Sie muss weg von dir, weg aus Gilmor. Hier wird sie nie, was sie sein könnte. Sie muss sich mehr als nur dieser Prüfung stellen, um zur Meisterin zu werden. Sie muss sich dem Leben stellen. Sie muss dort draußen ihren Weg finden.«

»Hm.« Ihr Vater blickte skeptisch drein. »Was soll ich deiner Meinung nach machen?«

»Lass *mich* sie zum Gildenrat bringen«, drängte Rena. »Das wäre ein Anfang.«

»Ist vielleicht eine gute Idee. Sie kann auf dich aufpassen«, neckte sie Tavian. »Bei deinen Kampfkünsten ...«

Rena nickte lächelnd. Alena war erstaunt. Unter Feuerleuten hätte einer solchen Bemerkung ein tödliches Duell folgen können.

»Ich hoffe, Alena ist mit all dem einverstanden«, sagte Rena – und blickte plötzlich zu Alenas Beobachtungsposten hinüber. Als wüsste sie genau, dass dort jemand hinter der Wand saß und lauschte! Alena fuhr zurück, als hätte sie versehentlich ein glühendes Stück Metall gepackt. Verlegen hastete sie in ihr Zimmer zurück.

Sie hatte sowieso genug gehört.

Zwei Tage später, als Alenas Messer fertig war, brachen sie auf. Rena hatte nicht viel Gepäck dabei und war schnell reisefertig. Amüsiert beobachtete sie, wie Tavian aufgeregt in der Schmiede herumkramte und Alena noch dieses und jenes einpackte, was sie auf der Reise brauchen könnte. Er war vernarrt in seine Tochter, das war klar. Früher hatte sie sich manchmal das Lachen verbeißen müssen, wenn sie Tavian – einen der besten Schwertkämpfer Dareshs! – mit den Frauen des Dorfs darüber fachsimpeln hörte, wie man ein Kind sauber bekommt oder welcher Brei in welchem Alter der beste ist.

»Beim Feuergeist, jetzt hör aber auf! Du glaubst doch nicht im Ernst, dass ich dieses ganze Zeug brauchen werde!«, protestierte Alena schwach. Sie sah blass aus und versuchte vergeblich, sich nicht anmerken zu lassen, wie nervös sie war.

»Hast du die Gürtelschnalle nicht poliert? Ich habe dir doch gesagt, du sollst deine Klamotten in Ordnung bringen!«

»Klar habe ich die poliert! Es ging nicht besser ...«

»Hast du wenigstens deine guten Stiefel eingepackt?«

»Ja, verdammt ...!«

Rena verzog sich nach draußen und wartete vor der Schmiede. Nach dreimal zehn Atemzügen kam ihre neue Reisegefährtin nach. »Können wir los?«, fragte Rena.

»Moment noch. Er holt mein Meisterschwert.«

Mit einem armlangen, in schwarze Tücher eingeschlagenen Gegenstand kam Tavian aus der Schmiede. Er war ernst, und auch Alena schwieg. Ihre Augen waren auf das Bündel gerichtet, das Tavian ihr nun vorsichtig reichte. »Pass gut drauf auf – immerhin wird dich das Ding eine lange Zeit begleiten«, sagte er rau, und Alena nickte.

Rena war froh, als sie endlich unterwegs waren. Ihre dünnen Lederstiefel knirschten auf dem Vulkanstein des Weges, als sie das Dorf verließen. »Weißt du schon, wie dein Schwert aussieht?«, fragte sie Alena.

»Nein, er hat's heimlich geschmiedet und vor mir versteckt – das macht man immer so«, erklärte Alena ungewohnt gesprächig. »Nach der Prüfung darf ich es das erste Mal sehen und berühren, wenn es der Rat mir offiziell übergibt. Dann muss ich es drei Monate lang am Körper tragen, damit es sich auf mich prägt. Danach kann uns nichts mehr trennen.«

Rena wusste, dass nur Meisterschwerter sich mit ihren Besitzern verbanden; sie enthielten ein besonderes Metall.

Als bedauere sie schon, so viel erzählt zu haben, schwieg Alena und ging voran. Sie marschierte schnell, ohne darauf zu achten, ob Rena mitkam. Rena war froh, dass sie wie alle Erdleute gut zu Fuß war, wenn auch längst nicht so gut wie dieses schlanke, langbeinige Mädchen, das sich mit raubtierhafter Grazie bewegte. Alena war ein paar Handbreit kleiner als Alix, ihr Haar kürzer und dunkler. Doch wenn Rena hinter ihr ging, konnte sie sich Momente lang einbilden, das dort vorne sei Alix. Dann kehrte der Stich der Trauer wieder, obwohl der Tod ihrer Freundin schon so lange zurücklag.

Am Abend, als sie auf einer kargen Ebene rasteten, merkte Rena, dass Alena absichtlich ein solches Tempo vorlegte. Statt von selbst für Feuer zu sorgen, tat Alena alles Mögliche andere und zwang Rena damit, sie darum zu bitten. Denn nur die Menschen der Feuergilde waren fähig, Flammen aus der Luft zu rufen.

Ein Machtkampf hatte begonnen, das wurde Rena nun klar. Sie hatte Alena getestet – nun würde das Mädchen *sie* testen. Wahrscheinlich so lange, bis sie eine Schwäche gefunden hatte.

Sobald die Sonne weg war, wurde es unangenehm kühl. Alena hüllte sich in den Umhang, an dem Rena Alix' vertrautes Namenszeichen erkannte, und rückte näher an das Feuer heran. Die feuchten Äste knackten und qualmten.

Abwesend fing Alena einen Funken, der auf sie zuschwebte, mit der Hand – die Hitze schien ihr nichts auszumachen. »Was habt ihr eigentlich für besondere Fähigkeiten, ihr Erdleute?«, fragte sie.

»Wir können die Aura von Pflanzen spüren«, sagte Rena.

»Hm.« Alena sah nicht gerade beeindruckt aus. »Da haben die anderen Gilden aber mehr zu bieten. Die Leute der Luftgilde können mit ihren Formeln Stürme entfesseln, habe ich gehört. Aber ihr seid ja eher sanft und harmlos, oder?«

Rena lächelte. Ja, so sahen die meisten Menschen die Leute der Erdgilde, und auch sie selbst hatte lange Zeit so gedacht. Bis sie ihren Meistergrad verliehen bekommen und auch die letzten Geheimnisse ihrer Gilde erfahren hatte. »Na ja, wir können auch mehr. Aber wir benutzen manche unserer Fähigkeiten nicht. Denn sie sind die gefährlichsten von allen.«

Sie konnte in Alenas Gesicht lesen, was sie jetzt dachte. *Haha, jetzt will sie mich beeindrucken! Das ist doch nur die Prahlerei einer verweichlichten Gilde …*

Alena wechselte das Thema. »Sag mal, wie habt ihr euch eigentlich kennengelernt, du und Ma? Normalerweise haben wir ja nicht gerade viel mit anderen Gilden zu tun.« Sie sprach es mit einer winzigen Spur Herablassung aus. *Normalerweise geben wir uns ja nicht mit Menschen anderer Gilden ab.*

Sie lotet die Grenzen aus, dachte Rena. »Schade eigentlich«, sagte sie ruhig, ohne auf die Frage zu antworten. »Deine Mum hat viel mit anderen Gilden zu tun gehabt. Mit Erde, Wasser und Luft. Sonst hätten wir nicht so gut befreundet sein können – wir waren uns sehr nah.«

»Stehst du mehr auf Frauen, oder was?« Alenas Blick forderte sie heraus.

Rena musste lachen. Das war eher plumpes Gestichel.

»Nein, wir sind einfach gute Freunde gewesen, obwohl wir so verschieden waren. Wir wussten, wir können uns auf einander verlassen.«

»Aber wie habt ihr euch denn nun kennengelernt?«

Rena beschloss, es zu riskieren und die Wahrheit zu sagen. Obwohl sie wusste, dass sie damit wahrscheinlich in Alenas Achtung abstürzen würde.

»Ich war ihre Dienerin«, erklärte Rena und beobachtete amüsiert den Widerstreit der Gefühle auf Alenas Gesicht. »Aber nicht lange, dann hat sie *mir* geholfen. Das ist jetzt, warte mal, siebzehn Winter her. Und deinen Vater habe ich kennengelernt, als er noch die rechte Hand des Propheten des Phönix war, also noch bevor er sich in deine Mum verliebt hat. Hat Tavian dir das alles nicht erzählt?«

»Hat mich nie besonders interessiert, ist ja alles schon ewig her«, sagte Alena trotzig.

Also hat er es nicht erzählt, dachte Rena mit gemischten Gefühlen. Dann weiß sie vermutlich auch nicht, was im Smaragdgarten passiert ist. Wie ihre Mutter gestorben ist. »Sie haben euch im Dorf geschnitten deswegen, oder? Weil dein Vater damals dabei war.«

Alena stocherte mit einem Stock im Feuer herum und schwieg lange. Als sie sprach, klang ihre Stimme hart. »Sie behaupten, er hat diesem verdammten Propheten gedient, für ihn getötet. Und ihn dann in der entscheidenden Schlacht verraten, um zu seinen Feinden überzulaufen.«

»Das stimmt so nicht!«, rief Rena erschrocken. »Ja, er hat dem Propheten – Cano – geholfen. Aber als er merkte, dass Cano wahnsinnig war, hat er sich von ihm losgesagt.« Sie holte tief Atem. Nie würde sie vergessen, was sich damals abgespielt hatte. »Wenn er uns nicht geholfen hätte, wären deine Mutter, ich und viele andere getötet worden. Dann würde der Prophet heute über Daresh herrschen.«

»Aber das ist dasselbe – nur aus einer anderen Sichtweise«, erwiderte Alena kühl.

Sie hat recht, dachte Rena. Dumm ist Alix' Tochter nicht. »Dein Vater hatte den Mut, die Wahrheit zu sagen und das Richtige zu tun. Reicht dir das nicht?«

Alena antwortete nicht, starrte nur in die Dunkelheit.

Die Prüfung

Als Alena sicher war, dass Rena schlief, richtete sie sich lautlos in der Dunkelheit auf und tastete in ihrem Reisegepäck nach ihrem Meisterschwert. Ihre Hände berührten das kantige Metall in seiner Hülle aus Tüchern. Sie versuchte, durch den Stoff seine Formen zu erahnen. Es würde wunderschön sein, das wusste sie. Wochenlang hatte ihr Vater daran gearbeitet, und er war einer der besten Waffenschmiede in Daresh. Was für Juwelen er wohl verwendet hatte? Welche Form der Griff hatte? Was für ein Gedicht in die Klinge eingraviert war?

Die Versuchung, es auszupacken, im harten silbernen Licht der ersten beiden Monde einen ersten Blick darauf zu werfen, war fast übermächtig. Doch dann zwang sich Alena, das Schwert wieder zurückzulegen. Zu gefährlich. Vielleicht konnte der Rat irgendwie merken, dass sie es schon vor der Übergabe berührt hatte. Und dann bekam sie einen Riesenärger. Halt durch, sagte sie sich. Ein paar Tage noch. Dann hast du es sowieso!

Zwei Tage später kamen sie durch das Dorf Selojas, den letzten Ort vor dem Turm des Gildenrats. Dafür, dass hier nur dreißig Hütten standen, waren ungewöhnlich viele Leute da. In den Straßen wimmelte es von Schwertmeistern in ihrer schwarzen Tracht, stämmigen Erzschmelzern, Metallgießerinnen, Mädchen und jungen Männern mit der typischen kurzen Haartracht von Lehrlingen. Klar, dachte Alena, die sind alle wegen der Meisterprüfung da. Doch dann sah sie eine Ankündigung, eine Schriftrolle, die jemand an eine Wand genagelt hatte. »Ach so, hier soll morgen eine Kundgebung stattfinden«, meinte sie. »Irgendein weiser Mann.«

»Wie nennt er sich?« Rena überflog die Ankündigung. »Heiler vom Berge … kenne ich nicht.«

»Er soll unglaublich sein«, sagte eine Frau, die neben ihnen stand. »Schon seit Tagen kommen Menschen her, um ihn zu hören. Lasst euch das nicht entgehen!«

»Klingt gut. Mal schauen – wenn wir Zeit haben«, sagte Rena. Alena nickte. Ein Heiler? Das klang nicht sehr spannend. Aber er musste einiges zu bieten haben, wenn er so viele Leute anlockte.

Sie verließen das Dorf, überquerten eine flache Hügelkette und erreichten kurz darauf den Turm des Gildenrats. Massig und dunkel ragte er aus der Ebene auf. Er war viel größer, als Alena erwartet hatte. Ein Kreis silbrig grüner Flammen loderte um ihn herum, schützte ihn vor Angriffen. Kaltes Feuer, dachte Alena, und ihr Herz schlug schnell.

Außerhalb des Feuers gruppierten sich Hunderte von schwarzen Zelten um den Turm – irgendwo mussten die vielen anderen Lehrlinge, die morgen ihre Meisterprüfung ablegen würden, ja bleiben.

»O je, wir haben gar kein Zelt mitgenommen«, meinte Alena. Sie würden sich blamieren, indem sie als Einzige auf den Boden schlafen mussten!

»Wir brauchen auch keins – wir haben ein Zimmer im Turm«, sagte Rena. »Das ist so üblich, wenn ein Elternteil Meister vierten Grades ist. Und bei dir sind … waren … es ja sogar beide.«

Alena nickte verblüfft. »Ach so.«

Wenn sie darüber nachdachte, war das eigentlich nicht weiter erstaunlich. Es gab nicht viele Meister vierten Grades, in jeder Gilde nur ein paar hundert. Gemeinsam wählten sie den Hohen Rat, nur sie hatten ein Stimmrecht. Klar haben sie dann auch besondere Privilegien, dachte Alena.

Sie hatten sich schon an ihrem letzten Rastplatz umgezogen und ihre besten Kleider angelegt. Alena trug eine schlichte schwarze Tracht, Rena war ganz in Weiß. Viele erstaunte Blicke folgten ihnen, als sie durch das Lager in Richtung des Turms gingen. Alena war die Aufmerksamkeit, die sie bei den anderen Jugendlichen erregten, peinlich. *Weiß*, meine Güte! Da sah man ja sofort, dass sie als Einzige hier einer anderen Gilde angehörte! Doch Alena merkte schnell, mit wie viel Respekt die Meister und Meisterinnen Rena grüßten. Alle schienen zu wissen, wer sie war. Rena grüßte freundlich zurück und tat so, als beachte sie die Blicke gar nicht.

Am Tor meldeten sie sich an und bekamen Bescheid, dass die schriftliche Prüfung schon heute stattfinden würde und Alena am nächsten Morgen als sechsundzwanzigste Kandidatin für die praktischen Übungen dran war. Sie gab den Dolch, ihre Meisterarbeit, zur Beurteilung ab, dann kümmerte sich niemand mehr um sie.

Das Zimmer im Turm war eins der Gästezimmer für Meister auf der Durchreise. Es war mit wertvollen schmiedeeisernen Möbeln ausgestattet, auf dem steinernen Boden lag ein schwarz-orangefarbener Teppich aus Kirwani-Wolle. Alena warf ihre Sachen auf eins der beiden Betten und ließ sich darauf nieder. Sie fühlte sich verloren und unruhig. Rena lächelte ihr zu. Alena schaffte es nicht, zurückzulächeln. Ihr ging zu viel durch den Kopf. »Erfährt man eigentlich vorher, wer einen prüfen wird? Hoffentlich ist es kein Fiesling. Wie war das damals bei dir?«

»So was darfst du mich nicht fragen. Ich habe keine Meisterprüfung gemacht.«

»Meinst du das ernst?!« Skeptisch blickte Alena auf Renas Gildenamulett. Es wies sie als Meisterin aus. Vielleicht geklaut. Hätte sie nicht von ihrer ›Tante‹ gedacht!

»Damals, als ich vor der Regentin geflohen bin, musste ich meine Lehre abbrechen«, erklärte Rena und hängte ihren Umhang über einen Stuhl. »Der Rat der vier Gilden hat mir den Meistergrad später ehrenhalber verliehen, nachdem ich mich als Vermittlerin bewährt hatte.«

»Ach so«, sagte Alena. Das klang interessant. Vielleicht hatte Rena später Zeit, ihr die Geschichte ausführlicher zu erzählen.

Bis zur schriftlichen Prüfung war noch ein bisschen Zeit. Alena zog los, um den Turm zu erkunden. Sie stieg die gewundenen Steintreppen hinauf zum Dach und kam an Dutzenden von Räumen vorbei. In vielen dieser Räume würden morgen junge Anwärter geprüft werden. Neugierig zog Alena eine der Türen auf und lugte hinein. Vor ihr lag ein kahler Raum, in dem kopfgroße, durchsichtige Kugeln den Boden bedeckten. Sie waren gefüllt mit einer silbernen Flüssigkeit, in der Nebelschwaden zu kreisen schienen. Alena probierte eine andere Tür und erhaschte einen Blick auf eine Pflanze, deren pfannengroße Blätter suchend durch den Raum schwenkten. Richtig freundlich sieht die nicht aus, dachte Alena, zog sich vorsichtig zurück – und konnte sich gerade noch in einer Wandnische verstecken, als ein Meister vorbeiging. Bloß jetzt im letzten Moment keinen Verweis bekommen!

Schließlich beschloss sie einen Blick in den großen Versammlungssaal zu werfen. Doch als sie die schweren geschmiedeten Metalltüren ein Stück aufziehen wollte, rief jemand: »He, was machst du da! Das ist nicht erlaubt.« Ein bulliger Schwertmeister blickte sie grimmig an.

»'tschuldigung«, sagte Alena und ging in ihre Räume zurück. Noch ein Viertel Umlauf bis zur Prüfung. Sie konnte einfach nicht still sitzen.

»Wenn du weiter so umhertigerst, muss ich dich leider anbinden!«, meckerte Rena.

Alena grinste nervös. »Na, da habe ich ja Glück, dass hier keine Seile herumliegen.«

Endlich war es so weit. Sie und die anderen Jugendlichen wurden in den unterirdischen Teil des Turmes geführt. Gehorsam wie eine Herde Nachtwissler gingen sie hinter dem Prüfer her. Dann setzten sie sich an die Tische, die kreisförmig angeordnet waren. Einer der Diener teilte kleine Schriftrollen aus. Gespannt öffnete Alena ihre und überflog die zwanzig Aufgaben. *Beschreibe die Wirkung einer Caradium-Jaronis-Legierung auf die Eigenschaften eines Schwertes ... Wo findet man Zelanium-Erz, und wie wird das Metall gewonnen und bearbeitet? ... Wie heilt man Verletzungen, die durch den Kontakt mit Blauem Feuer hervorgerufen werden ...*

Alena holte erleichtert Atem. Das wusste sie alles. Ihr Kohlestift begann über das Papier zu schaben. Als sie ihre Schriftrolle abgab, hatte sie ein gutes Gefühl.

»Bis jetzt war's leicht«, berichtete sie Rena, als sie wieder zurück in ihrem Zimmer war.

»Gut gemacht. Den Rest schaffst du auch noch.«

Am nächsten Morgen standen sie sehr früh auf. Hastig kämmte sich Alena die Haare und legte ihre Tracht an. Sie suchte sich ein leeres Nebenzimmer, um unbeobachtet zu sein, und begann sich wie jeden Tag mit ihren Übungen aufzuwärmen. Sie dehnte und lockerte ihren Körper, ging dann mit dem Lehrlingsschwert die klassischen Bewegungsfolgen durch. Das vertraute Ritual beruhigte sie. Schließlich kam der Diener und brachte die Nachricht, dass Alena jetzt bald geprüft werde und sich im großen Saal einfinden solle.

»Im großen Saal?« Rena zog die Augenbrauen hoch. »Das ist vermutlich ein Tribut an deine Mutter.«

Alena verzog das Gesicht. Es wäre ihr lieber gewesen, so behandelt zu werden wie alle anderen. Sie warf noch einen letzten Blick auf ihr Meisterschwert, das eingewickelt auf dem Tisch lag. Nicht mehr lange! Alena schnallte sich ihr Übungsschwert um. Immerhin, ihre Hände zitterten nicht.

»Viel Glück«, sagte Rena. »Ich warte hier auf dich. Bei der Prüfung dürfen keine Zuschauer dabei sein.«

Na, dem Feuergeist sei Dank!, dachte Alena. Es hätte sie wahrscheinlich noch unsicherer gemacht, wenn Rena zugeschaut hätte. Andererseits wäre es vielleicht tröstlich gewesen.

»Bis gleich«, sagte Alena und rannte die Stufen hinunter bis zum Versammlungsaal. Davor saßen schon ein Dutzend Jugendliche und warteten. Aha, anscheinend bin ich hier nicht die Einzige mit berühmten Eltern, dachte Alena.

Niemand sprach. Ab und zu flüsterten zwei von ihnen miteinander, lachten nervös. Die haben's gut, dachte Alena. Es muss toll sein, gleichzeitig mit seinen Freunden Prüfung zu machen. Sie war froh, dass von den Jugendlichen aus Gilmor niemand hier war. Die hätten sich ja doch nur über sie lustig gemacht.

Ein Mädchen wurde aufgerufen, stand auf und folgte dem Meister mit schnellen Schritten in den Saal. Alena versuchte, einen Blick ins Innere zu erhaschen, doch die schweren Türen fielen zu, ehe sie etwas erkennen konnte. Nur gedämpfte Geräusche klangen heraus.

»Nummer dreiundzwanzig!«

Ein Junge sprang auf. »Komme schon!«

Als Nächste war ein Mädchen mit dunklen Haaren und muskulösen Oberarmen dran. Wahrscheinlich Grobschmiedin, dachte Alena und fragte sich, warum niemand aus dem Saal herauskam. Wahrscheinlich hatte er einen separaten Ausgang.

Jetzt war nur noch ein einziger Junge vor ihr. Sie schloss kurz die Augen, um sich zu sammeln, bündelte ihre Gedanken. Atmete einen Moment lang ganz bewusst, so wie Tavian es ihr beigebracht hatte.

»Nummer sechsundzwanzig!«

Alena erhob sich und folgte dem Meister in den Versammlungsaal. Ihre Schritte echoten auf dem Stein des Bodens. Im Inneren des Saales war es düster, der fensterlose Raum wurde nur von Fackeln erhellt. In der Mitte standen Kohlen in einem flachen Bassin, Hammer und Amboss bereit.

Alena blickte hoch und hielt den Atem an. Man konnte bis weit, weit nach oben schauen. An den Innenwänden des Turms hingen wie silberne Nadeln Tausende von Schwertern. Tavian hatte ihr davon erzählt: Wenn ein Mitglied der Feuergilde starb, dann wurde sein Meisterschwert nie wieder benutzt, sondern fand seinen Platz hier im Turm des Rates. Auch die Waffe ihrer Mutter hing hier irgendwo.

»Alena ke Tassos.«

Alena wurde aus ihren Gedanken gerissen. Ein hochgewachsener, dunkelhaariger Mann mit Adlernase und einem melancholischen Gesicht war aus den Schatten herausgetreten – ihr Prüfer. Alena erschrak. Aber es war ein freudiges Erschrecken. Das war doch Aron ke Tassos, eines der Mitglieder des Rates der vier Gilden?! Sie kannte ihn flüchtig, er war ein Freund ihrer Mutter gewesen. Das konnte praktisch sein.

»Deine Meisterarbeit hat uns gefallen«, sagte Aron. Er lächelte nicht. Doch das tat er, soweit sie gehört hatte, nie. »Das Messer ist gut verarbeitet, die Form ist gelungen. Auch die schriftlichen Fragen hast du sehr gut beantwortet.«

Am liebsten hätte Alena über das ganze Gesicht gestrahlt. Aber das war kindisch. Und der wirklich wichtige Teil kam ja jetzt erst. Es war ein unangenehmer Gedanke, dass Aron sie wahrscheinlich mit ihrer Mutter vergleichen würde.

»Ruf uns Feuer«, forderte ihr Prüfer und deutete auf die Feuerschale. Alena murmelte die Formel, die eine Flamme aus der Luft rief. Es klappte wunderbar.

»Das ist nicht das richtige Schmiedefeuer – ruf ein weißes.«

Verständnislos starrte Alena auf die Flamme. »Aber das *ist* doch ein weißes Feuer!«

»Tut einfach, was ich sage!«

Alena murmelte die uralten Worte noch einmal, etwas abgewandelt, und eine sonnenhelle Flamme fraß sich in die Kohlen hinein. Heiße Luft wehte Alena an.

»Na gut«, sagte Aron. Alena spürte, wie sie wütend wurde. Was sollte das? Das war eine erstklassige Flamme! Schließlich hatte sie schon als Kind mit Feuer gearbeitet!

»Jetzt schmiede mir eine Lanzenspitze.«

Alena zwang sich, sich auf die Arbeit zu konzentrieren. Sie erhitzte den Stahl, bis er orangegelb glühte. Mit präzisen Hammerschlägen formte sie ihn auf dem Amboss, spürte, wie sich ihre Muskeln kraftvoll streckten und zusammenzogen. Wieder und wieder legte sie das sich abkühlende Metall ins Feuer zurück, damit es weich und formbar wurde. Mit dem Fuß bediente sie den Blasebalg. Schnell vergaß sie, dass ihr jemand zusah. Man musste sehr aufpassen, damit das Metall nicht Funken sprühend überhitzte und unbrauchbar wurde.

Der Prüfer beobachtete ihre Technik kritisch, aber anscheinend zufrieden. Kurz darauf war die einfache Lanzenspitze fertig. Alena erhitzte die Klinge noch einmal durch und löschte das glühende Metall in dem bereitstehenden

Bottich ab. Dann reichte sie es ihrem Prüfer mit einer Zange. Er nickte anerkennend.

Da spürte Alena hinter sich eine Bewegung. Sie schaute sich um und sah gerade noch, wie ein Schwert auf sie niedersauste. Ein echtes, kein hölzernes Übungsschwert! Reflexartig wich Alena aus, ließ die Zange fallen und zog ihr Lehrlingsschwert. Mit einem hohen Klingen traf Metall auf Metall. Ihre Schwertkampfprüfung hatte begonnen!

Der zweite Prüfer war ein Meister dritten Grades. Alena behauptete sich ohne Mühe gegen ihn, parierte seine Schläge und attackierte. Läuft gut heute, dachte Alena zufrieden. Sie spürte, wie erstaunt ihr Gegner war. Er steigerte seine Geschwindigkeit. Alena hielt mit. Erst durch ein paar geschickte Manöver schaffte er es, Alena einige Schritte zurückzudrängen – und plötzlich schoss ein Schmerz durch Alenas Hüfte, als hätte eine Giftschlange sie gebissen. Sie hatte die glühende Umrandung der Feuerschale berührt!

Ihr Gegner nutzte sofort, dass sie abgelenkt war. Sein Schwert schoss auf ihr Herz zu, und abwehren konnte sie seinen Schlag nicht mehr. Im letzten Moment warf Alena sich nach hinten. Dabei stieß sie den Bottich um, stolperte. Sie musste mit den Armen rudern, um ihr Gleichgewicht zu halten.

Der zweite Prüfer ließ sein Schwert sinken.

Alena wusste, dass das eben nicht gerade gut ausgesehen hatte. Dass sie dem Vergleich mit ihrer Mutter nicht standgehalten hatte. Es schmerzte mehr als die Verbrennung, die sie abbekommen hatte. »Das war nicht fair!«, schrie sie, und ihre Stimme hallte durch den Turm, echote in dem riesigen Saal. »Wenn das Schmiedefeuer nicht gewesen wäre, hätte ich nicht verloren!«

Die beiden Männer blickten sie ungläubig an. »Du wagst

es, uns die Schuld für dein Versagen zu geben?«, fragte der zweite Prüfer ehrlich erstaunt.

»Ein guter Kämpfer weiß jederzeit, welche Tücken das Terrain hat, auf dem er sich bewegt«, sagte Aron kalt. »Und wenn du das Feuer sofort gelöscht hättest, nachdem du fertig warst, hättest du dich nicht daran verletzen können.«

Alena wurde klar, was für einen schlimmen Fehler sie begangen hatte. Sie senkte den Kopf. »Es tut mir leid.«

Die beiden Prüfer flüsterten kurz miteinander. Alena sah sie nicken. Dann wandte sich Aron ihr wieder zu. Seine Miene war ernst und streng. »Geh jetzt, Alena. Geh zurück in dein Dorf. Du bist noch nicht reif, eine Meisterin zu sein.«

Der Heiler vom Berge

Rena stöberte Alena schließlich in einer Nische unter der Treppe auf. Dort kauerte sie wie ein verwundetes Tier. Sie wirkte völlig erstarrt.

»Ich habe gehört, was passiert ist«, sagte Rena und setzte sich neben sie. Alena versteifte sich, wartete sicher auf Vorwürfe. Aber Rena hatte nicht vor, ihr eine Standpauke zu halten, das war das Letzte, was Alena jetzt brauchte.

Gut, sie hatte für Alena gebürgt. Sie hatte vor den anderen Meistern ihr Gesicht verloren, weil ihr Schützling nicht bestanden hatte. Doch ihr Ärger war längst verflogen. Es gab wirklich Schlimmeres – sie konnte ganz gut damit leben, dass sie bei den Feuerleuten vorübergehend ein wenig an Prestige eingebüßt hatte. Schließlich hatte sie zu allen vier Gilden gute Beziehungen.

»Denk dran: Du kannst die Prüfung im nächsten Herbst wiederholen«, sagte Rena.

Alena blickte auf, und Rena sah Verzweiflung in ihren Augen. »Ich glaube, ich ertrage es nicht, wenn ich mein Meisterschwert noch einen Winter lang nicht benutzen darf.«

»Du *musst* es ertragen. Wenn du dir das Schwert trotzdem nimmst, stößt dich die Feuergilde aus!«

»Vielleicht wäre das ganz gut«, sagte Alena trotzig. »Ich ecke sowieso ständig an. Vielleicht sollte ich wirklich gildenlos werden. Gildenlose müssen keinen bescheuerten Regeln folgen.«

»So etwas solltest du nicht leichtfertig sagen«, warnte

Rena, zum ersten Mal wirklich beunruhigt. Hoffentlich meinte Alena das nicht ernst – und hoffentlich gab sie der Versuchung, sich ihr Schwert zu nehmen, nicht nach! Einen Moment lang dachte sie darüber nach, ob sie das Meisterschwert nicht besser wegbringen sollte, um Alena vor einer Dummheit zu bewahren. Doch ihr wurde schnell klar, dass das ein ebenso schwerer Bruch der Traditionen wäre. Sie musste Alena mit Worten überzeugen. »Es ist ein sehr hartes Leben ohne die Gilde. Du würdest den Kontakt zu Freunden und Nachbarn verlieren, könntest deinen Beruf nicht mehr ausüben, kein Gastrecht in Anspruch nehmen, bekämst keinerlei Unterstützung. Du wärst völlig allein, würdest nicht mehr dazugehören.«

»Und wenn schon!«

»Lass uns später darüber reden. Reisen wir erst mal ab. Los, komm!«

Apathisch kroch Alena aus ihrem Versteck und folgte Rena in das Turmzimmer. Rena hatte ihre Sachen schon gepackt. Sie begegneten kaum jemandem auf dem Weg nach draußen.

Vor dem Turm, im Zeltlager der frischgebackenen Meister, wurde gefeiert. Gesang und Lachen schallte herüber. Tja, die Jungs und Mädchen da werden an ihrem »Prüftag« ab jetzt in jedem Winter den Polliak strömen lassen, dachte Rena und sog den Geruch nach frisch gebrautem Most ein, der über dem Lager hing. Jede Saison wurde an einem anderen Tag geprüft, so dass später jeweils ein Jahrgang zusammen feiern konnte.

Alena und sie übernachteten weit draußen, in der klaren Weite der Ebene unter dem Sternenhimmel, wo nur das Gescharre eines einzelnen Nachtwisslers und das träge Murren einer Grollmotte die Stille brachen. Rena merkte, dass Alena nicht reden wollte, und ließ sie in Ruhe. Das Mädchen wickelte sich in seine Decke, so fest es ging, und starrte zu den Sternen hoch. Unbeachtet lag das Meisterschwert auf ihrem Gepäck.

»Falls es dich beruhigt – du warst nicht die Einzige«, sagte Rena schließlich, als der dritte Mond schon aufgegangen war. Sie lag mit hinter dem Kopf verschränkten Armen eine halbe Menschenlänge von Alena entfernt. »Bei zwei Leuten genügte die Meisterarbeit nicht, achtzehn haben die schriftliche Prüfung verhauen, und neunundzwanzig haben die Übungen nicht bestanden.«

»Aber bestimmt ist niemand außer mir heimgeschickt worden, weil er noch nicht reif genug war.« Alenas Stimme klang bitter.

»Es macht keinen Sinn, sich jetzt in Selbstvorwürfen zu wälzen«, sagte Rena kurz. »Die bringen dich nicht weiter. Überleg dir lieber, wie es weitergehen soll.«

Alena antwortete nicht, lag einfach still da. An ihrer Stelle hätte ich mir wahrscheinlich die Augen ausgeheult, überlegte Rena. Aber anscheinend hat Alena so wie Alix schon als Kind eingetrichtert bekommen, dass Feuerleute nicht weinen. So viel zu blödsinnigen Traditionen!

Mit einem Seufzer richtete Alena sich auf, holte einen Wühler aus dem kleinen Käfig in ihrem Gepäck und schrieb eine kurze Mitteilung auf ein Colivar-Blatt.

»So, jetzt weiß es bald auch mein Vater«, sagte Alena, faltete das Blatt zusammen und schob es in die Kapsel am Hals des Tieres. Eifrig grub sich der Wühler in die Erde, nahm Kurs auf die Schmiede in Gilmor, auf Tavian.

»Er wird's überleben – und im nächsten Winter klappt es bestimmt«, sagte Rena.

Erst jetzt schien Alena einzufallen, dass sie sich noch nicht einmal entschuldigt hatte. »Wegen mir stehst du schlecht da. Tut mir leid.«

»Ein paar Atemzüge lang war ich so wütend auf dich, ich hätte dir am liebsten beide Ohren abgeschnitten und Anhänger draus gemacht. Zu deinem Glück hab ich mir's dann aber anders überlegt.«

Rena freute sich, dass sie Alena doch noch ein Lachen entlocken konnte.

Fröstelnd wachte Alena am nächsten Morgen auf. Man merkte, dass es Winter geworden war. Sie zog ein graues Hemd an und kramte ein Wams aus Oriak-Fell aus ihrem Gepäck hervor. Dann hängte sie sich ihren Umhang um, schlüpfte langsam und ungelenk in ihre engen schwarzen Hosen und gefütterten Stiefel. Sie fühlte sich, als wäre sie lange krank gewesen.

»Willst du auf eine Expedition in die Eiswüste?« Rena grinste sie an. Sie trug eine einfache Tunika, obwohl es Winter war. Wahrscheinlich war sie das deutlich kältere Wetter in den anderen Provinzen gewöhnt.

Verlegen machte sich Alena daran, Feuer zu rufen, und dachte darüber nach, was sie bei der Flamme gestern falsch gemacht hatte. Wahrscheinlich hatte der Prüfer sogar recht gehabt. Sie hatte sich angewöhnt nicht gleich die heißeste Flamme zu rufen, sondern sie erst eine Weile anzufachen. Ihr Vater hätte ihr sagen müssen, dass es so nicht richtig war!

Sie bereiteten einen Topf Rillza-Nüsse zu und wärmten sich am Feuer, während sie aßen.

»Was wirst du jetzt tun – hast du dir schon etwas überlegt?«, fragte Rena schließlich.

»Keine Ahnung«, sagte Alena und wagte zum ersten Mal auszusprechen, was schon die ganze Nacht über in ihrem

Kopf gegärt hatte. »Aber eins ist sicher: Ich gehe nicht zurück nach Gilmor!«

Sie hatte erwartet, dass Rena schockiert reagieren würde, versuchen würde ihr den Plan auszureden. Aber sie sagte nur: »Ja, das ist keine schlechte Idee. Beweg dich mal raus aus deiner Provinz, schau dir Alaak an, oder Nerada. Lern ein paar Leute kennen. Sammel ein paar Monate lang Erfahrungen.«

»Ja«, sagte Alena erschöpft. Sie hatte noch keine Kraft, Zukunftspläne zu schmieden. »Und was wirst *du* machen?«

»Heimreisen zu Tjeri. Schade, dass du ihn noch nicht kennengelernt hast.« Interessiert bemerkte Alena, wie sehr Renas Augen auf einmal glänzten. Ihre Tante schien diesen Kerl ziemlich zu lieben. Alena konnte sich nicht vorstellen, was man an jemandem von der Wassergilde finden sollte. Die waren doch angeblich alle ein bisschen seltsam.

Am Nachmittag kamen sie wie schon beim Hinweg durch das Dorf Selojas. Es war noch voller geworden dort. Dicht an dicht schoben sich die Menschen durch die Straßen aus festgetretenem schwarzem Sand, es roch nach Staub und Schweiß und Pelzkleidung, die zu lange nicht gelüftet worden war.

»Dieser Heiler vom Berge scheint ja wirklich ein Phänomen zu sein.« Rena war in einer Gruppe von muskulösen Schmieden eingezwängt, wo sie sich nicht gerade wohl zu fühlen schien. »Ich fürchte, es ist leichter, ihn sich anzuschauen, als hier durchzukommen.«

Alena machte das gar nichts aus. Dann musste sie wenigstens nicht die ganze Zeit daran denken, wie die beiden Prüfer sie angesehen hatten. »Vielleicht lässt er Tote auferstehen oder so was. He, könntet Ihr mal aufhören, mir auf den Fuß zu trampeln?« Sie versuchte, von einer tolpatschigen Frau wegzukommen, die schon zwei ihrer Zehen zu Brei verarbeitet hatte. So fühlte es sich wenigstens an.

In diesem Moment wandelte sich das aufgeregte Summen der Menge, steigerte sich zum Crescendo. Dann wurde es ganz plötzlich still. So still, dass Alena das Geräusch ihres eigenen Atems hören konnte. Eine hoch gewachsene Gestalt in einer flammenfarbenen Kutte betrat die Plattform in der Mitte des Platzes. Man konnte das Gesicht des Mannes nicht erkennen, es war unter einer Kapuze verborgen. Er ging mit langsamen Schritten, doch seine Bewegungen strahlten Kraft und Autorität aus. Alena fühlte, wie die Aufregung der anderen Menschen sie anzustecken begann. Eins war klar: Das hier war nicht mit den üblichen marktschreierischen Kundgebungen zu vergleichen.

Als die Menschen die Erwartung kaum mehr ertragen konnten, warf die Gestalt die Kapuze zurück. Ein Raunen ging durch die Menge.

Alena war beeindruckt. Der Heiler vom Berge hatte ein Gesicht, das wie geschaffen dafür war, ein Land zu regieren oder eine Frau zu erobern. Seine Augen schienen sie anzusehen, nur sie. Welche Farbe sein eisgraues, kurz geschorenes Haar wohl einmal gehabt hatte?

»Ich habe das Unglück der Welt gesehen, und es hat mich traurig gemacht«, sagte der Mann, und in seinem Gesicht waren Leidenschaft und Güte zugleich. »Ich will es hinwegfegen und euch heilen und wieder zu einem Ganzen fügen. Wollt ihr das?«

»Jaaaa!« Ein lang gezogener, vielstimmiger Ruf, der aus der Menge aufstieg. Ein Ruf voller Sehnsucht. Alena stimmt nicht mit ein; sie fand die ganze Sache eher peinlich. Und doch war sie wider Willen beeindruckt von der Ausstrahlung dieses Heilers. Er hatte eine Art von … Größe.

Komisch, manchmal weiß man schon nach ein paar

Atemzügen, dass jemand eine starke Persönlichkeit ist, dachte Alena. Und seine Worte griffen an ihr Herz, brachten eine Saite tief in ihr zum Klingen. Gerade, weil sie so ganz anders waren als die üblichen Lehren der Feuergilde, in denen meistens von Stärke und Ehre die Rede war.

Wieder sprach der Heiler. »Nehmt euren Kummer und eure Sorgen und gebt sie mir, damit ich sie zu Freude wandle.« Er hatte die Hände gehoben. Die Menschenmenge ahmte seine Geste nach, streckte sich ihm entgegen. »Ihr sollt nie mehr leiden, ihr habt genug erduldet! Die Liebe ist es, die euch retten wird, ihr müsst sie nur geben – denn je mehr ihr gebt, desto höher wird sie in euch wachsen. Wollt ihr mit mir wachsen?«

»Jaaa!«

»Wer von euch hat das schwerste Schicksal?«, sagte der Heiler vom Berge. »Wer von euch ist alt, siech oder von Schmerzen geplagt? Ich bin hier, um euch zu helfen.«

Plötzlich hielt er einen Gegenstand in der Hand, einen weißen Stein. Ein leichter Nebel stieg von ihm auf. Die Menge schien nur darauf gewartet zu haben. Einzelne Menschen drängten sich durch, nach vorne, zu dem Heiler hin. Einer nach dem anderen kniete vor ihm, streckte die Hände nach dem Stein aus. Bewegt sah Alena, wie sie über das ganze Gesicht strahlten, als sie wieder zurückkehrten. Auf einmal wünschte sie sich mit aller Kraft, auch dort oben zu sein, ihren Schmerz und Kummer mit einer Berührung einfach abzustreifen, in diese gütigen Augen zu blicken.

»Was das wohl für ein Ding ist?«, fragte sie Rena. Doch die antwortete nicht, starrte nach vorne. Stattdessen erklärte ein junger Mann, der neben ihr stand: »Es soll ein Stück Eis sein, das niemals schmilzt. Man sagt, dass der Heiler mit seiner Hilfe den Schmerz sammelt und aus dir herauszieht. Er ist ein ganz besonderer Mensch!«

»Geht hin und verbreitet die Kunde!« Die klare, warme Stimme des Heilers hallte über den Dorfplatz. »Lasst die Liebe in euch wachsen, und nichts kann euch mehr etwas anhaben.«

Die Kundgebung war beendet. Aber die begeisterte Menge wollte den Heiler vom Berge nicht gehen lassen. Es dauerte eine ganze Weile, bis er sich lächelnd losgemacht hatte von den Menschen, die sich um ihn drängten, ihn am Gewand festhielten. Dann umringten ihn seine Helfer und geleiteten ihn davon.

»He, das war gar nicht übel!«, sagte Alena zu Rena. »Gut, dass wir den nicht verpasst haben ...«

Sie stockte. Rena wirkte seltsam. Beim Feuergeist, sie zitterte ja! Sah ganz so aus, als stände sie unter Schock. Betroffen nahm Alena ihren Arm, zog sie aus der Menge heraus. Suchte ihr einen Platz, wo sie sich hinsetzen konnte, reichte ihr die Feldflasche und sah zu, wie sie trank. Nach einer Weile schien sie sich etwas beruhigt zu haben. Doch als sie sich Alena zuwandte, war ihr Blick zum Fürchten.

»Es ist zwar sechzehn Winter her, aber ich habe ihn sofort erkannt«, sagte sie und holte zitternd Luft. »Das war Cano. Der Mann, der sich früher der Prophet des Phönix genannt hat.«

»Meinst du das ernst?«, fragte Alena nach einem Moment des Schweigens, und Rena sah den Zweifel in ihren Augen. »*Das* soll der Mann sein, der euch um ein Haar alle umgebracht hätte, wenn Pa nicht eingeschritten wäre? Der Bruder meiner Mutter?«

»Genau der«, sagte Rena grimmig. Noch immer raste ihr Herz, als hätte sie einen Sprint hinter sich. »Beim Erdgeist, wieso haben sie zugelassen, dass er aus der Eiswüste von Socorro zurückkommt? Er ist der gefährlichste Mann in Daresh!«

Alena zeichnete mit der Schwertspitze Muster in den Sand. Sah so aus, als wüsste sie nicht, was sie von der ganzen Sache halten sollte. Kein Wunder, dachte Rena. Sogar ich wäre früher beinahe auf ihn reingefallen. Und es scheint so, als hätte Cano selbst in Socorro sein Charisma nicht eingebüßt. Wie schafft er es nur, die Menschen so leicht in seinen Bann zu ziehen?

Noch immer konnte Rena es kaum glauben. Cano hier! Er war zurück! Wie betäubt ließ sie sich von Alena aus dem Dorf herauslotsen und sah ihr dabei zu, wie sie in einem von Dornensträuchern abgeschirmten Eckchen hinter einer Felswand ihr Lager aufbaute.

»Aber selbst wenn.« Alenas Stimme klang auf einmal wieder trotzig. »Sieht so aus, als hätte er sich geändert. In der Eiswüste hat er begriffen, worauf es wirklich ankommt. Er ist ein Heiler geworden.«

»Meinst du diesen pappsüßen Unsinn, den er eben abgesondert hat? Das war eine Mixtur aus allem, was gut klingt.« Rena schüttelte den Kopf. Und das Schlimmste war, es hatte gewirkt. Die Leute hatten es nur so eingesaugt.

»Na ja, manches war arg abgedroschen, aber insgesamt klang es, als hätte er ein gutes Herz.« Alenas Miene war distanziert, misstrauisch. »So redet doch keiner, der Daresh erobern und dabei Ströme von Blut vergießen will!«

Rena war danach, den Kopf in den Händen zu vergraben. In ihrem Inneren war eine hilflose Wut. Konnte es sein, dass sich die Geschichte wiederholte? Dass jede Generation die bitteren Erfahrungen von neuem machen musste? »Man darf einen Menschen nicht nach dem beurteilen, was er sagt. Sondern nur nach dem, was er tut.«

»Mache ich ja. Ich habe selbst gesehen, wie er diese ganzen Leute geheilt hat!«

Rena nickte. »Er schmeichelt sich ein. Bevor er anfängt, seine wirklichen Pläne zu verfolgen. Wir müssen etwas unternehmen! Cano muss unter Kontrolle gebracht werden, ehe er wieder Unheil anrichten kann …«

»Was soll er schon groß anrichten?« Alena war noch immer nicht überzeugt. »Willst du ihn etwa davon abhalten, die Leute glücklich zu machen?«

»Dabei wird es nicht bleiben, glaub mir«, sagte Rena. »Er hat schon mehr Menschen ermordet, als du dir vorstellen kannst. So jemand ändert sich nicht.«

»Gib ihm doch erst mal eine Chance! Immerhin ist er mein Onkel.«

»Das macht leider keinen Unterschied. Verstehst du nicht?« Rena atmete tief durch. »Ich und dein Vater – wir sind in höchster Gefahr. Wir sind für seine Verurteilung damals verantwortlich. Wegen uns wurde er in die Eiswüste geschickt. Es ist ein furchtbarer Ort, dort gibt es nur Eis und Felsen, es ist das ganze Jahr über Winter, und jeden zweiten Tag fegen Schneestürme über das Land. Cano ist ein Mann, der niemals vergisst. Sobald er sich einigermaßen sicher fühlt, wird er sich an seinen alten Feinden rächen. Er wird keine Ruhe geben, bis wir tot sind.«

Das wirkte. Jetzt sah auch Alena erschrocken drein. »Was schlägst du vor?«, fragte sie. Ihr Ton war noch immer ein wenig förmlich. Es tat Rena leid, dass die Vertrautheit zwischen ihnen schon wieder weg war. Nach wie vor waren sie sich fremd. Und das Schlimme war – sie brauchte Alena jetzt, sie brauchte jede Unterstützung, die sie kriegen konnte. Allein hatten sie und Tavian gegen Cano keine Chance.

»Ich schlage vor, wir nehmen den Kampf auf«, sagte sie.

Alena zögerte. »Na gut«, stimmte sie schließlich zu. »Ich bin dabei.«

Rena musterte sie lange und nachdenklich. Stolz und rebellisch erwiderte das Mädchen mit den rostroten Haaren ihren Blick. Sie wird jetzt verdammt schnell erwachsen werden müssen, dachte Rena. Wird sie das schaffen?

»Gut«, sagte Rena und machte sich daran, an den Rat der vier Gilden in der Felsenburg und an die Hohen Meister der Feuergilde zu schreiben. Auch Tjeri schickte sie eine Botschaft, damit er wusste, was los war, und nicht vergeblich auf ihre Rückkehr wartete.

Kaum hatte Rena die Wühler losgeschickt, schnupperte sie misstrauisch. Wieso roch es hier auf einmal so ranzig?

Eine pelzige Gestalt schoss heran, warf sich von hinten auf Alena und hätte sie fast umgeworfen. »He!«, schrie Alena und schaffte es, das Geschöpf am Nackenfell zu packen und von sich wegzuhalten. Mit klopfendem Herzen erkannte Rena, dass es ein Iltismensch war, eins der halb menschlichen Wesen von Daresh. Er hatte den geschmeidigen Raubtierkörper seiner Art und ein spitzes, menschliches Gesichter mit beeindruckenden Reißzähnen. Sein braun- und beigefarbenes Fell war struppig, er schien nicht gerade eitel zu sein.

»Cchraskar, du sollst mich nicht immer anfallen, verdammter Rostfraß!«, schimpfte Alena, aber sie strahlte über das ganze Gesicht. Rena wurde klar, dass das ihr bester Freund sein musste.

»Aberrr es maccсht Spassss!«, fauchte Cchraskar und schnappte spielerisch nach Alenas Hand.

»Jetzt reicht's aber«, sagte Alena und schüttelte ihn. Die beiden rollten über den Boden und balgten sich, bis Alena sich ihrer Zuschauerin wieder bewusst wurde. Verlegen stand sie auf und klopfte sich den Staub ab.

Rena konnte sich ein Lächeln nicht verkneifen. »Cchraskar, warum bist du hier?«

Der junge Iltismensch blickte ihr entgegen, seine dunklen Augen leuchteten. Er antwortete nicht in Daresi, sondern in seiner Sprache. Auch er schien von Renas Gabe zu wissen, die Sprachen aller Halbmenschen zu verstehen. Das konnte sie, seit sie die *Quelle* berührt hatte. »Gehört habe ich, gehört, dass Feuerblüte Kummer hat. Also komme ich«, sagte er.

Feuerblüte – das war also der Name, den die Halbmenschen für Alena hatten. Rena fragte sich, wie die Halbmenschen immer so schnell erfuhren, was in Daresh geschah. Bevor sie antworten konnte, fuhr Cchraskar in Daresi fort: »Aber icch habe auch eine Botschaft, die habe ich. Aus eurem Dorf.«

Rena wurde kalt. Sie hoffte von ganzem Herzen auf eine harmlose Ermahnung von Tavian wegen der verhauenen Prüfung. Aber die hätte er auch per Wühler schicken können.

»Gib sie uns bitte«, sagte sie ruhig. »Von wem ist sie?«

»Ralissssa.« Der Iltismensch zuckte mit den Ohren. »Sonst versucht sie immer, mir Wasser übers Fell zu kippen, Glück hat sie, Glück, dass ich ihr trotzdem zugehört habe.«

Alena runzelte die Stirn. »Ralissa ist eine Nachbarin«, flüsterte sie Rena zu. »Was will *die* denn?«

»Ssie sagt, dass es Tavian schlecht geht«, lispelte Cchraskar. »Eine eigenartige Krankheit. Vielleicht ein Fluch. Bitte kommt schnell, sagt sie!«

Verbündete

Sie wanderten die ganze Nacht durch, ohne Rast. Im Morgengrauen erreichten sie Gilmor. Alena nahm den vertrauten Klang der Schmiedehämmer nicht wahr, bemerkte kaum Kilian und Jelica, die am Wegesrand standen und ihr neugierig nachblickten. Mit langen Schritten eilte sie zur Schmiede ihres Vaters. Aus ihrer Pyramide stieg kein Rauch auf, sie wirkte kalt und verlassen. Zum ersten Mal in ihrem Leben hatte Alena echte Angst.

Ralissa empfing sie an der Tür. Sie wirkte niedergedrückt und verängstigt. Ralissa war eine stille, ernste Frau ohne einen Meistergrad, die ihren Partner bei einem Duell vor ein paar Wintern verloren hatte und sich seither hin und wieder mit Tavian traf. Alena konnte nicht viel mit ihr anfangen, sie waren einfach zu unterschiedlich. Wie alle Menschen der Feuergilde trug Ralissa ein Schwert, aber sie hatte es, soweit Alena wusste, noch nie benutzt. Nur einmal hatten sie einen ganzen Tag gemeinsam verbracht – Alena hatte sich von ihr beibringen lassen, wie man näht, damit sie sich die engen, ärmellosen Hemden, die sie so gerne trug, selbst schneidern konnte.

»Ich habe ihm einen Trank aus Tuvalak-Wurzeln und Tinktur aus Blaukelch-Blättern gegeben um das Herz zu stärken. Trotzdem macht er mir Sorgen«, sagte Ralissa und winkte Alena, Rena und dem Iltismenschen, ihr zu folgen.

Alena spürte, dass Cchaskar neben ihr zurückblieb. Sie drehte sich nach ihm um. »Was ist, kommt du?«

Sein Fell hatte sich gesträubt, und er stemmte die Pfoten fest gegen den Boden. »Icch kann nicht«, stieß er hervor.

Alena war verblüfft. So kannte sie ihn gar nicht. Cchraskar war von seinen fünf Wurfgeschwistern der waghalsigste. »Wieso? Was ist?«

»Großviel schlecccht ist es hier«, fauchte er. »Da drinnen … gefährlich …«

Plötzlich war Ralissa neben ihr. »Mach ihm keinen Vorwurf. Die anderen Halbmenschen machen sogar einen Bogen um das ganze Dorf, seit dein Vater krank geworden ist. Irgendetwas ist ihnen hier unheimlich.«

Alena nickte. Ihr war mulmig zumute. Sie hatte gelernt, Cchraskars Instinkten zu trauen. Ralissa schien ihre Gedanken zu ahnen, denn sie sagte: »Es scheint nicht ansteckend zu sein. Keiner von uns hat es bekommen, auch ich nicht, obwohl ich ihn seit Tagen pflege.«

»Es ist mir egal, ob es ansteckend ist oder nicht«, sagte Alena, straffte die Schultern und betrat die Schmiede.

Ihr Vater lag in seinem Schlafraum, auf weichen Oriak-Fellen. Als er sie sah, versuchte er, sich aufzurichten und zu lächeln. Beides klappte nicht so richtig. Erschrocken bemerkte Alena, wie schwach er war. Sie kniete sich an seine Bettkante und zwang sich, die Tränen zu unterdrücken. »Pa, wie geht's dir?«

»Siehst du doch – muss mir irgendwas eingefangen haben«, knurrte ihr Vater. »Ich fürchte, ich kann das Schwert für Meister Loryn nicht fertig machen. Du musst das übernehmen. Es liegt in der Werkstatt auf dem hinteren Tisch …«

In Alenas Kehle war ein dicker Kloß. »Ich darf keine Meisterschwerter schmieden, Pa. Ich habe nicht bestanden, das habe ich dir doch geschrieben.« Es tat weh, ihn daran zu erinnern. Ein schrecklicher Gedanke kam ihr. Konnte ihre Nachricht ihn so schwer getroffen haben, dass er krank geworden war?

Das Gesicht ihres Vaters verdüsterte sich. Doch dann nickte er. »War noch zu früh diesen Winter. Ich hätte es wissen müssen. Wir hätten daran arbeiten müssen, dass dir solche Flüchtigkeitsfehler nicht passieren.«

»Es tut mir leid«, murmelte Alena hilflos. Als sie seine Hand nahm, bemerkte sie, wie eiskalt sie war. Richtig unheimlich. So, als wäre er schon tot.

Rena trat neben sie. »Ich fürchte, wir müssen es ihm sagen – das mit dem ... Heiler vom Berge.« Alena nickte. Aber sie war nicht sicher, ob es eine gute Idee war. Besorgt beobachtete sie, wie sich die Frau aus der Erdgilde neben ihren Vater kniete und ihm ganz leicht die Hand auf den Arm legte. »Tavian, leider gibt es schlimme Neuigkeiten. Cano ist aus Socorro zurück.«

Alena hatte ihren Vater noch nie so blass werden sehen. »Bist du sicher?«

»Ja«, erwiderte Rena schlicht. »Er hat sich eine neue Lehre ausgedacht – und schafft's wieder, die Leute mitzureißen. Ich habe es selbst gesehen.«

»Wenn wir ihnen sagen, wer er ist, werden sie sich von ihm abwenden.«

»Ganz sicher. Und ich habe an den Rat geschrieben. Sie werden ihn einkerkern. Du weißt, wie sein Urteil lautete.«

»Ich habe mir jedes verdammte Wort gemerkt. *Cano ke Tassos, der sich Prophet des Phönix nennt, wird in die Eiswüste von Socorro verbannt und unter Überwachung gestellt. Verlässt er Socorro, kann jeder ihn töten, der ihn sieht.*«

»Die Gefahr wird bald vorbei sein«, sagte Rena fest und stand auf. »Mach dir keine Sorgen, ja? Das ist im Moment nicht gut für dich.«

Ein Funke leuchtete in Tavians goldgefleckten Augen auf. »Keine Sorgen? Unmöglich. Dafür kenne ich Cano zu gut.«

Als sie wieder im Nebenzimmer standen, fragte Rena Ralissa mit leiser Stimme: »Was könnte er für eine Krankheit haben? Es ist nichts, was ich kenne.«

»Der Heiler aus dem Nachbardorf ist auch ratlos«, erwiderte Ralissa niedergeschlagen. »Aber was es auch ist, es ist gefährlich. Jeden Tag verliert er ein Stück seiner Kraft. Ihr kennt ihn – sein Körper und sein Wille sind stark wie bei kaum einem anderen, aber ich weiß nicht, wie lange er noch durchhalten wird.«

Alena kam sich vor, als sei sie in einem Albtraum gefangen. Ihr Pa war alles, was sie hatte! »Wird er sterben?«, fragte sie und fürchtete sich vor der Antwort.

»Das weiß niemand«, sagte Ralissa und versuchte, ihr den Arm um die Schultern zu legen. Empört wich Alena der Berührung aus. Warum behandelte Ralissa sie eigentlich immer wie ein Kind?

»Könnte der Prophet irgendetwas damit zu tun haben?«, fragte sie Rena.

»Ich traue es ihm jedenfalls zu«, antwortete Rena, und ihre braunen Augen wirkten hart und entschlossen. »Ralissa, habt ihr, bevor er krank wurde, irgendetwas Außergewöhnliches im Dorf bemerkt? Hatte Tavian einen Besucher von außerhalb?«

»Jetzt, wo du es sagst ... einer der Männer – Palek – meinte, er hätte einen seltsamen weißen Schatten bemerkt, eine Art Tier. Er hat nicht gewagt, sich dem Ding zu nähern.«

»Das klingt nicht gut.« Rena dachte nach, wandte sich dann an Alena. »Wir sollten uns mit diesem Palek mal unterhalten. Wo finden wir ihn?«

»Nach so einem Schreck wahrscheinlich in der Schänke«,

meinte Alena. Einerseits war sie neugierig auf das, was Palek zu erzählen hatte, andererseits wollte sie bei ihrem Vater bleiben. Einfach bei ihm sein, seine Hand halten. Doch als Ralissa noch einmal in sein Zimmer spähte, flüsterte sie: »Er schläft. Weck ihn nicht auf.«

Da klopfte es an der Außentür. Die drei Frauen blickten sich an. Wer konnte das sein? Alena ging öffnen. Sie sah sich einem Mann mit kurzen dunklen Haaren und heiteren Augen gegenüber, der ein paar Fingerbreit kleiner war als sie. Verblüfft sah Alena, dass zwei grüne Libellen ihn umschwebten und über ihm ein Pärchen Rubinvögel kreiste. Ein Tass hatte sich an seine Fersen geheftet und versuchte ab und zu, verliebt seine Füße abzulecken. Aber nicht nur das, hinter dem Mann stelzten auch zwei Skorpionkatzen und taten, als seien sie zahme Schoßtiere.

»Äh …«, sagte Alena. Wer beim Feuergeist war das, und was machten die Tiere hier? Sie wollte die Tür zuknallen, bevor die Skorpionkatzen reinkommen und jemanden umbringen konnten.

Doch der Mann stellte einen Fuß in die Tür. »Tut mir leid – die da haben sich mir unterwegs angeschlossen«, sagte er und bedeutete den Tieren mit einer Handbewegung, besser ein anderes Mal wiederzukommen. Enttäuscht machten sich das Tass und die Skorpionkatzen davon.

Alena öffnete die Tür wieder etwas weiter. Ihr Blick fiel auf das Amulett, das der Mann trug: drei Wellen in einem Kreis. Ein Mann der Wassergilde – hier in Tassos, der Provinz der Feuerleute?!

Noch bevor sie ihn fragen konnte, was er wollte, drängte sich Rena an ihr vorbei und schloss den Mann in die Arme. »Tjeri! Was machst *du* denn hier?«

Soso, das war also Renas Gefährte. *Jederfreund* nannten ihn die Halbmenschen, hatte Rena ihr erzählt. Jetzt wusste

Alena auch, warum. Selbst Cchraskar schlug beinahe Purzelbäume vor Begeisterung über den Besuch. Allmählich wurde Alena eifersüchtig!

»Hast du erwartet, dass ich nach so einer Nachricht daheim hocken bleibe?«, sagte Tjeri. »Dachte, ihr könntet vielleicht Hilfe gebrauchen.« Er wandte sich an Alena. »Darf ich reinkommen, Alena?«

»Klar«, sagte Alena. Sie fühlte sich ein bisschen überrumpelt. Als ihr Besucher an ihr vorbeiging – eine der Libellen schmuggelte sich mit ihm ins Haus –, merkte sie, dass er hinkte. »O je, habe ich dich eben mit der Tür verletzt?«

»Nee«, antwortete Tjeri und verzog das Gesicht. »Hab meine Füße ein bisschen zu lange nicht benutzt.«

»Was?!«

»Im Seenland bin ich meistens im Wasser unterwegs. Außerdem habe ich, hm, zwei Winter lang keine Schuhe mehr getragen. Das habe ich jetzt davon – ich habe mir mindestens fünf Blasen gelaufen auf dem Weg hierher. Obwohl ich die meiste Zeit auf einem Dhatla geritten bin.«

»Vielleicht ist es gar nicht so schlecht, dass du da bist«, sagte Rena, als sie in der Schmiede Kriegsrat hielten. Schnell erzählte sie ihm, was geschehen war und wie es um Tavian stand.

Tjeris gute Laune verflog. »Brackwasser, dein Onkel verliert wirklich keine Zeit«, sagte er zu Alena. Sie versuchte zu lächeln und schaffte es nicht. Cano, ihr Onkel. Es klang, als sei das Ganze nur eine Familienangelegenheit.

Tjeri merkte sofort, wie weh ihr seine Bemerkung getan hatte. »Entschuldige. Ich bin manchmal ganz schön taktlos.«

»Schon in Ordnung«, meinte Alena, erstaunt, dass er sich wegen so etwas bei ihr, einem Lehrlingsmädchen, entschuldigte. »Was ist, gehen wir Palek suchen?«

Gemeinsam gingen sie durchs Dorf – sie, Cchraskar, Rena und Tjeri. Es fühlte sich ungewohnt, aber gut an, nicht alleine zu sein, Verbündete zu haben. Auf halbem Weg schloss sich ihnen Marvy neugierig an. An sie habe ich die ganze Zeit nicht einmal gedacht, stellte Alena mit einem kleinen Schreck fest.

»Geht's deinem Vater besser?«, fragte Marvy und lief neben ihr her. »Hat er's schon verkraftet, dass du … na ja …«

Natürlich hatte sie von all dem gehört. Marvy erfuhr immer alles. »Dass ich die Prüfung geschmissen habe? Rostfraß, das hat doch nichts mit seiner Erkrankung zu tun!« Alena hatte nicht vor, ihre eigenen Zweifel auf dem Marktplatz zu verkünden.

Marvy flüsterte: »Und, war's schlimm?«

»Die Prüfung? Ja, klar …«

»Nee, ich meine, mit deiner komischen Tante herumzureisen …«

»Ach, die ist ganz in Ordnung«, sagte Alena. Allmählich ging ihr Marvy wirklich auf die Nerven!

Und da waren auch Zarko und seine Getreuen. Sie lungerten neugierig am Wegesrand herum und glotzten die Fremden an. Alena blitzte sie an, forderte sie heraus, sich darüber lustig zu machen, wie sie mit zwei Leuten aus in Tassos nicht gerade angesehenen Gilden und einem Iltismenschen durch die Stadt marschierte. Doch weder Zarko noch einer der anderen wagte eine Bemerkung. Im Vorbeigehen nahm Alena Jelicas mitleidiges Lächeln wahr.

Alena lächelte nicht zurück. Mitleid hatte sie nicht nötig! Nicht von Zarkos' Leuten!

Sie fanden Palek tatsächlich in der Gastwirtschaft – einem einzelnen, großen Raum, der mit alten Waffen und gegerbten Tass-Häuten dekoriert war. Der bullige Metallgießer hatte einen halb leeren Krug Polliak vor sich und stierte vor sich hin. Rena und Alena tauschten einen Blick. Ob sie aus dem noch irgendeine wertvolle Information herauskriegen würden …?

»Meister Palek – Ralissa hat uns erzählt, dass Ihr etwas Seltsames beobachtet habt …?«, fragte Rena vorsichtig.

»So was hab ich noch nie gesehen, und ich will's auch nie wieder sehen«, sagte Palek und nahm noch einen Schluck aus seinem Krug. »Erst dachte ich nur, dass es ein weißer Schatten sei. Aber wenn ich genau drüber nachdenke, glaube ich, es war so eine Art Panther. So einer, wie's sie angeblich im Gebirge geben soll.«

Alena runzelte die Stirn. Das nächste Gebirge war ein ganzes Stück weg. »Hat er versucht Euch anzugreifen?«

»Nein. Dem hätte ich schon gezeigt, wo der Hammer hängt!«

»Jarrr, ganz tief im Keller«, murmelte Cchraskar respektlos.

»Wo habt Ihr das Tier gesehen, Meister Palek?«, mischte sich Rena wieder ein. »Und wann?«

»Es schlich um Tavians Pyramide herum. Hm … müsste so etwa vier Tage her sein.«

Das passt, dachte Alena beunruhigt. Konnte dieses eigenartige Tier wirklich etwas mit der Krankheit ihres Vaters zu tun haben? Hatte Cano dabei seine Hand im Spiel?

Inzwischen hatten sich ein halbes Dutzend Neugierige eingefunden, die die Geschichte gerne noch mal hören wollten und dafür einen Polliak springen ließen. Rena bedankte sich bei dem Metallgießer, und sie zogen sich an einen langen Tisch zurück, an dem schon zwei Männer und eine Frau saßen. Alena kannte sie. Es waren die Eltern von Kilian und Jelica sowie Zarkos Meister. Verlegen nickte sie ihnen zu.

»Komischer Panther«, sagte Cchraskar, der zusammengekauert neben Alena saß. »Da waren keine Spuren bei der Pyramide. Vielleicccht kann das Vieh fliegen.«

»Hat Cano eigentlich übernatürliche Kräfte?«, fragte Tjeri.

Rena schüttelte den Kopf. »Er beherrscht Feuerarten, mit denen sonst kaum einer zurechtkommt. Aber sonst ist Cano ein ganz normaler Mensch. War er zumindest damals. Aber jetzt ist er ja der Heiler vom Berge, wer weiß, was er nun …«

Der Vater der Geschwister, der anscheinend mit halbem Ohr zugehört hatte, mischte sich erstaunt ein. »Verzeiht mir, Rena ke Alaak, aber was habt Ihr da gerade gesagt?«

»Ihr habt richtig gehört.« Jetzt hob Rena die Stimme, damit das ganze Gasthaus mithören konnte. »Der Mann, der sich Heiler vom Berge nennt, heißt in Wirklichkeit Cano und war einmal als der Prophet des Phönix bekannt!«

»Ach, wirklich!«, sagte Kilians Mutter. »Das ist ja erstaunlich. Er ist ein erstaunlicher Mensch.«

»Das habe ich mir fast gedacht, dass ein Mann von seinem Format sich nicht ewig in diese Eiswüste einsperren lässt«, dröhnte Zarkos Meister.

»Habt ihr seine Kundgebung in Yalantha gehört? Das war einfach sensationell!«, mischte sich ein anderer ein.

»Er ist ein Mörder«, erwiderte Rena hart. »Habt ihr seinen Angriff auf die Felsenburg vergessen?«

»Mir war auch manchmal danach zumute, diesem Weib in der Burg einen Dämpfer zu verpassen«, sagte jemand. Alena schaute sich nach ihm um. Es war Karisto, einer der Dorfältesten.

»Seine Anhänger hätten damals beinahe den Rat der vier Gilden ausgelöscht! Hunderte von Menschen sind gestorben!« Rena war aufgestanden. Zum ersten Mal sah Alena sie wütend. Auf einmal wirkte sie nicht mehr klein, und sanft schon gar nicht. Ihre Kraft umgab sie wie ein unsichtbarer Mantel. Wider Willen war Alena beeindruckt.

»Wart Ihr damals dabei?«, forderte Rena den alten Karisto heraus. »Seid Ihr dem Propheten gefolgt?«

»Natürlich nicht«, murmelte der Dorfälteste, aber er senkte den Blick.

»Was macht es, dass er einmal der Prophet des Phönix war?«, sagte Kilians Vater. »Jeder Mensch hat eine zweite Chance verdient. Und wenn er damals Erfolg gehabt hätte, wenn er die Feuergilde zu neuem Ruhm geführt hätte, dann wäre all das sowieso vergessen. Nur weil er besiegt wurde, ist überhaupt die Rede davon.«

Eigentlich hat er ja recht, fand Alena. Und dass Cano ihren Vater mit einem Fluch belegt oder sonst wie krank gemacht hatte, ließ sich nicht beweisen.

»Lasst uns gehen«, sagte Tjeri und schob seinen Stuhl so heftig zurück, dass das schmiedeeiserne Möbelstück hintenüberkippte und zu Boden polterte.

»He«, stieß Zarkos Meister hervor und packte Tjeri grob am Arm. »Pass doch auf, Fischkopf! Was soll das eigentlich – ihr kommt in unser Dorf, du und die Blattfresserin, und ...«

»Moment mal«, protestierte Tjeri.

Alena reagierte instinktiv. Mit zwei Schritten war sie neben ihm. »Lass ihn los!«, schleuderte sie Zarkos Meister entgegen, die Hand am Schwert. »Und wenn du Rena noch einmal Blattfresserin nennst ...«

Sie fühlte Cchraskar neben sich. »Willst du Ärger, willsst du das?«, fauchte er. »Zwei Finger weniger? Kürzere Nase? Kannst du haben!«

Wahrscheinlich waren es vor allem seine gebleckten Fangzähne, die Zarkos Meister dazu brachten, Tjeri loszulassen. Nicht einmal der beste Schwertkämpfer konnte mit einem

Iltismenschen mithalten – sie waren schneller und stärker als jeder Mensch.

Zwei Atemzüge später standen sie draußen, ließen den Lärm und den Aufruhr in der Schänke hinter sich.

»Danke, Alena, Cchraskar.« Tjeri atmete tief durch und grinste dann schon wieder. »Nette Menschen, wirklich.«

»Es sind ganz normale Menschen«, sagte Rena. »Und genau das macht mir Sorgen.«

Alena schwieg, hing ihren eigenen Gedanken nach. Wieso hatte sie das gemacht – die beiden verteidigt? Gegen ihre eigenen Leute? Das war dumm gewesen. Leichter würde es ihr Leben in Gilmor bestimmt nicht machen.

Aber woher kam dann dieses seltsame warme Gefühl in ihrem Inneren?

Das Smaragdschwert

Kaum waren sie wieder in ihrer Pyramide, traf ein Wühler ein. Er war vom Rat; die Nachricht war an Rena gerichtet. Ungeduldig wartete Alena, bis Rena die Nachricht gelesen hatte.

»Auf die Hilfe des Rates brauchen wir nicht zu zählen«, sagte Rena niedergeschlagen und reichte das Blatt an Alena weiter. Schnell las sie die wenigen Worte.

Hochgeschätzte Rena ke Alaak,
wir wissen bereits, dass Cano zurückgekehrt ist. Doch er hat seiner Lehre bei einer Anhörung in der Felsenburg öffentlich abgeschworen. Es ist nicht zu erwarten, dass er noch einmal Schaden anrichten wird. Daher erachten wir es nicht als notwendig, den harten Richterspruch von damals weiterhin durchzusetzen.
Friede den Gilden!
Gez. Ujuna ke Vanamee, stellvertretend für den Rat der vier Gilden

»Ich glaube, ich weiß, warum sie so reagieren«, sagte Rena. »Von den Ratsmitgliedern erinnert sich kaum noch einer an das, was damals passiert ist. Sie sind ja erst danach in die Felsenburg gekommen, als Ersatz für die Leute, die getötet wurden. Die, die dabei waren, genießen ihren Ruhestand und wollen keinen Ärger.«

Alena hätte am liebsten irgendetwas an die Wand geworfen, irgendetwas zerstört. Aber die einzigen Dinge, die herumhingen, waren Zangen und Hämmer – da ging eher noch die Wand kaputt. »Wie können diese Maushunde uns nur so im Stich lassen?!«

»Dagua hätte anders gehandelt«, sagte Tjeri wehmütig. »Aber er ist zu alt, um sich noch einmal in den Kampf zu stürzen. Wie viele Winter hat er jetzt auf dem Buckel, Rena? Müssen um die fünfundsiebzig sein, oder?«

Rena nickte. »Dagua ist ein alter Freund von uns, aus der Wassergilde«, erklärte sie, als sie Alenas fragenden Blick sah. »Wir haben viel zusammen erlebt, er war bei unserer ersten Reise dabei.«

Lange saßen sie schweigend zusammen, dachten nach. Schließlich sagte Rena: »Vielleicht hat Tavian eine Idee, was wir tun können.«

Erschrocken sah Alena, dass ihr Vater seit gestern noch schwächer geworden war. Blass und kraftlos lag er auf seinem Lager. Kurz berichtete ihm Rena, was passiert war. Zu Alenas Verwunderung, schien ihr Pa kaum erstaunt.

»Den Starken folgt man gerne«, flüsterte er. »Das liegt in der Natur des Menschen. Vielleicht wäre es damals doch besser gewesen, Cano hinzurichten.«

»Das hätte ihn zum Märtyrer gemacht«, wandte Tjeri ein. »Tote Helden sind immer die besseren Helden.«

»Auf jeden Fall werden wir alles tun, um ihn aufzuhalten. Leider wird das nicht gerade einfach, fürchte ich.« Rena wollte aufstehen. Doch Tavian hielt sie am Ärmel ihrer Tunika zurück. »Warte!«

Alena sah, wie viel Mühe ihn das Sprechen kostete. Zum ersten Mal fiel ihr auf, dass sein Atem eine weiße Wolke in die Luft zeichnete. Aber so kalt war es doch gar nicht hier drinnen!

»Vielleicht …«, begann er. »Es gibt eine Möglichkeit … weißt du noch, dieser Mann namens Keldo …«

»Canos Gegenspieler, ja. Aber wir haben ihn nie finden können. Niemand weiß, wer er wirklich ist. Vielleicht lebt er nicht einmal mehr.«

»Er lebt«, sagte Tavian. Seine Stimme war schwach, aber eindringlich. »Vor drei Wintern hat jemand ihn erwähnt … ein reisender Schmied. Er erzählte mir, er habe Keldo in Ekaterin gesehen. Damals hat mich das nicht besonders interessiert.«

Alena war noch nie in Ekaterin gewesen, aber sie hatte davon gehört. Es war eine große Handelsstadt in Alaak, der Provinz der Erdgilde, die etwa vier Tagesreisen im Norden lag. In den letzten Wintern war dort viel gebaut worden, die Stadt hatte immer mehr Menschen angezogen und galt jetzt – neben Eolus in der Provinz Nerada und Carradan in Tassos – als eine der wenigen echten Metropolen Dareshs.

»Und du glaubst wirklich, dieser Keldo könnte uns gegen Cano helfen?«, fragte Tjeri.

»Ich hoffe es«, sagte Tavian, und seine Augen brannten in seinem hager gewordenen Gesicht. »Du weißt, was uns sonst bevorsteht, Rena.«

»Ja, ich weiß es«, erwiderte Rena ruhig.

Als Alena die beiden ansah, ahnte sie, dass es nicht wirklich wichtig war, ob sie die Meisterprüfung bestand. Es war nicht einmal besonders wichtig, ob die Gilde sie ausstieß oder nicht. Wichtig war jetzt, dass sie die Menschen beschützte, die sie liebte.

Und dafür brauchte sie ihr Meisterschwert.

In dieser Nacht ging Alena nicht zu Bett. Sie blieb bei ihrem Vater, bis er schlief, und wartete in ihrem Zimmer ab, bis die anderen längst im Reich der Träume waren. Dann stand sie auf und nahm das Schwert in seiner Hülle aus dunklem Tuch. Sie klemmte es sich unter den Arm, griff sich drei Fackeln aus dem Vorratsraum und verließ lautlos die Schmiede. Cchraskar war nirgends zu sehen, wahrscheinlich jagte er sich sein Abendessen. Instinktiv machte sie sich auf den Weg zu ihrem Lieblingsplatz, einer versteckten Lichtung am Rand des Phönixwalds. Dort würde sie um diese Zeit garantiert niemanden antreffen. Hoffentlich auch nicht den weißen Panther. Aber das war ein Risiko, das sie eingehen musste.

Still und verlassen lag die Lichtung im rötlichen Licht des dritten Mondes. Die Phönixbäume streckten ihre Äste in den Himmel, es roch nach ihrem schweren, öligen Duft.

Alena ließ sich nieder und legte das eingewickelte Schwert auf einem Steinklotz ab. Sie hatte das Bedürfnis nach einem Ritual. Es sollte ein ganz besonderer Moment werden. Sorgfältig steckte sie die drei Fackeln in den Boden – eine direkt vor sich, eine links, die andere rechts von sich. Mit einer Formel steckte sie sie in Brand, so dass ihre zuckenden Flammen die Lichtung erhellten.

Sie versuchte, sich an die Worte zu erinnern, die bei der Übergabezeremonie gesprochen wurden. Trotzig wandelte sie sie ab, damit sie passten. »Hiermit nehme ich mir mein Meisterschwert«, sagte Alena laut und klar. »Ich gelobe, es in Ehre zu führen, und es zu tragen, so lange ich lebe.«

Alenas Herz schlug einen Trommelwirbel, als sie langsam den Stoff abwickelte und ihre neue Waffe – einen leichten Zweihänder – aus der Lederscheide zog. Sie hatte noch nie etwas so Schönes gesehen. Das Schwert hatte eine gerade, unglaublich scharfe Klinge aus Iridiumstahl, in die in winziger Schrift ein Gedicht eingraviert war. Die Parierstange war in eleganten Bogen geschmiedet, und dort, wo die Klinge in den Griff überging, war ein Smaragd eingearbeitet, der so groß war wie ein Auge. Einen solchen Stein hatte Alena noch nie gesehen, und sie wagte kaum, ihn zu berühren. Den Knauf verzierten kleinere Steine derselben Farbe.

Ehrfürchtig nahm Alena das Schwert, führte ein paar schnelle Schläge damit aus. Es lag wunderbar leicht in der Hand, wisperte durch die Luft wie eine Vogelschwinge. Jubel quoll in ihr hoch. Mit diesem Schwert brauchte sie nichts und niemanden mehr zu fürchten!

Doch dann entzifferte sie das Gedicht auf der Klinge, und ihr Gefühl der Unbesiegbarkeit verschwand mit einem Schlag.

Ein Hauch der Ewigkeit
Wehte uns an, als wir dort standen
Im Mittelpunkt der Welt, in der Seele von Daresh
Und einen Atemzug lang fühlten wir uns unsterblich –
Aber ach, wir waren es nicht.

Nachdenklich ließ Alena die Finger über das kühle Metall gleiten. Worauf sich das wohl bezog?

Ein Geräusch am Rande der Lichtung ließ sie herumfahren. Es hatte sich angehört, als wäre jemand auf einen trockenen Zweig getreten! Hatte jemand sie beobachtet? Niemand in Gilmor durfte wissen, dass sie sich ihr Meisterschwert genommen hatte!

Alena meinte, ein weißes Aufblitzen am Waldrand zu sehen, und ein Schauer durchlief sie. War das der weiße Panther gewesen? Reichte es, wenn man ihn nur kurz sah – trug man dann schon den Keim des Verderbens in sich?

Hastig verstaute sie das Schwert wieder, löschte die Fackeln und stand auf. Als der dritte Mond hinter dem Horizont verschwand, war sie zurück in ihrem Zimmer. Mit der Hand um den Griff ihrer neuen Waffe schlief sie ein.

DER WEISSE PANTHER

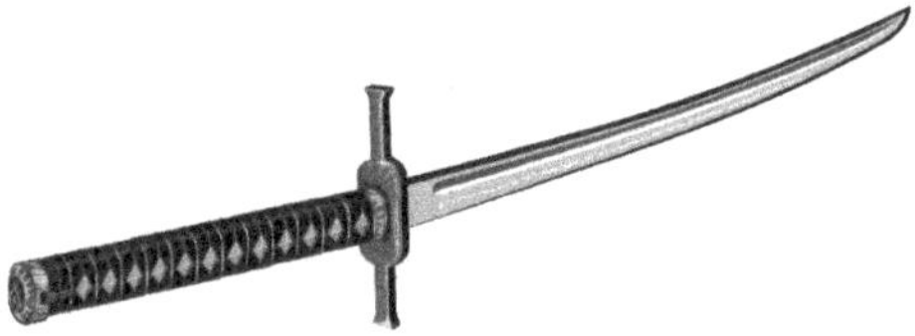

Stadt der Farben

In dieser Nacht begannen die Träume.

Alena sah sich auf einer Ebene stehen. Ihr gegenüber trat ein weißer Panther aus dem Phönixwald, lautlos und tödlich. Er war keine zwanzig Schritt entfernt. Alena zog ihr Schwert, versuchte, dem Panther mit einem Streich den Kopf abzuschlagen – doch die Waffe zerschmolz in ihren Händen. Zischend tropfte das Metall auf den Boden. Hilflos musste Alena zusehen, wie das Tier auf sie zuglitt. Sie konnte seine rot glühenden Augen erkennen, seine weichen Pfoten, die witternd erhobene Schnauze.

Der Panther duckte sich, setzte zum Sprung an. Alena wollte ihm ausweichen – zu spät! Sein großer weißer Körper warf sich auf sie, begrub sie unter sich …

Schwer atmend, mit hämmerndem Herzen, wachte Alena auf. Sie blieb einen Moment liegen, um sich wieder zu beruhigen. Es war so *wirklich* gewesen. Einen derart echten Traum hatte sie noch nie gehabt. Was bedeutete er? Sie hatte keine Ahnung.

Alena löste ihre Hand vom Griff ihres Schwertes, das schwarze Leder war schon feucht von ihrem Schweiß. Was hatte sie falsch gemacht, warum hatte sie den Panther nicht besiegen können? Warum hatte ihr das neue Schwert nicht geholfen? Es war ein böses Omen, dass es ihr in der Hand zerronnen war, auch wenn es nur ein Traum gewesen war. Sie musste Tavian fragen, was das zu bedeuten hatte. Vielleicht bekam sie auch heraus, worauf sich das Gedicht bezog und woher die grünen Steine stammten.

Auf bloßen Füßen huschte sie hinüber zu Tavians Zimmer und lugte durch die Tür. Was sie sah, ließ sie erstarren. Ihr Vater lag bewegungslos ausgestreckt mit geschlossenen Augen auf seinem Lager. Ralissa kniete am Fußende des Bettes und schluchzte leise.

»Ist er tot?«, fragte Alena und hörte, dass ihre Stimme zitterte.

Ralissa hob das Gesicht und trocknete schnell ihre Tränen. »Nein, sein Herz schlägt noch, aber ich schaffe es nicht, ihn zu wecken!«

Auch Alena gelang es nicht, obwohl sie ihn anschrie: »Pa! Lass mich jetzt nicht allein – bitte!«

Beunruhigt stürzten Rena und Tjeri herein. Sie sahen sofort, was geschehen war.

Rena untersuchte Alenas Vater kurz und richtete sich dann auf. »Er ist ins Koma gefallen. Ich hoffe, wir schaffen es, ihn da wieder rauszuholen.«

Am liebsten wäre Alena nicht mehr von seiner Seite gewichen, aber sie wusste, das war unmöglich. Was war besser – hier zu sitzen und ihn bis zum Tod zu begleiten oder etwas dagegen zu unternehmen? »Wir müssen sofort los«, brüllte sie, und ihre Stimme hallte von den metallenen Wänden der Schmiede wider. »Wir müssen Keldo suchen!«

Rena fand zwei Männer aus dem Dorf, die sich gegen Bezahlung dazu bereit erklärten, Tavians Schmiede bis zu ihrer Rückkehr Tag und Nacht zu bewachen. »Sicher ist sicher«, sagte sie.

Währenddessen fing Tjeri das Dhatla ein, auf dem er hergekommen war. Mit einem Reittier würden sie schon in wenigen Tagen in Ekaterin sein.

Mit gewaltigen Schritten trug sie das riesige Reptil voran, während sie sich auf seinem Rücken festklammerten. Natürlich war Cchraskar mit von der Partie; er hing die meiste Zeit quer über dem Rücken des Dhatlas und ließ die Pfoten auf beiden Seiten herunterbaumeln.

Sobald sie aus dem Dorf heraus waren, trug Alena ihr neues Schwert offen. Den Griff hatte sie mit schwarzem Stoff umwickelt, damit man die Edelsteine nicht sah. Die meisten Leute würden sicher gar nicht merken, dass es ein Meisterschwert war. Und wenn doch – sie sah älter aus als fünfzehn, schließlich würde sie in ein paar Tagen sechzehn werden. Wenn jemand nicht zu genau nachforschte, konnte sie als Meisterin durchgehen.

Natürlich fiel es Rena schon sehr bald auf. »He, was ist denn das für ein Schwert? Das hast du doch vorher nicht getragen?!«

Alena hatte keine Lust, sie anzulügen. Dazu kannten Rena und sie sich inzwischen zu gut. »Das ist mein Meisterschwert.«

Renas Mund blieb einen Moment offen stehen. Alena stellte fest, wie viel Spaß es ihr immer noch machte, Menschen aus der Fassung zu bringen.

»Wurzelfäule und Blattfraß«, stöhnte Rena. »Warum hast du das gemacht? Wenn jemand das merkt, dann ... O verdammt.«

»Keine Panik. Es merkt schon keiner. Außer, du verrätst mich.«

Das kam natürlich nicht in Frage, und sie wussten es beide.

»Zeig mal«, bat Rena, und Alena wickelte stolz den schwarzen Stoff ab.

»Tolles Ding«, sagte Tjeri, aber sein Blick war forschend. »Was sind das für Edelsteine am Griff?«

Alena hob die Schultern. Ihr entging nicht, dass Rena und Tjeri Blicke tauschten. Konnte es sein, dass die beiden etwas über die Steine wussten – und es ihr nicht sagen wollten?

Alena war aufgeregt, als sie in Ekaterin ankamen – sie war noch nie in einer Stadt gewesen. Die ersten Außenbezirke waren bedrückend, dort hatten sich die Ärmsten der Armen wackelige, zusammengestückelte Hütten errichtet, manche lebten sogar in überdachten Erdhöhlen. Ein Gestank nach verdorbenem Essen und menschlichen Ausscheidungen wehte zu ihnen herüber.

»Mmmh, lecker!« Cchraskar grinste.

»Kannst ja absteigen, wenn du es so toll findest.« Alena hielt sich die Nase zu, die andere Hand krallte sie in den Rückenpanzer des Dhatlas, um nicht herunterzufallen.

»Das ist der Schwarze Bezirk, hier leben fast nur Gildenlose«, sagte Rena. »Er ist leider ziemlich gewachsen, seit ich zuletzt da war.«

O je, dachte Alena. Zum ersten Mal wurde ihr wirklich bewusst, was sie riskierte. Jemand, der ausgestoßen wurde, durfte nicht mehr zu seiner Familie zurückkehren und musste mit den anderen Gildenlosen leben.

Aber dann gab sich Alena einen Ruck. Ich stehe zu meiner Entscheidung – und zu diesem Schwert, dachte sie. Außerdem ist es sowieso zu spät. Die Prägungsphase hat begonnen. Jetzt darf ich das Schwert drei Monate lang nicht ablegen!

»Wann warst du zuletzt hier?«, fragte sie Rena, um sich abzulenken.

»Vor zehn Wintern«, sagte Rena und Tjeri meinte: »Bei mir ist's noch länger her. Damals war ich Agent für meine Gilde.«

Auf einer Straße aus fest gestampftem Lehm, die breit genug für zwei Dhatlas war, bewegten sie sich in die Stadt hinein. Immer dichter wurde die bunte Menge, die sie umgab. Vollmenschen, Halbmenschen und Dhatlas wimmelten um sie herum. Ihr Reittier versuchte nicht auszuweichen und schlurfte in gleichmäßigem Tempo voran, schob nur hin und wieder mit dem schweren keilförmigen Kopf ein Hindernis aus dem Weg. Seine armlangen Grabkrallen hinterließen deutliche Spuren in der Straße, aber Rena meinte: »Das macht nichts. Sie bessern das jede Nacht aus. Übrigens verläuft die Straße spiralförmig – sie führt durch alle Bezirke bis zum Herztor in der Mitte der Stadt.«

»Herztor? Was ist das denn?«

»Einer Legende nach soll eine der ersten Regentinnen Dareshs an dieser Stelle ihr Herz an einen schönen Jüngling verloren haben«, erklärte Rena. »Sie hat ein schneeweißes Tor dort bauen lassen, und angeblich verliebt man sich auf der Stelle, wenn man beim Aufgang des dritten Mondes mit jemandem durch das Tor geht.«

»Diese Legende ist ein Haufen Blödsinn«, sagte Tjeri. »Ich hab's mit neunzehn Wintern mal mit einem Mädchen probiert, und es hat nicht geklappt. Sie wollte mich danach immer noch nicht haben.«

»Vielleicht lag's an dir?« Alena musste lächeln.

»An mir? Ach, was. In dem Alter ist das eben so. Man verliebt sich ständig in die Falschen, was aber gar nichts ausmacht, weil man sich sowieso nicht traut, es den Auserwählten zu sagen.«

In diesem Moment fiel Alena ein anderes Gebäude auf. Es stand ganz allein auf einem Hügel etwas westlich von der Stadt, in entgegengesetzter Richtung des Herztors. Es sah herrschaftlich aus, groß und prachtvoll wie ein Palast. Geschwungene Säulen umrahmten seine drei Kuppeldächer.

»Und was ist das da?«, fragte sie Rena. »Da hockt irgendein Reicher drin, oder?«

»Schon lange nicht mehr. Das ist der ehemalige Sommersitz der Regentin, der Palast der Blüten«, erwiderte Rena. »Inzwischen nennen ihn die Leute Palast der Trauer.«

»Sommersitz? Ich wusste nicht, dass sie so was hat.«

»Kein Wunder. Er steht seit über hundert Wintern – und Sommern – leer.«

Jetzt fiel Alena auf, wie düster der Palast wirkte. Vielleicht war er einmal weiß gewesen, so wie das Herztor, aber inzwischen sah er schmuddelig und vernachlässigt aus. Dunkel vom Staub, der aus den Ebenen von Tassos hinübergeweht kam.

»Wirklich? Hat ihr die Einrichtung nicht gefallen?« Alena grinste.

Rena ging nicht auf ihren lockeren Ton ein. »Die Tochter der damaligen Regentin ist da drin wahnsinnig geworden – und dann spurlos verschwunden. Ich kann nachvollziehen, dass die Regentin danach nicht mehr dort leben wollte. Man sagt, ein Fluch liegt auf dem Palast. Deshalb hat ihn seit langem niemand mehr betreten.«

Das konnte Alena verstehen. Sie hatte großen Respekt vor Flüchen.

Sie kamen durch den Roten Bezirk, das Vergnügungsviertel mit seinen vielen Gasthäusern. Hier sah es tagsüber nicht sehr interessant aus, wahrscheinlich wirkte es nur erleuchtet wirklich hübsch. Viel besser gefiel Alena der Blaue Bezirk, in dem sich viele Menschen der Luftgilde niedergelassen hatten. Hier gab es Hunderte von Läden, zahlreiche Lagerhäuser, Ställe für die Dhatlas der Händler und viele verschiedene Marktplätze. Der Bezirk erschien auf den ersten Blick völlig chaotisch und unübersichtlich. Die Häuser waren kreuz und quer durch geflochtene Brücken verbunden, und in den Bäumen klebten Hütten wie Vogelnester. Überall ragten Türme auf, die wabenförmige Außenseiten hatten und damit Hunderte von einfachen Schlafquartieren boten. Man konnte sie nur über Strickleitern erreichen.

»Das sind Quartiere für durchreisende Händler«, erklärte Tjeri.

Alena glotzte. Da waren ja Natternmenschen! Und da – ein Hirschmensch! Sie hatte noch nie einen gesehen. Ganz selbstverständlich bewegten sie sich durch die Menge.

Als sie in den Grünen Bezirk kamen, in dem viele Menschen der Erdgilde wohnten, blickte sich Alena fasziniert um. Die Häuser hier waren zwanzig Menschenlängen hoch, aber man sah sie kaum, denn sie waren über und über bewachsen; an ihrer Vorderseite wucherten lange Pflanzenstränge wie grüne Vorhänge bis zum Boden. »Haben die keine Fenster?«, fragte Alena erstaunt.

»O je, nein! Dann würde einem ja beim Rausschauen schwindelig werden. Wir von der Erdgilde haben alle Höhenangst.«

Auf den Dächern der Häuser wuchsen Bäume und Büsche, von denen einige faustgroße blaue Früchte, rötliche Trauben und Nüsse trugen. »Schade, dass es jetzt Winter ist – im Frühjahr blühen die Häuser um die Wette«, erzählte Rena. »Übrigens ist der gesamte Bezirk untertunnelt. Meine Leute leben ja hauptsächlich unterirdisch.«

Das hatte Alena nicht gewusst. Sie blickte Rena von der Seite an. Man sah ihr gar nicht an, dass ihre Leute so eine Art zu groß geratene Wühler waren. Rena bemerkte ihren Blick und lächelte. »Ich bin im Weißen Wald aufgewachsen, ich habe nie komplett unterirdisch gelebt. Aber tunneln kann ich immer noch gut.«

»Wenn der Boden nicht zu hart ist, kann sie sich in ein

paar Atemzügen eingraben – das ist wirklich sehenswert«, bestätigte Tjeri.

Jetzt ritten sie durch den Gelben Bezirk, das Viertel der Feuerleute. Alena sog den vertrauten Geruch nach Rauch und Asche ein, der über den Häusern lag. An jeder Ecke loderten hier Flammen aus dem Boden. Dutzende von schwarzen Pyramiden – Schmieden und Wohnhäuser – drängten sich in dem Viertel, dazwischen lagen Trainingsplätze und kleine Arenen.

»Wo leben die Wasserleute?«, fragte sie Tjeri.

»Es gibt nicht besonders viele hier. Sie leben im Silbernen Bezirk, in der Stadtmitte. Wirst du gleich verstehen.«

Zehnmal zehn Atemzüge später waren sie da. Staunend blickte sich Alena um. Auf einer Insel inmitten eines künstlichen Sees, durch viele Brücken mit dem Festland verbunden, stand das Herztor. Es war sehr schlicht, ein schmaler weißer Halbkreisbogen nur, wahrscheinlich aus einem einzigen Felsblock herausgemeißelt. Um ihn herum waren fünf silberne Türme in einem Kreis angeordnet.

»Man sieht von hier aus nicht, wie riesig das alles ist«, sagte Tjeri. »In der Mitte ist ein Versammlungsplatz, auf den alle Bewohner Ekaterins passen.«

Auf einen Schlag wurde die Pracht vor ihren Augen für Alena schal und unwichtig. Nur einer der vielen Bewohner von Ekaterin interessierte sie: Keldo. Als sie an ihren Vater dachte, krampfte sich ihr Herz zusammen. »Wo wollen wir uns Schlafplätze suchen?«, fragte sie betont nüchtern in die Runde, um sich wieder unter Kontrolle zu bekommen. »Vielleicht im Blauen Bezirk?«

Mit hochgezogenen Augenbrauen blickten ihre beiden Begleiter sie an, und Cchraskar stieß ein kurzes, erstauntes Schnauben aus.

»Was guckt ihr so?«, fragte Alena brummig. »Warum sollte ich unbedingt bei meinen Leuten wohnen wollen? Das ist doch langweilig. Das kenne ich alles schon.« Außerdem war ihr inzwischen klar, dass sie mit ihrem neuen Schwert im Gelben Bezirk Aufmerksamkeit erregen würde, und das war zu gefährlich.

»Gut, dann mieten wir uns im Händlerviertel ein«, sagte Rena. »Aber bitte nicht in eine von diesen wackeligen Hütten, die mitten in der Luft hängen!«

Ihr Reittier ließen sie in einem der Ställe im Blauen Bezirk. Sie wichen einer Karawane aus, zehn schwer beladenen Dhatlas, die aus dem Norden von Alaak kamen, und schlenderten über den Hauptmarkt. Rena ließ die Eindrücke auf sich einstürmen. Es roch nach gebratenem Fleisch, exotischen Gewürzen, Schweiß und Dhatla-Dung. Da vorn feilschten zwei Männer lauthals um einen Korb Ameiseneier, ein paar Schritte weiter kaufte eine elegant gekleidete Frau der Erdgilde ihrer Tochter eine aus Knochen geschnitzte Flöte, und rechts von ihnen zeigte ein Händler die Künste seiner trainierten Maushunde.

Schön, mal wieder in der Stadt zu sein. Es war eine nette Abwechslung nach dem stillen Seenland. Rena erinnerte sich daran, wie sie damals mit Alix zum ersten Mal hier gewesen war. Damals hatte sie den Köder für eine gefährliche Falle spielen müssen. Beim Erdgeist, war das lange her!

Der Iltismensch trippelte munter neben ihnen entlang. »Wiesso leben die Leute hier alle auf einem Fleck, wieso?«, fragte er empört. Anscheinend war auch er so wie Alena zum ersten Mal in einer Stadt!

»Manchmal ist das ganz lustig«, sagte Rena. »Wenn's nicht gerade anstrengend ist.«

Alena blieb immer einen halben Schritt hinter Rena, hielt die Hand am Schwertknauf und sondierte wachsam die Umgebung. Ob ihr klar ist, dass sie sich wie eine Leibwächterin benimmt?, überlegte Rena. Sie erinnerte sich noch gut daran, wie Alena sie bei dem Zwischenfall im Gasthaus von Gilmor verteidigt hatte. *Und wenn du Rena noch einmal Blattfresserin nennst …* Rena lächelte in sich hinein. Alix hatte nie aufgehört, sie so zu nennen. Das war eben ihre Art gewesen. Rau, aber herzlich.

Ein hochgewachsener, breitschultriger junger Mann mit krausem blondem Haar kam ihnen entgegen. Stutzte, als er sie sah, starrte sie an. Sein Gesicht sagte ihr nichts, und sie erwiderte seinen Blick nicht. Der Mann ging vorbei, und Rena vergaß ihn wieder, versank in ihren Gedanken. Wo sollten sie mit der Suche nach Keldo anfangen? Am besten fragten sie erst die Händler, die bekamen am meisten mit … die konnten ihr vielleicht auch sagen, wer in Ekaterin etwas von Zauberei verstand und ihnen mit diesem weißen Panther weiterhelfen konnte …

»Uns folgt jemand«, flüsterte Alena ihr zu. »Ein Mann.«

Rena schrak auf. »Wie sieht er aus?«

»Blond. Groß. Erdgilde.«

»Hm. Komisch. Der ist uns eben entgegengekommen. Er muss umgedreht haben.«

Rena bog in eine weniger belebte Gasse ab und ging schneller. Sie waren jetzt im Grünen Bezirk. Es war eine nette Gegend, hier fühlte sie sich sofort zu Hause.

»Vielleicht ein Dieb«, knurrte Cchraskar mit glänzenden Augen. Rena lächelte. Für ihn war alles hier neu und aufregend – sogar die Verbrecher.

»Unwahrscheinlich. Diebe sind geschickter und vor allem unauffälliger«, flüsterte Tjeri zurück.

Sie hatten ihren Verfolger nicht abgeschüttelt. Hinter

ihnen erklangen Schritte. Misstrauisch blickte sich Alena um. Der junge Mann war nur noch drei Menschenlängen entfernt.

So oder so – sie würden gleich herausfinden, was er von ihnen wollte.

Kerrik und Lilas

»Halt!« Alena vertrat dem Fremden den Weg und zog ihr Smaragdschwert.

Doch der junge Mann ließ sich nicht einschüchtern. Er achtete kaum auf Alena, stattdessen blickte er Rena an wie eine Erscheinung.

»Meisterin Rena?«, fragte er ungläubig. »Seid Ihr das?«

Rena war sicher, dass sie ihn nicht kannte. Wahrscheinlich war er einer von denen, die sie wegen ihrer großen Reise zu den Gildenräten und den Verhandlungen mit den Halbmenschen bewunderten. »Ja, die bin ich«, antwortete sie – und war völlig überrascht, als der Fremde auf sie zueilte und ihre Hand mit beiden Händen ergriff.

»Vielleicht erinnert Ihr Euch nicht an mich«, sagte der junge Mann verlegen. »Ich war nur ein Junge damals, erst zehn. Ich habe euch in den Lixantha-Dschungel geführt, damals haben ich und mein Vater am Waldrand gelebt.«

»Kerrik! Du bist Kerrik!« Jetzt war es an Rena, ihn anzustarren. Natürlich erinnerte sie sich an ihn. Damals hatte sie den Auftrag gehabt, Kontakt mit den Halbmenschen aufzunehmen, die nach Ausschreitungen in den Dörfern in den berüchtigten Lixantha-Dschungel geflüchtet waren. Nur durch Zufall hatte Rena den Jungen und seinen Vater gefunden, die einsam am Rande des Dschungels lebten und zu den wenigen Menschen gehörten, die den Wald nicht fürchteten. Wenn der Junge sie damals nicht in den Dschungel geführt und ihr vieles gezeigt hätte, wäre Rena schnell im Magen irgendeines seltsamen Raubtiers gelandet.

Jetzt strahlte der junge Mann. »Ja! Ich bin's.« Er zog einen kleinen Gegenstand hervor, den er um den Hals trug. Einen schimmernden Kristall. »Wisst Ihr noch, dass Ihr mir damals den Wasserdiamanten geschenkt habt?«

»Sag bloß, du hast ihn all die Zeit getragen!« Rena war gerührt.

Kerrik nickte. »Für Euch war das damals nur eine nette Begegnung … aber für mich war sie sehr wichtig. Sie hat mein Leben verändert. Als ich euch zugehört habe – Euch, Meisterin Alix und diesem anderen Schmied – wurde mir klar, dass es noch eine andere Welt gibt, eine größere Welt. Ein paar Winter später, als ich alt genug war, bin ich weggezogen aus dem Dschungel, hierher.« Er lächelte. »Außerdem ist der Diamant ein schönes Andenken an den Tag, an dem ich es zum ersten und einzigen Mal geschafft habe, ein Salisar mit der Schleuder zu erlegen.«

Rena lächelte. »Ich hätte nie gedacht, dich einmal wiederzusehen …« Und sie hätte auch nie gedacht, was für ein stattlicher Mann aus dem dünnen blonden Jungen werden konnte. Ein Waldläufer wie aus einer der alten Legenden ihrer Gilde. Wahrscheinlich konnte er ein Salisar inzwischen mit bloßen Händen erledigen. Und seinen Dialekt hatte er sich auch abgewöhnt.

Neugierig musterte Alena den jungen Mann. Wieso hatte er eben keine Angst vor ihr gehabt? Sie war bereit gewesen, ihn zu töten, als er auf Rena zugestürzt war. Aber wenn er im Lixantha-Dschungel aufgewachsen war, dann hatte er sich bestimmt so oft mit grässlichen Wesen herumgeschlagen, dass ein Mädchen mit einem Schwert ihn nicht besonders erschreckte.

Kerrik gefiel ihr. Seine Haare leuchteten in der Sonne wie poliertes Messing, und sein gebräuntes Gesicht war stark und klar. Er wirkte, als hätte er schon viel gesehen und erlebt. Irgendwie fand sie es spannend, dass er der Erdgilde angehörte, das machte ihn fremdartig und geheimnisvoll. Doch nun ignorierte er sie ärgerlicherweise. Es wäre schön gewesen, noch einmal seine Augen sehen zu können. Waren sie wirklich graublau? Das war in Tassos selten.

Hör auf, sagte Alena ihrem Herzen. Er ist bestimmt zehn Winter älter als du. Er hat dich noch kein einziges Mal richtig angeschaut. Und ganz sicher hat er eine Freundin. Vergiss es einfach!

Unruhig fingerte sie am Griff ihres Meisterschwertes herum. Sie stand vor einem Rätsel. Neulich in der Nacht hatte sich das Schwert so wunderbar angefühlt – aber eben hatte es schwer und träge in ihrer Hand gelegen. Fast als hätte es jemand vertauscht, während sie geschlafen hatte! Komisch.

»Wo seid ihr untergebracht?«, fragte Kerrik. Als Rena erklärte, dass sie noch kein Quartier hatten, sagte er sofort: »Dann kommt doch mit zu uns.«

Rena sah sich nach den anderen um. Tjeri und Cchraskar nickten, und Alena folgte ihrem Beispiel. Ihr Herz pochte laut. Das war fast zu schön, um wahr zu sein.

Kerrik führte sie auf verschlungenen Pfaden durch die Stadt, immer tiefer in den Bezirk hinein. Es war, wie durch eine tiefe grüne Schlucht zu wandern. Schließlich stieß er eine verborgene Tür auf und führte sie eine Wendeltreppe nach oben.

Sie kamen in einen Saal, der von zwei Feuern beheizt wurde. Von oben fiel Licht durch eine riesige, leicht beschlagene Glaskuppel. In Hunderten von Töpfen rankten sich hier Pflanzen aller Farben und Formen nach oben, es war wie ein kleiner Dschungel. Es roch nach Blüten und feuchter Erde. Kerrik fuhr mit der Hand über eine Pflanze mit rötlichen Blättern und murmelte leise eine Formel. Alena staunte, als die Pflanze sich zu recken und zu strecken, nach oben zu streben begann.

»Viele sind Heil- oder Gewürzpflanzen, die ich aus Lixantha mitgebracht habe«, sagte Kerrik fröhlich. »Passt auf, dass ihr ihnen nicht zu nahe kommt. Wartet mal, ich pflücke uns ein bisschen Jeffal fürs Abendessen, dann seht ihr, was ich meine ...«

Ohne Zögern trat er auf einen Strauch zu, der winzige Früchte und große gelbe Blüten trug. Blüten, die sich ganz eigenartig bewegten.

»Pass auf!«, schrie Alena.

Eine der Blüten schnappte nach Kerrik, in ihrem Inneren sah Alena gebogene Fangzähne glänzen. Doch sie hätte sich keine Sorgen zu machen brauchen. Kerrik wich behände aus, packte die Blüte am Kelchansatz und hielt sie von sich weg, während er mit der anderen Hand ein paar der Früchte pflückte. »Ja, sie ist ein bisschen lebhaft, aber das bedeutet nur, dass sie sich hier wohl fühlt«, sagte Kerrik, ließ die Blüte los und trat zurück.

Als sie ein Geräusch aus der anderen Richtung hörte, wandte sich Alena nervös um – aber es waren nur Schritte, die sich über den weichen Boden näherten.

»Ach, Lilas ist schon zu Hause«, sagte Kerrik.

Eine große junge Frau schob die Blätter mit einem Arm beiseite und kam ihnen herzlich lächelnd entgegen. Sie hatte sich einen Topf mit einem Setzling unter den Arm geklemmt. Ja, er hat eine Freundin, dachte Alena entmutigt. Und schön ist sie auch noch. Lilas hatte kinnlange dunkle Haare, die ihr Gesicht umrahmten, und die Bewegungen einer Tänzerin. Kerrik küsste sie flüchtig und stellte die unerwarteten Besucher vor. Als Lilas hörte, dass es Rena ke

Alaak war, die bei ihnen zu Gast sein würde, machte sie das vorübergehend sprachlos.

»Habt ihr genug Platz für uns alle?«, fragte Rena und lächelte Lilas an. »Tut mir leid, dass wir einfach so reinschneien …«

Lilas erwachte aus ihrer Erstarrung. »Ach, das ist kein Problem – mein Vater ist Stadtkommandant von Ekaterin, er hat uns ein ganzes Haus zur Verfügung gestellt. Es steht zur Hälfte leer.«

Eine schöne *und* reiche Freundin, korrigierte sich Alena niedergeschlagen und folgte Kerrik mit den Augen. Er bewegte sich selbstsicher und gewandt. Bestimmt würde er einen guten Schwertkämpfer abgeben. Wieso trug er nur ein simples Messer? Ach so, die Leute der Erdgilde kämpften ja nicht.

Während Kerrik in der Küche verschwand – »Er kocht gerne«, erklärte Lilas –, führte sie die Gäste in ihrem Garten herum und zeigte ihnen die Arzneipflanzen. Es klang wie eine magische Beschwörung, als sie ihre Namen nannte.

»Willst du Heilerin werden?«, fragte Alena neugierig, und Lilas nickte. »Es ist eine lange Lehrzeit. Ich werde erst im nächsten Jahr geprüft, obwohl ich schon einundzwanzig bin.«

»Dann kannst du uns vielleicht einen Rat geben«, sagte Rena. »Der Vater von Alena ist in eine tiefe Bewusstlosigkeit gefallen, nachdem er eine Art weißen Schatten oder weißes Raubtier gesehen hat. Wir wissen nicht, was wir dagegen tun sollen.«

Lilas starrte sie an, und Alena spürte ihre Angst. »Ich habe mal von so etwas gehört. Aber es ist lange her, ich war noch ein Kind. Ich fürchte, ich weiß nicht mehr, wer mir davon erzählt hat.«

»Du weißt also nicht, ob es ein Mittel dagegen gibt?«

Alena war enttäuscht, obwohl sie nicht wirklich damit gerechnet hatte, dass die Lösung so einfach sein würde.

»Ich fürchte, man kann ihm höchstens etwas geben, was Herz und Kreislauf stärkt. Außerdem wäre es einen Versuch wert, seinen Geist zu sondieren.«

Tjeri nickte, mit diesen Begriffen schien er etwas anfangen zu können, aber Alena war ratlos. »Seinen Geist zu sondieren?«

»Die meisten Heiler können das«, erklärte Lilas. »Sich in Körper und Geist hineinspüren. Es ist schwer zu erklären.«

Wenn sie wirklich meine Gedanken lesen kann, fliege ich hochkant raus, dachte Alena, und ihre Augen irrten wieder zum Eingang der Küche.

Lilas zeigte ihnen ihre Zimmer, einfache weiß gekalkte Räume mit Schlafmatten und Waschschüsseln. An den Wänden hingen bunte Teppiche, die Szenen aus dem Leben in Daresh zeigten. Alena war froh, aus der verschwitzten Reisekleidung herauszukommen. Schade, dass sie keine feinen Sachen mitgenommen hatte. Das ansehnlichste, was sie dabei hatte, war ihre schwarze Schwertkämpfer-Tracht.

Lilas trug zum Essen ein eng anliegendes silbriges Gewand, das ihre Figur gut zur Geltung brachte. Sie ist so hübsch, dachte Alena eingeschüchtert. Die Frauen der Erdgilde sind ganz anders als die der Feuergilde …

Kerrik servierte ein Menü aus einer mit dem frisch gepflückten Jeffal gewürzten Suppe, gegrilltem Tekadell-Gemüse und Früchten, die Alena nicht kannte. Entsetzt blickte sie auf ihren Teller. Diesen ganzen Grünkram sollte sie, ein Mitglied der Feuergilde, essen?! Doch ein kurzer Blick auf Kerrik genügte – schon aß sie, ohne eine Miene zu verziehen. Cchraskar war nicht so diplomatisch. Er saß mit gekreuzten Pfoten vor seinem Teller und wartete darauf, dass ihm wie zu Hause ein Stück totes Tier serviert wurde.

»Rostfraß, jetzt stell dich nicht so an«, zischte Alena ihm zu. »Das Zeug wird dich schon nicht umbringen.«

»Das weiß man ersst, wenn's zu spät ist, zu spät!«, maunzte Cchraskar mit anklagendem Blick zurück.

Kerrik schmunzelte und wandte sich an Rena: »Was macht ihr eigentlich hier in der Stadt?«

»Wir suchen jemanden namens Keldo«, erklärte Rena. »Er ist unsere einzige Chance, gegen den Heiler vom Berge anzukommen ...«

»Was habt ihr mit dem Heiler vom Berge zu tun?«, fragte Lilas erstaunt. »Den kenne ich natürlich, er war auch schon in Ekaterin.«

Während Rena erzählte, vergaßen ihre Gastgeber das Essen auf ihren Tellern. »Keldo kenne ich leider auch nicht, den Namen habe ich nie gehört«, sagte Kerrik. Besorgt blickte er Rena an. »Klingt übel, dieser Prophet. Es ist nicht gut, dass du dich allein mit einem so gefährlichen Mann anlegst.«

Wie, allein?, dachte Alena gekränkt. Und was ist mit mir?!

»Eins ist klar – ich helfe euch, so gut ich kann«, sagte Kerrik entschlossen.

»Ich glaube, ich kann wieder einmal froh sein, dass ich dir begegnet bin.« Rena lächelte ihn dankbar an. »Gleich morgen früh werden wir uns in der Stadt umhören und versuchen, mehr herauszufinden.«

Wieso erst morgen?, wollte Alena hitzig fragen – doch sie merkte, wie müde ihre beiden Freunde von der Reise waren. Na gut, dann würde sie heute Nacht eben alleine mit Cchraskar auf Entdeckungsreise gehen! Sie selbst war ein Mensch, der erst richtig auflebte, wenn die Sonne untergegangen war. Ihr Vater hatte ihr die nächtlichen Ausflüge zwar verboten – aber wen interessierten schon Verbote?

Lilas wirkte beunruhigt. »Ich bin auch dafür, euch zu helfen. Aber was ist mit der Expedition nächste Woche?«

»Blattfäule, ja«, sagte Kerrik und seufzte. »Die muss Jorak übernehmen.« Als er Alenas fragenden Blick sah, erklärte er: »Ich lebe davon, Händler in den Lixantha-Dschungel zu führen.« Er wandte sich wieder an Rena. »Du weißt ja, was es dort alles gibt. Allein das Lonnokraut und die Riesentrichterblumen sind ein Vermögen wert. Jorak ist mein Kompagnon, mein Geschäftspartner. Ein junger Gildenloser, den ich angelernt habe. Er ist der Einzige, der sich bisher mit dem Dschungel anfreunden konnte, die anderen hatten alle zu viel Angst.«

»Kann ich verstehen«, seufzte Rena. »Aber was ist, wenn rauskommt, dass du mit einem Gildenlosen zusammenarbeitest – es könnte dich jemand beim Rat verpetzen.«

Kerrik zuckte die Schultern. »Mehr als eine Abmahnung und eine Geldstrafe würde mir das nicht einbringen. Das riskiere ich. Jorak ist es wert.«

»Habt ihr eigentlich schon das Mond-Orakel befragt, was es zu der ganzen Sache meint?«, erkundigte sich Lilas. »Seine Prophezeiungen sollen erstaunlich genau sein.«

Alena hatte schon von diesem Mond-Orakel gehört. Es bestand aus drei Kindern der Erdgilde, die ungewöhnliche Fähigkeiten zu haben schienen. Gespannt schaute sie zu Rena hinüber. Doch ihre Freundin schüttelte den Kopf. »Was soll das bringen? Wenn es vorhersagt, dass wir keine Chance gegen Cano haben, dann nimmt uns das den Mut, und die Prophezeiung erfüllt sich von selbst. Wenn es sagt, wir gewinnen, dann ist das genauso schlecht für uns. Dann fühlen wir uns zu sicher – und das kann uns den Kopf kosten, Orakel hin oder her.«

Das stimmt, dachte Alena nachdenklich, und ihr Respekt vor Rena wuchs.

Sie redeten und planten noch bis spät in die Nacht. Als endlich alles still war in dem Haus im Grünen Bezirk, tappte Alena lautlos die Wendeltreppe hinunter. Cchraskar schnurrte beinahe vor Vorfreude auf einen ihrer verbotenen Ausflüge. Sobald sie draußen standen, hob Alena den Kopf und sog die Luft ein. Die Stadt roch gut, nach tausend Abenteuern.

Hunderte von Leuchttierchen hinter den grünen Pflanzenvorhängen tauchten den Grünen Bezirk in ein magisches Licht. Doch es war kaum jemand auf der Straße, der diesen Anblick genoss. Im Viertel der Händler – die so gut wie alle zur Luftgilde gehörten – war mehr los. Viele Hütten über ihren Köpfen waren erleuchtet, und entlang der geflochtenen Brücken prunkten Lichterketten.

Alena hangelte sich auf eine der Brücken und reichte Cchraskar eine Hand um ihn hochzuziehen. Doch als er oben stand, war er so nervös, dass er mit seinen zitternden Beinen die ganze Konstruktion zum Wanken brachte. Er warf sich platt auf den Bauch, eine Pfotenhand um die Seile gekrampft. »Dasss ist eine Zzumutung!«, fauchte er mit zugekniffenen Augen.

»Hast du etwa Angst?«

»Wer, ich?« Empört stemmte sich ihr Freund auf die Beine – und rutschte prompt seitlich von der Brücke hinunter. Schnell schlug er die Fangzähne in eins der Halteseile, und Alena packte ihn am Nackenfell. »He, beiß das Ding bloß nicht durch!«

Cchraskar schnappte beleidigt nach ihr, Alena sprang zurück, und in einem Knäuel aus Armen und Beinen stürzten sie zu Boden. Na ja, ein paar blaue Flecken mehr, dachte Alena und klopfte sich den Staub ab. Der zweite Versuch klappte besser, bald hatte Cchraskar den Bogen heraus, wie man auf Brücken lief.

Eins der Häuser war besonders groß und mit bunten Lichtern geschmückt. Hier schien eine Art Feier stattzufinden. Neugierig lugten Alena und Cchraskar durch die Fenster. Es war gepackt voll dort drinnen. Kurz entschlossen schob sich Alena durch die Tür, und Cchraskar folgte ihr. Erstaunte Blicke trafen sie. Alle anderen Gäste gehörten zur Luftgilde. Alena machte sich ganz klein, drückte Cchraskars Kopf nach unten und beobachtete, was in der Mitte des Gastraumes vorging.

Doch wenn sie gehofft hatten, nicht aufzufallen, dann hatten sie sich getäuscht.

»Ich sehe, wir haben Besuch – und auch noch von der Feuergilde!«, rief der Mann, der im Kreis in der Mitte stand, und Dutzende von Händen schoben Alena und Cchraskar nach vorne. »Freut mich, dass ihr hier seid!«

»Äh, ja, ich freue mich auch!« Alena lächelte verlegen in die Runde. Es war ein eigenartiges Gefühl, allein zwischen so vielen Menschen einer fremden Gilde zu stehen. Und was genau fand hier eigentlich statt?

»Wer macht den Anfang? Unser Freund der Iltismensch vielleicht? Er tritt an gegen Meister Coryn ke Nerada! Jetzt müssen wir nur noch klären, um was es diesmal gehen wird.«

Zettel wurden ausgefüllt und nach vorne gegeben. Der Gastgeber zog einen und überreichte ihn Coryn, einem pausbäckigen jungen Händler mit einem netten Lächeln. Coryn überlegte einen Moment, krauste die Stirn. Dann nickte er und legte los. Mit einem kritischen Blick ging er um den Iltismenschen herum und sagte: »Zum ersten Mal in Ekaterin? O je, deinen Pfoten scheinen die Straßen nicht zu bekommen …«

Verblüfft hob Cchraskar eine Pfote und betrachtete sie.

»Gerade neulich habe ich gehört, immer mehr ältere Iltismenschen würden lahm werden, weil sie nicht auf ihre Pfoten geachtet haben«, erklärte Coryn.

Cchraskar zuckte mit den Ohren. »Die meisssten werden lahm, weil sie versehentlich auf eine Natter getreten sind. Wenn einem Menschen das passiert, einem Menschen, dann steht er gar nicht errst wieder auf!«

»Aber bei uns kommt das selten vor, weil wir Schuhe tragen«, trumpfte Coryn auf.

»Genau – die Nattern laccchen sich schon vorher darüber tot, dass ihr eure Pfoten so einzwängt!«

Langsam wurde Alena klar, worum es bei diesem Wettbewerb ging: Möglichst kunstfertig sollte man jemandem etwas verkaufen, was dieser überhaupt nicht brauchte. Coryns Aufgabe war, ihren barpfotigen Freund davon zu überzeugen, er würde unbedingt Schuhe benötigen!

Es wurde ein harter Kampf. Aber Coryn war kein Anfänger. Als der Händler Cchraskar erzählte, man könne mit Schuhen durch den tiefsten Schnee stapfen, ohne kalte Pfoten zu bekommen, horchte der Iltismensch auf. Als Coryn schließlich verkündete, er habe gerade ein Paar in genau seiner Größe im Angebot, perfekt gegerbtes Leder, wurde der Iltismensch weich. »Geld hab ich aber keins. Kann ich die Dinger auch gegen einen frisch erlegten Nachtwissler tauschen, kann ich das?«

»Ich glaube, das zählt als Sieg für Coryn!«, rief der Gastgeber, und die Gäste stampften begeistert mit den Füßen auf den Boden.

Alena machte sich aus dem Staub, bevor die Leute der Luftgilde auf die Idee kamen, ihr ein rosafarbenes Haarband oder einen Badeteich zu verkaufen. Zu spät fiel ihr ein, dass sie völlig vergessen hatte, nach Keldo zu fragen.

»Wann kriege icch denn jetzt meine Schuhe?«, nörgelte Cchraskar. Alena verdrehte die Augen, erklärte ihrem

Freund, dass das nur Spaß gewesen sei, und schlug den Weg zum Vergnügungsviertel ein, um ihn abzulenken.

Sie bogen auf die Spiralstraße ein, die im Roten Bezirk von einladend erleuchteten Gasthäusern gesäumt war. Hier waren Grüppchen von jungen Leuten unterwegs, die sich lautstark unterhielten und lachten. Rechts und links von der Straße führten kleine Gässchen zu verborgeneren Freuden, ab und zu sah Alena einen Mann hastig dorthin verschwinden.

Alena fand den Roten Bezirk hochinteressant. Sie driftete in ein Gasthaus nach dem anderen, atmete den Geruch nach Polliak, Beljas und zu vielen Menschen ein und fragte ein paar Leute, ob sie jemanden namens Keldo kannten. Kopfschütteln jedes Mal. Nicht nur einmal wurde sie trotzdem mit Interesse beäugt. »Na, wie wär's denn mit uns, Feuermädchen?«, fragte ein Mann der Luftgilde, der schon mehr als ein paar Becher Polliak intus hatte.

»Vergiss es, Alter«, sagte Alena und wandte sich ab. Eine Tür weiter war mehr als ein Spruch nötig. Als der Kerl ihr Messer an der Kehle hatte, wurde er sofort vernünftig. In der ganzen Schänke war es auf einen Schlag still geworden, alle Gäste starrten sie erschrocken an.

»Ich glaube, gleicch können wir Eintritt nehmen«, sagte Cchraskar.

Alena stieß den Mann von sich und raste Seite an Seite mit Cchraskar nach draußen. »So, ich glaube, das reicht für eine Nacht«, keuchte sie, als sie sich in den Gässchen in Sicherheit gebracht hatten.

»Sccchau mal, da ist nocch ein Haus – *Zur goldenen Lanzzze*«, sagte Cchraskar.

»Stimmt, das klingt gut. Das ist aber wirklich das letzte.«

Als Alena mit Cchraskar eintrat, unterbrach sie damit ein halbes Dutzend leicht bekleidete Damen bei ihren Versuchen, zwei Reisende zu betören. Unbeeindruckt steuerte Alena auf die Bar zu. Der Besitzer des Hauses, ein gepflegter, in elegantes Dunkelblau gekleideter Mann, fing sie ab. Alena erkannte an seinem Amulett, dass er zur Wassergilde gehörte. Seit sie Tjeri kannte, sicherte das Fremden einen kleinen Sympathievorschuss. »Irgendwelche speziellen Wünsche?«, fragte er ironisch.

»Habt ihr auch Iltismensch-Weibchen?«, fragte Cchraskar, und Alena knuffte ihn in die Seite. »Eigentlich wollte ich nur wissen, ob Ihr einen gewissen Keldo kennt.«

Zum ersten Mal in dieser Nacht sah Alena, dass der Name jemandem etwas sagte. Der Mann betrachtete sie misstrauisch. »Wer schickt dich?«

»Niemand«, behauptete Alena.

Ihr war nicht ganz wohl dabei, als der Mann sie in ein Hinterzimmer geleitete. Doch an der Bar konnten sie und Cchraskar nicht bleiben, das sah sie ein. Die Damen konnten sich kaum noch auf ihre Aufgabe konzentrieren, weil sie zu beschäftigt damit waren, sie neugierig zu beobachten. Wahrscheinlich hatten sie noch nie einen Iltismenschen aus der Nähe gesehen.

Betont selbstbewusst setzte sich Alena und schlug die Beine übereinander. »Also, wo finde ich ihn?«

»Du bist ganz schön jung, um hier nachts um die Häuser zu ziehen.«

»Geht Euch das was an?«

»Eigentlich nicht«, sagte der Mann, legte die Fingerspitzen aneinander und musterte sie. »Aber die Leute, die sich nach Keldo erkundigen, sehen meist anders aus.«

»Wieso? Wisst Ihr, was aus ihm geworden ist?«

»Ich habe gehört, er sei aus seiner Gilde ausgestoßen worden. Meine Vermutung ist, dass er irgendwo unter falschem Namen lebt. Er soll sogar mal in Tassos gesichtet worden sein, obwohl das ja nicht gerade zu ihm passen würde.«

Alena hatte automatisch angenommen, dieser geheimnisvolle Keldo würde so wie sie und Cano zur Feuergilde gehören. Wer sonst sollte stark genug sein sich gegen einen Mann wie den ehemaligen Propheten zu behaupten? Doch wenn er nicht wie die meisten anderen Feuerleute in Tassos daheim war, hatte sie sich wohl getäuscht. »Aus welcher Gilde ausgestoßen?«, fragte sie, obwohl sie die Antwort schon ahnte.

»Wasser«, sagte der Mann und grinste. »Wir nannten ihn früher den Löschtrupp.«

Von der Nacht war nicht mehr viel übrig, als Alena zurückkehrte. Zum Glück hatte sich Cchraskar den Weg zurück zum Grünen Bezirk gemerkt, er brachte sie zielsicher zu Lilas' und Kerriks Gartenhaus. Während es sich ihr Iltismensch-Freund im Keller gemütlich machte, tappte Alena erschöpft die Wendeltreppe hoch.

Im Gang traf sie plötzlich auf eine dunkle Gestalt. Kerrik! Er trug nur eine kurze Nachthose und wirkte verschlafen. Als sie sich beide von ihrem Schreck erholt hatten, musterte er sie erstaunt. »Was machst du denn um diese Zeit hier? Ich denke, in deinem Alter braucht man viel Schlaf?«

»In Zeiten der Gefahr schlafen wir Feuerleute nicht viel«, erklärte Alena steif. Na toll, für ihn war sie noch ein Kind! »Außerdem bin ich schon siebzehn«, log sie. Sie konnte nicht anders, sie musste seinen muskulösen Körper betrachten, sich vorstellen, wie er sie umarmte …

»Na, ich lege mich jedenfalls wieder hin«, sagte er.

»Gute Nacht«, sagte Alena und ging rasch in ihr Zimmer. Ihr Herz pochte noch immer wie nach einem Sprint. In ihrem Kopf begann sich ein Gedicht zu formen, zaghaft erst. Sie hatte lange nichts mehr geschrieben, aber jetzt hatte sie Lust darauf. Vielleicht würde sie es Kerrik irgendwann schenken – und dann musste sie einfach abwarten, was passierte.

Oder vielleicht konnte sie ihn mit irgendeinem Trick dazu bringen, beim Aufgang des dritten Mondes mit ihr unter dem Herztor durchzugehen. Aber das war leider ziemlich unwahrscheinlich.

Verlorene im Niemandsland

Der zweite Traum war noch schlimmer.

Diesmal spielte der Panther mit ihr und schlich ein paarmal um sie herum, bis er angriff. Alena bewarf ihn mit Steinen, brüllte ihn an, versuchte, ihn einzuschüchtern. Ohne Erfolg. Mit federndem Gang lief er hin und her, leckte sich das Maul – und sprang, schnellte ihr aus dem Stand entgegen. Seine Eckzähne bohrten sich in ihren Nacken …

Alena erwachte mit hämmerndem Herzen. Seit wann konnte man in Träumen eigentlich Schmerzen spüren? Sie griff sich an den Hals, dorthin, wo das Raubtier zugebissen hatte. An ihren Fingern war Blut. Ich muss mich im Schlaf gekratzt haben, dachte Alena, aber sie glaubte selbst nicht daran. Das Ganze machte ihr Sorgen. Ihre Träume wurden gefährlicher und wirklicher. Sie musste bald, sehr bald herausfinden, wie sie den weißen Panther bekämpfen konnte – im Wachen und im Schlaf. Sonst würde Rena sie vielleicht irgendwann tot im Bett finden …

Alena wusch sich schnell, versteckte das Gedicht, das sie gestern noch geschrieben hatte, unter der Schlafmatte und schlurfte nach unten, in Richtung Frühstück. Die anderen waren schon auf. Auch Cchraskar lümmelte sich schon am Tisch.

»Du siehst müde aus«, bemerkte Rena.

»Ich war gestern Nacht unterwegs und habe mich umgehört«, sagte Alena und biss in eine geröstete Frucht. Sie wartete auf die üblichen Vorwürfe und war erstaunt, als nichts dergleichen kam.

»Du hast hoffentlich Cchraskar mitgenommen, oder?«, fragte Rena nur. »Nachts ist Ekaterin nicht ganz ungefährlich.«

Es gefiel Alena, von Rena wie eine Erwachsene behandelt zu werden, die für ihre Taten selbst verantwortlich war. Sie nickte und kaute in Ruhe zu Ende, während die anderen ungeduldig auf ihren Bericht warteten. »Ich bin im Roten Bezirk fündig geworden«, sagte sie schließlich. »Da gibt's einen Laden, der *Die goldene Lanze* heißt. Der Besitzer kennt Keldo und hat mir erzählt, dass er zu den Wasserleuten gehört hat, aber gildenlos geworden ist.«

Sie sah Lilas' und Kerriks Miene an, dass sie das Haus kannten.

»Was hat er sonst noch gesagt?«, drängte Rena. »Je mehr wir über Keldo wissen, desto besser.«

»Äh ... ich habe nicht mehr gefragt«, musste Alena zugeben.

Ihre Freunde wirkten enttäuscht. »Macht nichts«, sagte Tjeri. »Heute Abend quetschen wir den Wirt noch mal ausführlicher aus.«

»Auf jeden Fall heißt das, wir müssen bei den Gildenlosen vorbei«, bemerkte Rena nachdenklich. »Könntet ihr das übernehmen, Alena, Tjeri, Cchraskar? Dann schaue ich in der Zwischenzeit, dass ich die Leute mit der Wahrheit über Cano ein bisschen aufrüttele.«

»Ich kann euch leider doch erst ab morgen helfen – ich muss noch einiges für die nächste Expedition regeln«, sagte Kerrik. »Und Lilas geht mit ihrem Meister zu Patienten. Seid vorsichtig, ja?«

Rena nickte. Sie wirkte sehr ernst. »Wir müssen darauf vorbereitet sein, dass Cano schon auf uns aufmerksam geworden ist und uns verfolgen lässt. Vergesst das nie!«

Ob mir schon gestern Nacht jemand gefolgt ist?, überlegte Alena. Aber sie glaubte nicht. Sie hatte niemanden bemerkt und auch Cchraskar nicht.

Im Schwarzen Bezirk hatten sich die Menschen wild durcheinander Hütten gebaut, aus allem, was sie gerade gefunden hatten. Aus alten Metallplatten, geflochtenen Pflanzen oder rohen Holzplanken. Zwischen den Hütten lagen Abfälle auf dem Boden und faulten vor sich hin. Außerdem stinkt es hier, als würden die Leute in die Ecken pinkeln – und das tun sie wahrscheinlich auch, dachte Alena und rümpfte die Nase.

Es war unübersehbar, dass sie, Tjeri und Cchraskar nicht hierher gehörten, und sie erregten Interesse. Wieder einmal wurden sie verfolgt. Ein junger Mann ging ihnen nach, seit sie den Bezirk betreten hatten – er war schmuddelig gekleidet und hatte fransige dunkle Haare, die ihm bis in den Nacken hingen. Er starrte sie unablässig an. Alena blickte herausfordernd zurück, aber er dachte gar nicht daran wegzuschauen. War das etwa einer von Canos Spionen?

»Ich wette, in die meisten dieser Bruchbuden regnet es rein – und in den anderen rieselt's von der Decke«, sagte Tjeri mitleidig und spähte in den Eingang einiger Erdhöhlen, die sich wahrscheinlich ehemalige Mitglieder der Erdgilde in den Boden gekratzt hatten.

Jemand schien sie gehört zu haben. Aus einer der Höhlen kam ein Gesicht zum Vorschein. »Was wollt ihr, Glotzer?«, fragte ein Mann mit fettigem Haar und Zähnen, von denen viele nur noch braune Stummel waren. Feindselig blickte er sie an. »Euch daran erinnern, wie viel besser es euch geht?«

Tjeri seufzte. »Besser? Du kennst meine Schwiegermutter nicht. Wollen wir tauschen?«

Wider Willen musste der Mann lachen. »Kann sie kochen?«

»Keine Ahnung. Ich kenne sie auch nicht.« Tjeri grinste.

»Sag mal, gibt's hier einen großen, dicken Kerl, der früher mal zu meinen Leuten gehört hat?«

»Verwandter? Freund von dir?«

»So was in der Art. Keldo heißt er.«

»Nee, sagt mir nichts. Aber frag mal Neike, ihr gehört die Hütte mit dem Rillza-Strauch davor, ein Stück weiter raus. Die kennt ein paar ehemalige Wasserleute.«

Als Alena sich umblickte, sah sie schon wieder den unverschämten Kerl, der sie bereits die ganze Zeit beobachtete. Langsam wurde ihr das unangenehm. Sie vermied es, ihn anzusehen.

»Soll icch ihn fragen, ob er Lust hat, uns kennenzulernen?« Cchraskar grinste, so dass seine Fangzähne blendend zur Geltung kamen.

»Nee, lieber nicht«, sagte Alena. Wer wusste, vielleicht kamen ihm dann zwei Dutzend andere Gildenlose zu Hilfe! Sie wandte sich an Tjeri, um sich abzulenken. »Wieso kennst du deine Schwiegermutter nicht? Ich denke, du und Rena, ihr seid schon ewig zusammen?«

»Bei der Erdgilde ist es üblich, dass man Kinder schon sehr jung in die Lehre gibt – Rena ist praktisch bei ihrem Onkel aufgewachsen«, erklärte Tjeri. »Zu ihren Eltern hat sie keinen Kontakt mehr. Zum Ausgleich hat sie eine Menge Tanten, Cousins, Neffen und so weiter, die sind alle sehr nett …«

»Immerhin etwas«, sagte Alena neidisch. Sie hatte nicht einmal das. Sondern nur ihren Vater. Jedes Mal, wenn sie an ihn dachte und daran, wie schlecht es ihm ging, begannen ihre Augen zu prickeln und vollzulaufen. Peinlich!

Tjeri merkte es natürlich. »Er wird es schaffen, Alena«, sagte er fest. »Tavian hat schon ganz andere Sachen überlebt.«

Kurz darauf fanden sie die Hütte mit dem Rillza-Strauch.

Eine alte Frau saß mit gebeugtem Rücken davor, einen Korb mit Kleidungsstücken neben sich, und flickte eine Tunika. Ihre langen Haare fielen ihr ins Gesicht und auf die knochigen Hände. Ihre Kleidung war viel zu dünn für die Jahreszeit und wärmte sicherlich nicht besonders.

Als sie näher kamen, bemerkte Alena erschrocken, dass die Frau gar nicht so alt war, höchstens Mitte zwanzig. »Ihr seid Neike, nicht wahr? Entschuldigt, habt Ihr einen Moment Zeit für uns?«, stammelte Alena. Wieso konnte sie es nicht so geschickt machen wie Tjeri, erst mal einen Witz bringen, damit die Leute lockerer wurden?

Die Frau starrte sie an wie einen Geist. Sehe ich irgendwie komisch aus, oder warum schaut sie so?, dachte Alena verunsichert und fragte nach Keldo.

Eingeschüchtert blickte die Frau zu ihr hoch. »Dicke? Nein … hier gibt es kaum Dicke. Es gibt nie genug zu essen bei uns. Ich glaube, Ihr sucht im falschen Bezirk, Meisterin.«

»Äh, ja, kann sein«, sagte Alena. »Vielen Dank für die Auskunft.« Als sie weitergingen, flüsterte sie Tjeri zu: »Warum hat sie mich so seltsam angesehen? Habe ich irgendwas falsch gemacht?«

»Nein, im Gegenteil«, meinte Tjeri. »Ich glaube, diese Leute sind nicht mehr daran gewöhnt, höflich angesprochen zu werden.« Er warf einen kurzen Blick über die Schulter zurück. »Bin gespannt, wann sie das Zwanzig-Tarba-Stück entdeckt, das ich ihr in den Wäschekorb geschmuggelt habe.«

»Du hast ihr *zwanzig Tarba* gegeben?«

Verlegen winkte Tjeri ab. »Ich kann's mir leisten. Vorletzte Woche habe ich einen fetten Auftrag erledigt. Ein reicher, alter Kerl aus der Luftgilde wollte, dass ich in Vanamee seine Jugendliebe ausfindig mache.«

»Du hast sie also gefunden?«

»Ja. Ihr Partner und ihre vier Kinder waren allerdings nicht so richtig begeistert davon …« Alena musste grinsen.

Sie fragten noch lange herum, aber ohne Erfolg. Bedrückt und nachdenklich von dem, was sie gesehen hatten, kehrten sie in die Innenstadt von Ekaterin zurück.

»Niemand hat so ein Schicksal verdient«, sagte Tjeri, während sie den Blauen Bezirk durchquerten. Seine Stimme klang traurig und wütend. »Wenn die verdammten Gesetze ihnen wenigstens erlauben würden, den Beruf auszuüben, den sie gelernt haben!«

»Ich frage mich, weshalb sie aus der Gilde ausgestoßen worden sind«, meinte Alena. Sie konnte sich nicht vorstellen, was jemand wie Neike so Schlimmes getan haben sollte.

Es war ein eigenartiges Gefühl, in das saubere und geräumige Gartenhaus im Grünen Bezirk zurückzukehren. Ein paar Momente lang betrachtete Alena die Räume durch die Augen der Gildenlosen, versuchte, sich vorzustellen, wie sie auf jemanden wie Neike wirken mochten. Der pure Luxus war das hier.

Rena war noch nicht zurück, dafür aber Lilas. »Na, war's schlimm?«, fragte sie.

»Ein Kerl hat mich ständig angestarrt«, erzählte Alena zögernd. Sie schaffte es noch nicht, wirklich unbefangen mit Lilas umzugehen. »Richtig unangenehm war das.«

»Nimm's ihnen nicht übel – viele von ihnen bekommen selten jemanden aus der Innenstadt zu Gesicht.« Lilas blickte Alena forschend an und sagte dann: »Du hast trockene Haut, oder? Wart mal, ich habe gestern eine Creme gemacht, die genau richtig für dich wäre. Ihr Feuerleute kämpft ja viel draußen, oder?«

»Äh, ja.« Alena fühlte sich überrumpelt. »Creme? Was soll das denn sein?«

»Du weißt nicht, was eine Creme ist? Na, komm mal mit!«

Misstrauisch folgte ihr Alena. In einem der Zimmer, die an Lilas' Garten angrenzten, gab es eine ganze Wand, die mit Hilfe von Holzbrettern in unzählige Fächer eingeteilt war. In jedem stand ein Töpfchen, ein Fläschchen oder eine Dose. »Hm, wart mal …«, Lilas überlegte und zog drei oder vier davon heraus. Sie tauchte den Finger in eine der Dosen und kleckste Alena etwas davon auf Wange, Nase und Stirn. Erschrocken zuckte Alena zurück.

»So, jetzt verreiben!«, befahl Lilas.

Alena kam sich ziemlich dämlich dabei vor. Aber das Zeug fühlte sich gut an auf der Haut.

»Riech mal an dem hier! Gefällt dir das? Das ist Duftwasser.«

Wäh, war das eklig. Höflich stellte Alena die ersten beiden Fläschchen beiseite. Das dritte kam ihr bekannt vor – es war der Duft, den Lilas selbst trug. Erst die vierte Variante gefiel ihr. Sie roch frisch, aber ein klein bisschen herb, wie ein Wintermorgen in Tassos. Sie machte es Lilas nach und tupfte sich etwas davon auf die Handgelenke. Dann zeigte ihr die Erdgildenfrau, wie man sich die Ränder der Augen mit Kohlestift nachzog, und zupfte und kämmte an ihren Haaren herum, bis sie beide kichern mussten. Erst beim Lippen anmalen streikte Alena. »Beim Feuergeist, damit kann ich mich wirklich nicht mehr bei meinen Leuten blicken lassen!«

»Macht nichts, du siehst auch so gut aus«, sagte Lilas und brachte ihr einen Spiegel. Verlegen betrachtete Alena sich. Ihr gefiel, was sie sah. »He, danke!«

»Kein Problem«, lachte Lilas. Ein paar Atemzüge lang

fühlte es sich so an, als seien sie Freundinnen oder Lilas ihre ältere Schwester. Warum war es ausgerechnet Lilas' Freund, der ihr Herz schneller schlagen ließ?

Das schlechte Gewissen brannte in Alena wie Säure.

Als Rena am Abend zurückkam, sah sie blass und müde aus.

»Na, hast du ihnen die Wahrheit über Cano erzählt?«, fragte Alena.

»Sieht eher so aus, als hätte er ihnen die Wahrheit *über mich* erzählt«, sagte sie und trank einen Becher Cayoral in einem Zug aus. »Was irgendeine Baumratte für die Wahrheit hält. Jedenfalls flüstern die Leute hinter meinem Rücken und schauen mich komisch an. Ich habe nicht rausgekriegt, was sie behaupten.«

Kerrik war empört. »Wenn sie die Wahrheit über dich sagen, können sie nur Gutes verbreiten!«

»Deine Treue in Ehren, Kerrik, aber ich bin keineswegs immer tugendhaft und edel.« Rena lächelte erschöpft. »Jemand arbeitet gegen uns, so viel ist jedenfalls klar.«

Auch Alena konnte sich nicht recht vorstellen, dass Rena etwas zu verbergen haben sollte. Aber sie fand den Gedanken faszinierend.

»Ich habe für morgen Mittag eine große Versammlung im Silbernen Bezirk einberufen«, sagte Rena. »Da wird sich das alles klären, hoffe ich.«

»Wie viele Leute werden kommen?«, fragte Tjeri gespannt.

»Wer weiß? Ich schätze, ein paar tausend. Die Hälfte der Bewohner von Ekaterin, wenn wir Glück haben. Ein paar Vorteile hat die Berühmtheit schon …«

»Dürfen wir aucch was sagen auf der Versammlung?«, fragte Cchraskar und war enttäuscht, als er erfuhr, dass das nicht unbedingt zum Programm gehören würde.

Alena war beeindruckt von Renas Ankündigung. Im Silbernen Bezirk, zwischen den Türmen, direkt vor dem Herztor! Ekaterin war eine wichtige Handelsstadt, von hier aus verbreiteten sich Neuigkeiten in Windeseile. Übermorgen konnte niemand mehr behaupten, er habe von nichts gewusst. Das würde dem »Heiler vom Berge« ganz schön was zu kauen geben! Der Gedanke, dass dieser Mann ihr Onkel war, der Bruder ihrer toten Mutter, war für sie noch immer fremd und eigenartig.

Als der zweite Mond am Himmel stand, machten Alena, Rena und Tjeri sich auf zur *Goldenen Lanze*. Cchraskar trippelte voran, mit unfehlbarem Orientierungssinn fand er die Gasse im Roten Bezirk wieder. Was sie nicht fanden, war das Freudenhaus. Verblüfft starrte Alena auf die Front des Gebäudes. Sie war mit Brettern vernagelt worden, darüber hatte jemand »Geschlossen« gekritzelt. Das schmiedeeiserne Schild mit dem Namen des Hauses hatte man abgenommen. Nichts erinnerte noch an die Menschen, die sich hier gestern amüsiert hatten.

»Bist du sicher, es war hier?« Rena runzelte die Stirn.

Alena nickte. Es war ganz sicher die Straße, die sie gestern Nacht entlanggerannt war.

»Sie hat recht, hier war das … äh … Lokal gestern noch«, sagte Kerrik verlegen.

»Sieht so aus, als wäre uns jemand zuvorgekommen«, erwiderte Tjeri hart. »Und als hätte er dafür gesorgt, dass der Besitzer nie wieder etwas über Keldo erzählen kann.«

Sturz in die Dunkelheit

Dass Alena diesmal wach blieb, hatte nichts mit den Abenteuern der Nacht zu tun. Sie hatte Angst, einzuschlafen. Die Wunde an ihrem Hals war schon wieder verheilt, doch die Erinnerung an den weißen Panther war noch schmerzhaft frisch. Auch das machte Alena misstrauisch. Sonst vergaß sie ihre Träume sofort nach dem Aufwachen.

Statt sich hinzulegen, schnallte sie sich, als ihre Freunde schliefen, ihr Meisterschwert um und ging hinunter auf die Straße. Sie musste mehr über diese seltsame Waffe herausfinden. Warum hatten die Träume erst angefangen, seitdem sie es trug? Vielleicht war es dafür verantwortlich? Was war das eigentlich für ein unheimliches Ding, das ihr Vater ihr da geschmiedet hatte?!

Oder kamen die Probleme daher, dass nicht die Gilde ihr das Schwert übergeben hatte, sondern sie sich selbst? Zu blöd, dass sie niemanden hatte, an den sie sich wenden konnte! Den Rat durfte sie nicht fragen, und ihr Vater konnte ihr nicht helfen. Rena, Tjeri und Kerrik gehörten nicht zur Feuergilde, von Schwertern verstanden sie nichts.

Wieso hatte sie so unüberlegt geschworen, das Ding den Rest ihres Lebens zu tragen? Alena überlegte, ob sie die Prägungsphase abbrechen sollte. Aber dann konnte sie das Schwert wegwerfen oder als Altmetall verkaufen. Diese einzigartige Waffe, die ihr Vater für sie geschmiedet hatte! Nein, das kam nicht in Frage. In einer stillen Ecke der Straße zog sie die Waffe, sah die Smaragde am Griff blitzen. Alles fühlte sich völlig normal an.

Cchraskar war still heute, als sie den Weg zum Roten Bezirk einschlugen. Er wusste genauso gut wie sie, dass sie wahrscheinlich beobachtet wurden. Es gab keine andere Möglichkeit, wie Cano und seine Leute so schnell von ihrem Gespräch mit dem Mann aus der *Goldenen Lanze* hatten erfahren können. Doch ihr geplantes Experiment mit dem Schwert musste sie trotzdem durchführen, hier in der Öffentlichkeit. Sie musste um jeden Preis mit ihrer neuen Waffe klarkommen. Früher oder später würde ihr Leben davon abhängen, sie zu beherrschen.

Sie lief so lange in den Gassen des Roten Bezirks umher, bis endlich jemand auf die Idee kam, zudringlich zu werden. Alenas Finger schlossen sich um den Griff ihres Meisterschwertes, fast wie von selbst glitt es aus seiner ledernen Hülle. Leicht und elegant schnitt die Klinge durch die Luft. Sie hätte dem Kerl die Hand abtrennen können, bevor er überhaupt begriff, was geschah. Doch sie tat es nicht, die Drohung reichte. Entsetzt stolperte der Mann davon.

»Lass unsss heimgehen jetzt, heimgehen«, brummte Cchraskar.

Spielerisch fuhr sie mit dem Schwert in der Hand zu ihm herum, wollte ihn erschrecken. Sofort lag ihre Waffe wieder wie Blei in ihrer Hand. Betroffen ließ Alena sie sinken. »Es will nicht! Es hätte nicht zugelassen, dass ich dich verletze.«

»Was sollte das eigentlicch werden? Wolltest du mir die Ohrenspitzen abrasieren oder so was?«

»Quatsch. War doch nur Spaß.« Verlegen winkte Alena ab. »Was ich sagen wollte: Als ich mich verteidigen musste, hat es mitgespielt. Jetzt fühlt es sich ganz anders an. Wie eins von den Dingern, die ich im ersten Lehrjahr geschmiedet habe.«

»Vielleicht ist es ein Scchwert, das mitdenkt, das ist es.« Cchraskars Augen blitzten amüsiert.

Alena war entsetzt. »Ein Schwert sollte keinen eigenen Willen haben, beim Feuergeist! Stell dir mal vor, ich bin darauf angewiesen, und es ist leider nicht meiner Meinung! Außerdem kapiere ich nicht, wie so was möglich ist.«

»Es muss deine Gedanken anzapfen …«

Ihre Gedanken? Alena schauderte. Das wurde ja immer schlimmer. »Du hast recht. Es kann ja sonst nicht wissen, in welcher Situation ich bin. Andererseits hätte es dann gewusst, dass ich dich nur erschrecken wollte.«

Niedergeschlagen kehrten sie in den Grünen Bezirk zurück.

In dieser Nacht wehrte sie sich lange gegen den Schlaf, bis ihre Müdigkeit doch noch gewann.

Diesmal tauchte der weiße Panther nicht in ihren Träumen auf. Alena war erleichtert. Jeder Schlaf ohne die schrecklichen Bilder in ihrem Kopf war ein Segen.

Am liebsten hätte Rena den Tag in Lilas' Garten verbracht und sich mit jeder einzelnen Pflanze bekannt gemacht – jedenfalls mit denen, die nicht bissen oder mit Gift spritzten. Aber das ging nicht. Sie mussten dringend die Suche nach Keldo fortsetzen. Diesmal hatten sie sich den Blauen Bezirk vorgenommen. Cchraskar hatte sich bereit erklärt, die Runde unter den Halbmenschen zu machen, und Kerrik und Lilas wollten mit Händlern reden, die sie persönlich kannten.

Der Blaue Bezirk faszinierte sie alle. Sie entdeckten einen Waffenmarkt, auf dem an Dutzenden von Ständen blitzende Äxte, Schwerter, Messer und Armbrüste angeboten wurden. Alena konnte sich kaum davon losreißen. Auf dem Gewürzmarkt zogen Rena tausend verschiedene Düfte in die Nase. Auf dem Tiermarkt roch es dagegen nach Stroh und Futter, die Luft vibrierte von Kreischen, Pfeifen und Grunzen. Während Rena mit den Verkäufern plauderte, spähte Alena neugierig in jeden Käfig und tätschelte die spitze Schnauze eines Kanilos. Tjeri dagegen war in düsterer Stimmung. Wahrscheinlich bedrückt es ihn, so viele Tiere in Käfigen zu sehen, dachte Rena.

Schon bald bemerkten auch Alena und Tjeri die schrägen Blicke, die die Menschen Rena seit neuestem zuwarfen.

»Bin wirklich gespannt, was bei der Versammlung heute Nachmittag rauskommt«, sagte Alena kopfschüttelnd.

Als sie den Küchenmarkt erreicht hatten, machte Tjeri schlapp und bat um eine Pause. Er sah erschöpft aus.

»Ja, lasst uns einen Moment hierbleiben, gute Idee«, meinte Alena und warf gierige Blicke auf einen Stand mit Torquil-Beinen und gegrillten Nerada-Vögeln. »Hier gibt's wenigstens was Handfestes. Ich kaufe auch gleich was für Cchraskar, dem knurrt der Magen bei Kerrik immer lauter!«

Tjeri entdeckte zwischen den Kisten und Säcken, die ein Händler gerade abgeladen hatte, ein junges Schneehörnchen. Er versuchte, das kleine Wesen heranzulocken, doch es wich ängstlich vor ihm zurück. Ungläubig sahen Rena und Alena zu, wie es davonhuschte und in einer Nische verschwand. Und wo war eigentlich Tjeris Libelle? Rena sah sie nirgends. »Hm, sieht aus, als hättest du's dir irgendwie mit den Tieren verscherzt«, sagte Rena.

Ratlos und ein bisschen gekränkt schüttelte Tjeri den Kopf. »Komisches Vieh.« Er begann mit dem Händler um eine der Kisten mit frischem Gemüse zu feilschen, damit sie Kerrik ihren Teil zur Verpflegung beisteuern konnten. Doch als es darum ging, die Kiste heimzutragen, musste er passen, er setzte sie sofort wieder ab.

»Was ist los mit dir? Vor ein paar Tagen hättest du dieses Ding mit dem kleinen Finger gehoben!« Besorgt sah Rena ihn an.

Tjeri wischte sich den Schweiß von der Stirn. »Ich weiß nicht … seit gestern fühle ich mich irgendwie … seltsam.«

Rena überlief es eiskalt. »Du wirst schwächer?«

»Ja, fürchte schon«, sagte er fast entschuldigend.

Sie legte sich seinen Arm um die Schultern, und Tjeri stützte sich schwer auf sie. Entsetzt spürte Rena, wie kraftlos er sich anfühlte. »Du hast den weißen Panther gesehen, oder?«, fragte sie ihn verzweifelt. »Wieso hast du nichts gesagt?!«

»Wollte euch nicht beunruhigen. Wahrscheinlich wollte ich es nicht wahrhaben …«

»Wo war das Vieh?« Alena schrie beinahe. »Wann hast du es gesehen?«

»Gestern Nacht. Auf dem Heimweg von diesem Freudenhaus, als ihr ein Stück vorausgegangen seid. Es hat mich einfach nur angesehen. Das hat anscheinend gereicht …«

O nein, nicht das, nicht Tjeri! Am liebsten hätte Rena geschrien, ihren Schmerz herausgebrüllt. Aber das ging jetzt nicht. Erst einmal musste sie Tjeri helfen. Sie und Alena nahmen ihn zwischen sich, stützten ihn und schafften ihn irgendwie zu Lilas' Haus. Es war nicht einfach, obwohl Tjeri einen halben Kopf kleiner war als Kerrik und kein überflüssiges Gramm Fett auf den Rippen hatte. Er war kaum noch bei Bewusstsein, als sie ankamen.

»Was ist los?« Lilas kam ihnen entgegen und sog erschrocken die Luft ein, als sie Tjeri sah. Sie half dabei, ihn auf eine der Schlafmatten zu betten, und eilte in ihre Kräuterkammer, um einen Heiltrank für ihn zu bereiten.

Rena saß an seinem Lager und betrachtete das blasse Gesicht ihres Gefährten. Es riss ihr das Herz heraus, ihn so zu sehen. Sie fühlte den Puls an seinem Hals – er war fadendünn. Seine Haut fühlte sich kalt an, und obwohl Alena ein Feuer angezündet hatte, stand Tjeris Atem als helle Wolke im Raum. Warum ging es so schnell abwärts mit ihm?

»Es sieht nicht gut aus, oder?«, fragte Alena erschüttert.

Rena schüttelte den Kopf. »Warum er?«, flüsterte sie. »Warum erwischt es uns – dich und mich – nicht? Wir sind es doch, die Cano töten will.«

»Vielleicht will er uns erst zerbrechen«, sagte Alena leise.

Ja, dachte Rena bitter. Das könnte stimmen.

Wenig später fiel Tjeri in einen Schlaf, aus dem es vielleicht kein Erwachen mehr gab.

Alena konnte es kaum fassen. Erst ihr Vater – und jetzt Tjeri! Wie betäubt saßen sie, Rena, Lilas und Kerrik, neben der Schlafmatte und starrten auf den reglosen Körper ihres Freundes. Wo er jetzt wohl ist, ob er träumt?, ging es Alena durch den Kopf.

Erstaunt sah sie, dass Rena aufstand, fahrig ein paar Schriftrollen zusammenpackte.

»Was ist los? Wo willst du hin?«

Renas Stimme schwankte. »Hast du die Versammlung im Silbernen Bezirk vergessen? Sie fängt bald an.«

»Aber du kannst doch jetzt nicht …«

»Ich muss. Nicht mal ich kann mir erlauben, ganz Ekaterin aufzuscheuchen und die Leute dann vergeblich warten zu lassen. Lilas, könntest du bei Tjeri bleiben?«

»Natürlich, mache ich.«

Gemeinsam eilten sie durch den Gelben Bezirk, dann konnte Alena schon die silbernen Türme erkennen, den Torbogen. Es war gar nicht einfach, bis dorthin durchzukommen. Die Brücken über den See waren voll von Leuten, die sich auf den Versammlungsplatz zubewegten. In grimmigem Schweigen drängten Rena und die anderen sich durch. Schnell merkten die Bewohner von Ekaterin, wer da kam, und machten ihnen eine Gasse frei. In der Mitte des Platzes war schon ein Podium aufgebaut worden, dahinter erhob sich ein elegantes weißes Zelt. Rena kletterte hinauf, und Alena folgte ihr einfach. Kerrik und Cchraskar blieben zurück.

Ein Mann mit kahlem, poliertem Schädel, der in eine mit Silberfäden bestickte Robe gekleidet war, kam mit langen Schritten auf sie zu. Er hatte ein Dutzend Soldaten und eine Gruppe von Beamten im Schlepptau. Alena sah die Insignien eines Stadtkommandanten an seinem Kragen und begriff, dass das Yorkan war, Lilas' Vater.

»Die Stadt ist praktisch lahmgelegt«, knurrte der Stadtkommandant, ohne sich mit Begrüßungsförmlichkeiten aufzuhalten. Er hat eine kraftvolle Bassstimme. »Ich hoffe, es lohnt sich wenigstens. Kommt, gehen wir noch einen Moment nach hinten. Ein paar Leute wollen Euch kennen lernen.«

Sie setzten sich in das Zelt, und Diener servierten Getränke. Routiniert plauderte Rena mit den Würdenträgern und Beamten, die ihr die Ehre erwiesen. Doch ihre Augen waren starr und ihr Lächeln gezwungen. Alena machte sich Sorgen. Sie ist stark, dachte sie, aber kann sie das jetzt durchstehen?

Unruhig ging Alena wieder nach draußen, ließ den Blick über die Menge schweifen. Der Platz war schwarz vor Menschen – und alle sahen sie an. Schnell zog sich Alena wieder zurück.

»Was ist, können wir anfangen?«, fragte einer der Beamten.

Rena schloss kurz die Augen, atmete tief durch. Dann nickte sie und trat hinaus auf die Plattform. Alena blieb am Eingang des Zelts stehen und beobachtete sie.

Der Platz war so geschickt konstruiert, dass man die Stimme eines Sprechers, der auf der Plattform stand, bis in alle Winkel verstehen konnte.

»Die meisten von euch kennen mich«, begann Rena und es wurde still auf dem Platz zwischen den Türmen. »Mein Name ist Rena ke Alaak. Ich habe schon oft für Daresh gekämpft oder verhandelt. Leider ist jetzt nach vielen Wintern die Zeit gekommen, da es wieder einmal nötig ist ...«

Ein neugieriges Summen brandete in der Menge auf.

»Manchmal glaubt man etwas, weil man es glauben möchte«, fuhr Rena fort. »Man hört schöne Worte und überlässt sich ihnen. Aber euer Vertrauen wird missbraucht! Von einem Mann, der nicht gezögert hat, Hunderte von Menschen zu töten. Einem der intelligentesten und gefährlichsten Männer, die die Feuergilde jemals hervorgebracht hat: Cano ke Tassos ...«

Und das Unglaubliche geschah – trotziger Applaus brandete auf. Hochrufe erschollen.

Sie wissen es schon, dachte Alena, und ein unangenehmes Prickeln durchlief sie. Wenn sie seinen Namen kennen, dann wissen sie schon, was wir ihnen sagen werden.

»... der sich jetzt der Heiler vom Berge nennt, so wie er sich einmal Prophet des Phönix genannt hat ...«

Der Aufruhr wurde lauter. Wie ein unruhiges Tier wogte und grollte die Menge vor ihnen. Rena kam nicht mehr dagegen an. Alena sah, wie sehr sie darum kämpfte, die Fassung zu wahren. Gib nicht auf, dachte Alena mit zusammengebissenen Zähnen. Fast ohne dass sie es merkte, hatten sich ihre Fäuste geballt.

Jetzt brüllten alle durcheinander, doch nach und nach konnte Alena einzelne Stimmen verstehen. »Woher wissen wir denn, dass wir *dir* vertrauen können?« – »Die Wahrheit, die Wahrheit!« – »Sag die Wahrheit über *dich*!«

»Ihr meint die Gerüchte, die jemand, der mir schaden möchte, verbreitet«, erwiderte Rena, als man sie endlich wieder zu Wort kommen ließ. »Ich bin bereit, auf jedes einzelne zu antworten!«

Eine Frau kletterte auf das Podium, und die Soldaten hielten sie nicht zurück. Sie war dürr und hatte eine schlechte Haltung. In ihren Augen brannte der Hass. »Man sagt, du hättest dein eigenes Kind getötet, Rena!«, rief sie. Ihre Stimme war schrill. »Dass es eine Missgeburt war, weil es zwischen zwei verschiedenen Gilden gezeugt wurde, und du nicht ertragen hast, es leben zu sehen!«

Rena war totenblass. Ihre Lippen zitterten. Sie versuchte zu sprechen, stockte. Erschrocken sah Alena, wie ihre Augen sich mit Tränen füllten. Noch einmal setzte Rena an, etwas zu sagen, doch sie schaffte es nicht. Schnell drehte sie sich um und ging davon, zurück zum weißen Zelt.

Auf einmal war es sehr still auf dem Platz zwischen den silbernen Türmen. Jemand neben Alena begann leise zu fluchen. Yorkan war es, der Stadtkommandant.

Und das alles nach dem, was mit Tjeri passiert ist, dachte Alena, und eine furchtbare Wut auf die Menschenmasse dort unten, auf die Bewohner von Ekaterin, brandete in ihr auf. Bevor sie ganz begriffen hatte, was sie tat, war sie nach vorne gerannt, auf die Plattform. Sie wusste, dass der Heiler vom Berge seine Spitzel in dieser Menge hatte und jedes Wort erfahren würde, das sie sprach.

»Cano, hör gut zu!«, brüllte Alena, und ihre Hand krampfte sich um den Griff ihres Smaragdschwertes. »Wir sind vom gleichen Blut. Trotzdem sage ich dir: Wenn du meinen Vater sterben lässt, wenn du meinen Freunden noch weiter schadest, werde ich dich finden und töten – irgendwie!«

Erst als sie schwer atmend schwieg, wurde ihr bewusst, wie theatralisch ihre Worte geklungen hatten. Wie lächerlich. Der Aufstand eines Wurms, der gleich von einem Dhatla zertreten wird.

Sie drehte sich um und eilte Rena nach ins Zelt. Hinter sich hörte sie erstaunte, neugierige Stimmen. Sie kümmerte sich nicht darum.

Das Zelt war leer – bis auf die Frau der Erdgilde. Sie hatte die Hände vor das Gesicht geschlagen, und Schluchzer schüttelten ihren zierlichen Körper.

»Sag ihnen doch einfach, dass es gelogen ist!«, schrie Alena sie an. »Los, geh da raus und sag es ihnen!«

»Das … kann ich … nicht.« Rena rührte sich nicht.

»Wieso nicht, verdammt noch mal?!«

»Weil manches davon wahr ist.«

Wahrheit

Nach einer Weile spürte Rena ihre Schluchzer verebben. »Ich glaube, ich sollte dir die ganze Geschichte erzählen«, sagte sie müde.

»Ist es wieder so etwas, was man aus zwei Blickwinkeln sehen kann?« Alenas Stimme klang heiser.

»So in etwa.« Rena sah, dass einer der Beamten hereinkommen wollte, doch nach einem Blick auf die beiden Frauen zog er sich hastig zurück. »Ein paar Winter, nachdem Tjeri und ich uns in Vanamee niedergelassen hatten, wurde ich schwanger. Doch es lief nicht gut, ich bekam Mondfieber und war lange krank. Als das Kind geboren wurde, war es … war es … missgebildet. Es war ein furchtbarer Schock. Doch es hat mit Sicherheit nichts damit zu tun, dass wir verschiedenen Gilden angehören. Es war das Mondfieber.«

Beim Erdgeist, wie weh es tat, sich an all das zu erinnern. Es tat so weh, als wäre es erst gestern passiert. Und es war furchtbar schwer, darüber zu reden. Rena wusste, vor dieser Menge hätte sie es nie geschafft. »Ich habe es nicht getötet«, fuhr sie fort. »Wir haben versucht es zu retten. Aber es ist noch vor Sonnenaufgang gestorben, wir konnten ihm nicht mal mehr einen Namen geben. Danach bin ich nie wieder schwanger geworden. Für Tjeri war es besonders hart. Er hatte sich ein ganzes Rudel Kinder gewünscht.«

»Wie hat Cano überhaupt davon erfahren können?«

»In Vanamee haben es durch die Hebamme ein paar Leute gewusst. Aber damals haben die Leute aus Respekt vor uns nicht darüber getratscht. Tjeri ist sehr beliebt im Seenland.«

Rena stand schwankend auf. Sie wollte nur noch weg.

Sie verließen den Silbernen Bezirk auf Umwegen und kehrten in Lilas' und Kerriks Haus zurück. Traurig, zu Tode erschöpft, setzte sich Rena an Tjeris Bett und strich ihm über die Wange. Hier lag ihr einziger verbliebener Zeuge für das, was damals wirklich geschehen war – die Hebamme war vor ein paar Wintern bei einem Sturm ums Leben gekommen. War das der Grund, warum ihr Gefährte den weißen Panther hatte sehen müssen? Damit er sie nicht verteidigen konnte?

Inzwischen ahnte Rena, warum Cano sie nicht direkt töten ließ. Es war zu gefährlich, sie war zu bekannt – es konnte Ärger verursachen. Alena hatte recht. Bestimmt machte es ihm viel mehr Spaß, sie erst noch zu quälen. Schließlich hatten sie noch eine Rechnung offen miteinander.

Schweigend saß Alena bei ihr, bis Rena sie bat: »Lass mich eine Weile mit ihm allein, ja?«

Das Mädchen nickte und ging lautlos davon.

Alena brauchte Zeit zum Nachdenken. Was sie in den letzten Tagen erlebt hatte, war einfach zu viel gewesen. Zu viel in zu kurzer Zeit. Sie brauchte Stille. Was hätte sie dafür gegeben, jetzt in ihren Phönixwald wandern zu können!

Schließlich zog sie sich in eins der vielen leeres Zimmer des Gartenhauses zurück, legte sich so wie sie war auf den harten Boden und starrte zur Decke. Ließ die Gedanken strömen, dachte über alles nach, was geschehen war.

Sie hörte, dass die anderen sie suchten, aber Cchraskar,

der sie sofort hätte finden können, wusste, wann er sie in Ruhe lassen musste.

Als sie schließlich aus ihrem Versteck kroch, bekam sie gerade noch mit, dass die anderen sich zum Aufbruch rüsteten. Alena jagte die Wendeltreppe hinunter.

Im Vorraum stand Rena. Sie hielt sich sehr aufrecht, ihre Augen waren wieder klar und entschlossen. Sie trug ihre weiße Tunika mit den Wasserdiamanten und sah im schwachen grünen Licht, das durch den Pflanzenvorhang fiel, sehr vornehm aus.

»Wo willst du hin?«, fragte Alena atemlos.

»Als ich das Vermitteln gelernt habe, hat mir mein Lehrmeister etwas Wichtiges beigebracht«, sagte Rena. »Wenn man einen Konflikt mit jemandem hat, dann muss man zu allererst mit demjenigen darüber sprechen. Noch bevor man sich bei anderen beschwert.«

»Du willst zu Cano?!«

»Gerade haben wir erfahren, dass der Heiler vom Berge ganz in der Nähe ist«, berichtete Kerrik. »Er hatte eine Kundgebung in einem Dorf, das nur eine halbe Tagesreise entfernt ist.«

»Ich komme mit!«, sagte Alena sofort.

»Nein. Das ist zu gefährlich. Außerdem brauche ich dich hier. Jemand muss weiter nach Keldo suchen. Kerrik und Lilas bleiben auch in Ekaterin. Ich werde allein gehen.«

Zu gefährlich?! Alena schnaubte. Sie war dafür ausgebildet geworden, mit Gefahr umzugehen! Aber wenn sie darüber nachdachte, hatte Rena recht. Nach der Katastrophe mit der Versammlung sah es wieder so aus, als sei Keldo ihre einzige Hoffnung. Außerdem gab es – so viel wusste sie inzwischen – viele Gefahren, gegen die man sich nicht mit einem Schwert wehren konnte.

»Pass auf dich auf«, sagte Alena leise und Rena nickte.

Es wurde wieder eine lange Nacht. Alena streifte durch die ganze Stadt und sprach mit jedem, den sie zu fassen bekommen konnte. Sie wagte sich bis zum Schwarzen Bezirk, der Siedlung der Gildenlosen. Es gab kaum Lichter hier, und der Geruch ließ sie würgen. Aber sie musste noch einmal mit den Leuten sprechen. Schließlich führte ihre einzige Spur hierher.

Doch in dieser Nacht duldete Cchraskar nicht, dass sie den Bezirk betrat. Sein Fell war gesträubt, als er am Rand der Siedlung in alle Richtungen witterte. »Der weißßße Panther ist hierr«, fauchte er, und seine Fangzähne blitzten im Licht des dritten Mondes.

»Was soll's – in meinen Träumen ist er auch«, sagte Alena trotzig.

Aber sie kehrte mit ihm um.

Als sie auf dem Rückweg hochblickte, sah sie den Palast der Trauer über der Stadt thronen. Er schimmerte im Mondlicht, nachts sah er fast schön aus. Aber die gewölbten Säulen, die seine Außenmauern hielten, wirkten wie Spinnenbeine. Schaudernd wandte sich Alena ab.

Am nächsten Morgen dachte sie zum ersten Mal daran, sich das Gesicht mit Creme einzureiben. Kerrik sollte sie schön finden. Konzentriert zog sie sich die Umrisse der Augen mit Kohlestift nach, rieb noch ein wenig Lidschatten dazu und tupfte sich Duftwasser auf die Handgelenke.

Beleidigt merkte Alena, dass Rena und Lilas sich trotz ihrer düsteren Stimmung das Lachen verbeißen mussten, als sie sich an den Frühstückstisch setzte. Kerrik rumorte noch in der Küche herum. »Was beim Feuergeist ist los?«, fragte Alena bissig.

»Man reibt den Lidschatten *auf* die Augen, nicht darunter«, sagte Lilas.

»So siehst du aus, als hättest du drei Nächte nicht geschlafen«, fügte Rena hinzu.

»Stimmt ja auch«, sagte Alena und rubbelte sich mit den Fingern im Gesicht herum, um das Zeug abzukriegen.

Sie zögerte, entschied sich dann, die Wahrheit zu sagen. »Ich habe Albträume. Ein weißer Panther greift mich an, und ich schaffe es nicht, ihn zu besiegen.«

Erschrocken sahen sich Rena und Lilas an. »Der weiße Panther, der die Krankheit bringt?«

»Ja, genau der. Aber mich hat er bisher nicht krank gemacht … auch wenn er versucht, mich zu töten, glaube ich. Ich habe ihn bisher nur im Traum gesehen.«

Lilas lachte sie nicht aus, sondern dachte ernst nach. »Vielleicht solltest du nicht gegen ihn kämpfen. Das hast du ja schon versucht, und es ging nicht, oder?«

Alena schnaubte. Typisch Erdgilde! »Aber was soll ich sonst machen? Wenn ich mich nicht wehre, bringt er mich um.«

Lilas seufzte. »Ich wünschte, du würdest mich mal deinen Geist sondieren lassen.«

»Lieber nicht!« Alena war entsetzt. Das hätte ihr gerade noch gefehlt. Sie dachte so oft an Kerrik, dass es sich wahrscheinlich schon in ihren Kopf eingebrannt hatte.

»Gut, dann sage ich dir einfach so, was ich denke.« Lilas' Stimme war sanft. »Du kämpfst innerlich, Alena. Du kämpfst die ganze Zeit gegen etwas an. Wenn du es schaffen könntest, eine Weile aufzuhören, dann könntest du eine Kraft einsetzen, gegen die kein Panther in ganz Daresh ankommt.«

Nach dem Frühstück ging Alena hinaus, setzte sich auf den schmalen Sims vor dem Haus und blickte durch den grünen Vorhang nach draußen. Sie dachte lange darüber nach, was Lilas gesagt hatte.

Aufhören zu kämpfen.

Eine Kraft, gegen die kein Panther ankam.

Es ist einen Versuch wert, dachte Alena. Morgen Nacht werde ich es ausprobieren. Cchraskar war begeistert, als sie ihm davon erzählte. »Gut ist das«, sagte er. »Mach einen Bettvorleger aus dem weißen Panther, einen Bettvorleger!«

Alena seufzte. »Oder aber er macht einen aus mir …«

Sie und die anderen wechselten sich dabei ab, bei Tjeri Wache zu halten. Alena beschloss Kerrik eine Weile abzulösen, bevor sie die Suche nach Keldo fortsetzte. Als sie leise in den Raum schlüpfte, sah sie ihn ruhig gegen die Wand gelehnt dasitzen. Jeden Muskel entspannt, völlig in sich ruhend, und doch wachsam. Als er sie sah, nickte er ganz leicht und lächelte mit den Augen.

Alena wartete darauf, dass er ging, aber er tat es nicht. Also setzte sie sich einfach neben ihn. Ihr Herz schlug so laut; sie hoffte er würde es nicht hören. Erst nach und nach wurde sie ruhiger. Ihre Gedanken wanderten von Tjeri zu ihrem Vater, dann zu ihrer Mutter. Ihr fiel ein, dass Kerrik sie gekannt hatte. Plötzlich fühlte sie das Bedürfnis, mehr darüber zu wissen.

»Die Frau, die du damals im Dschungel getroffen hast – die mit Rena reiste – wie war sie so?«, fragte sie schüchtern.

Kerrik lächelte. Er schien nichts dagegen zu haben, die Stille zu beenden. »Du meinst Alix? Beim Erdgeist, das war eine tolle Frau. Sehr herzlich. Ohne jeden Hintergedanken. Ehrlich zu sich selbst.«

Sonst erwähnten die Leute immer, wie gut sie gekämpft hatte. Erstaunlich, was ihm alles aufgefallen war! »Sie war meine Mutter«, sagte Alena, und dieses eine Mal blieb das verhasste Gefühl, nicht gut genug zu sein, aus. Sie war einfach nur stolz darauf, dass jeder, der Alix kennengelernt hatte, so gut von ihr sprach.

»Ja, ich weiß. Rena hat's mir erzählt. Übrigens haben sie über dich gesprochen damals. Du warst erst ein Jahr alt oder so.«

Diesmal hätte sie es gerne gehört, dass sie ihrer Mutter ähnlich war – und natürlich sagte ausgerechnet Kerrik es nicht.

»Ich kann mich leider nicht an sie erinnern«, erklärte Alena, befeuchtete Tjeris trockene Lippen mit einem Tuch und flößte ihm einen Schluck Wasser ein. »Kurz darauf ist sie ja schon getötet worden. Beim Kampf um den Smaragdgarten, hat mir mein Vater erzählt – aber Einzelheiten hat er nie rausgerückt.«

»Sie und Rena mochten den Dschungel«, sagte Kerrik. »Nicht vielen Leuten gefällt es in Lixantha. Ich glaube, du würdest da auch gut klarkommen.«

»Nimmst du mich irgendwann mal mit?«

»Wenn du willst.«

Sie lächelten sich an, und einen winzigen Moment lang schaffte es Alena, all ihren Kummer zu vergessen und einfach nur glücklich zu sein.

Rena ließ sich vom Rücken des Dhatlas gleiten. Es war ein großes Dorf direkt an der Handelsroute nach Ekaterin, aber schön war es nicht. Die Dhatlas hatten alles Grün zerstampft oder gefressen, nur noch Staub war übrig. Sämtliche Flächen rings um den Ort waren für die Versorgung und Pflege der Reittiere reserviert; hier schienen einige Züchter zu leben. Große Flecken frisch aufgeworfener Erde sagten Rena, dass sich hier mehrere Reptilien eingegraben hatten.

Ein Mädchen nahm ihr das Dhatla ab. Rena drückte ihm

eine Münze in die Hand. »Der Heiler vom Berge war hier, nicht wahr?«

Das Mädchen nickte scheu und führte das Dhatla weg. Eigentlich war die Frage unnötig. Man sah die Spuren der Menschenmenge ganz deutlich, die sich noch vor kurzem im Ort aufgehalten haben musste. Überall waren die Abdrücke von Schuhen und bloßen Füßen. Aber jetzt waren die Menschen verschwunden. War sie zu spät gekommen?

Doch dann sah Rena ein Erdhaus, vor dem abreisebereite Dhatlas standen. Es war von einem Dutzend schwer bewaffneter Wachen umringt. Kräftige Burschen, ehemalige Söldner dem Anschein nach. Wieder einmal – Cano kann nicht verleugnen, dass er selbst einmal Söldner war, dachte Rena und näherte sich ihnen.

»Ich bin einen weiten Weg gekommen, um mit dem Heiler vom Berge zu sprechen«, sagte sie zu einer der Wachen. »Es ist wichtig!«

Gleichgültig blickte der Mann auf sie herab. »Er spricht mit niemandem. Wart Ihr nicht auf der Kundgebung?«

»Ich war zu spät dran. Leider!«

»In Dreas wird er als Nächstes sein. Kommt dorthin.« Der Mann wandte den Kopf ab. Für ihn war die Sache erledigt. Aber ganz so leicht gab Rena nicht auf.

»Cano kennt mich von früher«, erklärte sie. »Sagt ihm bitte, ich bin hier, um mit ihm zu sprechen.«

»Wie ist Euer Name?«

»Rena ke Alaak«, sagte sie. »Vielleicht erinnert er sich aber an meinen anderen Namen: Eleni.« Es war der Tarnname, unter dem sie sich damals in sein Lager in den Ynarra-Bergen eingeschmuggelt hatte. So würde er wissen, dass sie es wirklich war.

Mit neu erwachtem Interesse blickte der Mann auf sie herab. Ohne ein weiteres Wort verließ er seinen Posten und verschwand im Erdhaus. Schon nach wenigen Atemzügen kam er wieder zum Vorschein und schüttelte den Kopf. »Ich soll euch etwas ausrichten«, sagte er und schob sie grob aus dem Zelt hinaus. »Ob Ihr noch nicht wüsstet, wann Ihr geschlagen wärt.«

Das war eine Frechheit. Und das von einem Mann, der die Liebe predigt!, dachte Rena. Wenn sie noch einen Beweis gebraucht hätte, dass Cano sich nicht geändert hatte, so besaß sie ihn jetzt. Vielleicht sollte ich so lange vor dem Haus sitzen bleiben, bis er herauskommen muss!, dachte sie wütend. Aber das hieße, die Niederlage einzugestehen. So weit, um seine Aufmerksamkeit zu betteln, war sie noch nicht.

»Ich glaube, euer Anführer irrt sich«, sagte Rena kühl. »Er wird noch von mir hören. Auf anderem Weg.«

Niemand hinderte sie daran, das Dorf zu verlassen.

Keldo

Je länger Alena nachdachte, desto mehr Kämpfe entdeckte sie in ihrem Inneren. Schließlich gab sie die Friedensverhandlungen entnervt auf. Sein Seelenleben aufzuräumen war sehr viel schwerer, als sie es sich vorgestellt hatte. Das hieß, sie konnte Lilas' Rat nicht befolgen. Was war, wenn der Panther sie diesmal erwischte? Vielleicht hätte sie sich von Kerrik und Lilas verabschieden sollen …

Schließlich war Alena so müde, dass sie förmlich in ihr Zimmer kroch. Verkrampft lag sie da und versuchte, sich am Wegdämmern zu hindern. Doch ihr Körper übernahm die Regie, nach ein paar Atemzügen schon blies er ihr Bewusstsein aus wie eine Kerze.

Wieder stand sie auf der Lichtung des Phönixwalds. Ein weißer Schatten näherte sich zwischen den Bäumen. Angespannt stand Alena da. Locker bleiben, dachte sie sich. So wie Kerrik es jetzt wäre. Sie beruhigte ihren Geist, leerte ihn von unruhigen Gedanken. Es wirkte, ihre Angst schrumpfte und versickerte nach und nach im schwarzen Sand.

Der Panther stand auf der Lichtung und blickte sie an. Er schien verdutzt, weil sie sich nicht vom Fleck rührte. Unruhig witternd blickte er sich um. Dann begann er sie zu umkreisen. Alena zwang sich, ihn nicht zu beachten. Schließlich ging das nicht mehr – das Tier war schon so nah, dass sie das Geräusch seiner weichen Pfoten hören konnte. Es näherte sich ihr von der Seite, beschnupperte sie misstrauisch.

»Na, du Mistvieh«, sagte Alena, und für einen Atemzug

ließ ihre Kontrolle nach, fluteten Angst und Groll zurück in ihre Seele. Sofort begann der weiße Panther zu knurren, fletschte die Zähne, seine Pranke griff nach ihr, riss ihr tiefe Furchen in den Oberschenkel …

Schreiend vor Schmerzen wachte Alena auf. Ihr Bein brannte wie Feuer.

Kerrik stürzte herein, das Messer in der Hand. »Alena! Was ist …?!« Kurz darauf erschien auch Lilas in der Tür.

»Alles in Ordnung«, sagte Alena und biss die Zähne zusammen. Es war nur ein Kratzer, so was hatte sie bei Übungskämpfen hundertmal abbekommen.

Hinkend erschien sie zum Frühstück. »Beinahe hätte es funktioniert, das mit dem weißen Panther«, sagte sie zu Lilas. »Es war ein guter Tipp, den du mir gegeben hast. Ich habe nur einen Fehler gemacht.«

»Du träumst dich noch um Kopf und Kragen«, sagte Kerrik und sah sie besorgt an. Einen Moment lang wünschte sich Alena, sie wäre noch schwerer verletzt. Doch sie verscheuchte den Gedanken schnell – auf was für einen Blödsinn man kam, wenn man verliebt war! – und ging nach draußen, um ihre täglichen Übungen zu absolvieren. Sie kam schnell ins Schwitzen, und für eine Weile war in ihr kein Platz für Sorgen oder Sehnsucht.

Bis sie bemerkte, dass Kerrik sie beobachtete. Als sie ihr Schwert sinken ließ, sagte er: »Entschuldige. Ich hätte vorher fragen sollen, ob du etwas dagegen hast, wenn ich zuschaue.«

»Schon in Ordnung – es macht mir nichts aus«, behauptete Alena. Eigentlich traf das Gegenteil zu. Es freute sie, dass er ihr bei etwas zusah, was ihr so viel bedeutete.

»Es sieht aus wie ein Tanz«, sagte er. »Ein gefährlicher Tanz.«

Cchraskars spitzes Gesicht tauchte zwischen den Pflanzenvorhängen auf. »Bitte sssie bloß nie mit dir zu tanzen, hundert ganz kleine Stücke würde sie aus dir machen!«, tönte er und verschwand mit einem Rascheln wieder im Blattgewirr.

Irgendwie schaffte Alena es, ihre beiden Zuschauer auszublenden und ihre Übungen zu Ende zu führen. Gemeinsam gingen sie und Kerrik zurück zu Lilas' Garten.

»Das war mutig, was du gestern auf dem Versammlungsplatz gemacht hast«, sagte Kerrik plötzlich. »Ich glaube, Rena kann froh sein, dich zu haben.«

»Ach das!« Alena war verlegen. »Ich fürchte, da ist mein Temperament ein bisschen mit mir durchgega...«

In diesem Augenblick stürmte Cchraskar hinein, fast hätte er sie über den Haufen gerannt.

»Was ist?«, fuhr Alena ihn ärgerlich an. Dann sah sie eine Art riesige Schlange hinter Cchraskar hereinkommen – beinahe wäre sie erschrocken zurückgewichen und hätte sich vor Kerrik blamiert. Auf den zweiten Blick erkannte sie am menschlichen Gesicht des Wesens, dass es ein Natternmensch sein musste. Sein grünschuppiger Körper machte ein leises schabendes Geräusch, als er über den Steinboden glitt. Doch sie hätte sich keine Sorgen zu machen brauchen. Seine Zähne wirkten gefährlich, aber ihm stand dieselbe Angst ins Gesicht geschrieben, die auch sie empfand.

»Er sssagt, er weiß etwas überrr Keldo, überr Schattenzähmer«, sprudelte ihr Freund hervor. Immer wenn er aufgeregt war, wurde sein Akzent stärker, und Alena verstand ihn nur durch lange Übung. Cchraskar redete schnell in seiner Sprache auf den Halbmenschen ein, und der Natternmensch antwortete ihm ebenso unverständlich. Offensichtlich konnte er kein Daresi. Hastig übersetzte Cchraskar, was er sagte. »Er ist sso groß wie dreimal drei Menschen, lacht sso laut, dass er Berrge zum Beben bringen kann ...

nur nachts kommt er an die Oberfläche … im sssüdlichen Teil des Schwarzen Bezirks lebt er …«

Alena lauschte voller Hoffnung. Da war er, ihr Durchbruch! Wenn Keldo ihnen sagte, was er wusste, dann würde alles gut werden. Sie verbeugte sich dankbar vor dem Natternmenschen, riss ihren Umhang vom Haken am Eingang und warf ihn sich über die Schultern. »Wenn wir uns beeilen, können wir in zehnmal zehn Atemzügen da sein!«

»Warte!«, sagte Kerrik. »Willst du wirklich ohne Rena gehen? Sie weiß mehr als wir alle über Cano, sie kann Keldo die richtigen Fragen stellen! Und sie müsste jeden Moment wieder hier sein, wenn sie irgendwo auf der Ebene übernachtet hat und heute früh losgeritten ist.«

Widerwillig ließ Alena den Umhang wieder von ihren Schultern gleiten. Kerrik hatte recht. Zehnmal zehn Atemzüge später traf Rena ein. Staubig, müde und enttäuscht sah sie aus. Das Gesicht des Natternmenschen leuchtete auf, als er sie sah, und er zischelte etwas. Rena lauschte mit hochgezogenen Augenbrauen. »Wo habt ihr wen gefunden? Wer beim Erdgeist ist Schattenzähmer? Mal langsam, Zz'amrek …«

»Er weiß, wo Keldo lebt«, unterbrach Alena sie ungeduldig.

Plötzlich wirkte Rena gar nicht mehr müde. Mit schnellen Schritten gingen sie zum Ausgang und winkte dem Natternmenschen, ihnen zu folgen; Alena rief nach Kerrik. Fast wäre sie mit Lilas zusammengestoßen, die mit verblüfftem Gesicht auf sie zukam. »Warte mal, Alena! Gerade hat jemand eine Nachricht für dich abgegeben … ein junger Gildenloser, ein bisschen unheimlich …«

Alena riss ihr die Schriftrolle aus der Hand, die nur so groß war wie ihr Zeigefinger, und schob sie in eine Tasche ihrer Hose. Jetzt war keine Zeit, die Botschaft zu lesen –

von wem auch immer sie kam. Jetzt mussten sie Keldo finden. Bevor irgendetwas dazwischenkam.

Zu viert eilten sie hinter dem Halbmenschen her, der sich bemühte, langsam durch die Straßen zu gleiten. In der trüben Wintersonne glänzten seine Schuppen staubig.

»Cchraskar, achte bitte darauf, dass uns niemand folgt«, befahl Rena, und der junge Iltismensch nickte. Sie hasteten durch den Blauen Bezirk, neugierig beäugt von Händlern und Käufern, durchquerten den Roten Bezirk und näherten sich der Siedlung der Gildenlosen. Zielsicher führte sie der Natternmensch zum äußeren Rand der Siedlung. Hier hatten viele Gildenlose sich Erdtunnel gegraben.

»In welchem lebt er?«, fragte Rena den Natternmenschen geduldig. Nachdem sie sich die Antwort angehört hatte, nickte sie. »Ja, es ist eine gute Idee, wenn du erst mal runtergehst und uns ankündigst. Vielleicht ist er nicht gerade begeistert davon, wenn wir zu viert bei ihm anrücken …«

Der Natternmensch nickte und ließ sich geschickt in die Erdhöhle gleiten. Alena spähte ihm hinterher, doch sie sah nur Dunkelheit.

Schon nach wenigen Atemzügen tauchte der Halbmensch wieder auf. Langsam und schwerfällig kroch er aus der Höhle. Er schien kaum zu wissen, wer sie waren und wo er sich befand.

»Was ist los? Alles in Ordnung?«, erkundigte Rena sich beunruhigt, und Cchraskar fauchte eine Frage.

Der Natternmensch blickte sie gequält an und antwortete nicht. Dann senkte er den Kopf und glitt davon, so schnell er konnte.

Alena und die anderen blickten sich an. Irgendetwas ist passiert, dachte Alena. Ihr war nicht wohl bei dem Gedanken, in diesen Tunnel kriechen zu müssen. Eigentlich war alles, was unter dem Erdboden lag, Renas und Kerriks

Revier, sollten die als Erste gehen! Andererseits – wenn da unten eine Gefahr lauerte, war es besser, sie selbst schaute erst einmal nach.

Manchmal wäre es richtig praktisch, auch mal feige sein zu dürfen, dachte Alena erbittert, zog ihr Messer, bückte sich und machte sich auf den Weg nach unten. Hinter sich hörte sie Rena über irgendetwas fluchen. »Wurzelfraß und Blattfäule, wo ist das blöde Ding? Gestern hatte ich es doch noch …«

Es war kühl im Tunnel, noch kühler als draußen. Und still war es hier unten. An den Wänden aus fester Erde sah sie den Schein eines schwachen Lichts. Es war das einzige Anzeichen, dass dort unten jemand wohnte. Cchraskar zögerte, hielt an und witterte. Dann fiepte er leise und bleckte die Zähne. »Was ist?«, fragte Alena alarmiert.

»Der Tod ist hier, der Tod!«

Die kleinen Härchen auf Alenas Armen richteten sich auf, und ihr Körper spannte sich an.

»Was ist los?«, fragte Rena leise, doch Alena bedeutete ihr, still zu sein. Lauerte dort unten jemand auf sie? Es war eine perfekte Gelegenheit für Cano, seine alten Feinde zu töten. Die Versuchung, umzukehren, war riesig. Aber wenn sie sich jetzt davonmachten, erfuhren sie nie, was mit Keldo los war. Alena murmelte ein Gebet an den Feuergeist und kroch weiter.

Sie erreichte die Wohnkammer. Mit einem Blick erfasste Alena die Szene, die von einer einzelnen Kerze erhellt wurde. Ein paar Sitzpolster, eine Schlafmatte, ein flacher Tisch, ein Wasserbassin, das in den Boden eingelassen war. An den Wänden bunte Landkarten. Und in der Mitte des Raumes, halb im Wasser liegend, der massige Körper eines bärtigen Mannes. Aus seiner Brust ragte ein Messer.

Verzweifelt starrte Alena auf das schreckliche Bild. Keldo – tot! Ihre letzte, einzige Spur – ausgelöscht! Cano war ihnen auch diesmal einen Schritt voraus gewesen.

»Wieder mal zu spät«, sagte Rena dumpf. Langsam, vorsichtig näherte sie sich dem Körper. Alena tat es ihr nach und sah, dass das Blut auf der Brust des Mannes noch ganz frisch war, die Ränder der Blutlache waren noch nicht eingetrocknet.

»Es muss eben erst passiert sein!«, flüsterte Alena nervös. »Glaubt ihr, der Natternmensch hat etwas damit zu tun?«

Cchraskar fauchte: »Dasss war keiner von unserem Volk.«

Alena sah sich das Messer aus der Nähe an. Es kam ihr irgendwie bekannt vor. Wo hatte sie es schon mal gesehen? Sie wandte sich zu ihren Freunden um, die Frage schon auf den Lippen. Fassungslos stand Kerrik am Eingang der Wohnhöhle, starrte auf den schrecklichen Anblick. Währenddessen hob Rena ein mit Symbolen bedecktes Blatt auf, das neben dem Toten lag. Sie betrachtete es stirnrunzelnd. »Sieht ja seltsam aus …«

Alena umrundete den Toten und betrachtete das Messer von der anderen Seite. Eine Schockwelle lief durch ihren Körper und ihre Seele, als sie die winzige Signatur am Griff sah. *Alix ke Tassos.* Ihre Mutter hatte dieses Messer gemacht! Alena stockte der Atem, als sie das zweite Namenszeichen darüber sah, das des Besitzers … oder eher der Besitzerin …

Auch Rena hatte es bemerkt. »Moment mal, das ist ja …«

Da hörten sie die Schritte. Eine Gruppe von Menschen, die genau über ihren Köpfen entlangging. Die polternd durch den unterirdischen Eingang kam. Ihre Geräusche hallten von den Erdwänden wieder, näherten sich schnell. Keldos Freunde? Die Mörder?, fuhr es durch Alenas Kopf. Sie zog ihr Schwert.

Dann waren die Männer da, plötzlich war der unterirdische Raum voller Menschen, voller Lärm, voller Fackelrauch. Es waren fünf Wachen der Stadtgarnison. Erleichtert ließ Alena das Schwert sinken. Dem Feuergeist sei Dank, dass so schnell Hilfe gekommen war!

Die Männer sahen den Toten sofort, und auf einmal schwirrten Rufe und Befehle durch die Luft. »Vorsicht – sie sind bewaffnet!« – »Nimm dir den Kerl vor, Zep!« – »Verdammte Scheiße, ein Iltismensch …«

»Wir waren es nicht!«, brüllte Alena, aber niemand hörte ihr zu. Jemand versuchte, sie grob von hinten zu packen, und ohne nachzudenken, knallte sie ihm einen Ellenbogen in den Magen. Mit einem Keuchen ließ der Mann sie los. Wutentbrannt zogen die anderen Wachen ihre Schwerter.

»Ihr seid alle verhaftet!«, bellte ein untersetzter Offizier.

Alena zwang sich, sich nicht mehr zu wehren, als die Männer sie, Kerrik und Rena mit Lederriemen fesselten. Die harten Riemen schnitten in ihre Haut, doch Alena gab keinen Laut von sich. Sie sah Cchraskar nicht mehr. Wo war er, was hatten sie mit ihm gemacht? Es war nicht seine Art, feige abzuschwirren, wenn der Ärger losging!

Draußen hatte sich eine neugierige Menge versammelt. Alle Gildenlosen, die im Umkreis wohnten, hatten den Aufruhr mitbekommen. Auch der Junge, der sie bei ihrem ersten Besuch im Schwarzen Bezirk ständig angestarrt hatte, war da. Alena erkannte ihn sofort.

Es war demütigend, vor allen Menschen gefesselt zwischen den Wachen entlangstolpern zu müssen. Von allen beglotzt wurden sie durch den Roten Bezirk geführt, bis sie zu einer Wachstation kamen. Ungläubig sprangen die Wachen auf, als sie die drei Gefangenen sahen. »Das ist doch Rena ke Alaak!«, rief einer von ihnen. »Was hat sie getan?«

»Nichts«, raunzte Rena. Selbst mit verschnürten Handgelenken schaffte sie es, ihre Würde zu bewahren. »Wir wollten einen Mann im Schwarzen Bezirk besuchen, aber wir haben ihn tot aufgefunden. Und dann sind wir auch schon verhaftet worden, während der wahre Mörder Zeit hatte zu fliehen!«

Der Wachoffizier zog seinen Vorgesetzten – einen Mann der Feuergilde – beiseite, flüsterte ihm etwas zu. Als der Mann sich ihnen wieder zuwandte, war sein Gesicht kalt.

»Ah ja, ihr seid nur Zeugen? Dann seid bitte so freundlich, mir das hier zu erklären!«

Auf dem Tisch lag der Dolch, mit dem Keldo getötet worden war.

Renas Dolch.

»Er ist mir gestohlen worden«, sagte Rena ruhig. »Ich dachte, er wäre mir gestern auf der Reise verloren gegangen.«

»Das stimmt, sie hat ihn gesucht«, bestätigte Kerrik.

Alena wusste nicht mehr, was sie denken sollte. Das war es also, worüber Rena vorhin geflucht hatte – das fehlende Messer. Aber ihr fiel auch ein, dass Rena erst unmittelbar vor ihrem Aufbruch zu Keldo zurückgekommen war. Sie hätte Zeit gehabt, ihn zu töten, bevor sie kurz darauf gemeinsam die Leiche entdeckten …

Nein! Alena verjagte den Gedanken. Abgesehen davon, dass sie Rena keinen Mord zutraute, wäre sie nicht so blöd gewesen, ihren Dolch in Keldos Herz stecken zu lassen. Alles roch nach einer Falle, die Cano ihnen gestellt hatte. Und so, wie es aussah, mit Erfolg.

»Bringt sie in die Hauptgarnison«, befahl der Wachoffizier schroff. »Lasst sie gut bewachen. Nehmt ihnen die Waffen ab!«

Alena fühlte, wie sie blass wurde. Der Wachkommandant sah es. »Was ist, Mädchen?«

»Bitte lasst mich mein Meisterschwert behalten!«, sagte Alena verzweifelt. »Ich präge es gerade auf mich … wenn es längere Zeit von mir entfernt wäre, würde es das ruinieren!«

Die Wachen brachen in Gelächter aus. »Dein Schwert behalten?«, brüllte einer. »Damit du dich gleich wieder aus dem Verlies raushauen kannst?«

Doch der Wachoffizier stimmte nicht ein. Mit einem strafenden Blick brachte er seine Leute zum Verstummen.

Er gehört zur Feuergilde – er weiß, dass ich die Wahrheit sage, dachte Alena mit neuer Hoffnung. Nachdenklich sah der Offizier sie an, dann nahm er ihr Smaragdschwert in Augenschein. »Wäre schade um eine so edle Waffe. Aber es geht nur, wenn du mir dein Ehrenwort gibst, sie nicht zu benutzen, solange ihr in der Garnison seid.«

Alena legte zwei Finger quer über die Klinge ihres Schwertes. »Ich schwöre es beim Feuergeist.«

Die Hauptgarnison befand sich im Silbernen Bezirk, auf einer Insel, die nur über eine schmale Landbrücke zugänglich war. In der Zelle, in die sie gestoßen wurden, befanden sich schon ein Dutzend Menschen, und alle sahen sie verwahrlost und verzweifelt aus. Der Gestank von Angst und ungewaschenen Körpern hing in der Luft, da es nur ein einziges Fenster gab. Alena zwang sich, gleichmäßig zu atmen.

Sie bahnten sich einen Weg in eine Ecke, in der es nicht ganz so eng war, und ließen sich dort nieder. Eine Menschenlänge von ihnen entfernt lag ein alter Mann auf dem Steinboden. Er war in Lumpen gehüllt und völlig kahl. Seine Arme waren so dünn wie Bündel von Zweigen, der linke trug eine lange Narbe. Schaudernd sah Alena, dass ihm alle Finger fehlten, seine Hände waren nur noch unförmige Klumpen. Zehen hatte er auch keine mehr.

Der Alte sah auf, als sie sich ihm näherten, und Alena blickte in zwei dunkle Raubvogelaugen. Unwillkürlich suchten ihre Augen nach seinem Gildenamulett, nach Hinweisen an seiner Kleidung oder in seinem Verhalten, welchem Element er angehörte. Doch er trug kein Amulett. Ein Gildenloser, wurde es Alena klar, und schaudernd folgte sie Rena und Kerrik.

Nah beieinander kauerten sie sich in die Ecke.

»Ich hätte mich nicht wehren dürfen. Es waren schließlich Stadtwachen«, sagte Alena bedrückt.

»Ja, das war ziemlich dumm von dir«, erwiderte Kerrik, und einen Moment lang fühlte sich Alena, als würde sie ins Bodenlose stürzen. Sie schaffte es nicht, ihn anzusehen.

»Aber ich glaube, sie waren sowieso entschlossen, uns zu verhaften«, fuhr er fort. »Jemand muss sie gerufen und ihnen einen Hinweis gegeben haben. Sie waren von Anfang an überzeugt, dass wir die Mörder sind.«

»Ich fürchte auch«, meinte Rena und stützte erschöpft den Kopf in die Hände. »Wir sind in die Falle getappt. Ich glaube, ich weiß, wie Cano an mein Messer herangekommen ist. Als ich gestern bei ihm war, hat mich eine der Wachen angerempelt. Wahrscheinlich hatte sie die Anweisung, mir das Messer heimlich abzunehmen. Ich habe zu spät gemerkt, dass ich das Ding nicht mehr habe.«

»Was für eine Strafe steht in Alaak eigentlich auf Mord?«, fragte Alena.

»Seit ein paar Wintern die gleiche wie in Tassos – seit Frieden herrscht zwischen den Gilden, versuchen sie die Gesetze in den Provinzen nach und nach anzugleichen«, sagte Kerrik dumpf.

Er brauchte nicht weiterzusprechen. Alena kannte die Gesetze von Tassos. Wer einen Menschen bei einem ehrlichen Zweikampf oder aus Notwehr tötete, hatte keine Strafe zu fürchten. Brachte er ihn aber heimtückisch oder aus Eigennutz um, dann drohte ihm die Todesstrafe oder Verbannung in die Eiswüste von Socorro.

Rena lachte bitter auf. »Das ist wirklich Canos Meisterstück! Er vergilt Gleiches mit Gleichem. Vielleicht muss nun *ich* das durchmachen, was er erlebt hat. Und wenn er noch mehr Glück hat, ist er mich sogar bald für immer los. Er braucht mich nicht mal selbst umzubringen und macht sich nicht die Hände schmutzig.«

»So weit darf es nicht kommen«, sagte Alena entschlossen. »Wir müssen hier raus.«

»Ganz recht«, stimmte Kerrik zu und begann die Zelle Fußbreit für Fußbreit abzusuchen, die Stärke der Gitter zu testen. Hin und wieder murmelte er eine Formel und fluchte dann leise. »Mist. Sie haben eine Abschirmung …«

Rena schien keine Kraft dafür aufbringen zu können, Fluchtpläne zu schmieden. Niedergeschlagen hing sie ihren Gedanken nach. Irgendwann fragte Alena ihre Freundin leise: »Woran denkst du?«

»An Tjeri«, sagte Rena und Alena störte sie nicht mehr. Ihre Gedanken schweiften zu ihrem Vater, und sie spürte, wie ihre Kehle eng wurde vor Kummer. Ob er noch lebte? Sie sehnte sich nach einer Nachricht und fürchtete sich gleichzeitig davor.

Nach einer Weile begann Rena mit einem Stück Kohle, das sie aus der Tasche ihrer Tunika holte, eigenartige Symbole auf die Wand der Zelle zu schreiben. Konzentriert malte sie, wischte manches wieder aus, zeichnete anderes neu.

»Was genau soll das werden, wenn's fertig ist?«, erkundigte sich Alena. Die Menschen der Erdgilde benahmen sich manchmal wirklich seltsam!

»Erinnerst du dich an die Zeichnung, die ich in Keldos Höhle aufgehoben habe?« Rena zeichnete weiter, ohne sich umzusehen. »Ich hatte leider keine Gelegenheit, sie einzustecken. Aber ich habe ein ganz brauchbares Gedächtnis für solche Sachen.«

Alena betrachtete die Symbole. Es waren sieben Zeichen, die äußeren jeweils in einem Kreis eingeschlossen.

Sie hatte keine Ahnung, was sie bedeuten sollten, und Kerriks verständnislosen Blicken nach konnte er ebenfalls nicht viel damit anfangen.

»Das erste ist eine Flamme, das vierte scheint ein Edelstein zu sein. Das sechste meint bestimmt Wasser«, sagte Rena. »Vielleicht bezieht sich das auf die Gilden? Können Feuer und Wasser, wenn sie gemeinsame Sache machen, die Lösung finden?«

Vielleicht ist das in der Mitte mein Smaragd, dachte Alena. Aber dann kam ihr der Gedanke doch zu abwegig vor, und sie schwieg.

Am Abend brachten die Wächter eine karge Mahlzeit und ein paar Eimer Wasser. Die Menschen in der Zelle erwachten zum Leben, rissen sich um die Nahrung wie Tiere. Halb angewidert, halb mitleidig sahen Rena und Kerrik zu. Selbst Alena hatte, obwohl ihr Magen sich schon ein bisschen hohl anfühlte, keine Lust, sich ins Gewühl zu stürzen. Sie beobachtete die anderen Gefangenen. Der fingerlose Alte war zu schwach, um sich etwas zu holen. Niemand versuchte, ihm zu helfen, die anderen hielten sich von ihm fern, als sei er ansteckend. Er war eben nur ein Gildenloser.

Rena und Alena tauschten einen Blick – sie dachten das Gleiche. Alena erkämpfte sich eine Schale mit Brei, Rena organisierte einen Becher Wasser und stellte beides vor den Alten hin. Er grinste sie zahnlos an und murmelte seinen Dank.

»Zu welcher Gilde könnte er gehört haben?«, überlegte Alena, als sie an ihren Platz zurückgekehrt waren.

»Erdgilde nicht«, sagte Rena. »Unsere Augen sind ein bisschen anders, größer …«

»Vielleicht Feuer«, überlegte Alena. Das an seinem Arm war eindeutig eine Schwertnarbe. »Aber er muss schon vor langer Zeit ausgestoßen worden sein.«

Später, als Alena die Zelle Fußbreit für Fußbreit auf Schwachstellen und Fluchtmöglichkeiten durchsuchte, kam sie noch einmal an dem Alten vorbei. Und diesmal sprach er sie an. »Du hast recht, Mädchen«, flüsterte er. »Ich war einer von euch. Aber zehn Winter im Eis haben mir das Feuer ausgetrieben. Und mir die Finger genommen, erfroren sind sie mir.«

Alena starrte ihn an. Er war nach Socorro verbannt worden! Sie war neugierig, welche schreckliche Tat ihn dorthin gebracht hatte, aber sie wollte ihn nicht danach fragen. Was auch immer es gewesen war – er hatte schon längst dafür gebüßt.

Sie bahnte sich einen Weg zum einzigen Fenster und hielt Ausschau nach Cchraskar. Ja, er war da. Beunruhigt blickte er zu ihr hoch, eine winzige Gestalt in der Dämmerung. Alena begann, ihm Zeichen zu machen und hoffte, dass er die Sprache ihrer Hände verstehen würde. Immerhin, er nickte kurz, als sie fertig war.

Als es Nacht wurde, kehrte Ruhe ein in der Zelle. Ein einzelnes Leuchttierchen spendete ein schwaches grünliches Licht. Die anderen Gefangenen legten sich zum Schlafen hin, manche schnarchten. Eine Frau machte ein besonders hässliches, röchelndes Geräusch.

Auch Rena war erschöpft eingeschlafen. Alena blieb gegen die Wand gelehnt sitzen und beobachtete die anderen, dachte nach. Kerrik sah sie von der Seite an. »Warum schläfst du nicht? Wegen der Träume?«

Alena nickte schweigend und war dankbar, dass er nicht versuchte, sie mit dummen Sprüchen wie »Es wird schon alles gut« oder »Hab keine Angst« zu beruhigen. Wann hatte er aufgehört, sie wie ein Kind zu behandeln? Nach der schrecklichen Versammlung im Silbernen Bezirk. Auf jeden Fall war es gut, hier im Dunkeln neben ihm zu sitzen.

»Heute Nacht wird's für mich auch nichts mit dem Schlaf«, sagte Kerrik, und plötzlich klang seine Stimme seltsam. »Ich habe nicht damit gerechnet, dass es so weit kommen würde. Dass der Heiler vom Berge Menschen ermorden lassen würde. In einer schlimmen Sache stecken wir da drin, und ehrlich gesagt macht mir das Angst.«

Er ist eindeutig keiner von uns – ich kenne niemanden in Tassos, der so was zugegeben hätte, dachte Alena. Aber es gefiel ihr, dass Kerrik so anders war. »Tut es dir leid, dich eingemischt zu haben?«

»Nein«, sagte Kerrik sofort. »Glaubst du im Ernst, ich würde besser schlafen können, wenn ich im Gartenhaus wäre und wüsste, dass ihr beide allein hier unten sitzt?«

»Immerhin stecken wir jetzt richtig tief im Dreck, tiefer geht es nicht mehr«, sagte Alena. »Wird ein gutes Stück Arbeit hier rauszukommen. Aber in meiner Gilde heißt es: ›Solange der Kopf noch auf dem Hals sitzt, ist nichts verloren.‹«

Kerrik lachte leise. »Ihr Feuerleute seid wirklich ein zäher Haufen. Das Aufgeben liegt euch nicht. Glaubst du, wir können es schaffen zu fliehen? Auch ohne dein Schwert?«

»Immerhin habe ich *nicht* geschworen, keinen Fluchtversuch zu unternehmen«, gab Alena zu bedenken. *Ihr Feuerleute* … sie erinnerte sich daran, was für ein Bündel Elend sie gewesen war, nachdem sie die Meisterprüfung verpatzt hatte. Gut, dass Kerrik sie damals nicht gesehen hatte! Sonst wäre ihm klar gewesen, dass Feuerleute auch nicht viel zäher waren als irgendjemand anders.

Seine Worte brachten sie dazu, intensiver über eine Flucht nachzudenken. Einen Vorteil habe ich gegenüber all diesen elenden Gestalten, dachte Alena. Draußen wartet ein Iltismensch auf mich … ein Iltis, der alles tun würde, um mich hier herauszuholen …

Am nächsten Morgen übernahm Kerrik die Aufgabe, ihnen einen Anteil am Essen zu sichern. Alena brachte dem Alten seine Portion. Doch er nahm ihr die Schale nicht sofort ab. »Was für Probleme mit Träumen hast du, Mädchen?«, knurrte er. So tattrig er war – er schien gute Ohren zu haben.

»Es ist erst, seit ich mein Meisterschwert habe – vielleicht hat es irgendwas damit zu tun«, sagte Alena schüchtern. »Vielleicht ist ein böser Geist darin.«

»Hm, das gibt es. Ist aber selten, besonders bei Meisterschwertern. Habe einige gemacht zu meiner Zeit. Und ein paar genommen, die nicht mir gehörten, die ich zum Rat hätte bringen müssen – hast dich bestimmt gewundert, weshalb ich hier bin, jetzt weißt du's …«

Alena versuchte, ihren Abscheu nicht zu zeigen. Wenn ein Mensch der Feuergilde starb, wurde sein Schwert nie wieder benutzt, es fand seinen Platz im Turm des Gildenrats. Die Vorstellung, der Alte habe die Waffen von Toten für sich behalten, wahrscheinlich um sie zu verkaufen, war abstoßend.

Doch dann kam ihr ein Gedanke, und plötzliche Hoffnung durchflutete Alena. Dieser eigenartige Alte verstand etwas von Meisterschwertern! Das hieß, sie hatte endlich jemanden, dem sie sich anvertrauen konnte, den sie wegen des Schwertes um Rat fragen konnte! »Kann es daran liegen, dass ich noch kein Recht hatte, es mir zu nehmen?« Sie senkte die Stimme, bis nur er allein sie hören konnte. »Ich bin noch keine Meisterin.«

Der Alte zog die Augenbrauen hoch. »Soso«, krächzte er. »Zeig es mir mal.«

Alena stellte die Schale ab und zog ihre Waffe – so, dass ihr Körper den anderen Gefangenen die Sicht darauf nahm. Der Alte betrachtete den blanken Iridiumstahl bewundernd, runzelte aber die Stirn, als er die Edelsteine am Griff sah. Dann schloss er die Augen und fuhr mit den fingerlosen Händen über das Metall hinweg, ohne es zu berühren. »Was genau träumst du?«, fragte er.

Leise erzählte ihm Alena von dem weißen Panther, von den Kämpfen, die jedes Mal ein bisschen anders ausgingen, je nachdem, wie sie sich verhielt.

Etwas im Gesicht des Alten veränderte sich, als sie den weißen Panther erwähnte. Er wusste etwas! »Den kenne ich aus Socorro«, flüsterte der alte Gildenlose. »Sie können jede Form annehmen, die sie wollen, aber Panther sind ihnen am liebsten …«

Alena schauderte. »Was sind das für Wesen?!«

»Wir nannten sie die Eisdämonen.« Die Stimme des Alten war leise geworden, als habe er jetzt noch Angst vor dem, was er vielleicht durch seine Worte heraufbeschwor. »Sie zerfressen dich von innen, wenn du sie nicht besiegen kannst. Kaum jemand kann ihnen widerstehen.«

Ein Eisdämon – das klang schrecklich. Und doch war es eine Erleichterung, zu wissen, gegen was sie überhaupt kämpften. »Einer von ihnen versucht mich zu töten«, berichtete Alena. »Und das Schwert hilft ihm dabei! Das verdammte Ding gehorcht mir sowieso nicht richtig.«

»Ich glaube, du tust ihm unrecht, deinem Schwert«, flüsterte der Alte. »Vielleicht ist alles ganz anders. Vielleicht versucht es dir etwas zu zeigen, dich etwas zu lehren.«

Was für eine verrückte Idee! Aber Alena war nicht zum Lachen zumute. »Du meinst … es bringt mir bei, wie ich den Eisdämon in Schach halten kann?«

Noch während sie es aussprach, ahnte Alena, dass der Alte recht hatte. Diese Kämpfe zwischen den Phönixbäumen – ja, sie waren ein bisschen wie Übungsgefechte, nur schmerzhafter und Furcht erregender. Das Schwert zwang sie, schnell zu lernen, sich auf etwas vorzubereiten. Vielleicht auf den Tag, wenn sie dem weißen Panther in der wirklichen Welt gegenüberstehen würde.

»Ich danke dir«, sagte Alena. Ihr fiel mit Verspätung ein, dass sie in Kerriks Haus ein Stück Kräuterbrot eingesteckt hatte, und kramte in ihrer Hosentasche, um dem Alten etwas davon zu geben. Ihre Finger stießen auf ein zerdrücktes Stück Pergament, eine kleine Schriftrolle. Stirnrunzelnd zog Alena sie hervor. Jetzt erinnerte sie sich – das war die Nachricht, die ein Bote ihr kurz vor ihrem Aufbruch gebracht hatte. Ein seltsamer Bote, hatte Lilas gesagt …

Die Tür der Zelle knallte auf. Ein halbes Dutzend Wachen kam herein und sicherte sofort den Eingang. »Ihr da – ihr seid dran!«, sagte einer von ihnen und deutete auf Alena und ihre Freunde.

Schnell ließ Alena die kleine Schriftrolle wieder in ihrer Tasche verschwinden.

Rena hatte damit gerechnet, dass sie geholt werden würden – noch waren sie nicht verhört worden. Sie war froh, nun endlich die Gelegenheit zu bekommen, die üble Angelegenheit aufzuklären. Mit etwas Glück hatten sie das Ganze schnell vom Tisch.

Sie wurden nach oben gebracht, in eins der Audienzzimmer des Garnisonkommandanten. Gut, dachte Rena. Der Mann war freundlich zu Alena gewesen. Er war kein hartherziger Mensch.

Doch sie merkte schnell, diesmal sah es schlecht für sie aus. Man ließ sie zwanzigmal zehn Atemzüge im Gang warten. Schließlich standen sie vor dem Schreibtisch des Garnisonkommandanten. Der Mann blickte nur kurz von den Papieren auf, die er studierte.

»Ein Zeuge ist aufgetaucht«, erklärte er knapp. Ein Schreiber, der hinter ihm saß, protokollierte eifrig jedes seiner Worte. »Er sagt aus, er hätte euch in die Höhle hinuntergehen sehen, dann Schreie gehört, die plötzlich abbrachen.«

»Das ist gelogen«, fuhr Alena auf. »Er kann nichts gehört haben. Als wir unten ankamen, war der Mann schon tot. Und von uns hat ganz sicher niemand geplärrt wie ein Kleinkind!«

Mit einer kurzen Handbewegung bat Rena sie zu schweigen. »Ihr wisst, was so eine Aussage wert ist, Offizier«, sagte sie ruhig. »Im Schwarzen Bezirk kostet so ein windiger Zeuge sicher nicht mehr als ein oder zwei Tarba.«

Der Garnisonskommandant drehte seine Schreibkohle in den Händen. Rena spürte seine Unsicherheit. Er wollte diesen kitzeligen Fall endlich vom Hals haben und war nicht bereit, die scheinbaren Tatsachen noch einmal anzuzweifeln. »Wenn nur die Aussage gegen Euch stände, würde ich sie auch nicht weiter beachten«, sagte er schließlich schroff. »Aber der Dolch ist ein Beweismittel, das sich nicht so leicht entkräften lässt.«

»Lasst uns mit Meister Yorkan reden«, bat Kerrik verzweifelt. »Er kennt uns!«

Diesmal zeigte sich ein Schatten von Ärger auf dem Gesicht des Offiziers. »Der Stadtkommandant ist sehr beschäftigt zurzeit. Und er hat noch vor kurzem gesagt, dass er von Euch nach diesem Fiasko bei der Veranstaltung nichts mehr hören will, Rena ke Alaak.«

Rena zwang sich, ruhig zu bleiben. »Das hat er im Zorn gesagt, nehme ich an. In einem Zorn, der längst verraucht ist.«

Ärgerlich über den erneuten Widerspruch, ließ der Offizier die flache Hand auf den Tisch sausen. »Wie auch immer – ich werde ihn nicht mit einer solchen Kleinigkeit wie dem Tod eines Gildenlosen belästigen!«

So lange es Menschen zweiter Klasse in Daresh gibt, wird diese Welt keine Ruhe finden, dachte Rena wütend. »Das soll heißen, Ihr verurteilt uns nicht zum Tode? Sonst müsstet Ihr den Kommandant auf jeden Fall zu Rate ziehen.«

»Ich habe natürlich Eure Verdienste in Betracht gezogen und das mildeste Urteil für euch durchgesetzt, das möglich war. Zwanzig Winter Verlies für Euch, Rena, und zehn Winter für deine Helfer. Ab sofort. Ich hoffe, ihr wisst, dass ihr enormes Glück habt.«

Alena und Kerrik schienen wie gelähmt. Rena versuchte, sich das Entsetzen nicht allzu sehr anmerken zu lassen. Zwanzig Winter – das war eine Ewigkeit, es war der Rest ihres Lebens! Tjeri hatte, nachdem er die *Quelle* berührt hatte, zehn Monate in den Kerkern der Regentin verbringen müssen, und es hätte ihn beinahe zerbrochen. Wie sollte sie eine so viel längere Zeit durchstehen?

Außerdem – und das war vielleicht noch wichtiger – würde schon ein einziger Winter ohne ihren Widerstand genügen, um Cano völlig freie Hand in Daresh zu geben! Er würde enttäuscht sein, dass sie nicht in Socorro landete oder hingerichtet wurde, aber eine Gegnerin im Verlies war auch nicht schlecht. Und Tjeri würde sie nie wiedersehen – er würde den Kampf gegen den weißen Panther irgendwann verlieren und sterben, weit weg von ihr, ohne Abschied.

»Ich protestiere gegen dieses Urteil!«, sagte Rena heiser, obwohl sie wusste, sie würde nichts mehr damit bewirken. Aber sie wollte, dass der Schreiber ihre Worte aufzeichnete. »Wir werden für eine Tat verurteilt, die wir nicht begangen haben!«

Mit einer ungeduldigen Handbewegung bedeutete der

Offizier seinen Leuten, sie zurückzubringen in die Kerker unter der Erde.

Auf dem Weg nach unten sah Rena, wie furchtbar blass Alena war. Sie taumelte sogar leicht. Kein Wunder, sie schlief ja überhaupt nicht mehr! Und so ein Urteil hätte jeden umgeworfen …

Alena stolperte über eine Stufe und stürzte gegen einen der Soldaten, der sie ärgerlich wieder auf die Füße stellte. »Reiß dich zusammen, Mädchen!«, raunzte er.

»'tschuldigung – mir ist nicht gut«, sagte Alena, lehnte sich an die Wand und würgte. »Muss von dem Fraß kommen, den ihr Essen nennt.«

Die Männer wichen angeekelt ein Stück von ihr zurück. »Du kannst nicht hier in den Gang kotzen!«, stieß einer von ihnen schroff hervor. »Geh ans Fenster, wird's bald!«

Alena lehnte sich ans Fenster, atmete tief, massierte sich mit den Fingerspitzen die Stirn. Dann sagte sie »Geht wieder« und ließ sich mit den anderen zurückbringen ins Verlies. Zurück in die feuchte Dunkelheit, zu dem Gestank nach zu vielen Menschen und Kot, dem Husten und Stöhnen, den kleinen Blutsaugern, die ihnen nachts in die Kleider krochen. Beim Gedanken daran, hier zwanzig Winter zu verbringen, wünschte sich Rena einen Moment lang mit Tjeri tauschen zu können.

Sofort, als die Wachen gegangen waren, wurde Alena wieder munter. Keine Spur mehr von Müdigkeit, und krank wirkte sie auch nicht mehr. Ihre Augen hatten einen gefährlichen Glanz. »Ich bleibe keine zehn Winter hier drin, ihr Urteil können die sich sonstwohin stecken.«

Obwohl Rena das Entsetzen über das Urteil noch immer in den Knochen steckte, musste sie lächeln. »Was hast du da vorhin für eine Schau abgezogen?«

Alena vergewisserte sich, dass keiner von den anderen

Gefangenen sie beachtete, und zog ein Messer aus ihrer Tunika. Es war eine der schmucklosen Waffen, die an die Truppen ausgegeben wurden. Sie musste es der Wache blitzschnell abgenommen haben. »Mein Schwert darf ich nicht ziehen, aber von einem Messer hat niemand etwas gesagt … und das ist doch eine nette Rache für Canos Trick, oder?«

Das Mädel ist noch gerissener, als ich geglaubt habe, dachte Rena mit gemischten Gefühlen. »Hoffentlich merken sie nicht so schnell, dass es fehlt. Wo hast du so was gelernt?«

Alena grinste. »Keine Angst, ich habe nicht die Absicht, ernsthaft mit dem Klauen anzufangen. Das haben Cchraskar und ich nur zum Spaß zusammen geübt. Er wartet übrigens draußen.« Schnell zeichnete sie einen Plan in den staubigen Boden der Zelle. »Wir sind auf der Westseite der Garnison. Leider sind die Fenster solide vergittert, hab ich schon geprüft. Aber auf dem Weg zum Kommandanten habe ich gesehen, dass es eine Möglichkeit gibt, auf das Dach zu kommen.«

»Nützt uns das was?« Kerrik war skeptisch.

»Kann sein. Ich habe Cchraskar signalisiert, dass er uns ein Seil organisieren soll. Er kann uns das eine Ende von einer zahmen Bolgspinne oder so was hochbringen lassen. Vielleicht schaffen wir es damit, uns vom Dach runterzulassen. Ich fürchte, das ist unsere einzige Chance.«

»Hm«, sagte Rena. »Hat er eine Bolgspinne?«

»Nein, aber die kann man kaufen«, erwiderte Alena. »Wir sind hier in der Stadt, schon vergessen? Hier kriegst du wahrscheinlich sogar eine zahme Skorpionkatze, wenn du genug Geld hast!«

Es klang für Rena nach einem hirnrissigen Plan. Aber ihr fiel kein besserer ein.

»Das Problem wird nur sein, was wir machen, wenn wir

draußen sind und sie auf uns Jagd machen wie auf ein Rudel tollwütiger Nachtwissler«, sagte Kerrik nüchtern. »Ins Gartenhaus können wir nicht mehr zurück. Sie werden ganz Ekaterin nach uns absuchen. Wir könnten probieren bei den Gildenlosen unterzutauchen.«

»Nein«, widersprach Rena sofort. »Den Schwarzen Bezirk werden sie am gründlichsten absuchen. Dumm sind sie schließlich nicht.«

»Aber wohin dann?« Nun sah auch Alena ratlos drein.

»Dorthin, wo zur Zeit das Problem liegt«, erklärte Rena. »Zur Residenz des Stadtkommandanten.«

Unter falschem Verdacht

Alena war sofort klar, was Rena vorhatte. Aber sie wusste noch nicht, ob sie es gut finden sollte. »Wieso glaubst du, dass er dir zuhören wird? Er ist nicht so gut auf dich zu sprechen …«

»Ich werde erst mal gar nicht in Erscheinung treten«, sagte Rena. »Wenn Kerrik zu ihm kommt, der Gefährte seiner Tochter, wird er ihn wenigstens anhören – sonst muss er damit rechnen, großen Ärger mit Lilas zu bekommen. Außerdem halte ich Yorkan für einen Mann, der bereit ist, sich eine eigene Meinung zu bilden. Lass dich nicht von seiner ruppigen Art täuschen.«

»Außerdem ist er der Einzige, der dieses aberwitzige Urteil noch aufheben kann«, fügte Kerrik hinzu. »Als Stadtkommandant hat er ein Vetorecht.«

»Gut«, sagte Alena und bemühte sich, nicht an die zehn Winter Verlies zu denken, die ihr sonst drohten. Sie würden Cano schon zeigen, dass sie nicht so leicht kaltzustellen waren! Aber erst einmal hieß es für sie warten. Sie mussten Cchraskar Gelegenheit geben, Seil und Spinne zu beschaffen.

Nun hatte sie endlich Zeit, sich die eigenartige Botschaft vorzunehmen, die kurz vor ihrem Aufbruch für sie abgegeben worden war. Alena murmelte »Bin gleich wieder da« und arbeitete sich hinüber zu dem Käfig mit dem Leuchttierchen. Sie stieg vorsichtig über ausgestreckte Beine, rutschte auf etwas Glitschigem aus – Alena wollte gar nicht wissen, was es gewesen war –, tappte durch Stroh, das so faulig war, dass es nicht mehr raschelte. Die anderen Gefangenen rührten sich kaum, in ihren trüben Augen war schon lange keine Neugier mehr.

Im fahlen Licht des Tierchens rollte Alena die Botschaft aus. Gutes Papier, weich und glatt unter ihren Fingern, nur ein bisschen zerknittert. Darauf wenige Sätze in einer rauen, kantigen Handschrift:

> Glückwunsch zu deinem kleinen Auftritt. Sehr inspirierend. Wenn du mich noch immer finden und töten willst, dann wäre es vielleicht ein guter Anfang, wenn du in zwei Tagen zum Aufgang des dritten Mondes zum Herztor kommen würdest. Allein.

Die Nachricht war nicht unterzeichnet. Aber das war auch gar nicht nötig.

Ich hatte recht, raste es durch Alenas Kopf. Bei der Versammlung im Silbernen Bezirk waren reichlich Spitzel in der Menge, er hat alles erfahren.

Doch sie hatte nicht gedacht, Cano mit ihrer Wut zu amüsieren. Wozu lud er sie ein? Damit sie sich kennenlernen konnten? Sie fühlte, wie ihr vor Aufregung das Blut ins Gesicht schoss. Gut, dass es hier dunkel war und niemand es bemerkte.

Langsam kehrte sie zu ihren Freunden zurück und reichte Rena die Nachricht. Es war zwar fast völlig finster, aber angeblich sahen Menschen der Erdgilde ja gut im Dunkeln.

Es schien zu stimmen – Rena überflog die Zeilen ohne Probleme. »Blattfraß und Wurzelfäule!«, entfuhr es ihr. »Damit hätte ich nicht gerechnet!« Sie gab die Rolle an Kerrik weiter.

»Na ja, außer mir hat er nicht mehr viele Verwandte übrig«, sagte Alena. »Um nicht zu sagen gar keine.«

Rena schnaubte. »Du glaubst nicht im Ernst, dass ihn so etwas interessiert, oder? Er hat versucht deine Mutter – seine Schwester – zu töten!«

»Anscheinend gefällt Alena ihm aber«, wandte Kerrik ein. »Das ist Glück. Jetzt hat sie die Chance, zu ihm vorzudringen. Von uns schafft das ja keiner.«

»Das kommt gar nicht in Frage!« Zum ersten Mal erlebte Alena, dass Rena ihre Autorität herauskehrte. Sie sprach so laut, dass ein paar andere Gefangene auf sie aufmerksam wurden. »Sie ist ihm nicht gewachsen! Ich bin mir ja nicht mal sicher, ob *ich* ihm gewachsen bin.«

»Es ist mein Risiko – und damit meine Entscheidung«, sagte Alena kühl. Sie war enttäuscht, wie wenig Rena ihr zutraute. Der Gedanke an ein Treffen mit Cano gefiel ihr. Den Heiler vom Berge aus der Nähe zu erleben ... War das allein nicht schon die Mühe wert? Und wenn Cano wirklich ein solches Monster war, wie Rena behauptete, dann war es sicher spannend, dabei zu sein, wenn er die Maske fallen ließ. Vielleicht sollte sie ihr Smaragdschwert entscheiden lassen, ob er gut oder böse war. So was schien es ja zu können.

Beunruhigend huschte der Gedanke an den weißen Panther durch ihren Kopf. Noch hatte sie keinen Weg gefunden, ihn zu besiegen. Vielleicht hätte sie schlafen, hätte sie sich dem Kampf stellen sollen. Heute Nacht musste sie träumen, sich vorbereiten ...

»Wann ist diese Nachricht abgegeben worden?«, fragte Kerrik plötzlich. »Das ist jetzt schon einen Tag her, oder?«

»Rostfraß – stimmt!«, sagte Alena erschrocken. »Dann ist es schon heute Nacht. Noch ein Grund mehr, warum wir schleunigst hier rausmüssen.«

Sie lauschte, ob irgendein Zeichen von außen kam. Auf der Straße hustete jemand dreimal, sie hörten es nur ganz schwach durch die dicken Mauern. »Das klingt ganz nach Cchraskar!«, flüsterte Alena aufgeregt. »Ich würde sagen, es ist alles bereit.«

Sie ließ sich ins Stroh zurücksinken und begann, sich in überzeugenden Bauchkrämpfen zu winden. Rena begriff sofort und rief nach einem Heiler. Widerwillig kamen zwei Wachen, um festzustellen, was los war. Während der eine in der offenen Tür stehen blieb, beugte sich der andere über Alena – und hatte einen Atemzug später das Messer, das sie der anderen Wache gestohlen hatte, an der Kehle. Wie Alena gehofft hatte, wagte der zweite Mann nicht einzugreifen.

»Trau nie jemandem von der Feuergilde!«, wütete die Wache.

»... und niemand unter achtzehn«, schoss Alena zurück. Jetzt brauchten sie nur noch ein paar Leute für ein kleines Ablenkungsmanöver. Sie rief in die Zelle: »Hat noch jemand Lust auf eine Luftveränderung?«

Ja, jemand hatte. Kurz darauf waren in dem Verlies nur noch ein paar Fußkranke übrig, die sie beim besten Willen nicht mitnehmen konnten. Alena sperrte die beiden Wachen zu ihnen und lief vor Rena und Kerrik die Treppen hoch in Richtung Dach. Wie sie gehofft hatte, war in der Hauptgarnison Chaos ausgebrochen. Aufgeregte Rufe, rennende Füße überall. Bewaffnete eilten vorbei, manchmal mit einem der Flüchtlinge im Griff. Im ganzen Gebäude schlurften Gefangene auf der Suche nach einem Ausgang umher.

Durch vorsichtiges Manövrieren kamen sie unbehelligt zum Dach. Alena atmete tief ein. Endlich wieder reine Luft und die Sterne über ihr! Weniger schön war, dass es nieselte, ihre Kleidung wurde immer feuchter. Trotzdem war Alena bester Laune, als sie hinunterspähte auf die Straße. Es dämmerte schon – eine gute Zeit für die Flucht.

Sie hörte eine Art Husten, das war garantiert Cchraskars Signal, dass er wartete. »Das muss er sein. Ganz schön dunkel! He, Rena, siehst du unsere Freunde?«

In diesem Moment hörten sie das Husten wieder. Rena spähte nach unten. »Ich fürchte, das ist eine erkältete Stadtwache.«

»Also kein Seil?«, fragte Kerrik betreten.

Peinlich berührt blickte Alena in eine andere Richtung. »Ähm, erst mal nicht. Dann warten wir eben hier, bis Cchraskar auftaucht.« Sie warf sich platt auf den Bauch und deutete den anderen an, das Gleiche zu tun.

Doch sie waren schon gesehen worden. Von zwei jugendlichen Storchenmenschen, die auf einem Dach nebenan hockten. Sie lachten, plapperten und zeigten auf die drei Menschen, die sich so seltsam benahmen.

»Kann es sein, dass die sich über uns lustig machen?« Kerrik schaute hinüber.

Rena lauschte und zog eine Grimasse. »Sie wetten gerade darauf, wie lange wir bis zum Boden brauchen würden, wenn wir jetzt runterspringen.«

»Kannst du ihnen sagen, sie sollen bitte mit dem Lärm aufhören?« Alena war nervös. »Die machen noch die Wachen auf uns aufmerksam!«

»Ich glaube, ich werde sie stattdessen lieber herüberbitten«, sagte Rena, stand auf und hob die Hand. Erstaunt sah Alena, dass die Storchenmenschen sofort verstummten und Rena anglotzten. Dann begannen sie, aufgeregt miteinander zu flüstern.

»Was ist jetzt los?«

»Sie haben mich erkannt«, sagte Rena, als wäre das das Normalste der Welt.

Eilig kamen die beiden Halbmenschen zu ihnen geflattert und ließen sich neben ihnen nieder. Alena hatte noch nie einen von ihnen aus der Nähe gesehen und musterte interessiert ihre Arme, aus denen schwarz-weiße Schwungfedern herauswuchsen, ihre mit Flaum bedeckten Köpfe und hornigen Krallenfüße.

»Du biist diie *Frau der tausend Zungen*!«, sagte der eine in Daresi. »Eine Ehre iist das, eine Ehre! Können wir diir helfen, können wiir das?«

»Ja! Wir müssen schnellstens hier weg«, drängte Rena. »Könnt ihr uns zum Boden bringen?«

Wie praktisch. Daran hatte Alena gar nicht gedacht. Normalerweise wollten die Halbmenschen ja auch mit den Bewohnern der Dörfer und Städte nichts zu tun haben. Geschweige denn sie durch die Luft befördern.

Zweifelnd blickten die jungen Storchenmenschen Rena an und diskutierten untereinander. »Das wird großviel schwiierig«, sagte der eine verlegen. »Wir siind noch nicht so stark. Den Großen schaffen wiir nicht.« Er deutete auf Kerrik, dann auf Alena. »Und die da ist von der Feuergilde!«

»Ja, und?«, sagte Rena. »Keine Angst, sie ist nicht gefährlich.«

Sollte das eine Beleidigung sein? Natürlich war sie gefährlich! Auch die Storchenmenschen waren anscheinend dieser Meinung. Bevor Alena begriff, was geschah, rauschten große Schwingen über ihr – doch die Storchenmenschen packten sie nicht unter den Achseln, sondern an den Füßen. Alena kam sich vor wie ein Stück Wäsche, das zum Trocknen rausgehängt worden ist. Das Blut schoss ihr in den Kopf. Außerdem waren diese Halbmenschen tatsächlich nicht allzu stark. Es war ein unheimlicher Anblick, wie schnell der Boden der Garnisonsinsel näher kam. Angestrengt flappten die Storchenmenschen im Tiefflug in Richtung Stadt. Alena bekam eine gruselige Nahansicht der

Wasseroberfläche. Sie war erleichtert, als die beiden Halbmenschen sie endlich am Stadtrand absetzten.

»Danke vielmals!«

»Iieeee, du hättest ruhig ein biisschen weniger zappeln können«, sagte einer der Storchenmenschen. Er atmete schwer, und sein Kopf war puterrot. Nach einer Verschnaufpause flogen er und sein Freund zurück, um die anderen zu holen. Noch schien es, als hätten die Wachen nicht bemerkt, was vorging. Aber das war nur eine Frage der Zeit. Alena hoffte, die Störche würden sich beeilen.

Kurze Zeit später stand Rena neben ihr. Angespannt beobachteten sie, dass die beiden Storchenmenschen Kerrik nur bis zum Fuß der Garnison bringen konnten.

»Er wird schwimmen müssen – die Landbrücke ist zu gut bewacht«, sagte Alena besorgt.

Erleichtert sah sie, dass inzwischen Cchraskar auf der Insel aufgetaucht war. Verdutzt blickte er sich um. Doch er begriff schnell, was los war, und hielt die Wachen so lange ab, bis Kerrik im Wasser und auf halbem Weg zur Stadt war.

»Na also«, sagte Alena beruhigt. »Dann mache ich mich jetzt mal auf den Weg …«

Rena blickte beunruhigt. »Unterschätze Cano bloß nicht.«

»Keine Sorge.«

Mit schnellen Schritten, leichtfüßig wie ein Raubtier, machte sich Alena auf den Weg zum Herztor.

Kerrik kannte sich in der Residenz des Stadtkommandanten aus. Schnell und sicher führte er Rena durch die von wenigen Leuchttierchen erhellten Gänge, die mit edlen Teppichen ausgelegt waren. Ihre Schritte verursachten kaum ein Geräusch. Der gute Yorkan hat eine Schwäche für Luxus, dachte Rena. Und man merkt, wie reich Ekaterin als wichtige Handelsstadt ist …

»Wir werden uns hier bis zum Morgen verstecken müssen«, flüsterte Kerrik und blickte verlegen auf die Tropfspur, die er auf den Teppichen hinterließ. »Jetzt ist hier niemand mehr.«

Doch er irrte sich. Nur ein paar Atemzüge später stießen sie in einem der Gänge auf eine schlanke Gestalt. Im Halbdunkel der Gänge hätten sie sie fast übersehen – Rena erschrak fürchterlich, als sie den Menschen bemerkte, der nur wenige Längen vor ihnen stand. Regungslos und stumm. Cchraskar witterte argwöhnisch, entspannte sich aber dann. »Es ist Gartenfrau«, sagte er. Kerrik begriff als Erster, wen er meinte.

»Lil – was machst du denn hier?«, rief er.

Rena war erleichtert. Von der jungen Heilerin hatten sie nichts zu befürchten. Sie konnten Lilas alles erzählen, und gleich am Morgen würde sie ihnen eine Audienz bei ihrem Vater verschaffen.

Doch etwas stimmte nicht, das merkte Rena schnell. Lilas ging Kerrik nicht entgegen, ihre Haltung war starr. O nein, dachte Rena. Sie glaubt es auch, das mit Keldo. »Ich wollte heute nicht in dem Haus übernachten, in dem wir mal glücklich waren«, sagte Lilas, und ihre Stimme war scharf wie Glassplitter. »Wenn ich gewusst hätte, dass du es wagst, dich noch mal hier zu zeigen, im Haus meines Vaters …«

Kerrik stöhnte. »Lil, die Anklage ist erfunden, wir haben niemanden ermordet! Wieso glaubst du so einen Mist?«

»Dass ihr diesen Keldo nicht auf dem Gewissen habt, war mir klar – aber das meine ich nicht«, schleuderte Lilas ihm entgegen, sichtlich den Tränen nahe. »Ich rede von dir und Alena!«

Kerrik wirkte völlig verblüfft. »Was soll mit mir und Alena sein?«

Auch Rena war überrascht. Hatte sie da etwas verpasst? Sie hatte gemerkt, dass Alena Kerrik ein bisschen anhimmelte, aber das war doch alles gewesen. Oder?

»Ich weiß, es fällt dir schwer, treu zu sein – die Diskussion hatten wir ja schon mal«, sagte Lilas, und jetzt konnte sie die Tränen nicht ganz unterdrücken. »Aber verdammt noch mal, kann ich dir nicht mal so weit vertrauen? Ein Gast in unserem Haus, ein Mädchen, das so viel jünger ist als du!«

»Wie kommst du überhaupt darauf? Was ist passiert?«, drängte Rena, und Lilas reichte ihr einen Zettel. »Das habe ich unter ihrer Schlafmatte gefunden, als ich sie heute Morgen lüften wollte.«

Rena erkannte Alenas eigenwillige und trotzdem elegante Handschrift. Schnell überflog sie das Blatt.

Für Kerrik
Deine Berührung lodert in mir
goldene Flammen, verboten süß –
zu Asche will ich werden unter deinen Lippen
Wir trinken den Tau der Nacht
und mag er auch giftig sein und uns tausend Tage kosten.

Das Gedicht bewegte Rena. Es war nicht perfekt, aber ein seltener Blick auf das, was unter Alenas rauer Schale lag. Sie hatte nicht gewusst, dass Alena so etwas schrieb, schreiben konnte. Rena musste zugeben, es klang verdächtig. »Du solltest mit Alena reden – vielleicht klärt sich das Ganze auf«, meinte sie zu Lilas, aber sie wusste, es klang schwach.

»Es ist nichts zwischen uns, ich habe das Mädchen nicht

angerührt«, sagte Kerrik hilflos. Zum ersten Mal, seit Rena ihn kannte, wirkte sein kraftvoller Körper linkisch. »Keine Ahnung, wie sie auf so was kommt. Ich lüge dich nicht an, Lil.«

Cchraskar saß zusammengekauert und mit gesträubtem Fell neben ihm und sah aus, als wäre er liebend gerne woanders. Es war Rena peinlich, diese Szene mitzuerleben. Aber sie konnte, sie wollte sich nicht zurückziehen. Wenn jemand eine Mitschuld daran hatte, dass es überhaupt so weit hatte kommen können, dann sie. Beide taten ihr entsetzlich leid – Kerrik und Lilas.

»Ich weiß nicht mehr, ob ich dir glauben kann«, sagte Lilas hart. »Ich weiß nur eins – ich will dich nicht mehr sehen! Deine Sachen habe ich zum Gildenhaus der Erdleute bringen lassen, da kannst du sie dir abholen.«

Kerrik starrte sie an. »Du hast …? Beim Erdgeist, zählt unser Winter zusammen denn gar nichts mehr, dass du so was machst, ohne nur einmal mit mir zu sprechen, ohne mich zu fragen, was ich zu all dem sage?«

»Vielleicht hätten wir öfter miteinander reden sollen«, sagte Lilas traurig. »Schon lange vorher. Zu viele Geheimnisse töten das Vertrauen, Kerrik, und damit die Liebe.«

Sie wandte sich um, wollte gehen. Doch Rena hatte noch eine Frage, die einzige Frage, die ihr wirklich wichtig war. »Wie geht es Tjeri?«, fragte sie leise.

Lilas drehte sich noch einmal um. Sie beachtete Kerrik nicht mehr, sprach nur noch mit Rena. »Gestern hat seine Atmung ausgesetzt, aber zum Glück war mein Meister gerade im Haus – wir konnten ihn retten.«

Eisig fuhr der Schreck Rena in die Knochen. »Wie lange kann er noch durchhalten?«

»Das weiß ich nicht. Er ist sehr schwach. Wir müssen einfach hoffen.« Lilas sah Renas Blick und las die Frage darin. »Mach dir keine Sorgen. Wir kümmern uns um ihn. Ein Helfer meines Meisters ist immer bei ihm.«

»Ich danke dir«, sagte Rena, und die Worte kamen aus der Tiefe ihrer Seele.

»Brauchst du nicht«, erklärte Lilas, wieder kühl. »Ich hätte es sowieso getan – oder jeder andere, der den Eid eines Heilers geschworen hat.«

Schnell ging sie davon und verschwand im Halbdunkel der Gänge. Traurig blickte ihr Rena nach. Sie hatte das Gefühl, dass sie eine wichtige Verbündete verloren hatten. Viele Gefährten hatte sie nicht mehr übrig für den eigentlichen Kampf.

Und was war mit Alena? Würde sie nach dieser Nacht, nach dem Treffen mit Cano immer noch auf ihrer Seite sein? Rena wusste es nicht. Seit Alena ihr von ihrem Schwert und den Träumen erzählt hatte, ahnte sie, dass das Mädchen bei diesem neuen Kampf um Daresh eine Schlüsselrolle spielen würde. So oder so. Ob für uns oder gegen uns, dachte Rena und spürte, wie eine dunkle Angst, eine Vorahnung, in ihr hochstieg. »Lass uns gehen«, sagte Kerrik dumpf. »Hier haben wir nichts mehr verloren – Hilfe gibt's hier jedenfalls keine.«

Rena nickte und folgte ihm die Stufen hinunter.

Versuchung

Der dritte Mond stand schon am Himmel und breitete sein rötliches Licht über die Stadt, als Alena das Herztor erreichte.

Eilig schritt sie bis nahe an das Tor heran; ihr Atem ging schnell. Der Platz um sie herum war verlassen. Alena legte den Kopf in den Nacken. Schräg über ihr wölbte sich der weiße Bogen wie der Knochen eines gigantischen Fabelwesens. Auf keinen Fall gehe ich jetzt da durch, dachte Alena. Wenn das mit der Legende stimmte, würde sie sich dann verlieben – und mit der Liebe hatte sie genug Scherereien. Ob das ein Witz von Cano war, sie gerade hierher zu bestellen?

Nur war es völlig still, nicht mal eine Grollmotte schwirrte hier umher. Ein Fisch sprang in der Lagune, das Platschen klang unnatürlich laut. Ein kalter Wind pfiff über den Platz, und Alena war froh über ihren warmen Umhang. Langsam wandte sie sich um, suchte den Platz mit den Augen ab. Sie hatte eine Gänsehaut. Ob sich Cano hinter einem der Türme verbarg und sie beobachtete? Wahrscheinlich schon. Es war ein unangenehmes Gefühl. Es wäre gut gewesen, jetzt Cchraskar an ihrer Seite zu haben …

»Du bist spät dran.«

Alena fuhr herum. Eine Gestalt war hinter dem Herztor hervorgetreten. Im Mondlicht erkannte sie den Mann, den sie als den Heiler vom Berge erlebt hatte. Ja. Er war es. Cano. Scharf zeichnete sich das ebenmäßige Profil seines Gesichts gegen das Herztor ab.

Alena zwang sich, ruhig zu bleiben. »Es ging nicht früher«, sagte sie. »Du wirst sicher wissen, wieso.«

Sie hatte ihn ganz instinktiv geduzt. Komisch, wie vertraut er ihr war, obwohl sie ihn erst ein einziges Mal gesehen hatte. Jetzt waren sie nur noch eine Menschenlänge voneinander entfernt. Seine Haltung war ruhig, selbstsicher. Er trug die eng anliegende schwarze Tracht eines Schwerkämpfers der Feuergilde und war bewaffnet, so wie sie selbst. Keine Spur Heiler, dachte Alena. Für mich verstellt er sich nicht.

Cano lachte leise. »Ja, natürlich weiß ich das – ich war gespannt, wie ihr euch aus dieser Situation herauswinden würdet. Du hast mich nicht enttäuscht, Alena. Was ich über dich gehört habe, scheint zu stimmen.«

»Freut mich«, sagte Alena ironisch, und dann kam die Wut in ihr hoch. Sie dachte an ihren Vater, an Tjeri, an Keldo. Plötzlich ekelte es sie vor dieser hochgewachsenen Gestalt neben ihr. »Aber vielleicht lege ich gar keinen Wert auf ein Lob von einem Mörder wie dir!«

»Glaubst du alles, was man dir erzählt?«

»Du willst also behaupten, dass du für all das, was passiert ist, nicht verantwortlich bist?«

»Ich verteidige mich«, sagte Cano gelassen. »Was hast du erwartet?«

»Du hast einen Eisdämon auf uns gehetzt!«

»Ja, in Daresh treibt zur Zeit ein Eisdämon sein Unwesen. Aber damit habe ich nichts zu tun. Benutz deinen gesunden Menschenverstand! Dämonen lassen sich nicht kontrollieren.«

Alena gab keine Antwort. Sie wusste nicht mehr, was sie glauben sollte. Hatte Rena vielleicht überreagiert, von Anfang an? War Cano womöglich wirklich geläutert, ein Heiler, der Daresh bereicherte und keine finsteren Pläne hatte? Andererseits verstand sie nichts von Dämonen. Er konnte ihr alles erzählen, was er wollte, und sie wusste nicht, wie sie es nachprüfen sollte.

Schließlich entschied sich Alena die Sache anders anzugehen. »Versprichst du mir, meinen Freunden und mir nicht zu schaden?«

»Kommt drauf an. Zählst du Rena zu deinen Freunden?«

Inzwischen fiel Alena die Antwort darauf leicht. »Ja, das tue ich.«

»Dann kann ich dir das nicht versprechen«, sagte Cano kurz, und der Ton seiner Stimme jagte Alena einen Schauer über den Rücken. Ihr wurde klar, dass Rena zumindest in einem Punkt recht hatte: Dieser Mann war gefährlich. Sie, Alena, mochte in dieser Nacht nichts von ihm zu befürchten haben, aber dieser merkwürdige Waffenstillstand würde nicht andauern.

Cano begann sich in Richtung des Sees zu bewegen, und Alena folgte ihm. Schweigend gingen sie ein paar Atemzüge lang nebeneinander her. Mit gemischten Gefühlen fiel Alena auf, dass ihr Gang sich glich. Sie dachte gerade darüber nach, als sie den kurzen Blick bemerkte, den er auf ihr Schwert warf. Der Schreck fuhr ihr in die Knochen. Bestimmt wusste er von der verpatzten Prüfung, wenn er sich über sie erkundigt hatte!

Doch Cano ließ keine Bemerkung über ihre Waffe fallen, und sie war sich nicht sicher, ob er im schwachen Schein des Mondes hatte sehen können, dass es ein Meisterschwert war.

»Es gefällt dir also, mit Menschen anderer Gilden zu tun zu haben?«, fragte er. »Ich muss zugeben, manche von ihnen sind recht liebenswert.«

Liebenswert? Das klang seltsam. Es dauerte einen Augenblick, bevor Alena begriff, was er damit meinte. Er weiß, was mir Kerrik bedeutet, fuhr es ihr durch den Kopf. »Das geht dich nichts an«, sagte sie.

»Alles geht mich etwas an«, entgegnete Cano und zitierte:

»Manchmal, Momente nur,
fühlt es sich so an,
als liefen die Fäden des Lebens
sonnenhell schimmernd
in meinen Fingern zusammen.«

Alena war kalt, furchtbar kalt. Sie selbst hatte das geschrieben. Das Blatt hatte sie unter ihrer Schlafmatte in ihrem Zimmer in Gilmor versteckt. Niemand außer ihr hatte es je gesehen. Hatte sie zumindest gedacht. Und er hatte auch noch die Frechheit gehabt, ein Wort abzuändern. »Die Fäden *meines* Lebens« hatte sie geschrieben.

»Woher kennst du das?«, schleuderte ihm Alena entgegen. »Ich will nicht, dass jemand wie du in meinem Leben herumschnüffelt!«

»*Jemand wie du?* Vorsicht. Du und ich, wir sind uns sehr ähnlich.«

»Ach ja?!«

»Wir sind beide Gesetzlose«, sagte Cano. Das Mondlicht warf tiefe Schatten auf sein Gesicht, als er sich ihr zuwandte. »Wir folgen keinen Regeln, deren Sinn wir nicht einsehen können. Mein Ziel war es immer, nach meinen eigenen Gesetzen leben zu können.«

Alena erschrak davor, wie sehr diese Worte tief in ihr widerhallten. »Ich will nicht so sein«, sagte sie heftig und erkannte zu spät, dass sie sich eine Blöße gegeben hatte, mehr über sich verraten hatte, als sie wollte. Es wäre besser gewesen, sie hätte geschwiegen.

»Du willst dazugehören, das ist nur normal«, erwiderte

Cano. »Aber andere Menschen können uns nicht verstehen. Immer wieder wirst du anecken, bis du das endlich kapierst.«

Ja, angeeckt war sie oft genug. Vielleicht hatte er recht. Vielleicht kannte er sie besser als die meisten anderen. Besser, als eine Frau der Erdgilde sie jemals kennen konnte.

Erst mal hören, was er noch zu sagen hat, dachte Alena. »Und was soll ich deiner Meinung nach tun?«

»Dich mir anschließen natürlich«, antwortete Cano. »Ich möchte, dass du meine rechte Hand wirst. Wie dein Vater es früher war. Er hat seine Sache außergewöhnlich gut gemacht.«

Alena versuchte, sich nicht anmerken zu lassen, wie erschüttert sie war. Er hatte es geschafft, sie völlig durcheinanderzubringen. »Aber er hat dich verraten!«

»*Du* würdest das nicht tun«, meinte Cano, und von dem Lächeln, mit dem er sie betrachtete, wurde ihr abwechselnd heiß und kalt. »Wir sind vom gleichen Blut, wie du auf der Versammlung so schön bemerkt hast.«

Sie antwortete nicht, versuchte, ihre verworrenen Gefühle zu sortieren.

Cano ließ sich von ihrem Schweigen nicht stören. »Du könntest mir helfen, eine neue, bessere Welt zu schaffen. Oder du könntest ablehnen und ein qualvolles, rastloses Leben damit verbringen, dich gegen alles aufzulehnen. Es ist deine Entscheidung. Lass dir ruhig Zeit mit der Antwort. Aber überleg sie dir gut.«

Sprachlos blickte Alena ihm nach, als er davonging und jenseits des Herztors mit der Dunkelheit verschmolz.

Rena warf Kerrik einen besorgten Seitenblick zu. Sein Gesicht war verschlossen. Sie ahnte, wie sehr die hässliche Szene mit Lilas ihn noch immer beschäftigte.

»Wo sollen wir hin?«, fragte er müde. »Es gibt keinen Ort, an den wir uns jetzt noch flüchten können.«

»Doch«, sagte Rena. »So einen Ort gibt es, glaube ich – einen Ort, an dem sie nicht suchen werden. Komm mit!«

Sie war dankbar, dass es so früh war – es war noch still in der Stadt, die Straßen waren fast leer. Nur im Blauen Bezirk war schon eine Menge los, und dort fielen zwei Menschen und ein Iltis nicht auf zwischen dem Gewusel der Lieferanten, die die Waren abluden, und der Händler, die ihre Stände öffneten. Unbehelligt gelangten sie zum Rand von Ekaterin, zum Schwarzen Bezirk. Rena war froh über ihren guten Ortssinn – ohne nach dem Weg fragen zu müssen, fand sie den unterirdischen Eingang, den sie gesucht hatte.

Den Eingang zu Keldos Höhle.

»Meinst du das ernst?«, fragte Kerrik verblüfft und angewidert. »Der Ort bringt Unheil, dort ist ein Mensch gestorben!«

»Das ist abergläubischer Unsinn«, sagte Rena und beobachtete, wie Cchraskar vorsichtig die Nase in den Tunnel steckte. »Und den Toten haben sie längst weggebracht.«

Cchraskar verzog das Gesicht. »Na hoffentlich haben sie bei der Gelegenheit aucch das Blut aufgewischt – das klebt immer so an den Pfoten!«

Kerrik seufzte. »Na, dann los.«

Auch Rena ließ es nicht kalt, wieder hier zu sein, wo sie gestern erst so Furchtbares erlebt hatten. Aber sie wusste, dass die Wachen Keldos Höhle längst gründlich durchsucht hatten und kein zweites Mal wiederkommen würden.

Der Iltismensch schlüpfte in den Tunnel und verschwand in der Dunkelheit. Sie mussten nach unten, bevor sie Aufsehen erregen konnten, weil sie so lange draußen herumstanden. Rena und Kerrik folgten ihm.

Sie hatten nichts, womit sie Feuer machen konnten. Rena entdeckte einen Käfig mit zwei eingeschüchterten Leuchttierchen. Nachdem sie ihnen ein bisschen gut zugeredet hatte, gaben sie brav Licht, genug um den Raum zu erhellen. Die schlichte Wohnhöhle, in der sie Keldos Leiche entdeckt hatten, war leer. Alles war abtransportiert worden. Selbst die Sitzkissen hatten sie mitgenommen. Auch die Papiere mit den seltsamen Zeichen, die Landkarten an den Wänden waren verschwunden. Nur der in den Boden eingelassene Teich war übrig.

»Klar, dass Cano das Zeug in Sicherheit bringen wollte«, sagte Rena und seufzte. Sie hatte so etwas schon erwartet.

Kerrik starrte auf den dunklen Fleck in der Mitte des Raumes – die nur schlampig entfernte Blutlache. Dann hob er den Kopf, blickte sich aufmerksam um. Schloss kurz die Augen. »Spürst du das auch?«, fragte er Rena.

Was meinte er? Rena öffnete sich für das, was die besonderen Sinne ihrer Gilde ihr mitteilten. Ja, er hatte recht. Es gab da eine … Irritation, eine Störung in der Erde um sie herum. Mit geschlossenen Augen folgte Rena dem Gefühl, bis ihre Fingerspitzen die Wand berührten. »Hier.«

Auf den ersten Blick sah man nichts. Auf den zweiten erkannte man eine hauchdünne Linie, die die Wand von oben nach unten durchschnitt. Eine verborgene Tür! Ein paar Atemzüge später hatten sie es geschafft, sie zu öffnen. Dahinter konnte Rena in der Dunkelheit einen Tunnel erkennen. Sie grinste triumphierend. Das war wirklich Pech für Cano – ein Mensch der Feuergilde hätte dies hier nicht finden können.

»Vielleicht ein zweiter Ausgang für Notfälle«, meinte Kerrik. »Wahrscheinlich ging alles zu schnell, er hat ihn nicht mehr erreicht. Oder vielleicht hat er uns erwartet und dachte, *wir* kommen den Gang hinunter ...«

Schnell wurde ihnen klar, dass sie mehr als einen Notausgang gefunden hatten. Sie hatten das eigentliche Erdhaus entdeckt. Die Höhle, in der sie Keldo gefunden hatten, war nur eine Art Vorraum, sollte wohl Besucher irreführen. Hinter der geheimen Tür erstreckten sich ein halbes Dutzend großer Räume mit kuppelförmigen Decken, prunkvoll ausgestattet, und eine Reihe kleinerer Kammern. Hier hatte Keldo gelebt. Und nichts fehlte. Diesen Bereich hatten die Wachen nicht ausgeräumt!

Staunend wanderten sie durch die Zimmer, in denen mit Goldfäden bestickte Kissen lagen und Schlafmatten mit bunten Decken. Da waren kunstvoll geschmiedete Kerzenhalter und Schalen, Vorratsräume, in denen sich die Köstlichkeiten bis zur Decke stapelten. Es gab sogar fließendes Wasser – was Rena nicht besonders wunderte, schließlich hatte Keldo einmal der Wassergilde angehört. Und überall sahen sie Schriftrollen, Keldo musste ein sehr gelehrter Mann gewesen sein. Der größte Raum war voll geräumt mit wertvollen Waren, Schmuck, ganzen Krügen voller Wasserdiamanten, Ballen edler Stoffe, Gewürzen und seltenen Kräutern; in einer Ecke häuften sich Oriak- und Schneehörnchen-Felle.

»Die leben gar nicht so schlecht, die Gildenlosen«, sagte Rena staunend.

»Ach was«, sagte Kerrik und betrachtete einen aus einem silbrigen Metall geschmiedeten Becher, auf dem eine Szene mit fliegenden Storchenmenschen eingraviert war. »So was wie hier findest du im Schwarzen Bezirk kein zweites Mal. Keldo war kein gewöhnlicher Gildenloser, so viel ist klar.«

Der Tunnel führte noch viel weiter, er schien sich endlos

in die Dunkelheit zu erstrecken. Doch sie waren zu müde um ihn bis zum Ende zu erforschen.

»Später«, sagte Rena, die merkte, wie schlecht es Kerrik ging. Er bewegte sich wie ein Mann, der sich aufgegeben hat, dem alles egal ist. Unter seinen Augen lagen Schatten. Sie konnte sich denken, wie er sich jetzt fühlte. Jetzt, nachdem die erste Aufregung verflogen war, hatten ihn sicher der Schmerz der Trennung und die Müdigkeit der durchwachten Nacht eingeholt.

Ob mit Alena alles in Ordnung war? Rena wusste, dass sie nicht schlafen würde, bevor ihre junge Freundin zurück war. Egal, wie lange es dauerte.

Cano war ein tödlicher Gegner, und das durften sie keinen Atemzug lang vergessen.

Als Alena die Insel der silbernen Türme verließ, fühlte sie sich so erschöpft wie nach einem langen Schwertkampf, obwohl sie ihre Waffen nicht mal berührt hatten. Sie war froh, als sie Cchraskar hinter einem Haus hervorlugen sah, seine Augen glänzten im ersten Licht der Dämmerung. »Errr hat dich also nicht gefressen oder so was«, stellte er fest.

»Menschen machen so was nur, wenn sie richtig, richtig Hunger haben«, sagte Alena und musste lächeln. »Mit mir ist alles in Ordnung. Wo sind die anderen? Hat's geklappt mit dem Stadtkommandanten?«

Cchraskar zuckte mit den Ohren. »Bei Keldo sind sie. Komm!«

»Bei Keldo?!«

Doch ihr Freund rannte schon voran, und sie musste sich beeilen, um mit ihm mitzuhalten. Ihr war seine Eile ganz recht. Sie brannte darauf, den anderen von ihrer Begegnung mit Cano zu erzählen.

Kurze Zeit später stand sie in den prächtigen unterirdischen Kammern. Staunend blickte sich Alena um. »Das ist ja toll! Wer hätte das gedacht …«

Ein warmes Gefühl durchrieselte sie, als sie Kerriks Schritte hörte. Am liebsten hätte sie ihn umarmt, ihm gesagt, wie schön es war, ihn wiederzusehen. Doch Kerriks Gesicht wurde kalt und abweisend, als er sie sah, und er blieb in einem Türrahmen eineinhalb Menschenlängen von ihr entfernt stehen. Was war bloß mit ihm los? Alenas Wiedersehensfreude sickerte weg.

Auch Rena war seltsam zurückhaltend. »Alles klar? Wie ist es gelaufen?«

»Ach, ganz gut«, meinte Alena. Plötzlich hatte sie keine Lust mehr zu erzählen, was sie erlebt hatte. »Äh, toll, dass ihr das hier gefunden habt. Hier entdecken sie uns nie!«

»Jemand von der Erdgilde kann es finden«, erklärte Rena. »Aber Keldo wusste, dass er sich deswegen keine Sorgen zu machen brauchte – es sieht Erdleuten nicht ähnlich, andere zu überfallen. Jetzt erzähl mal, was hat Cano zu dir gesagt? Hat er versucht dich zu verletzen?«

»Nein, er war eigentlich sehr nett. Er behauptet, für das, was der weiße Panther anrichtet, nicht verantwortlich zu sein. Außerdem hat er gemeint, wir seien uns ziemlich ähnlich.«

»Hm. Was hast du geantwortet?«

»Ich habe nicht viel gesagt, er hat die meiste Zeit geredet.« Alena hatte beschlossen nichts von seinem Angebot zu erwähnen. Das wollte sie in Ruhe entscheiden.

Rena blickte sie forschend an. Ahnte sie, dass Alena ihr etwas verschwieg?

»Wie ist's bei euch gelaufen, habt ihr bei Lilas' Vater etwas erreicht?«, fragte Alena, um die unangenehme Stille zu brechen.

Auf einmal war heiße Wut in Kerriks Augen. Erschrocken blickte Alena ihn an.

»Was hast du dir eigentlich dabei gedacht?«, fragte er. »Was hast du dir dabei gedacht, als du dieses Gedicht geschrieben hast? War es Absicht, dass du es da liegen gelassen hast?«

Sie haben das Gedicht gefunden. Eisiger Schreck durchfuhr Alena. Sie hatte das verdammte Ding völlig vergessen. O nein!

»Lilas hat es entdeckt«, erklärte Rena ruhig. »Sie hat sich von Kerrik getrennt, weil sie dachte, ihr beide habt was miteinander.«

»O Rostfraß«, stöhnte Alena. Jetzt wusste sie also, warum Kerrik sie so ansah! »Verdammt, Kerrik, das tut mir leid! Ich habe es einfach geschrieben ... und dann unter die Schlafmatte gelegt, weil das zu Hause der Ort ist, wo ich meine geheimen Sachen verstecke ... dann habe ich einfach nicht mehr daran gedacht ...«

Er reagierte nicht, starrte sie nur weiter an. Alena hielt diesen Blick nicht aus. Es gab nur eins, was sie tun konnte. Sie stand auf. »Ich gehe jetzt sofort zu Lilas und sage ihr, dass nichts zwischen uns ist. Dass alles mein Fehler war. Bestimmt ist dann wieder alles in Ordnung.«

»Vergiss es«, sagte Kerrik hart. »Das mit Lilas ist aus, vorbei. Spar dir die Mühe. Außerdem würdest du gar nicht zu ihr durchkommen. Wir werden gesucht, hast du das vergessen?« Er drehte sich um, ging in eins der Zimmer und zog den Vorhang am Eingang mit einem Ruck zu, der den Stoff beinahe heruntergerissen hätte.

Rena massierte ihre Stirn mit den Fingerspitzen. Nach einer Weile stand sie ebenfalls auf. »Ich lege mich hin. Viel Schlaf haben wir ja nicht bekommen letzte Nacht.«

Nur Cchraskar blieb, schweigend hockte er neben ihr. Alena stützte den Kopf in die Hände und fragte sich, wie beim Feuergeist sie das alles wiedergutmachen konnte. Wahrscheinlich wünschte sich Kerrik längst, er wäre ihr und Rena nie begegnet. Er hatte eine Aufgabe gehabt, eine Freundin, ein Haus – und was hatte er jetzt? Ein Kopfgeld für seine Ergreifung. Auch an Lilas zu denken tat weh. Ausgerechnet Lilas, die so nett zu ihr gewesen war, hatte sie geschadet. Sie dachte jetzt bestimmt fürchterliche Dinge über Alena.

Erschöpft schlich sich Alena in eine der Kammern und streckte sich auf einer der breiten, bequemen Schlafmatten aus. Diesmal hatte sie keine Angst vor dem weißen Panther. In ihrem Kopf war vor lauter Scham und Wut auf sich selbst kein Platz mehr dafür.

Die Tunnel

Alena freute sich nicht gerade darauf, mit Kerrik an einem Tisch zu sitzen und zu frühstücken. Aber es war halb so schlimm. Er ignorierte sie, redete nur mit Rena.

»Wir sollten die Gänge erforschen«, sagte er. »Es ist nicht gut, in einer fremden Höhle zu hausen und so wenig darüber zu wissen …«

»Ganz meine Meinung.« Rena betrachtete skeptisch die getrockneten Fischfilets aus Keldos Speisekammer und nahm sich dann eins. »So richtig sicher habe ich mich letzte Nacht nicht gefühlt.«

Kurz darauf standen sie vor der Tür, die aus der Wohnhöhle tiefer ins Innere der Erde führte. Es war nicht nur ein Gang, wie sich herausstellte – es waren drei, sie verzweigten sich. Alena hatte Feuer gerufen und zwei Fackeln angezündet, sie beleuchteten ihre Gesichter mit ihrem warmen gelben Licht. Ganz kurz traf ihr Blick den Kerriks. Beide schauten sie schnell in eine andere Richtung.

»Na, dann los«, sagte Alena verlegen.

Cchraskar ging voraus, und Alena leuchtete ihm. Seine Pfotenhände machten leise kratzende Geräusche auf dem harten Boden. Der Gang roch modrig, wie lange nicht mehr benutzt. Er war niedrig – Kerrik musste sich bücken –, aber breit, die Wände bestanden aus roher Erde.

»Das riecht hierrr wie alte Menschensocken«, lästerte Cchraskar. »Und zwar eine Woche getragen, eine Woche!«

»Woher weißt du denn, wie richtig fiese Menschensocken riechen?«, schoss Alena zurück, froh, dass er sie aus ihren

Grübeleien riss. »Von mir nicht, ich wechsele meine jeden Tag!«

»Sagst *du* …«

Das ließ nur eine Antwort zu. Alena packte ihren Freund am Nackenfell und schüttelte ihn durch. Grinsend strampelte sich Cchraskar frei.

Rena achtete nicht auf ihre Frotzelei. Sie legte die flache Hand auf die Tunnelwand. »Den haben Menschen der Erdgilde angelegt.«

Klar, dachte Alena – wer sonst? Feuerleute bestimmt nicht, die buddelten nicht in der Gegend herum. Sie vergaß, ihre Atemzüge zu zählen, aber sie wusste auch so, dass sie eine ganze Weile unterwegs waren.

»Menscchen in der Nähe«, knurrte Cchraskar warnend, und kurz darauf bemerkte es auch Alena – über ihren Köpfen liefen Leute umher, viele Leute.

Irgendwann ging es nicht mehr weiter. Sie kamen zu einem Schacht, der nach oben führte. Cchraskar verzog das Gesicht. Im Klettern waren die Iltismenschen nicht besonders gut. Alena schob ihn sanft beiseite und hakte die Finger in die Grifflöcher der Erdwand. »Ich schaue mal nach, was da oben ist.«

Vorsichtig hob sie die Platte an, die über dem Schacht lag, und spähte umher. Dunkel war's hier wie im Bauch eines Dhatlas. Sie war in irgendeinem Gebäude. Es gab ein schabendes Geräusch, als Alena die Platte beiseite schob und aus dem Schacht herauskrabbelte. Es roch staubig hier, nach Getreide. Ein Lager. Mit ein paar Schritten war sie bei der Tür, lugte durch einen Spalt nach draußen. Buntes Gewimmel. Berge von honigfarbenem, blassgrünem, weißem Getreide. Schnell kroch sie zurück in den Schacht, zog die Platte wieder über den Ausgang und kehrte zurück zu ihren Freunden. »Man kommt am Kornmarkt raus!«

»Ein Notausgang also«, stellte Kerrik fest. »Gute Idee von Keldo. Auf dem Markt ist immer was los. Wenn hier einer aus der Tür schlüpft, beachtet ihn niemand.«

Der zweite Gang, dem sie folgten, war ebenfalls ein getarnter Ausgang, er mündete in den Silbernen Bezirk. Er kam in einem versteckten Eckchen hinter einem der Türme heraus, direkt am Wasser.

»Damit er ab und zu schwimmen gehen konnte, wette ich«, sagte Rena. »Tjeri hält's ohne seine Seen auch nicht lange aus.« Ihre Stimme zitterte.

»Los, schauen wir, wohin der dritte Gang führt«, schlug Alena vor, um sie abzulenken.

Sie spürte, dass der dritte Gang anders war. Er war kleiner und sah aus, als würde er seltener benutzt. Außerdem waren in die Wände seltsame Symbole eingeritzt. Wellenzeichen, Kreise, Flammensymbole sogar. Zeichen der Feuergilde!, dachte Alena verblüfft.

»Ich glaube, das ist kein Ausgang«, meinte sie, und Rena nickte.

Cchraskar witterte; seine Nase zuckte. Aber er sagte nichts und schlich weiter. Alena überlegte, ob sie ihr Schwert ziehen sollte. Aber der Gang war so eng, dass sie damit sowieso nicht ausholen konnte. Das Messer war besser. Sein Griff fühlte sich glatt und kühl an in ihrer Hand.

Alena beugte sich hinunter und leuchtete mit der Fackel auf den Boden. »Jemand ist hier entlanggegangen.«

Kerrik ging neben ihr in die Hocke. »Stimmt. Aber es sind immer die gleichen Spuren. hin und zurück. Keldo, vermute ich.«

Schweigend gingen sie hintereinander weiter. Alenas Herz klopfte, als sie an eine Tür kamen, die den Gang völlig versperrte. Sie war aus massivem, glattem Stein und verriet nichts von dem, was sie verbarg. Vielleicht noch eine

Schatzkammer, dachte Alena. Mit noch wertvolleren Waren …

Rena legte die Hand auf die Steinplatte, schloss die Augen. »Hm. Kantarit aus den Steinbrüchen von Telfa, oder was meinst du, Kerrik?«

»Mich interessiert eigentlich eher, wie wir das Ding aus dem Weg kriegen«, sagte er und begann die Platte mit der Fackel in der Hand Stück für Stück nach einem Öffnungsmechanismus abzusuchen. Ohne Erfolg.

Als sie einen genaueren Blick auf die Tür warf, wurde Alena klar, warum es auf diese Art nicht klappte. »Da sind keine Fingerspuren drauf – nur die von Rena! Schaut mal, ob irgendetwas hier im Gang so aussieht, als sei es oft angefasst worden. Schließlich ist Keldo oft hergekommen.«

Sie widmeten sich den umliegenden Wänden, die nun aus Stein bestanden. Und tatsächlich – ein paar Atemzüge später hatte Alena eine Stelle entdeckt, die abgenutzt wirkte. Die mittlere Welle eines dreiwelligen Wassergildensymbols, das tief aus dem groben Stein der Gangwand herausgemeißelt worden war, glänzte ganz leicht speckig. Alena ließ die Fingerspitzen über den grobkörnigen Stein gleiten, atmete tief ein. Dann griff sie zu und ergriff die mittlere Wellenlinie.

Fast ohne ein Geräusch glitt die Platte zur Seite, verschwand in der Wand. Dahinter – Dunkelheit. Alena atmete schnell. Sie hob die Fackel und ging voran.

Der Raum, den sie betraten, war so groß, dass ihre Schritte von den Wänden widerhallten. Eine hohe Kuppeldecke wölbte sich über ihnen. Schwarz und still, glatt wie ein Spiegel, breitete sich eine Wasserfläche vor ihnen aus. In ihrer Mitte eine Insel. Und auf dieser Insel … lag etwas. Zuerst dachte Alena, es seien drei helle Steine. Doch dann sah sie, dass es Schädel waren. Mit den passenden Knochen dazu. Auf diesem Inselchen lagen drei Skelette! Angeordnet wie ein Y, mit den Köpfen zueinander.

»Vielleicht von Halbmenschen – sie sind ziemlich klein«, meinte Kerrik leise.

»Aber die Form der Schädel ist menschlich«, sagte Rena. »Es gibt noch eine andere mögliche Erklärung, warum sie so klein sind …«

Ein Schauer überlief Alena. »Kinder.«

Einen Moment lang schwiegen sie alle. Was konnte hier passiert sein? Vielleicht hat er Menschenopfer gebracht, dachte Alena. Aber selbst der Feuergeist verlangte so etwas nicht. War Keldo ein Mörder gewesen?

»Ich glaube kaum, dass sie zur Wassergilde gehört haben«, sagte Rena leise. »Die Wasserleute bestatten ihre Toten in Heiligen Seen. Und die sind weit weg von hier.«

Eine lange Zeit standen sie schweigend vor den toten Kindern. Dann zogen sie sich zurück. Alena war froh, als sie endlich wieder in den staubigen Gängen waren. Zum Glück lag dieser Raum ein ganzes Stück von der Wohnhöhle entfernt. Es war kein schönes Gefühl, einen solchen Ort des Todes in der Nähe zu wissen.

»Habt ihr bemerkt, wie seltsam die Knochen aussahen?«, fragte Rena. »Ich fand, sie wirkten irgendwie rötlich. So etwas habe ich noch nie gesehen.«

»Das sah wahrscheinlich nur so aus, lag sicher am Licht«, meinte Kerrik.

»Zu blöd, dass Keldo tot ist«, sagte Alena grimmig. »Wäre nett, ihm jetzt ein paar Fragen stellen zu können.«

Während Rena noch immer über den eigenartigen Symbolen auf dem Stück Papier brütete, machten sich Alena und Kerrik daran, die vielen hundert Schriftrollen zu sichten. Manches waren Notizen in Keldos Geheimschrift, die sortierten sie aus, um sie später noch einmal gründlich anzuschauen. Viele waren Lehrbücher und Werke über Tiere, Pflanzen und Landschaft der einzelnen Provinzen, aber auch alte Erlebnisberichte, Legenden der Gilden und Dichtung waren dabei. Und natürlich ein Exemplar des *Buchs der Morgenröte* – viele hundert Winter wurden darin schon Weisheiten gesammelt, und es wurde nie fertig, denn jeder konnte ihm weitere hinzufügen. Immer wieder las sich Alena fest und musste sich mit Gewalt wieder losreißen.

Schließlich brach Kerrik das lange Schweigen. »Du liest gerne, was?«, knurrte er, als sie mal wieder über einer Geschichte die Zeit vergessen hatte.

»Äh, ja.« Alena merkte, wie sie rot anlief. »Schau mal, er hat einen Band von Siri Jarys ke Nerada. Ein Original.«

»Ein Original von Siri Jarys? Unglaublich.« Seine großen Hände rollten das Werk geschickt und fast zärtlich auseinander. Alena merkte, dass auch er geschriebene Worte liebte, und das gefiel ihr.

Nach und nach verlor sich die Verlegenheit zwischen ihnen ein Stück weit. Es war schön, in seiner Nähe zu sein, Seite an Seite mit ihm zu arbeiten. Aber Alena spürte, wie traurig Kerrik noch immer war, wie erschöpft. Wahrscheinlich ist er froh, dass er sich mit den Schriftrollen ablenken kann, ging es ihr durch den Kopf. Ob er oft an Lilas denkt ...? Sie wagte nicht, ihn darauf anzusprechen.

»Ich wünschte, ich könnte ein paar von diesen Lehrbüchern mitnehmen«, sagte Kerrik und legte die Hand auf einige schwere Rollen.

Alena blickte auf. Diese Dinger sahen für sie eher abschreckend aus. »Lernst du gerne?«

»Ja. Aber das ist es nicht nur«, erklärte er. »Als ich aus

dem Dschungel kam, war ich nur ein bisschen älter als du – und hatte von meinem Vater praktisch keinen Unterricht erhalten. Kannst dir vorstellen, was die Leute über mich gedacht haben. Sie hatten ja auch recht.« Kerrik lachte. »Fast alles, was ich jetzt weiß, habe ich mir selbst beigebracht. Inzwischen habe ich eine Meisterschaft zweiten Grades.«

Alena war beeindruckt. Dazu gehörte eine Menge Energie. Der Gedanke an ihre eigene verpfuschte Prüfung schwamm wieder an die Oberfläche. Ob sie jemals auch nur eine Meisterin ersten Grades werden würde?

Als sie gemeinsam zu Abend aßen, diskutierten sie wieder einmal die geheime Notiz. Sie waren noch immer nicht weitergekommen mit dem Entschlüsseln, und allmählich machte ihnen das Sorgen.

»Vielleicht gibt es irgendeine Formel der Feuergilde, die einen Energieblitz durch den Edelstein schickt«, sagte Alena verzweifelt.

»Schon möglich«, meinte Rena. »Kennst du so etwas?«

»Nein, aber ich bin noch keine Meisterin. Die wichtigsten Formeln habe ich noch nicht erfahren.«

Kerrik beugte sich über die Notiz, runzelte die Stirn. »Das letzte Symbol könnte *Dhatla* bedeuten. Dann wären diese vier Striche die Beine.«

»Vielleicht sollen wir einen Edelstein irgendwo hinbringen – ans Wasser ...«, überlegte Rena.

Schließlich gaben sie auf. Nichts von dem, was sie vermutet hatten, ergab Sinn.

Alena war noch nicht müde, sie hatte letzte Nacht so lange geschlafen, dass es wieder eine Weile reichte. Mit offenen Augen lag sie auf dem Bett, das sie sich ausgesucht hatte; einem Lager in einer prächtigen, ganz in Blau dekorierten Kammer. Sie dachte über die Skelette nach, über Keldo, über sich, über Kerrik, über Cano.

Viel über Cano und ihre Begegnung am Herztor. Ich könnte eine Menge von ihm lernen, dachte Alena und starrte an die Decke. Ich könnte von ihm lernen, wie man Menschen begeistert. Rena hat recht, darin reicht keiner an ihn heran. Wenn ich wüsste, wie das geht, hätte ich so viele Freunde, wie ich will, und ich könnte sie mir aussuchen.

Ganz langsam tastete sie sich an den Gedanken heran, wie es wäre, Cano zu unterstützen. Sich von allem anderen loszusagen. Nach ihren eigenen Regeln zu leben. Halt, dachte Alena. Ganz wird das nicht gehen. Als seine rechte Hand müsste ich tun, was er sagt. Ihm helfen, das zu erreichen, was *er* will. Aber wenn er nur seine Botschaft verbreiten will, mache ich das gerne. Sie erinnerte sich noch gut daran, wie seine Worte auf der Kundgebung sie berührt hatten. Aber ein mulmiges Gefühl hatte sie trotzdem bei der ganzen Sache. Selbst wenn Cano an Tjeris und Tavians Krankheit nicht schuld war, wie er sagte, dann war da immer noch Keldos Tod. Dass er Keldo und vielleicht auch den Wirt der *Goldenen Lanze* auf dem Gewissen hatte, konnte er kaum abstreiten.

Spät in der Nacht wurde ihr klar, dass sie ihn noch einmal treffen musste. Es gab noch einiges, was sie wissen wollte, bevor sie sich entschied. Lautlos stand sie auf, holte sich einen von Keldos Wühlern aus dem Käfig im Vorratsraum und schrieb eine kurze Nachricht.

Ich habe noch Fragen. Können wir uns treffen? A.

Sie setzte den Wühler in einem der Notausgänge aus. Eifrig arbeitete sich das kleine Tier durch die feste Erde der Tunnelwand und war verschwunden. Es würde Cano aufspüren, wo auch immer er war.

Wenig später war eine Antwort da.

Sei in zehnmal zehn Atemzügen am Herztor. C.

Als Alena sich anzog und aus der Höhle nach draußen schlich – allein, selbst ohne Cchraskar – hatte sie ein schlechtes Gewissen. Ich wollte Rena und Kerrik nicht extra aufwecken, morgen werde ich ihnen erzählen, wo ich gewesen bin, sagte sie sich. Doch tief in ihrem Inneren wusste sie, dass sie sich selbst belog. Die anderen sollten nicht mitbekommen, dass sie sich noch einmal mit Cano traf.

Und was ist, wenn du dich für ihn entscheidest?, fragte sie sich, während sie durch die dunklen Gassen zum Silbernen Bezirk eilte. Beim Gedanken, wie Rena und Kerrik sich dann fühlen würden, was sie von ihr denken würden, krampfte sich ihr Herz zusammen. Es wäre Verrat! Ich kann das nicht tun, sie sind meine Freunde, dachte sie, aber ihre Füße trugen sie hinaus aus dem Schwarzen Bezirk, in Richtung des Herztors. In ihrem Kopf war ein gnadenloser Kampf im Gange, es fühlte sich an, als würde ihr Inneres von zwei gleich starken Kräften auseinander gerissen.

Du bist genauso verdammt skrupellos wie Cano! Du denkst immer nur an dich!

Ich habe ein Recht darauf, über mein eigenes Leben zu entscheiden! Wenn ich meinen Weg jetzt nicht finde, werde ich ihn vielleicht nie finden …

Aber ist dein Weg wirklich, ausgerechnet mit einem Menschen wie dem ehemaligen Propheten gemeinsame Sache zu machen?

Ein Mensch, der eine Botschaft der Liebe verkündet, kann nicht schlecht sein. Rena übertreibt! Sie kann ihn eben nicht ausstehen.

Mach dir doch nichts vor: Du willst Macht, Macht über andere. Es wird dich verderben. Du wirst ein schrecklicher Mensch werden!

»Bin ich doch schon«, murmelte Alena trotzig und überquerte die Brücken zum Silbernen Bezirk, sah das dunkle Wasser unter sich schimmern. Dann war sie da. Vor ihr ragten die Türme auf, in kühler Grazie umstanden sie das Herztor.

Diesmal musste Alena nicht lange warten. Kaum war sie zum Stehen gekommen, trat ein Mann aus den Schatten. Und noch einer. Und noch einer.

Alena zog ihr Schwert, ging in Kampfpose.

»Ganz ruhig, Mädel – wir sollen dich nur zu ihm bringen«, knurrte einer der Unbekannten. In der Dunkelheit konnte sie sein Gesicht nicht erkennen.

Langsam ließ Alena die Waffe sinken, doch sie blieb wachsam.

»Da, zieh dir das über die Augen«, sagte der Mann und warf ihr ein dunkles Tuch zu. Alena zögerte. Wenn sie das Ding anlegte, gab sie sich ihnen völlig in die Hand. Aber sie musste es riskieren. Es war der Preis dafür, Cano zu treffen. Wahrscheinlich bringen sie mich in sein Hauptquartier, dachte sie, und ihr Herz klopfte heftig.

Als sie das Tuch angelegt hatte, griff jemand ihren Ellbogen und führte sie. Alena hörte am Echo ihrer Schritte, dass sie die Brücken wieder überquerten. Nach einer Weile roch sie Rauch. Sie mussten sich im Gelben Bezirk befinden, dem Bereich der Feuergilde. Aber sie kannte sich hier nicht gut genug aus, um zu erkennen, wo genau sie waren. Leise Stimmen, von fern der Klang eines Kampfs mit hölzernen Übungsschwertern. Der helle Ton von Hämmern, die auf Stahl niedersausten, das Fauchen von Blasebälgen – in einigen Schmieden wurde immer noch gearbeitet. Ein leichter Wind trug den Geruch nach heißem Metall und Hornspänen, den Duft nach zerstoßenen Kräutern heran …

Sie betraten ein Gebäude, Alena spürte das Metall der

Wände. Es musste eine Schmiede sein, eine schwarze Pyramide so wie tausend andere in Tassos. Selbst im Gelben Bezirk gab es Hunderte davon. Die finde ich bestimmt nicht wieder, dachte Alena. Ich kann ihn nur treffen, wenn er es will.

Sie fühlte die Hitze eines Feuers, das in der Nähe brannte, auf dem Gesicht. Schritte entfernten sich. »Du kannst das Tuch jetzt abnehmen«, sagte eine ruhige, befehlsgewohnte Stimme. Canos Stimme! Alenas Herz machte einen Satz.

Sie riss sich das Tuch herunter. Diesmal trug Cano ein langes feuerfarbenes Gewand, seine Predigertracht. Amüsiert lehnte er an der Tür und betrachtete sie. Es war das erste Mal, dass sie ihn aus der Nähe sah und bei Licht. Jetzt bemerkte sie die Falten, die sich in sein Gesicht gegraben hatten, die Spuren harter Zeiten. Seine grünen Augen schienen bis in ihre Seele vorzudringen. Alena hielt seinem Blick stand, solange sie es schaffte. Dann blickte sie sich in der Schmiede um. Geräumig und sehr gut ausgestattet, sie musste einem reichen Gildenbruder gehören …

»Schön, dich wiederzusehen«, sagte Cano, und es klang so einfach und herzlich, dass Alena die Tränen in die Augen stiegen. Was auch immer man ihm vorwarf – er gehörte zu ihrer Familie. Wenn ihr Vater starb, *war* er ihre Familie.

Er versucht dich wieder zu manipulieren. Alena wusste nicht, wo der kleine warnende Gedanke herkam. Aber er wirkte. Sie riss sich zusammen, war wieder auf der Hut. »Ich wollte mit dir reden. Es gibt eine Menge Sachen, die mir noch nicht klar sind.«

»Zum Beispiel?«

»Was willst du eigentlich?« Alena suchte nach Worten. »Ich meine, du musst ja irgendein Ziel haben … Was genau hast du mit Daresh vor?«

»Natürlich habe ich ein Ziel.« Ernst blickte er sie an. »Ich möchte das Unglück der Welt hinwegfegen, die Menschen heilen und wieder zu einem Ganzen fügen.«

Hm. Das waren fast genau die Worte, die er auf der Kundgebung verwendet hatte. Auf einmal klangen sie nicht mehr begeisternd, sondern schal. »Ja, aber – was soll das bringen?«, fragte Alena hartnäckig. »Zu was für einem Ganzen?«

»Daresh wird ein glücklicherer Ort werden. Mit vielleicht etwas weniger Unrecht, etwas weniger Schmerz.«

Ja, das war etwas, was Alena verstehen konnte. In Daresh gab es viel Unrecht, das hatte sie im Schwarzen Bezirk gesehen. »Wahrscheinlich würdest du auch den Gildenlosen helfen, oder?«

»Ja, natürlich«, sagte Cano. Er nickte und stieß sich von der Tür ab. »Komm. Es gibt ein paar Leute, die du kennenlernen solltest.«

Er legte den Arm um ihre Schultern, als er sie durch die Tür führte. Das fühlte sich eigenartig an. Aber ihr gefiel der Stolz in seiner Stimme, als er sagte: »Das ist Alena, meine Nichte. Ich habe euch von ihr erzählt.«

Die zwei Frauen und vier Männer, die im angrenzenden Wohnraum saßen, blickten ihr neugierig entgegen und nickten ihr zur Begrüßung zu. Ein paar wirkten müde, einer von ihnen gähnte – hatte Cano sie gerade erst aufgeweckt? Es war Alena nicht ganz recht, dass Cano sie so präsentierte, als hätte sie sich schon für ihn entschieden. Doch sie sagte nichts.

Interessiert bemerkte Alena, dass nicht alle Anwesenden der Feuergilde angehörten. Eine der Frauen trug ein Amulett der Luftgilde, und einer der Männer war ein Gildenloser. Cano zählte ihre Namen auf, doch Alena konnte sich vor Aufregung kaum einen davon merken. Nur drei blieben in ihrem Gedächtnis kleben: Einer der Feuerleute, ein muskulöser Mann mit sanftem Blick, hieß Lexos – er wurde Lex genannt. Auf einen Blick stellte Alena fest, was für eine hervorragende Qualität das Schwert hatte, das er trug. Arm war er jedenfalls nicht …

»Schön, dass du dabei bist«, brummte Lex.

He, Moment mal! Alena öffnete den Mund um zu widersprechen, doch Cano unterbrach sie: »Das hier ist Vinja. Sie hat erzählt, dass sie dich schon mal in der Stadt gesehen hat …«

Vinja, die Luftgildenfrau, nickte. »Im Roten Bezirk. Bei dir war ein Iltismensch.« Sie war groß und hatte lange blonde Haare. Sie trug eine Armbrust, die Lieblingswaffe der Menschen aus Nerada. Auf Anhieb sympathisch war sie Alena nicht. Irgendwie verbittert sah sie aus. »Ja, äh, ich wollte mich mal da umschauen. Der Iltismensch ist ein Freund von mir.«

Der Gildenlose hieß Tobai. Er war noch jung, sein Blick war stolz und voller Energie. Kein Zweifel, das war keiner von denen, die sich im Elend des Ausgestoßenseins aufgegeben hatten! Als Alena ihm zunickte, lächelte er. Ich wette, der hat Canos Botschaft bei uns abgegeben, dachte Alena. Anscheinend war der Gildenlose, der sie im Schwarzen Bezirk beobachtet hatte, doch keiner von Canos Leuten gewesen, sie sah ihn nicht in der Gruppe.

»Entschuldigt uns, wir reden noch kurz unter vier Augen«, sagte Cano, und sie kehrten in die Schmiede zurück. Unruhig ging Alena umher und nahm abwesend die frisch geschmiedeten Waffen, die herumlagen, in Augenschein. Sie war hergekommen, um Antworten zu erhalten, und stattdessen tauchten ständig neue Fragen auf. Konnte sie es sich vorstellen, mit diesen Menschen Seite an Seite zu kämpfen? Mit diesen Fremden?

Cano beobachtete sie. »Vielleicht kann ich deinem Vater

und diesem Mann der Wassergilde helfen«, sagte er plötzlich. »Ich habe zwar keine Kontrolle über den Eisdämon – aber es gibt ein Gegenmittel gegen seine Macht. In Socorro habe ich vieles gelernt über solche Dinge.«

Alena fuhr herum. »Es gibt ein Gegenmittel? Was für eins?«

Er antwortete nicht direkt. In Gedanken versunken betrachtete er die Klinge eines halb fertigen Dolchs. Dann blickte er ganz plötzlich auf. »Bleib«, bat er. »Wir richten eine Kammer für dich her.«

Seine Botschaft war klar. Wenn sie seine rechte Hand wurde, rettete er ihren Vater – obwohl er ihn hasste – und Tjeri.

Damit ist es entschieden, dachte Alena, und es war eine Erleichterung, endlich Klarheit zu haben. Die Zerreißprobe in ihrem Inneren war beendet. Sie würde in Canos Dienste treten. Es war ihr Schicksal. Es kam nicht in Frage, ihren Vater sterben zu lassen, und eine andere Lösung war nicht in Sicht. Sicher war es besser so. Alena gestand sich ein, dass sie neugierig war auf das Leben mit Cano.

Aber sie musste noch einmal zurück. Sie konnte nicht hierbleiben, ohne Kerrik noch einmal wiedergesehen, ohne sich von ihm und Rena verabschiedet zu haben! Auch wenn die beiden fassungslos sein würden …

»Also, was ist?« Cano wurde ungeduldig.

»Ich brauche noch Zeit«, wich Alena aus.

Einen Moment lang sah es so aus, als wolle Cano sie weiter drängen. Sie nicht noch einmal gehen lassen. Doch dann sagte er: »Gut. Komm einfach zum Herztor, wenn du bereit bist.«

Alena nickte und ließ zu, dass ihr wieder die Augen verbunden wurden.

Am Herztor verabschiedeten sich ihre Begleiter. Es dämmerte bereits – wahrscheinlich waren ihre Freunde schon wach und hatten gemerkt, dass sie verschwunden war. Vorsichtig lief Alena auf dem Rückweg zu Keldos Versteck Umwege, damit ihr keiner von Canos Leuten folgen konnte. Außerdem benutzte sie den Notausgang am Kornmarkt.

»Wo warst du?«, fragte Kerrik, als sie sich erschöpft auf einen der Hocker im Wohnraum fallen ließ. Seine blaugrauen Augen blickten besorgt. »Wir dachten fast, irgendjemand hätte dich entführt oder so was. Warst du auf Erkundung?«

Es war ein schönes Gefühl, dass er sich Sorgen um sie gemacht hatte. Doch dann fiel ihr ein, was sie ihm gleich sagen musste. Auf einmal war in ihrem Mund ein gallig bitterer Geschmack. »Ich war …«

»Beim Erdgeist, du hast ganz schön was verpasst!«, unterbrach sie Rena, ihre Augen glänzten ganz seltsam. Jetzt erst bemerkte Alena, wie aufgekratzt und unruhig ihre Freunde waren. War etwas passiert, während sie weg gewesen war?

»He, habt ihr seinen Beljas-Vorrat entdeckt, oder was?«

»Wir haben eine Menge über Keldo herausgefunden!«, sprudelte Rena heraus »Es war eine ganz kleine Schriftrolle, versteckt in einem furchtbar trockenen Lehrbuch. Er hat sein ganzes Leben aufgezeichnet, und, beim Erdgeist, es ist eine unglaubliche Geschichte, eine der schrecklichsten, die ich bisher gehört habe …«

Keldos Geschichte

»Was?!« Alena wirkte völlig durcheinander.

Schnell reichte ihr Rena die kleine Schriftrolle. Alena verzog sich damit in eine Ecke des Wohnraums und begann zu lesen. Die Anfangssätze von Keldos Erzählung hatten sich Rena eingeprägt:

Mein Name ist Keldo ke Vanamee. Diesen Bericht schreibe ich im Monat, in dem die Blätter fallen. Vielleicht liegt es an der Jahreszeit, aber in den letzten Tagen habe ich oft das Gefühl, dass ich vielleicht nicht mehr lange zu leben habe. Es ist Zeit, meine Geschichte aufzuschreiben. Ich will sie nicht mit mir nehmen in die Heiligen Seen – oder wahrscheinlich werden sie meinen Körper einfach verscharren, so wie sie es mit Gildenlosen halten …

Alenas Augen huschten über die Zeilen, man sah, dass sie eine geübte Leserin war.

Kerrik ging unruhig im Raum umher, aber Rena beobachtete Alena, während sie las. Ihr Gesicht war ernst und konzentriert. Sie wirkte erwachsener als noch vor kurzem, als sie gemeinsam im Turm des Gildenrats gewesen waren. Aber auch angespannt und erschöpft. Unter ihren Augen waren Schatten, und ihre Haut hatte eine ungesunde Farbe.

Am liebsten hätte Rena ihr den Arm um die Schultern gelegt, sie getröstet. Aber das duldet Alena nie und nimmer –

und erst recht nicht vor Kerrik, dachte Rena und seufzte. Sie ist genauso stolz wie die anderen Feuerleute.

Im Geist las Rena mit.

Ich bin in Vanemee aufgewachsen, dem Land der Seen. Es gibt keine bessere Kindheit, glaube ich. Meine Eltern lachten viel mit mir. Den ganzen Tag war ich im Wasser, sorglos und frei. Mit meinen Freunden habe ich Regenfische gezähmt, bei Wettschwimmen gewonnen, erste eigene Geschäfte gemacht. Damals noch mit seltenen Muscheln, mit Dingen, die ich am Grund der Seen gefunden habe.

Noch heute bin ich dankbar für das Glück, das ich erfuhr. Denn als ich gerade erwachsen war, trat Ulika in meine Welt. Die Liebe meines Lebens. Sie liebte mich von Anfang an, aber ihre Mutter hielt mich für einen Sonnentrinker, einen, der den ganzen Tag an der Oberfläche driftet und am liebsten nichts tut. Ulika hing sehr an ihren Eltern, sie wollte nicht mit ihnen brechen. Also bot ich ihrer Mutter an, ihr zu beweisen, dass ich Ulikas sehr wohl würdig sei. Innerhalb eines Tages würde ich einen Fischschwarm erwerben, der sich sehen lassen konnte. Es war eine gewagte Wette, aber ich schaffte es, sie zu erfüllen. Nur Ulika habe ich gebeichtet, dass ich den Schwarm bei einem Kelo-Spiel am Schwarzen Fluss gewonnen habe – mit sieben Jahren meines Lebens als Gegeneinsatz.

Ulika wollte eine große Familie, sich niederlassen. Also wurde ich ihr zuliebe Fischfarmer. Und wieder hatte ich Glück: Dieser erste Schwarm – schöne, fette Akjat-Fische – wuchs und gedieh, bis er zehnmal tausend Köpfe zählte und das Meer silbern glänzte, wo ich ihn hegte. Nebenbei züchtete ich Sonnenalgen, auch das lief gut. Ulika und ich lebten in Eintracht. Drei Kinder wurden uns geboren: die schüchterne Niri, der eigensinnige, lebhafte Ro und Elai, der Älteste, der mir bei meiner Arbeit half und am glücklichsten war, wenn er draußen und in Bewegung sein konnte.

Doch dann kam der schlimme Tag, an dem Streit zwischen einem Menschen der Wassergilde und einem Besucher der Luftgilde ausbrach. Ein Mann der Luftgilde, auf Handelsreise in Vanamee unterwegs, hatte ein Kanu nicht an einer bestimmten Stelle vertäut, sondern länger benutzt als vereinbart. Er weigerte sich seine Schuld anzuerkennen und dem Besitzer Entschädigung zu zahlen. Seine Gildenbrüder ergriffen für ihn Partei. Meine Leute waren wütend und beschlagnahmten einen Teil seines Handelsguts. Ich versuchte zu schlichten, doch ohne Erfolg. Besorgt sah ich, wie sich eine Gildenfehde entwickelte – genau in meiner Gegend.

Alena hob den Kopf. »Habe ich das richtig verstanden – wegen so einer Kleinigkeit hat sich eine Gildenfehde entwickelt? Wie kann denn so was sein?«

»In dieser Zeit waren die Gilden noch verfeindet und kämpften oft gegeneinander«, erklärte Rena. »Es war häufig so, dass aus solchen nichtigen Anlässen Blut geflossen ist.«

Das Mädchen nickte und las weiter.

Schon bald begannen die Kämpfe zwischen den Dörfern. Es fiel der Luftgilde nicht leicht, sich im Seenland gegen uns zu wenden. Viele meiner Freunde und Nachbarn überfielen Kanus und Boote, die sie an der Oberfläche sahen, und brachten den Handel zum Erliegen.

Ich wollte nicht hineingezogen werden in diese Sa-

che, versuchte, meine Fischfarm zusammen mit Ulika weiterzuführen. Aber wir halfen unseren Leuten natürlich, wo wir konnten. Es war eine schlimme Sache. Viele Menschen wurden verletzt – auf beiden Seiten. Schließlich heuerte die Luftgilde Söldner an, um für sie zu kämpfen. Sie wurden kommandiert von einem jungen Mann der Feuergilde mit rotbraunem Haar und einer Narbe am Unterarm.

All das habe ich erst später erfahren. Uns schien es damals, als habe die Luftgilde endlich aufgegeben, denn die Kämpfe flauten plötzlich ab. Nur deshalb bin ich das Risiko eingegangen, mein Dorf kurz zu verlassen und mir eine Tagesreise weiter nördlich zwei Dutzend Skalta-Fische anzusehen, die dort angeboten wurden. Ulika hatte mich dazu gedrängt, wir brauchten diese Tiere dringend, um eine neue Zucht aufzubauen. Nachher habe ich mir oft vorgeworfen, dass ich meine Familie in dieser Zeit der Gefahr allein gelassen habe. Aber ich weiß, ich hätte an ihrem Schicksal sowieso nichts geändert, ich hätte es nur mit ihr teilen können.

Die Söldner waren geübte Kämpfer. Als sie schließlich angriffen, waren unsere Leute ihnen nicht gewachsen. Verzweifelt flohen die Menschen meines Dorfs – mehrere hundert Leute – in den besonders tiefen Srimanja-See hinein. Auch Ulika und unsere Kinder. Tief unter der Oberfläche harrten sie in den Luftkuppeln aus und hofften, dass die Söldner irgendwann abziehen würden.

Der junge Kommandeur erfüllte seinen Auftrag, die Fehde zu beenden, auf seine Weise. Er belagerte den See nicht lange, sondern gab seinen Leuten den Auftrag, ein bestimmtes, seltenes Metallpulver zu beschaffen. Als er es in den See streute, vergiftete es das Wasser. Rot wie Blut färbte sich der See, und am Ende des Tages war seine Oberfläche bedeckt von toten Fischen. Die Männer, Frauen und Kinder, die sich in die Schutzkuppeln unter der Oberfläche geflüchtet hatten, starben fast alle qualvoll.

Als ich heimkehrte, war schon alles vorbei. Verzweifelt kämpfte ich gegen die Söldner und kam nur knapp mit dem Leben davon. Erst viele Sonnenumläufe später, als sich das Gift aufgelöst hatte, schaffte ich es, die Körper von Ulika, Niri, Ro und Elai vom Grund des Sees zu bergen. Halb verrückt vor Trauer versuchte ich herauszufinden, wer der junge Kommandeur war. Ich erfuhr, dass sein Name Cano ke Tassos lautete …

Alenas Gesicht war immer blasser geworden, während sie gelesen hatte. Nun hob sie den Kopf. Ihre Augen waren tief und dunkel.

»Wer so etwas tut, ist kein Mensch«, sagte sie.

»Ich konnte es zuerst auch kaum glauben«, erwiderte Rena leise. Sie hatte schon vor einigen Wintern von dem Vorfall gehört. Die Wasserleute würden das »Massaker vom roten See« nie vergessen. Aber Rena hätte nie gedacht, dass Cano dafür verantwortlich gewesen war. »Weder ich noch Alix wussten davon. Wir haben nur gehört, dass er als Söldner gearbeitet hat und durch Tassos gezogen ist. Auch Tavian hat ihn erst später kennengelernt.«

»Er wusste von den Kindern da unten, oder?«

»Ja, ich fürchte schon«, sagte Rena ruhig.

Alena starrte lange Zeit ins Leere, dachte nach. Dann beugte sie den Kopf wieder über die Schriftrolle, las weiter.

Nach dem Tod meiner Familie verließ ich das Seenland, irrte durch Daresh wie ein Schlafwandler, der in seinem eigenen Alptraum gefangen ist. Nach vielen Wintern kam ich schließlich nach Ekaterin und ließ mich dort nieder. Ich begann ein neues Leben. Mein Geschäft wurde, schwierige Wünsche zu erfüllen. Dafür schuf ich ein Netz von Agenten in ganz Daresh und konnte alles arrangieren – von einem weißen Dhatla bis hin zu einer Audienz bei der Regentin. Ob es um ein Kind zur Adoption, die Haut eines Natternmenschen, wertvolle Gewürze aus dem Lixantha-Dschungel oder die Originaldokumente der Legenden von Gibra Jal ging – ich beschaffte es und fand eine eigenartige Befriedigung darin, die Luftgilde in ihrem eigenen Spiel, dem Handeln, auszustechen. Immer agierte ich durch Mittelsmänner, nie trat ich selbst in Erscheinung; aus dem Haus ging ich nur selten. Ich hatte kein Bedürfnis danach. Dennoch baute ich mir viele Verbindungen zu einflussreichen Stellen auf, die natürlich alle leugneten, jemals von mir gehört zu haben. Sie sprachen sogar die Wahrheit: Kaum jemand wusste, wie ich wirklich hieß und wer ich war.

Ich richtete meine Wohnungen mit allem Luxus ein, aß im Übermaß und widmete mich, wenn ich die Zeit dafür fand, meinen Studien, den Dingen des Geistes, die ich in meinem alten Leben als Fischfarmer vermisst hatte. Cano schadete ich, wo immer ich die Gelegenheit fand. Als ich hörte, was Cano als Prophet des Phönix vorhatte, versammelte ich eine Elitetruppe um mich. Doch bevor ich angreifen konnte, zerschlugen eine junge Frau und ihre Freunde die Pläne des Propheten. Ich beobachtete all das aus der Entfernung, behielt meinen Todfeind im Auge. Auch nach Canos Verbannung in die Eiswüste von Socorro.

Nach einigen Wintern wurde ich selbst zum Abtrünnigen. Durch Zufall hatte meine Gilde davon erfahren, dass ich ein besonders schönes Mädchen aus Vanamee »besorgt« hatte, und stieß mich wegen Menschenhandels aus der Gilde aus. Aber das kümmerte mich nicht. Natürlich hatte sich die Gilde nach Ulikas Tod um mich gekümmert, aber sie bedeutete mir schon lange nichts mehr … ich hatte mich vom Seenland losgesagt und wollte es nie wiedersehen …

»Eine ganz weiße Weste hatte Keldo also auch nicht.« Alena legte die Schriftrolle beiseite.

»Ich glaube, nachdem seine Familie tot war, war ihm alles egal«, meinte Kerrik. »Irgendwie kann ich ihn verstehen.«

»Aber er hat nicht versucht die ganze Sache zu vergessen – sonst hätte er die Skelette nicht hergeholt, obwohl es gegen die Sitten der Wassergilde verstößt«, meinte Rena.

Alena stand auf. Was hat sie vor?, fragte sich Rena verblüfft. »Wohin gehst du?«

»Ich habe etwas zu erledigen«, sagte Alena grimmig.

Rena tauschte einen Blick mit Kerrik. Ihr alter Freund blickte ebenfalls verdutzt drein. Sie folgten Alena, sahen zu, wie sie einen Wühler aus dem Käfig nahm und eine Nachricht auf ein Blatt schrieb. Rena bemerkte, dass Alenas Hände zitterten. Die Hände, die sich sonst so sicher um den Griff ihres Schwertes schlossen. »Wem schreibst du?«, fragte sie vorsichtig.

Nach mehreren missglückten Versuchen schaffte es Alena, ihre Nachricht in die Kapsel am Hals des Wühlers zu stopfen. Das Tierchen wand sich unruhig zwischen ihren Händen, es spürte wohl, dass etwas nicht in Ordnung war. »Cano«, sagte sie. »Ich habe diesem Bastard geschrieben, was ich von ihm halte und wohin er sich sein Angebot stecken kann! Ich verstehe gar nicht mehr, wie ich so naiv sein und ihm glauben konnte. Er hat behauptet, nichts für den

Eisdämon zu können, aber das war natürlich Blödsinn, es hat genau zu dem gepasst, was du über Cano erzählt hast, Rena. Du hast die ganze Zeit recht gehabt.«

Der Wühler bohrte sich durch die Tunnelwand und war verschwunden.

»Was für ein Angebot?«, fragten Rena und Kerrik fast gleichzeitig. Renas Gefühle waren in Aufruhr. Hatte sie heimlich mit Cano verhandelt? Was sollte das alles bedeuten?

Als Alena ihnen von dem zweiten Treffen mit Cano und seinem Angebot erzählt hatte, war Rena sehr nachdenklich. So knapp war es also gewesen! Wenn sie Keldos Geschichte nicht gerade jetzt erfahren hätten, wäre Alena nun ihre Gegnerin.

Ich hätte besser zuhören müssen, warf sich Rena vor. Als sie vom Treffen mit Cano zurückkam, haben wir ihr nicht zugehört!

»Tut mir leid, dass ich euch nichts davon erzählt habe«, sagte Alena. »Es war … hm, ich glaube, ich wollte mir einfach in Ruhe eine eigene Meinung über ihn bilden.«

Das klang vernünftig. Und nach einer anderen, reiferen Alena als der, die sie im Dorf Gilmor kennengelernt hatte. Rena atmete tief ein. »Jedenfalls bin ich froh, dass du dich für uns entschieden hast.«

»Ich auch«, sagte Kerrik, und als er Alena ansah, war sein Blick warm.

Verlegen blickte Alena in eine andere Richtung, balancierte die Schriftrolle zwischen den Fingern. »Da drin steht, wir hätten eine Chance gegen den Eisdämon … habt ihr schon rausgekriegt, was genau er damit meint? Cano hat ebenfalls von einem Gegenmittel gesprochen …«

Rena nickte, nahm sich die Rolle und las die letzten Zeilen noch einmal durch.

Seit ein paar Tagen sind Fremde in der Stadt, die nach mir fragen. Den Beschreibungen nach könnte eine von ihnen die Frau sein, die damals gegen Cano gekämpft hat. Rena. Ich werde versuchen Kontakt zu ihr aufzunehmen. Sie muss erfahren, wie sie sich gegen den Eisdämon zur Wehr setzen kann, sonst hat sie keine Chance.

»Dumm war er, dumm – wieso hat er nicht einfach dazugeschrrrieben, was wir wissen müssen?« Cchraskar lief ungeduldig hin und her.

»Wir können froh sein, dass er überhaupt etwas darüber wusste«, gab Rena zu bedenken. »Anscheinend hat er etwas davon mitbekommen, als er Cano in Socorro hat beobachten lassen.«

»Die Lösung liegt in der verschlüsselten Botschaft, da bin ich mir sicher«, sagte Kerrik. »Er wusste, wir würden kommen, so viel ist klar. Vielleicht hat er den Natternmenschen sogar selbst geschickt. Das Blatt lag neben ihm, er wollte es uns geben.«

»Wir müssen es nur noch verstehen«, sagte Rena und seufzte.

Sie saßen noch lange zusammen an diesem Morgen. Sprachen über Cano, über Keldo, dann mehr und mehr über sich selbst.

»Manchmal vermisse ich es schrecklich, eine Familie zu haben – obwohl ich gar nicht richtig weiß, wie es ist«, gestand Rena. »Und obwohl ich sie seit Ewigkeiten nicht gesehen habe, träume ich manchmal von meinen Eltern. Keine Ahnung, warum.«

»Ich habe auch mal von Alix geträumt«, erwiderte Alena leise. »Sie sah ein bisschen aus wie ich, nur älter, und sie hat mir zugelächelt. Aber sie hat nichts gesagt, obwohl ich es mir so gewünscht habe.«

»Hast du denn versucht, mir ihr zu sprechen?«

»Nein, ich habe mich nicht getraut.« Alena fühlte sich sehr verletzlich. Noch nie hatte sie jemandem von diesem Traum erzählt.

»Vielleicht hattest du Angst, sie würde nicht das sagen, was du hören wolltest«, überlegte Kerrik.

Rena nickte. »Was hast du denn zu verlieren? Versuch es das nächste Mal einfach.«

»Und was ist mit dir, Cchraskar?«, fragte Alena ihren besten Freund. »Träumst du auch?«

Cchraskar nickte. Er war sehr ernst. »Icch träume davon, eine Gefährtin zu finden. Irgendwann viele Welpen zu haben. Eine Familie.«

Erstaunt blickte Alena ihn an. Dass er sich so etwas wünschte, hatte sie nicht gewusst, obwohl sie zusammen aufgewachsen waren. Aber es leuchtete ihr ein. Cchraskar hatte viele Geschwister, die inzwischen über ganz Daresh verstreut lebten. Wahrscheinlich verbargen seine frechen Sprüche, wie einsam er sich manchmal fühlte. Vielleicht hängt er deswegen so an mir, dachte Alena gerührt. »Was wünschst *du* dir eigentlich, Kerrik?«

Er atmete tief durch, und sie ahnte, dass er jetzt an Lilas dachte. Doch dann erwiderte er: »Es ist noch gar nicht so lange her, da dachte ich, es wäre das Größte, eine Meisterschaft dritten Grades zu bekommen.« Er seufzte. »Aber jetzt ist mir das nicht mehr wichtig. Wahrscheinlich hatte ich Angst, die Leute könnten mich immer noch als Dschungeljungen sehen.«

»Eine hohe Meisterschaft würde natürlich helfen, ihre

Achtung zu erhalten«, meinte Rena. »Aber Leuten, die dich kennen, ist es doch sowieso egal, wie du in der Gilde stehst. Eigentlich kommt es nur darauf an, ob du dich selbst achtest. Alles andere ist nur eine bunte Umhüllung.«

»Trotzdem – um diesen blöden Meistergrad zu kriegen würde ich sogar barfuß auf einem Vulkan tanzen, wenn's sein muss«, entfuhr es Alena.

Rena und Kerrik lachten. Es war ein herzliches Lachen, kein spöttisches. Vielleicht lag es mit an der Atmosphäre des Erdhauses, an der Magie dieses Morgens – aber Alena fühlte sich nicht nur ihrem besten Freund, sondern auch diesen beiden Menschen der Erdgilde sehr nah. Ihnen und Tjeri.

Vielleicht ist es mit einer Familie wie mit der Heimat, dachte sie. Man muss sie sich suchen. Aber man sollte am richtigen Ort suchen.

Ein Geräusch aus einem der Gänge ließ sie aufhorchen. Wenige Atemzüge später kroch ein Wühler zielstrebig auf Alena zu. Alena ahnte, von wem er kam, und musste sich zwingen, die silberne Kapsel mit der Nachricht zu öffnen. Als sie die wenigen Zeilen gelesen hatte, war ihr kalt. Sehr kalt. Sie warf das Blatt auf den Tisch und sagte kein Wort mehr. Doch Canos Botschaft echote weiter in ihrem Gehirn.

Du miese kleine Natter! Von jetzt ab herrscht Fehde zwischen uns. Und auf eins kannst du dich verlassen: Ich werde dich zerstören, so wie alle, die sich mir in den Weg stellen!

Drei Gesetze

»Wir müssen Keldos Geschichte zum Rat der vier Gilden bringen«, sagte Rena. »Mit dieser Information überlegen sie es sich vielleicht noch mal, ob sie nicht doch etwas gegen Cano unternehmen.«

»Aber das Ding ist zu groß, um es per Wühler zu senden.« Kerrik runzelte die Stirn. »Und wir dürfen nicht riskieren, dass es verloren geht. Wir könnten Cchraskar schicken. Er wird ja im Gegensatz zu uns nicht gesucht.«

»Jaaar, das ist gut«, knurrte Cchraskar, und aus seinen Augen leuchtete die Unternehmungslust. Doch dann fiel Alena ein, wie weit es von hier bis zur Felsenburg war, und das Herz wurde ihr schwer. Ihn zu schicken hieß, Cchraskar zwei Wochen lang entbehren zu müssen. »Ihr wollt ihn wirklich bis zur Felsenburg laufen lassen?«, meinte sie. »Wir brauchen ihn hier!«

»Ich habe gehört, ein Mitglied des Rates ist zurzeit in Ekaterin«, mischte sich Kerrik ein. »Es ist Navarro von der Feuergilde. Wir könnten ihm die Rolle geben – dann kann er schnell handeln und außerdem dafür sorgen, dass der Rat der vier Gilden Bescheid bekommt.«

Rena seufzte erleichtert auf. »Navarro ist hier? Das ist gut! Wo genau ist er?«

»Wahrscheinlich im Gildenhaus«, sagte Alena und griff nach ihrem Umhang. »Cchraskar könnte Schwierigkeiten haben, zu Navarro vorgelassen zu werden. Und du bist zu berühmt, Rena, du kommst nicht unerkannt durch die Stadt. Ich werde gehen. Mich werden sie reinlassen.«

»Aber auch du wirst gesucht …«

»Klar, ich muss mich tarnen. Die erkennen mich nicht, wenn ich nicht will. Aber es wäre gut, wenn Cchraskar mitkommen könnte, nur für alle Fälle.«

Zweifelnd sahen die beiden anderen sie an, doch Cchraskar grinste so breit, dass man seine Fangzähne sah. »Klarrr, machen wir.«

»Aber gib die Rolle Navarro persönlich – niemand anderem außer ihm«, schärfte ihnen Rena ein. »Ihm vertraue ich, aber bei den anderen Feuerleuten – tut mir leid, Alena – bin ich mir nicht sicher, ob sie heimlich Cano verehren.«

Nach ihrem Erlebnis im Gasthaus von Gilmor war Alena der gleichen Meinung. »Schon gut. Wie sieht Navarro aus?«

»Er hat lange schwarze Haare und einen Bart. Meistens trägt er seinen geliebten, furchtbar hässlichen Umhang aus Dhatla-Leder.«

Das klang, als sei er nicht zu übersehen. Alena zog eine lange, gefütterte Tunika an, setzte sich eine von Keldos Pelzmützen auf, damit man sie nicht so leicht erkannte, und prüfte, ob der Umhang ihr Schwert verdeckte. Sorgfältig umwickelte sie den Griff ihrer Waffe neu mit schwarzen Bandagen. Ganz schönes Risiko, sich mit dem Smaragdschwert zu den anderen Feuerleuten zu wagen, dachte Alena. Aber solange ich es nicht sichtbar trage, können meine Gildenbrüder höchstens spüren, aus welchem Metall es gemacht ist. Und das verrät ihnen nicht viel.

»Lass dich nicht erwischen«, sagte Kerrik und legte ihr kurz die Hand auf den Arm.

Rena umarmte sie zum Abschied. Gut fühlte sich das an. Ungelenk erwiderte Alena die Umarmung und trat dann schnell zurück. »Es ist von hier aus nicht weit zum Gildenhaus. Wir sind bald zurück«, sagte sie und steckte sich die kleine Schriftrolle in die Tasche.

Ein paar Atemzüge später kletterte Alena aus dem Notausgang am Kornmarkt und lugte vorsichtig nach draußen. Um diese Zeit – die Sonne stand fast im Zenith – herrschte jede Menge Betrieb. In dieser bunten Menge konnten sie problemlos untertauchen.

Cchraskar war dicht neben ihr. Sie musste ihn wirklich mal wieder in einen Fluss stoßen, er stank nach Raubtier. »Los, komm«, sagte Alena. »Gerade keine Stadtwachen zu sehen.«

Sie glitten nach draußen und mischten sich unter die Händlerinnen, Schwertkämpfer, Erzgießer, Taschendiebe und Meisterinnen der Erdgilde mit quengelnden Kindern an der Hand. Mitten auf dem Markt gab ein Geschichtenerzähler der Luftgilde eine Legende zum Besten. Alena schlenderte an den Kornständen vorbei und warf, um ihre Rolle richtig zu spielen, prüfende Blicke auf die Berge von Getreide.

»Du benimmst dicch, als wolltest du eine Backstube aufmachen«, lästerte Cchraskar.

Alena musste grinsen. »Dich würde ich jedenfalls nicht einstellen, du würdest die ganze Kundschaft vergraulen.«

Ihr Herz klopfte, als sie sich langsam in Richtung des Gelben Bezirks bewegte. Bis jetzt achtete niemand auf sie, die Menge floss gleichgültig um sie herum. Das war gut. Jetzt waren sie schon am Rand der Märkte, gleich lag der Blaue Bezirk hinter ihnen. Schon erkannte Alena die ersten Häuser des Grünen Bezirks, überwuchert und geheimnisvoll. Hier war weniger los als auf den Märkten, und Alena war nicht ganz wohl dabei, auf den fast leeren Straßen entlangzugehen. Sie fühlte sich beobachtet, so als wären hinter den Pflanzenvorhängen viele hundert Augen, die jeden ihrer Schritte verfolgten. Am liebsten wäre Alena schneller gegangen, aber sie zwang sich, es bleiben zu lassen. Ganz locker bleiben. Nicht zu oft umblicken. Schau aus, als ob du ein Ziel hast, als ob du keine Sorge auf der Welt hättest. Du hast einen Gang für deinen Meister zu erledigen. Etwas abzugeben. Völlig alltäglich. Kein Problem.

Cchraskar hob die Nase in die Luft. »Rrriechst du ihn schon, den Rauch?«

Ja, Alena konnte ihn riechen. Sie näherten sich dem Gelben Bezirk mit seinen Schmiedefeuern, sie hörte das dumpfe Flappen der Blasebälge. Vor ihnen ragten die ersten schwarzen Pyramiden auf.

»Weißt du, wo's zum Gildenhaus geht?«, fragte Alena, und Cchraskar nickte. Natürlich hatte er das schon ausgekundschaftet.

»Wir sind gleich da, gleich«, sagte er einsilbig. Alena spürte, wie angespannt auch er war, obwohl er so unbekümmert dahintrippelte wie sonst.

In diesem Moment passierte es.

Zwei Menschen lösten sich aus den Schatten eines Vorratshauses, traten ihr entgegen. Alena schrak zusammen. Hatten die beiden auf sie gewartet? Es waren ein Mann und eine Frau; der gute Stoff ihrer Kleidung und ihre selbstbewusste Haltung ließen auf einen hohen Meistergrad schließen. Ihre förmlichen schwarzen Umhänge, die von einer Metallspange in Form einer Flamme zusammengehalten wurden, verrieten, dass sie für den Rat arbeiteten. Verdammt, dachte Alena und überlegte, ob sie kehrtmachen oder einfach weitergehen sollte. Vielleicht wollten die beiden gar nichts Wichtiges von ihr. Vielleicht nur fragen, ob ich zur Feuergilde gehöre, ob ich das recht habe, in den Gelben Bezirk zu gehen. Oder so was.

Alena blieb stehen und blickte den beiden entgegen. »Was wollt ihr, *tanis,* Gildenbrüder?«, fragte sie so harmlos wie möglich – und wünschte sich gleich darauf, sie hätte sich einfach umgedreht und wäre davongerannt. Schon die ersten Worte des Mannes zeigten, dass Ablenkung vergebens war. »Du bist Alena ke Tassos, nicht wahr?«, fragte er.

Gehörten die beiden zu Canos Leuten? Nein, das konnte kaum sein. Sie sahen aus wie offizielle Abgesandte des Rates. Aber woher wussten sie, wer sie war, obwohl sie sich nie gesehen hatten? Das war kein gutes Zeichen. Erst mal leugnen, dachte Alena, setzte ihren unschuldigsten Blick auf und schüttelte den Kopf. »Nein, ich heiße Xanthi. Bin für meinen Meister unterwegs, ich soll ihm ein paar Unzen Kopfkraut auf dem Markt besorgen.«

Die beiden Meister taten so, als hätten sie sie nicht gehört. Stattdessen blickten sie Cchraskar an und warfen sich dann bedeutungsvolle Blicke zu. Rostfraß, dachte Alena, jemand hat ihnen erzählt, dass ich oft mit einem Iltismenschen unterwegs bin!

»Du bist also ein Lehrlingsmädchen?«, fragte die Frau. »Dann zeig uns mal dein Schwert.«

Alena gefror innerlich. Darum ging es also, nicht um die Anklage. Die beiden – und damit der Rat – wussten Bescheid über ihr Schwert! Das Versteckspiel war vorbei. Cano! Er musste sie verraten haben, er hatte das Schwert bemerkt und machte nun seine Drohung wahr … so schnell schon … verdammt, wie sollte sie es jetzt noch schaffen, ihre Botschaft zum Gildenhaus zu bringen? Konnte sie zwischen den beiden Meistern hindurchhuschen? Nein, sie würden sie schnappen, bevor sie zehn Schritt weit gekommen war …

Die beiden Meister sahen, dass sie keine Anstalten machte, ihre Waffe vorzuzeigen. Noch einmal nickten sie sich zu. Streng und ernst blickten die beiden Meister sie an. »Alena ke Tassos, uns ist zu Ohren gekommen, dass du dein Meisterschwert benutzt hast, obwohl es dir noch nicht gestattet war«, sagte der Mann. Seine Stimme wurde förmlich. »Hiermit bist du aus der Gilde ausgestoßen. Ab sofort darfst du kein Erz mehr suchen, kein Metall herstellen und keine Gegenstände mehr schmieden. Du darfst die geheimen Formeln nicht mehr anwenden, die Gebäude der Gilde nicht mehr betreten und kein Gastrecht einfordern. Du darfst nicht mehr mit Menschen Umgang pflegen, die Gilden angehören, und nicht zu deiner Familie zurückkehren.«

Jedes Wort traf Alena wie ein Messerstich. Nicht mehr schmieden. Keine Feuerformeln mehr. Keinen Umgang mit Menschen, die einer Gilde angehörten.

Nach einer Weile merkte sie, dass der Mann ihr die Handfläche entgegengestreckt hatte. Begriffsstutzig blickte sie auf seine Hand, in ihrem Kopf nur ein Wirbel aus Schwärze und Entsetzen, der sie nicht mehr denken ließ. Schließlich hörte sie die Frau schroff befehlen: »Dein Gildenamulett!«

Ich gehöre nicht mehr zur Feuergilde. Ein entsetzlicher reißender Schmerz schoss durch Alenas Seele, als ihr eines klarwurde: Ihr bisheriges Leben endete in diesem Moment. Steif und ungeschickt tasteten ihre Finger nach dem Amulett, öffneten die Schließe. Ganz langsam nahm sie es ab und reichte es dem Meister. Es fühlte sich an, als würde sie ihm ein Stück von sich selbst geben. Sie hatte diesen Anhänger dreißig Tage nach ihrer Geburt in der Aufnahmezeremonie bekommen und seither getragen.

»Das Schwert auch«, sagte die Frau.

Etwas bäumte sich in Alena auf. Niemals bekamen sie das! Kein Mensch der Feuergilde gab jemals sein Schwert aus der Hand!

Vielleicht ist es besser so – dann bist du es los, flüsterte ein winziges Stimmchen in ihr. *Das Ding hat dir sowieso nur Ärger gemacht. Du kaufst dir auf dem Waffenmarkt ein anderes, gewöhnliches und die Probleme werden aufhören.*

Alena rührte sich nicht. Nein, das konnte und würde sie nicht tun. Das Smaragdschwert was das Vermächtnis ihres Vaters an sie! Nie zuvor hatte sie ein Schwert besessen, das eins seiner Gedichte trug, und wie es aussah, würde sie auch kein zweites bekommen.

»Vergesst es, das kriegt ihr nicht«, sagte Alena entschlossen. Plötzlich war ihr Kopf wieder klar, sie fühlte, wie neue Kraft sie durchströmte. »Nur über meine Leiche.«

Als sie in die Augen der beiden Feuerleute blickte, wurde ihr klar, dass das diesmal kein leerer Spruch war. Diese beiden waren wirklich bereit, sie zu töten, wenn sie sich nicht beugte. Schließlich war sie jetzt gildenlos, wen interessierte, was mit ihr geschah? Alena sah die Lederschnüre, die der Meister halb in der Hand verborgen hielt; sobald Alena ihr Schwert abgegeben hatte, würden diese Leute sie fesseln und in den Kerker zurückbringen. Alena fragte sich, ob die Meister auch wussten, was für eine wichtige Botschaft sie trug. Waren sie in Wahrheit gekommen, um ihr Keldos Aufzeichnungen abzunehmen?

Mit einem schleifenden Geräusch zogen die beiden Meister ihre Schwerter, Alena einen halben Atemzug später. Gerade noch rechtzeitig, um die Klingen, die auf sie niedersausten, zu parieren. Mindestens Meister zweiten Grades, dachte Alena verbissen und wirbelte herum, fing eine Serie heftiger Schläge ab. Die Pelzkappe flog ihr vom Kopf. Warum war sie nicht geflohen, als sie noch die Chance dazu gehabt hatte? Zwei solchen Kämpfern gleichzeitig war sie bestimmt nicht gewachsen! Auch wenn Cchraskar ihr half, wütend nach rechts und links biss. *Die Nachricht – die Nachricht* – hämmerte es in Alenas Kopf. Wie sollte sie die jetzt noch abliefern? Es gab nur eine Möglichkeit: Cchraskar muss sie zum Gildenrat bringen …

Irgendwie schaffte sie es, mit einer Hand weiterzukämpfen und mit der anderen die Schriftrolle aus ihrer Tasche zu ziehen. »Cchraskar!«, brüllte sie und warf die Rolle in die Luft. »Du musst gehen!«

Ihr Freund begriff sofort. Er sprang danach und wand sich in der Luft, um einem Hieb der Meisterin auszuweichen. Zielsicher packte er die Rolle und stob davon wie ein braun-beigefarbener Blitz. Die beiden Meister verfolgten ihn nicht.

Alenas Erleichterung dauerte nur kurz. Dann war sie zu sehr mit Überleben beschäftigt, um an etwas anderes zu denken als den nächsten Angriff, den nächsten Konter. Diesmal war es kein Übungsgefecht, zum ersten Mal kämpfte Alena bis aufs Blut.

Cchraskar jagte durch die Gassen und wand sich geschickt zwischen den Menschen hindurch. Er hatte kein gutes Gefühl dabei, Feuerblüte allein zu lassen, aber es musste sein!

Schon bald tauchte das Gildenhaus vor ihm auf. Großer schwarzer Kasten, so nannte Cchraskar es für sich. Er hatte nie verstanden, wie man in so etwas leben konnte.

Schnell wollte er an dem Mann vorbeihuschen, der den Eingang bewachte, aber der rief: »He!«, und bekam ihn zu fassen. Cchraskar hätte ihn gerne gebissen, aber er trug die Schriftrolle im Maul.

»Was willst du, Halbmensch?«, fragte die Wache. »Brauchst nicht zu denken, dass du einfach so an mir vorbeikommst!«

Cchraskar spuckte die Rolle aus und nahm sie zwischen

die Pfoten. »Icch habe eine wichtige Botschaft für Meister Navarro! Wenn du mich nicht durchlässst, wird er dir die Krätze an den Hals wünschen!«

Skeptisch blickte der Mann ihn an. Zum ersten Mal wünschte sich Cchraskar, er hätte sich die Zeit genommen, wenigstens einmal kurz in einem Tümpel unterzutauchen und sein Fell in Ordnung zu bringen. »Na ja, dann gib sie mir halt. Aber rein kommst du nicht, auch wenn ihr mit uns verbündet seid. Wir brauchen deine Flöhe hier nicht.«

»Persönlich überrrbringen soll ich die Nacchricht, persönlich!« Cchraskar entschied sich für einen treuherzigen Blick.

Es wirkte nicht. »Navarro? Du spinnst wohl, Kleiner. Das ist ein Mitglied des Rates!«

»Ja, und? Kackt er deswegen Goldstücke?«, sagte Cchraskar und duckte sich unter einem Schlag weg.

Zum Glück kam in dem Moment ein anderer Dörfling mit einem höheren Rang.

»Na gut«, meinte er, als Cchraskar gesagt hatte, was er wollte. »Ich gebe Bescheid, dass Meister Zojup runterkommt. Der arbeitet in der Schreibstube der Gilde. Wenn du dem die Nachricht gibst, bringt er sie zu Navarro.«

Es schien ewig zu dauern, bis Zojup sich endlich zu ihnen bequemte. Cchraskar musterte ihn. Er sah sofort, dass der Kerl einer von den Menschen war, die sich selbst toll fanden und Halbmenschen für dumm, faul und stinkend hielten. Außerdem wusste Cchraskar, dass einer, der ein Amulett aus einfachem Stahl trug, bestimmt nicht viel zu sagen hatte in der Gilde.

Cchraskar erinnerte sich an Renas Warnung, die Rolle nur Navarro selbst zu geben. Damit hatte sie bestimmt recht! Er tat so, als wolle er Zojup das Buch aushändigen, und schlüpfte dann an ihm vorbei, rannte hoch zu den

Gasträumen. Wütende Schreie erschollen hinter ihm. Die ganze Sache begann, Cchraskar Spaß zu machen.

Eine Meisterin tauchte vor ihm auf und versuchte, ihn aufzuhalten. Cchraskar bog in einen anderen Flur ab, schlitterte um die Ecke und purzelte kopfüber eine Treppe hinunter. Das machte ihm nicht viel aus. Aber er stellte fest, dass er vor Schreck zu fest zugebissen und mit den Zähnen zwei Löcher in die Schriftrolle gemacht hatte. Egal, man konnte bestimmt trotzdem lesen, was draufstand.

Wie sollte er Navarro hier finden? Cchraskar entschied sich für den Schnelldurchgang. Er sprang gegen eine Tür, so dass sie aufflog, warf einen kurzen Blick ins Innere und nahm sich dann die nächste vor. Im ersten Raum fand er einen verdutzten bartlosen Mann, der sich gerade umzog und sich vor Schreck in seinem Hosenbein verhedderte. Im zweiten einen rothaarigen Schwertkämpfer, der gerade seine Übungen durchging. Haarscharf sauste seine Klinge über Cchraskars Ohren hinweg. Im dritten ein Paar, das so aussah, als würde es sich gerade auffressen – das war wohl, was Menschen küssen nannten.

Vielleicht hätte ich unten im Gemeinschaftsraum anfangen sollen, dachte Cchraskar betrübt und machte sich an die vierte und die fünfte Tür. Inzwischen waren ihm schon drei Verfolger auf den Fersen, ständig kamen neue dazu. Das wurde langsam anstrengend! Wo war dieser Dörfling mit den langen Haaren und dem Lederumhang nur?

Jemand packte ihn am Nackenfell. Eine der Wachen hatte sich still in einer Nische versteckt und ihn erwischt! Beleidigt, dass man ihn so hereingelegt hatte, wand sich Cchraskar in seinem Griff. Er versuchte, »Ich muss die Nachricht abgeben!« zu sagen, aber weil er die Rolle mit den Zähnen festhielt, klang es wie »Ipf mupf die Nachrüpft abmphen!«.

Jemand riss ihm das Papier aus dem Mund, dann beförderte man ihn grob die Treppe hinunter, aus dem Tor hinaus und an die frische Luft. »Lass dich hier bloß nicht noch mal blicken!«

»Darrauf kann icch auch gut verzicccchten!«, fauchte Cchraskar und machte sich niedergeschlagen auf den Heimweg.

Beide Meister trugen schwere Zweihänder, die Wucht ihrer Schläge hätte ein einfaches Übungsschwert abbrechen lassen wie einen morschen Ast. Aber der viellagige Iridiumstahl des Smaragdschwertes war hart und biegsam zugleich. Alenas Waffe bebte nur und hielt stand. Und sie glitt leicht wie eine Vogelschwinge durch die Luft, wehrte sich nicht gegen den Kampf.

Nach dem ersten Schrecken veränderte sich etwas in Alena. Ihre Furcht verschwand, sickerte weg und nahm die Zweifel mit. Ihre Gedanken strömten kühl und schnell, ihr Körper bewegte sich mühelos und sicher. Ein Hochgefühl durchflutete sie, wie sie es so stark noch nie gespürt hatte.

Die beiden Meister bemerkten die Veränderung in ihr. Einen Moment lang wirkten sie verunsichert, ließen zu, dass Alena angriff und sie zurückdrängte. Dann stürmten sie von zwei Seiten auf sie los, entschlossen, die Sache hier und jetzt zu erledigen.

Nicht gerade die feine Art, dachte Alena. Geschickt rollte sie sich unter den Klingen hinweg ab und stand sofort wieder auf den Füßen. Wütend eilten die Meister ihr nach.

Nach und nach fanden sich Zuschauer ein. Alena nahm sie nur aus dem Augenwinkel wahr, sie hatte keine Zeit, sich umzuschauen. Leute der Erdgilde, die verdutzt aus ihren Häusern auf die Kämpfenden blickten. Eine Frau der

Feuergilde, die sich nicht so recht entscheiden konnte, ob sie eingreifen sollte. Zwei Katzenmenschen.

»Gib auf, Mädchen!«, stieß der Meister hervor. Es schien ihm unangenehm zu sein, dass so viele Menschen den Kampf miterlebten. Zwei gegen einen, das sah man nicht gerne. Und erst recht nicht, wenn dieser eine ein junges Mädchen war, viel jünger als seine Gegner.

»Es wird doch gerade erst richtig lustig«, behauptete Alena. Sie wich hinter den grünen Pflanzenvorhang eines der Häuser zurück, huschte hinaus und hinein, bis die beiden fluchenden Meister die langen Stränge mit waagrechten Schlägen abmähten. Über ihnen zeterte jemand los und warf einen Krug hinunter, der mit einem lauten Krachen neben ihnen zersplitterte.

Alena beachtete den Lärm nicht. Sie ließ ihr Schwert herumwirbeln, fing mit instinktiver Sicherheit jeden Schlag ab. Aber sie brauchte ihre ganze Konzentration dafür, kein anderer Gedanke hatte in ihrem Kopf Platz. Ihre Umgebung war nur ein unscharfes Gewirr an Farben, die Gesichter der Menge helle Ovale.

Die Meisterin war gut, fast besser als der Mann. Aber ein einziges Mal war sie nicht schnell genug. Die Klinge von Alenas Smaragdschwert streifte ihren rechten Arm, schnitt glatt durch ihre Kleidung und ins Fleisch. Blut quoll hervor. Wütend zogen sie und der Mann sich zurück. Mit so hartem Widerstand hatten sie wohl nicht gerechnet.

»Du hast kein Recht auf dieses Schwert, böse enden wirst du, wenn du es weiterhin benutzt!«, sagte der Mann grimmig. Mit einem letzten hasserfüllten Blick zogen die beiden ab und Alena tauchte in eine Seitenstraße, verlor sich in den Gassen des Grünen Bezirks.

Böse enden – was für ein dummes Geschwätz, dachte Alena trotzig. Aber sie freute sich nur kurz über den Sieg.

Jetzt, nach dem Kampf, wurden ihr die Knie weich, und ihr Herz pochte heftig. Das ist ganz schön knapp gewesen, dachte sie. Nun kam auch der Gedanke zurück, dass sie ausgestoßen worden war, und ihre Augen begannen zu brennen. Schnell lenkte sie sich mit dem Gedanken an Cchraskar ab. War er zu Navarro durchgekommen? Hoffentlich hatte er es geschafft! Und hoffentlich kam der Bericht nicht in die falschen Hände – was war, wenn ihn sich jemand, der zu Cano hielt, unter den Nagel riss?

Es hatte keinen Zweck. Sie konnte ihrem Freund nicht helfen. Jetzt in den Gelben Bezirk zu gehen hätte bedeutet, noch mehr Aufmerksamkeit auf sich zu lenken. Also zurück zu den anderen.

Als Alena in die unterirdische Kammer stolperte, sah Rena sofort, dass etwas nicht stimmte. Sie war durchgeschwitzt, hatte ihre Kappe verloren und wirkte, als wäre sie gerade einer dreiköpfigen Wolkenschlange begegnet. War sie in einen Kampf geraten? Und wo war Cchraskar?

»Alles in Ordnung?«, fragte Rena beunruhigt. »Hast du die Rolle abgegeben?«

Müde ließ sich Alena auf einen Hocker fallen und erzählte, was geschehen war. »... das heißt also, ich bin jetzt gildenlos«, fasste sie schließlich zusammen und ihr Gesicht war schrecklich blass. »Das hat den Vorteil, dass es jetzt nicht mehr viel weiter abwärtsgehen kann.«

»Sie haben dich ausgestoßen? Deine eigenen Gildenbrüder haben gegen dich gekämpft?« Rena war entsetzt. Das hatte sie befürchtet, seit sie gesehen hatte, dass Alena sich ihr Meisterschwert genommen hatte. Aber sie konnte nachfühlen, wie es Alena jetzt ging. Für sie, Rena, wäre ein solches Schicksal vielleicht nicht so schlimm gewesen, sie fühlte sich gleich drei verschiedenen Gilden verbunden. Aber für das Mädchen ... sie war Feuergilde durch und durch.

»Dem Gesetz nach hätte ich gar nicht mehr herkommen dürfen – ihr gehört ja einer Gilde an«, sagte Alena grimmig.

Kerrik war noch immer stumm vor Schreck, und Rena ging es nicht viel anders. Ausgestoßen! Aus der Gilde ausgestoßen! Das war gleich nach Tod und Verbannung das schlimmste Schicksal, das ein Mensch in Daresh erleiden konnte. »Alena ... ich ....«, begann Rena, aber dann überwältigte sie die Trauer. Ein solches Schicksal hatte Alena nicht verdient. Ich hätte irgendetwas tun müssen, es verhindern müssen, dachte sie hilflos. Jetzt ist es zu spät! Sie spürte, wie ihr die Tränen kamen.

In diesem Moment kratzte es im Gang, und das spitze Gesicht des Iltismenschen erschien. »Ist niccht so richtig gut gelaufen«, gestand er verlegen. »Sie haben die Rolle, aberr es war kein Langhaariger da.«

Rena zwang ihre Gedanken zum Problem mit der Schriftrolle zurück. »Warten wir erst mal ab«, entschied sie. »Wenn Cano in Ungnade fällt, werden wir es mitbekommen. Ich fürchte, so lange müssen wir hier bleiben. Es ist jetzt zu gefährlich, die Höhle zu verlassen, daran könnten wir uns übel die Finger verbrennen.«

Vielleicht war es das Wort »verbrennen«, jedenfalls war es auf einen Schlag mit Alenas Selbstbeherrschung vorbei. »Sie haben gesagt, ich darf die Formeln nicht mehr benutzen!«, brach es aus ihr heraus. »Das heißt, ich kann nicht einmal mehr Feuer machen!«

»Das mit den Formeln brauchst du nicht so ernst zu nehmen, glaube ich – mein Kompagnon Jorak benutzt sie auch, obwohl er gildenlos ist«, versuchte Kerrik, sie zu trösten. Rena war ihm dankbar dafür. Wahrscheinlich hätte Alena es nicht ertragen, wenn er jetzt angewidert vor ihr zurückgewichen wäre. Wie es viele andere Menschen getan hätten, die einer Gilde angehörten.

»Und wovon soll ich verdammt noch mal leben, wenn ich nichts mehr schmieden darf?« Alena schleuderte ihren Umhang in eine Ecke. »Ich kann gerade mal Söldnerin werden, und mich in irgendeiner beschissenen Provinz mit Leuten anlegen, die mir nichts getan haben!«

»Du wirst eine Antwort finden«, sagte Rena ruhig.

Doch auch sie dachte an das Elend des Schwarzen Bezirks.

Alena verkroch sich in ihrem Zimmer. Jetzt bist du wirklich eine Gesetzlose, dachte sie, und der Gedanke schmerzte. Wie aufregend sich das angehört hatte, als Cano davon sprach! Jetzt wurde ihr erst wirklich klar, was es bedeutete. Sie hatte keinen Platz mehr in Daresh. Sie würde nie mehr nach Gilmor und zu ihrem Vater zurückkehren können.

Rostfraß, ich hätte mich nie mit Cano treffen dürfen, dachte Alena und fühlte sich sterbenselend. Er hatte zwar nur einen kurzen Blick auf ihr Schwert werfen können, und es war dunkel gewesen, aber er war ein ehemaliger Söldner, er kannte sich mit Waffen aus – und er hatte sich über sie erkundigt und sicher auch erfahren, dass sie durch die Prüfung gefallen war.

Nein, fiel es Alena ein, es gab noch eine andere Erklärung. Die Nacht fiel ihr ein, in der sie sich feierlich ihr Schwert verliehen hatte. Also hatte sie sich den weißen Schatten zwischen den Bäumen doch nicht eingebildet! Vielleicht hatte der Panther sie beobachtet – und Cano mitgeteilt, was er gesehen hatte. Hass brodelte in ihr hoch, obwohl sie wusste, dass es vor allem ihre eigene Schuld war. Sie hatte sich ihr Meisterschwert genommen, sich damit verwundbar gemacht.

Was hatte Cano gesagt? *Es war immer mein Ziel, nach eigenen Gesetzen zu leben.* Vielleicht wollte er mich dazu zwingen, das Gleiche zu tun, dachte Alena. Jetzt habe ich keine Wahl mehr. Ich muss mir eigene Gesetze geben. Aber diese Ratte wird schnell feststellen, dass ich nicht so werde wie er!

Der Gedanke tröstete sie ein wenig. Vielleicht hätte ich das mit meinen eigenen Gesetzen sowieso früher oder später tun müssen, überlegte sie. Mit einer Gesellschaft, die so etwas wie den Schwarzen Bezirk hervorbringt, ist etwas ganz und gar nicht in Ordnung, und damit stimmt auch etwas mit ihren Gesetzen nicht. Man kann sich nicht blind nach dem richten, was vorgeschrieben ist. Jeder muss für sich selbst entscheiden, nach welchen Regeln er lebt.

Lange dachte sie darüber nach, was ihr wichtig war. Wahrscheinlich werde ich damit nie fertig, dachte Alena. Ich werde immer wieder neu darüber nachdenken müssen. Aber nach einer Weile hatte sie sich drei Dinge überlegt, zu denen sie stehen konnte. Es war schon sehr spät; die anderen schliefen längst. Alena schnappte sich eine Handvoll Becher und eine Flasche Lampenöl und schlüpfte durch den geheimen Tunnel nach draußen. An den Warenlagern und den Kinderskeletten vorbei. Mühsam öffnete sie den Ausgang zum Herztor, schob die schwere Steinplatte beiseite.

Im fahlen Licht der Monde stand sie auf dem weiten Platz, auf dem sie damals Cano getroffen hatte, und hob das Gesicht in den kalten Wind. Wie sie erwartet hatte, war niemand hier. Das war gut so. Es war wieder einmal Zeit für ein kleines privates Ritual.

Mit einer gemurmelten Formel zündete Alena das Öl in

den Bechern an und stellte sie in einem Kreis auf, mitten unter dem Herztor. Sie setzte sich ins Zentrum des Kreises. Dann zog sie ihr Schwert, legte zwei Finger quer über die Klinge. Der Schein der Flammen spiegelte sich in dem blanken Metall. Auf einmal war ihr feierlich zumute. Ein Schwur auf ihr Schwert war bindend, auch wenn sie nur sich selbst gegenüber schwor.

Mit ernster, sicherer Stimme begann sie zu sprechen.

»Ich werde nie jemandem schaden – außer es ist notwendig, um noch größeren Schaden abzuwenden oder mein Leben zu retten. Ich werde denen helfen, die Hilfe brauchen. Ich werde für das einstehen, was ich glaube und für richtig halte.«

Selbst wenn ich jede verdammte Regel brechen muss, die in Daresh jemals erfunden worden ist – solange ich mich an das halte, bleibe ich mir selbst treu, dachte Alena. Langsam, mit respektvollen Bewegungen wickelte sie das schwarze Tuch vom Knauf ihres Schwertes. Jetzt wusste sowieso jeder, dass sie es trug.

Als sie schließlich die Flammen löschte und aufstand, fühlte sie sich gut. In ihr war eine harte, klare Entschlossenheit, eine ganz neue Ruhe und Sicherheit. Es fühlte sich an, als hätte sie sich einen inneren Kompass eingepflanzt.

DER PALAST DER TRAUER

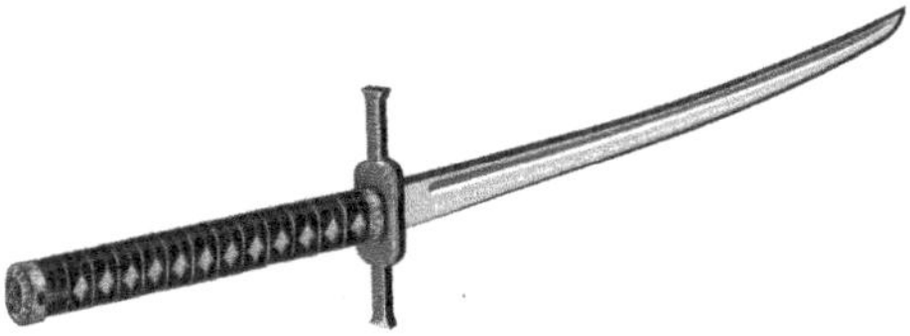

Ein Kuss

Als sie durch den Tunnel zurückkehrte, fühlten sich Alenas Augenlider bleischwer an. Es würde wunderbar sein, jetzt gleich ins Bett zu fallen und alles zu vergessen. Alles, was passiert war. Wenigstens für den Rest der Nacht.

Doch sie hatte den Eisdämon nicht bedacht. Kaum war sie weggedämmert, stand sie wieder auf der Lichtung zwischen den Phönixbäumen, Vulkansand unter ihren Füßen. Angst durchzuckte sie, als sie den weißen Panther auf sich zulaufen sah. Prompt verengten sich die gelben Augen zu Schlitzen, der Panther fauchte und zeigte dabei seine langen Eckzähne. Er war nur noch drei Menschenlängen entfernt und kam schnell näher.

Alena kämpfte ihre Angst nieder, wie sie es schon das letzte Mal getan hatte – und spürte in sich etwas Neues, eine ruhige Sicherheit. Sie blickte dem Panther in die Augen und streckte dann langsam die Hand aus. »Komm her.«

Der Dämon blieb stehen und sah sie an. Unruhig peitschte sein Schwanz hin und her, in seinen gelben Augen glomm ein gefährlicher Funke. Jeder Muskel in seinem Körper war gespannt.

»Gehorche!«, sagte Alena entschieden; sie ließ den Panther keinen Moment lang aus den Augen. Das Raubtier legte die Ohren flach und kam nicht näher.

»Du hast schon einen Meister, nicht wahr?«, fragte Alena und dachte an Cano. »Dann hast du hier nichts zu suchen. Gehorche oder geh!«

Und das Wunder geschah. Schritt für Schritt zog sich die

große Katze zurück, zögernd erst. Alena ließ sie nicht aus den Augen, und schließlich wandte sich der Panther ab und glitt davon in den Phönixwald zurück, aus dem er gekommen war …

Als Alena aufwachte, merkte sie, dass der Smaragd an ihrem Schwert sachte in der Dunkelheit glomm und ihre Kammer in ein unwirkliches grünes Licht tauchte. Alena wagte kaum Atem zu holen. So etwas hatte sie noch nie gesehen, und es war wunderschön. Bedeutete das, dass das Schwert nun auf irgendeine Art zum Leben erweckt, auf sie geprägt war?

Nach ein paar Atemzügen ließ das Licht nach und erlosch. Aber noch immer fühlte sich Alena, als hätte ein Zauber sie berührt. Sie lag in der Dunkelheit, und eine tiefe Zufriedenheit umgab sie wie ein warmer Mantel. Schon komisch, dachte Alena. Die Gilde hat mich ausgestoßen, ich habe mir einen tödlichen Gegner eingehandelt und der Mann, in den ich mich verliebt habe, will nichts von mir wissen. Eigentlich müsste es mir beschissen gehen. Aber ich fühle mich gut, besser als in Gilmor sogar. Ob das an meinem Ritual liegt?

Sie wagten nicht die Höhle zu verlassen, warteten auf die befreiende Nachricht von Navarro oder einem anderen Hohen Meister. Rena brütete über den seltsamen Zeichen, die Keldo ihnen hinterlassen hatte, Kerrik ging unruhig hin und her, und Alena trainierte in einer der größeren Kammern mit dem Schwert. Sie wollte nicht aus der Übung kommen, und das tatenlose Warten machte sie fertig. Selbst Rena wirkte ein wenig nervös. Schließlich mussten sie sich eingestehen, dass an diesem Tag keine Nachricht mehr kommen würde. »Vielleicht hält Navarro die Rolle nicht für echt«, überlegte Rena. »Möglicherweise braucht er ein paar Tage, um sie prüfen zu lassen.«

Das glaubt sie nicht wirklich, dachte Alena und sagte, was ihr durch den Kopf ging: »Und was ist, wenn du ihn falsch eingeschätzt hast, wenn er doch zu den Verschwörern gehört?«

Schweigend schüttelte Rena den Kopf, aber sie sah nicht sehr überzeugt aus.

Kerrik meinte: »Womöglich hat Cano es durch seine Leute irgendwie geschafft, die Aufzeichnungen in die Hände zu bekommen und zu vernichten.«

»Aber es gibt noch drei Zeugen, die es gelesen haben«, erwiderte Alena entschlossen. »Wir können unter Eid aussagen.«

Cchraskar war beleidigt, nicht als Zeuge zu gelten. Aber er konnte nun mal nicht besonders gut lesen, er wusste über Keldos Geschichte nur, was sie ihm erzählt hatten.

Rena nickte. »Eben deshalb wird er nicht so dumm sein, uns am Leben zu lassen. Obwohl uns im Moment niemand ernst nimmt.«

Sie diskutierten noch eine Weile, dann begann Rena zu gähnen und zog sich zurück. Cchraskar schlich sich zum Schlafen in einen der Seitentunnel. Aber Alena war noch nicht müde, und auch Kerrik machte noch keine Anstalten, ins Bett zu gehen. Nachdenklich drehte er seinen Becher in den Händen; sie hatten sich eine Kanne Cayoral gekocht, den aromatisch-pfeffrigen Kräutersud, der das gängigste Getränk Dareshs war. »Eins hat Keldos Höhle ja für sich – hier sind wir vor dem weißen Panther sicher. Immer wenn ich daran gedacht habe, dass dieses Vieh mich erwischen könnte, war mir ziemlich mulmig zumute.«

»Mir auch«, gestand Alena. Sie genoss es, mit ihm zusammenzusitzen, nur etwas mehr als eine Armlänge von ihm entfernt. Er roch gut, nach Erde, den Kräutern, die Keldo in seinen Kleiderkammern aufgehängt hatte … und irgendwie nach Kerrik eben. Sein heller Dreitagebart stand ihm gut. »Im Traum habe ich den Panther heute verjagt. Aber wer weiß, ob das in Wirklichkeit auch so funktioniert.«

Überrascht blickte Kerrik sie an. »Trotzdem. Es ist ein gutes Zeichen.«

Alena nickte. »Es hat ewig gedauert, bis ich darauf gekommen bin. Es geht nur mit dem Willen, nicht mit Waffen. Und man darf keine Angst vor ihm haben.«

In Kerriks Blick waren Bewunderung und Wärme. Jedenfalls ist er nicht mehr sauer auf mich, dachte Alena erleichtert.

»Weißt du, Lilas hatte gar nicht so unrecht mit ihren Vorwürfen«, sagte Kerrik plötzlich.

Fragend zog Alena die Augenbrauen hoch. Kerrik sah sie nicht an, sprach zur Wand hin. »Ich habe mich zu dir hingezogen gefühlt. Vielleicht hat sie's gespürt. Frauen sollen ja einen sechsten Sinn für so was haben …«

Seine Worte ließen ein köstliches Prickeln durch Alenas Körper laufen. Er fühlt sich zu mir hingezogen! »Hast du gewusst, dass ich dich … mag?«, fragte sie zögernd. »Schon bevor du das Gedicht gelesen hast?«

»Ja, das habe ich gemerkt«, sagte Kerrik und lächelte sie an – kurz, schuldbewusst. Alena lächelte verlegen zurück, und ein paar Atemzüge lang schwiegen beide. Sie blickten sich einfach nur an.

Dann war der Moment vorbei, denn Alena fiel etwas Peinliches ein. »Dann hat es Lilas bestimmt auch gemerkt. War es so offensichtlich?«

»Denk einfach nicht mehr darüber nach. Das mit Lilas ist vorbei, und es ist nicht nur deine Schuld.«

»Wieso?«

»Es gab da einen Abend im Frühling … ich war mit Jorak unterwegs, wir hatten ziemlich viel getrunken … und dann sind wir, äh, in der *Goldenen Lanze* gelandet. Natürlich hat mich jemand erkannt und es Lil erzählt, bevor ich's ihr beichten konnte.«

»Oh, Rostfraß«, sagte Alena. Das hätte sie nicht von ihm gedacht!

»Genau. Also hör auf, dir Vorwürfe zu machen. So, und jetzt reden wir über was anderes, in Ordnung?«

Sie sprachen noch lange über die Regierung von Daresh und über ihre Erfahrungen mit den Halbmenschen. Es war spannend, sich mit ihm zu unterhalten – er wusste über die jüngsten Erkundungen an der Schattengrenze genauso gut Bescheid wie über die Geschichte Dareshs. Alena war beeindruckt davon, wie vielfältig seine Interessen waren. Ihm schien es umgekehrt genauso zu gehen, denn ab und zu musterte er sie mit einem erstaunten Blick. Immerhin bin ich jetzt sechzehn und damit nach den Gesetzen Dareshs erwachsen, dachte Alena. Normalerweise hätte ich bald wie jedes Jahr den Tag gefeiert, an dem ich in die Gilde aufgenommen worden bin … aber ich glaube, das fällt in diesem Winter aus.

Schließlich – der dritte Mond stand schon hoch am Himmel – kamen sie auf die Traditionen der Gilden zu sprechen, und Kerrik meinte: »Ich finde, du kommst erstaunlich gut damit klar, dass du nicht mehr zu den Feuerleuten gehörst. Hast du dir schon überlegt, was du machen wirst?«

Manchmal schaffte Alena es, das mit ihrer Gilde ein paar Atemzüge lang zu vergessen. Jetzt, wo er es aussprach, traf es sie wieder mit voller Wucht. *Ich gehöre nicht mehr zu den Feuerleuten.* »Richtig kapieren werde ich es wahrscheinlich erst, wenn ich zurück in Gilmor bin.« Alena hörte das Schwanken in ihrer eigenen Stimme. »Ich will mir gar nicht vorstellen, was mein Vater sagen wird …«

Alena fiel ein, dass sie eigentlich nicht nach Gilmor zurückkehren durfte. Und dass ihr Vater vielleicht gar nicht mehr leben würde. Sie spürte, wie etwas in ihr zu zerreißen drohte. Rasch stand sie auf, damit sie nicht vor ihm zu flennen anfing wie ein Kleinkind.

»Es tut mir leid … ich hätte das besser nicht gefragt …« Hilflos stand Kerrik ebenfalls auf.

»Das macht nichts, ich …« Wütend über sich selbst rieb sich Alena die Augen.

Sanft, ganz sanft zog er sie in seine Arme, und es war ein unglaubliches Gefühl, ihm so nah zu sein. Kurz löschte es die Trauer aus, und Alena holte tief Luft, schmiegte sich an ihn, verlor sich in dem Frieden und der Wärme seines Körpers. Seine Hand strich über ihre Haare – beim Feuergeist, wenn er so weitermachte, würde sie tatsächlich weinen …

»He, alles in Ordnung?«, flüsterte er, und Alena hob langsam den Kopf. Er beugte sich ein wenig zu ihr herunter, und plötzlich waren ihre Gesichter ganz nah, ihre Lippen noch näher, und Alenas Herz hämmerte wie wild. Seine Hand lag auf ihrer Wange, ihrem Nacken, und ihre Lippen trafen sich, einen herrlichen Moment lang.

Sie erschraken beide über diesen Kuss. Auch wenn Kerrik sie noch immer hielt, spürte Alena, dass die Verlegenheit zwischen ihnen mit einem Schlag zurück war. Sie lösten sich voneinander, sagten sich gute Nacht und gingen schnell in ihre Zimmer.

Es dauerte lange, bis Alena es schaffte einzuschlafen. Immer wieder musste sie daran denken, wie es sich angefühlt hatte, in seinen Armen zu sein. Was hatte dieser Kuss bedeutet? Ich glaube, er mag mich auch ein bisschen, dachte

Alena und die Freude war wie eine schimmernde goldene Welle in ihrem Inneren.

Doch die angenehmen Gedanken wurden durch dunkle, nagende verschattet. Gedanken an Lilas. Eigentlich sind die beiden ja nicht mehr zusammen, erinnerte sich Alena immer wieder. Aber es half nicht viel. Der Kuss, ihre Gedanken an Kerrik, fühlten sich wie Unrecht an.

Ich sollte ihm aus dem Weg gehen, dachte Alena, aber sie ahnte, dass sie das nicht schaffen würde.

Rena spürte die Veränderung zwischen Alena und Kerrik sofort. Eine seltsame Spannung lag zwischen den beiden in der Luft. O je, sieht so aus, als hätten sie sich wieder gestritten, dachte sie. Schade, ich hatte das Gefühl, Kerrik würde ihr guttun. Sie hat von ihm schon mehr gelernt als von mir …

Kerrik holte gerade neue Esswaren aus den hinteren Höhlen, als Cchraskar aufhorchte und witternd die Nase hob. »Darr ist jemand!«, knurrte er. »Ein Fremder.«

Renas Körper spannte sich. Ihr fielen mehrere Möglichkeiten ein, wer das sein konnte. Ein Neugieriger aus der Stadt. Ein Soldat der Garnison, der den Schauplatz des Mordes noch einmal in Augenschein nehmen wollte. Ein Gildenloser aus dem Schwarzen Bezirk, der nachsah, ob es in Keldos Behausung noch etwas zu stehlen gab. Oder es war Cano selbst. Auch wenn er nicht wusste, wo Rena und die anderen sich befanden – Wühler wussten auf eine geheimnisvolle Art immer, wo sie ihre Nachricht abzuliefern hatten. Bisher hatte nie jemand geschafft, einem Wühler zu folgen. Aber bei Cano konnte man nie wissen.

»He, ihr!«, rief jemand im Vorraum. Das klang nicht gerade nach Cano.

Alena bedeutete Rena, sich zurückzuhalten. Sie zog das Schwert und schlich hinter Cchraskar her zur verborgenen Tür, durch die sie Keldos Höhle zum ersten Mal betreten hatten. Nachdem sie kurz gelauscht hatte, betätigte sie den geheimen Hebel, der die Verbindungstür zur Seite schwingen ließ.

Vor ihnen stand ein junger Mann mit dunklen Haaren, die schon länger nicht mehr geschnitten worden waren. Er hatte ein schmales Gesicht und intelligente grünbraune Augen. Wie es aussah, trug er mehrere abgetragene, aber saubere Kleidungsschichten übereinander; sie wurden von einem schmucklosen Ledergürtel zusammengehalten. An seinem Gürtel war ein Messer befestigt, aber kein Schwert. Rena suchte mit den Augen nach seinem Amulett, sah nichts, begriff, dass der Fremde ein Gildenloser war. Was wollte er hier? Cchraskar musterte ihn interessiert, ließ sich aber nicht anmerken, was er dachte.

»Verschwinde!«, sagte Alena, und Rena wunderte sich über ihre heftige Reaktion. Aber nicht lange, denn jetzt rief Alena: »Du bist doch der Kerl, der mich im Schwarzen Bezirk ständig angestarrt und verfolgt hat! Lass uns in Ruhe!«

»Du bist ja ganz schön frech, dafür dass dir die Bude nicht mal gehört«, sagte der Fremde. »Lass mich nur kurz mit Kerrik sprechen, dann haue ich wieder ab.«

»Du kennst Kerrik?« Alena ließ ihr Schwert sinken.

»Klar kenne ich Kerrik. Er ist immerhin mein Kompagnon.« Ohne sie noch weiter zu beachten, ging der junge Mann an ihnen vorbei in die Höhle.

Verdutzt blickten sich Rena und Alena an, dann folgten sie ihm.

Grenzgänger

Im Hauptraum war Kerrik gerade dabei, einen Krug mit eingelegten Corusyn-Blüten auf den Tisch zu wuchten. Als sie zu dritt hereinkamen, hob er erstaunt den Kopf, und seine Augen weiteten sich freudig überrascht, als er den Neuankömmling sah. »Jorak! Ich dachte, du wärst längst mit der Expedition in Richtung Lixantha abgezogen!«

Soso, das ist also Jorak, von dem wir schon so viel gehört haben, dachte Rena im Stillen. Sie hielt sich im Hintergrund, beobachtete, versuchte, den Neuen einzuschätzen.

»Ich hab's verschoben. Als ich hörte, was für Ärger du hast, dachte ich, ich bleib lieber noch ein bisschen in der Stadt. So für alle Fälle.« Jorak ließ sich in einen der Stühle fallen. Er sprach schnell, das schien seine Art zu sein. Seine Bewegungen waren voller Energie und Ungeduld. »Aber die Händler sitzen mir im Nacken. Wir müssen bald entscheiden, ob wir die Sache absagen oder nicht.«

Kerrik seufzte. »Ich fürchte, ich habe gerade andere Probleme. Sag die Expedition ab. Wir holen sie nächsten Monat nach … wenn ich dann noch lebe.«

Der junge Gildenlose zog die Augenbrauen hoch, sagte aber nichts. Mit einigen wenigen, aufmerksamen Blicken erfasste er Rena, die junge Schmiedin, die prächtige Einrichtung von Keldos Höhle. Rena merkte, dass das Blatt mit den Symbolen, die geheime Notiz, die Keldo ihnen hinterlassen hatte, noch auf dem Tisch lag. Einen Moment lang war sie besorgt. Noch wusste sie nicht, ob sie Jorak vertrauten konnten. Sollte sie das Ding schnell an sich nehmen? Nein, das würde ihn noch mehr darauf aufmerksam machen.

»Wie hast du uns gefunden?«, fragte Alena gereizt. »Kerrik, hast du ihm verraten, wo wir sind?«

»Habe ich nicht«, verteidigte sich Kerrik.

»Ich bin immerhin nicht auf Anhieb drauf gekommen«, sagte Jorak und grinste. »Es ist ein gutes Versteck. Das braucht ihr auch, fürchte ich. Sie haben ein Kopfgeld auf euch ausgesetzt, von dem man ein paar Monate ganz ordentlich leben könnte.«

Seine Worte beruhigten Rena nicht. Wenn er darauf gekommen war, sie in Keldos Höhle zu suchen, würde es nicht mehr lange dauern, bis auch andere sie entdeckten. Und wenn Cano sie fand, waren sie so gut wie tot. Würde Jorak ihr Versteck wirklich für sich behalten? Oder war die Versuchung, das Kopfgeld einzuheimsen, für jemanden wie ihn zu hoch? Vermutlich schrammte er ständig am Rand der Armut entlang.

Rena versuchte zu erraten, zu welcher Gilde Jorak gehört haben könnte, aber sie war sich nicht sicher. Rein äußerlich sah er nach Feuergilde aus, aber er hatte nicht den wehrhaften Stolz, den man an Alena und ihren Gildenbrüdern sofort wahrnahm, und er hatte eine andere Art zu reden. Rena fragte sich, was er wohl getan hatte, um trotz seiner Jugend von seiner Gilde ausgestoßen zu werden. Er war höchstens zwanzig, aber er wirkte wie einer, der schon vor langer Zeit gelernt hat, auf der Straße zu überleben.

»Ihr könnt nicht ewig hier bleiben«, sagte Jorak zu Rena. Sie wunderte sich, wie eindringlich sein Blick war. War er hergekommen um sie zu warnen? »Ich habe etwas über den Kerl gehört, der euch auf den Fersen ist. Irgendwann werdet ihr euch ihm stellen müssen. Vielleicht bald schon.«

»Ich weiß«, antwortete Rena und fühlte sich hilflos. Sie

entschied sich spontan, ihm die Wahrheit zu sagen. »Das Problem ist nur, dass wir eigentlich keine Chance gegen ihn haben. Er hat einen Eisdämon auf seiner Seite und eine Menge bewaffnete Leute. Obwohl er sich Heiler nennt und die Liebe predigt.«

»Hm – das klingt nicht gut«, sagte Jorak.

»Vielleicht hast du ja irgendeine Idee, was wir tun könnten«, meinte Alena. Sie hatte die Arme verschränkt und blickte den jungen Gildenlosen herausfordernd an. »Dann kannst du deinen Kompagnon bald zurückhaben.«

»Das wär nicht schlecht!«, schoss Jorak zurück. »Und wenn er dann nach wie vor in einem Stück wäre, fände ich das sogar noch besser.«

Kerrik seufzte.

Rena fiel ein, dass sie Jorak nicht einmal etwas zu trinken angeboten hatten. Das war ungastlich. »Möchtest du einen Schluck Cayoral?«

Überrascht und etwas verlegen nickte Jorak. »Ja, gerne.«

Er ist nicht gewohnt, wie ein Gast behandelt zu werden, dachte Rena, und auf einmal tat der Junge ihr leid. Als sie in die Speisekammer ging, um ein paar getrocknete Zutaten zu holen, murmelte Alena: »Ich mach dir Feuer«, und folgte ihr.

Als sie außer Hörweite waren, fragte Rena sie leise: »Und, was hältst du von ihm?«

»Ich kann ihn nicht ausstehen. Er ist ein unverschämter Wichtigtuer. Und wie er mich im Schwarzen Bezirk angeglotzt hat, war eine Frechheit!«

»Vielleicht hat er nur darauf geachtet, dass euch nichts passiert«, gab Rena zu bedenken. »Anscheinend hat er sich über uns erkundigt – er weiß, wer wir sind.« Sie maß Kräuter ab und brühte sie mit Wasser auf. Ein aromatischer Geruch breitete sich in der Kammer aus. »Er scheint clever zu sein. Sonst hätte er nicht gerufen, als er im Vorraum stand, sondern wäre einfach wieder gegangen, als er dort niemanden gefunden hat. Er hat geahnt, dass Keldos Höhle verborgene Räume hat. Und Mut scheint er auch zu haben. Sonst wäre er nicht immer wieder mit Kerrik nach Lixantha gegangen.«

»Mag sein. Aber was ist, wenn er von hier aus direkt zu Cano rennt oder das Kopfgeld kassiert? Vielleicht sollten wir so schnell wie möglich hier weg, sobald wir diesen Kerl losgeworden sind. Wir könnten im Silbernen Bezirk untertauchen, bei Tjeris Leuten.«

»Das entscheiden wir, wenn er weg ist – ich will vorher noch hören, was Kerrik dazu meint«, entschied Rena und trug das Gefäß mit dem Cayoral hinüber in den großen Raum.

Als sie an ihren Bechern nippten, geschah das, was Rena schon befürchtet hatte. Jorak nahm das Blatt mit Keldos verschlüsselter Botschaft. »Was ist denn das?«

Kerrik, Alena und Rena warfen sich einen schnellen Blick zu; Cchraskar zuckte mit den Ohren.

»Was meinst *du*?«, fragte Rena zurück und rief sich ihre Zeichnung ins Gedächtnis.

Jorak schob das Blatt achtlos wieder von sich. »Ist doch klar. Das erste Zeichen bedeutet offensichtlich Feuer, das zweite ist ein Symbol aus einer der alten Handelssprachen und bedeutet Blume oder Gewürz; *Feuerblüte* also, weil die Symbole verbunden sind. Das dritte ist das Handelszeichen für *gegen*, das fünfte das Zeichen für *in*. Auf der rechten Seite stehen wieder zwei Symbole zusammen, ein

Tropfen und dieses Ding mit den Strichen. Säulen, würde ich sagen. Könnte den Palast der Trauer hier in Ekaterin meinen, wenn der Tropfen eine Träne sein soll. Dann würde ich vermuten, dass das Ding in der Mitte kein Edelstein ist, sondern ein Stück Eis. Steht wohl für den Eisdämon.«

Sprachlos starrten Kerrik, Alena und Rena ihn an. Rena kam sich dumm vor. Tagelang hatten sie an diesen Symbolen herumgerätselt, und nun hatte dieser junge Gildenlose auf Anhieb mehr herausgefunden als sie. Da er die alten Handelssprachen kann, hat er wahrscheinlich der Luftgilde angehört, dachte Rena. *Feuerblüte gegen Eisdämon im Palast der Trauer …* Aufregung durchpulste sie. Auf einen Schlag waren sie der Lösung ganz nah gekommen!

»Feuerblüte, so heiße ich – das ist der Name, den mir die Halbmenschen gegeben haben«, sagte Alena zögernd. »Hat das etwas mit mir zu tun? Neulich habe ich den Eisdämon im Traum besiegt …«

Zu Renas Überraschung schüttelte Kerrik den Kopf. Seine Augen glänzten. »Es gibt auch eine Pflanze, die so heißt«, sagte er und Rena fiel ein, dass er ein Erdgildenmeister war, der sich – so wie Lilas – auf Pflanzen spezialisiert hatte. »Sie ist selten, kaum jemand hat schon ein Exemplar gesehen, weil sie nur an ganz besonderen Orten wächst. Angeblich speichern ihre Blüten Lebensenergie in sich. Ich könnte mir gut vorstellen, dass sie ein Gegenmittel gegen den Eisdämon ist.«

»Hm, wenn sie hier in der Gegend nur im Palast der Trauer wächst, dann viel Spaß«, sagte Jorak.

»Oh, danke.« Alena klang schon wieder verärgert. »Darf man daraus schließen, dass du uns nicht helfen wirst?«

Jorak warf ihr einen schnellen Blick zu, den Rena nicht deuten konnte. »Ich gehe jetzt«, sagte er und stand auf. »Danke für den Cayoral.«

»Verdammt, bleib doch noch«, drängte ihn Kerrik.

»Hab noch viel zu erledigen. Wir sehen uns.«

Und schon war er weg. Mit einem leisen Schleifen rastete die geheime Tür hinter ihm ein.

»Er ist eben so«, meinte Kerrik und blickte ihm nach. »Ziemlich unberechenbar. Und er hat ständig irgendwelche Geschäfte laufen.«

»Grenzgänger nennen ihn meine Leute, Grenzgänger«, sagte Cchraskar.

»Was hat er eigentlich verbrochen?«, fragte Alena und kam damit Rena zuvor.

»Nichts. Es ist nicht seine Schuld, dass er gildenlos ist. Sein Vater gehört zur Feuergilde, seine Mutter zur Luftgilde. Aber keine der beiden Gilden hat ihn anerkannt. Er ist in Tassos geboren worden, im Grasmeer aufgewachsen und früh nach Ekaterin gekommen, weil sein Vater nichts von ihm wissen wollte.«

Was für eine Herkunft! Rena wunderte sich, dass sie nicht selbst darauf gekommen war, dass seine Eltern aus verschiedenen Gilden kamen. »Vertraust du ihm?«

»Er ist mein bester Freund«, sagte Kerrik schlicht. »Als ich vor sieben Wintern aus dem Dschungel hierhergekommen bin, haben wir uns in einem Wirtshaus kennengelernt – und seither haben wir uns gegenseitig schon aus so mancher Patsche geholfen.«

Rena wurde klar, warum Jorak überhaupt das Risiko eingegangen war, sie zu suchen. Na hoffentlich bedeutete das, dass er über ihr Versteck dichthalten würde.

Ihre Gedanken wandten sich ihrem unverhofften Durchbruch bei Keldos Notiz zu. Eine kleine rote Blume im Palast der Trauer. Rena rief sich ins Gedächtnis, was sie über den ehemaligen Sommersitz der Regentin wusste. Seit hundert Wintern wagte niemand ihn zu betreten. Seit die Tochter der damaligen Regentin dort spurlos verschwunden war …

»Warst du schon mal dort – im Palast der Trauer?«, fragte Alena Kerrik. »Du lebst schließlich schon eine Weile hier.«

Kerrik schüttelte den Kopf. Mit einem Ruck trank er seine Tasse aus. »Natürlich war ich neugierig. Wir – ich und Jorak – sind mal hingegangen, aber wir sind nicht weit gekommen … bis zu den Säulen, genauer gesagt … aber das reichte schon. Die Leute haben recht, auf dem Palast liegt ein Fluch.«

Hm. Das klang nicht gut. Aber Rena hatte ihre Entscheidung schon getroffen. »Wenn Jorak die Notiz richtig entschlüsselt hat, müssen wir in diesen Palast. Eine andere Chance haben wir nicht.«

»Wann geht's los?«, fragte Alena und stand auf. »Wenn dort wirklich Blüten wachsen, die meinen Vater und Tjeri retten können …«

»Wie wär's mit jetzt gleich?«, fragte Rena.

Alena blickte auf den Boden, um nicht zu stolpern. Doch auch mit geschlossenen Augen hätte sie Kerrik neben sich spüren können. Während sie den Hügel hinaufstapfte, lauschte sie auf seine kraftvollen Schritte und seinen gleichmäßigen Atem.

Der Pfad war zugewachsen, und der Geruch nach wildem Silberthymian und Katzenminze stieg ihr in die Nase, als sie sich einen Weg durch das Gestrüpp bahnten. Die Luft war schneidend kalt, es roch nach Schnee. Alena schwitzte trotzdem unter ihrem dicken Umhang.

»Es ist weiter, als man denkt«, sagte Rena.

»Netter Spazierrgang, wenn man Disteln mag«, ergänzte

Cchraskar. Er trippelte neben Alena her und musste immer wieder anhalten, um sich Dornen aus der Pfote zu pulen. »Icch hätte mir diese Schuhe anschaffen sollen!«

Alena blieb stehen und blickte zurück. Unter ihnen breitete sich Ekaterin aus. Von hier aus konnte man sehen, wie groß die Stadt eigentlich war. An den unterschiedlichen Gebäuden ließ sich leicht erkennen, wo welcher Bezirk lag. Ein planloses Gewühl von Hütten dort, wo die Gildenlosen lebten. Da unten war dieser Jorak irgendwo – ihr gruselte bei dem Gedanken, wie kalt es in den ungeheizten, zugigen Behausungen jetzt sein musste. Vielleicht würde sie es schon bald am eigenen Leib erfahren ...

»Wo lebt dein Kompagnon eigentlich?«, fragte sie Kerrik. »Im Schwarzen Bezirk?«

Kerrik zuckte die Schultern. »Ich weiß es ehrlich gesagt nicht. Er spricht nicht darüber. Wahrscheinlich wohnt er mal hier, mal dort. Lilas und ich haben ihm angeboten, zu uns zu ziehen. Aber er wollte nicht, dass wir seinetwegen Schwierigkeiten bekommen.«

Sie ließ den Blick über den Grünen Bezirk mit seinen säuberlich angelegten Straßen und dick überwachsenen Häusern streifen und betrachtete den Gelben Bezirk mit seinen vielen kleinen Pyramiden, aus denen Rauch aufstieg. Weit, weit entfernt konnte man den Bogen des Herztors erkennen.

Alena wandte sich wieder nach vorne, sah auf zu den enormen geschwungenen Säulen des Palasts, die schmutzig grau vor ihnen aufragten. »Wie schützt man sich eigentlich vor einem Fluch?«

»Gar nicht«, sagte Kerrik.

»Mit einem Talisman zum Beispiel«, sagte Rena.

Alena legte die Hand an ihr Schwert, schloss die Finger um den Griff und tastete nach dem Smaragd. Wenn sie einen

Talisman hatte, dann diesen hier. Das Schwert, das ihr Vater für sie gemacht hatte. Bisher hatte es ihr nicht gerade Glück gebracht. Aber was nicht war, konnte ja noch werden.

»Gehen wir«, sagte Alena.

Der Herzschlag der Dinge

Vorsichtig gingen sie unter den Säulenreihen hindurch. Alena legte die Hand auf den kühlen Stein. »Was ist dir daran komisch vorgekommen?«, fragte sie Kerrik.

»Damals sah's so aus, als würden sich die Säulen bewegen – als würden sie uns warnen, nicht näher zu kommen«, sagte Kerrik und sah sich aufmerksam um. Seit sie aus der Stadt heraus waren, wirkte er anders, wachsamer und selbstsicherer zugleich. Es fiel Alena leicht, ihn sich im Dschungel vorzustellen.

»Säulen, die sich bewegen?« Cchraskars dunkle Augen glitzerten amüsiert. »Warrst du vorher im Wirtshaus?«

Kerrik warf ihm einen düsteren Blick zu. Er deutete auf einige kleinere Säulen, kaum armdick, die den Rand des Gebäudes zierten. »Wo wir schon bei den Säulen sind: Ich könnte schwören, die waren das letzte Mal nicht da!«

»Ich denke, die Leute trauen sich nicht mehr her? Warum sollten sie hier noch etwas bauen?« Doch Alena stellte fest, dass Kerrik recht hatte – die kleinen Säulen sahen weißer aus, weniger verwittert als die anderen.

Sie zuckte die Schultern und ging auf den Eingang zu, ein prächtiges eisernes Tor mit Blüten- und Rankenmotiven. Es stand ein Stück weit offen, am Eingang hatten sich Blätter gesammelt, die vom Wind dorthin geweht worden waren.

Vorsichtig nach allen Seiten sichernd lugten Rena und Cchraskar durch den Spalt, stemmten die Türflügel dann mit aller Kraft weiter auf. »Alles verlassen«, meldete Rena. »Beim Erdgeist, was für ein Anblick!«

Alena und Kerrik folgten ihr. Als sie drinnen waren, blieb Alena einen Moment lang staunend stehen und legte den Kopf in den Nacken. Die Eingangshalle war drei Stockwerke hoch und über und über mit Ornamenten verziert. Sie wagte gar nicht sich vorzustellen, wie lange Steinmetze daran gearbeitet haben mussten. Jedes Stockwerk war von Galerien gesäumt, umlaufenden Balkons, von denen man in die Halle hinabblicken konnte. Der Fußboden war mit Mosaiken in Schwarz, Weiß und Gold bedeckt. In der Mitte der Halle befand sich eine massige Säule, an der sich Treppen hochwanden. Sie verzweigten sich wie Äste eines Baumes, bildeten Brücken zu den einzelnen Stockwerken.

Man sah, dass der Palast schon lange verlassen war. Einige der Treppen waren heruntergebrochen, ihre Reste lagen als Schutthaufen in der Eingangshalle und hatten Sitzgruppen aus edel geschnitzten Möbeln zertrümmert. Andere bröckelten schon. Aber von Menschen zerstört war nichts. So ein angeblicher Fluch ist praktisch um Plünderer abzuhalten, dachte Alena.

»Von bauen für die Ewigkeit haben die nicht viel gehalten«, meinte Rena und stemmte den Fuß gegen einen der Trümmerbrocken. Sie erschraken alle, als eine nur handlange schwarze Schlange darunter hervorschoss. Nervös sprang Alena zurück. In Tassos waren die kleinen Schlangen die giftigsten. Doch die hier schien wenigstens nicht angreifen zu wollen, sie suchte das Weite und verschwand in den Schatten entlang der Galerien.

Hinter ihnen ertönte ein schweres Schnappen.

Alena fuhr herum. Die eisernen Türflügel waren hinter ihnen ins Schloss gefallen. Jetzt, wo das Geheul des Windes ausgesperrt war, war es im Inneren des Palasts drückend still. Alena wäre es lieber gewesen, die Tür wäre offen geblieben. Aber es kam ihr kindisch vor, sie wieder aufzustoßen.

Sie ging auf die Treppen zu, Cchraskar an ihrer Seite. »Was ist, probieren wir's erst mal oben?«

Ihre Stimme echote in der riesigen Halle.

»Ich bin dafür, unten anzufangen«, sagte Rena. »Wir sollten das systematisch angehen, sonst übersehen wir etwas Wichtiges.«

Kerrik nickte zustimmend. Klar, die von der Erdgilde wollen erst mal in den Keller, dachte Alena, seufzte und folgte ihren Freunden. Bevor sie in die dunklen Innengänge tauchten, legte sie die Hand auf ihr Schwert. Wer konnte schon ahnen, was für Gefahren sie hier erwarteten. Sie war überrascht, wie der Griff sich anfühlte – fast wäre sie davor zurückgezuckt. Beunruhigt zog sie die Waffe. Als sie das unverwechselbare Geräusch hörten, wandten sich ihre beiden Freunde um. »Was ist?«

»Irgendwas ist mit meinem Schwert los. Es ist ... irgendwie warm, und der Smaragd leuchtet«, sagte Alena verwirrt.

Sie blickten sich an. Was konnte das bedeuten?

Alena meinte: »Ich glaube, es will mich warnen ...«

»Kann sein – behalt es mal im Auge«, meinte Rena und ging voraus. Schnell entdeckte sie eine der unauffälligen Türen, die ins Untergeschoss führten. Hier roch die Luft abgestanden und muffig. Kein Licht drang von außen herein, und sie mussten die Fackeln anzünden, die sie mitgebracht hatten. Sie öffneten Tür um Tür und entdeckten dahinter riesige Küchen, die von Spinnweben verhangen waren, und Dienstbotenquartiere mit Stockbetten, die Schlafmatten modrig und zerfallen. Hier und da hatten sich Baumratten ihre Nester darin gebaut, aber auch die waren längst verlassen. Andere Räume stellten sich als Lager heraus, die Küchengeräte enthielten oder Regalreihen, auf denen die mumifizierten Reste von Nahrung zu erkennen waren. Im Licht der Fackel sahen diese Zimmer, in denen einmal

Dutzende von Menschen geschäftig umhergeeilt waren, trostlos aus.

»Na wenigstens haben wir noch keine Skelette gefunden«, sagte Alena.

»Skelette von wem?« Kerrik klang irritiert.

»Na, von Dienstboten – oder Eindringlingen ...«

»Komisch, dass sie alle Vorräte dagelassen haben«, sagte Rena und hob die Fackel, um damit eine Küche auszuleuchten.

Cchraskar stellte die Vorderpfoten auf den Herd und spähte in einen der Töpfe. »Darr ist auch noch was drin! Mmmh ....«

»Na, guten Appetit«, sagte Alena nach einem kurzen Blick. Das, was da auf dem Boden des Topfes klebte, sah aus wie ein eingetrockneter schwarzer Matsch. Sie drehte eins der Küchenmesser in der Hand, das vor einem Hackbrett mit verschrumpelten schwarzen Früchten gelegen hatte. Warum hatten die Diener all das liegen gelassen?

»Verdammt!« Kerrik sprang zurück. Vor seinen Füßen glitt etwas über den Fußboden, verschwand mit einem Rascheln in einem Berg Feuerholz. »Schon wieder eine von diesen Schlangen.«

Sie gingen die Treppen hinauf und kehrten zurück in die Eingangshalle. Erleichtert sog Alena die frischere Luft ein. Hier war es nicht ganz so düster wie unten.

Hinter dem Treppenbaum fanden sie den Eingang zu einem gewaltigen, muschelförmigen Saal, der die ganze Mitte des Erdgeschosses einnahm. Er war fast leer, nur ein paar umgestürzte Stühle und Tische lagen herum.

Beunruhigt bemerkte Alena die Schlangen, die hier überall umherhuschten. Sie waren schon nicht mehr so scheu, einmal drehte sich sogar eine von ihnen um und betrachtete Alena aus rubinroten Äuglein.

»Fiese kleine Biester«, sagte Alena. »Passt auf, dass ihr euch von denen fernhaltet.«

Zum Glück kamen die Schlangen nicht näher, und so konnten sie in Ruhe den prachtvollen Mosaikboden und die Wände bestaunen. Die Stirnseite des Saals war mit zehn Menschenlängen hohen Reliefs geschmückt. Sie zeigten Mädchen, die durch einen Blumengarten tanzten. Auf der gegenüberliegenden Seite rann Wasser in silbernen Vorhängen die riesigen Wände herunter und verschwand im Untergrund. Das Geräusch des Wassers klang wie ein Flüstern.

»Das sind künstliche Wasserfälle!«, sagte Kerrik ungläubig. »Wieso fließen die noch?«

»Frage ich mich auch.« Rena runzelte die Stirn. »Selbst wenn es ein geschlossener Kreislauf ist ... nach hundert Wintern müsste es längst verdunstet sein.«

»Vielleicht ist es an eine Quelle angeschlossen«, schlug Alena vor und verschränkte die Arme. Sie hatte nicht vor, dem Zeug näher zu kommen. Auch wenn sie jetzt offiziell nicht mehr zur Feuergilde gehörte – mögen würde sie Wasser nie.

Rena hatte keine solchen Hemmungen. Sie streckte die Hand aus, ließ das Wasser darüberfließen und kostete dann vorsichtig. »Salzwasser! Ein klein bisschen bitter ...«

Um das Wasser herum hatten sich Pflanzen angesiedelt, ein kleiner grüner Dschungel, dessen Wurzeln auf dem bröckelnden Stein Fuß gefasst hatten. Hoffnungsvoll untersuchten Kerrik und Rena die Gewächse. Doch schon nach zehn Atemzügen richteten sie sich auf. »Vor allem gewöhnliche Blaufuß-Kresse, Flügelkraut und Springblättler«, sagte Kerrik enttäuscht. »Klar, am Wasser wird die Feuerblüte sicher nicht wachsen.«

Irgendetwas an den Reliefs störte Alena, doch es war

schwer zu sagen, was. Mit gerunzelter Stirn blieb sie vor den steinernen Bildern stehen und betrachtete sie, versuchte festzustellen, was nicht stimmte. Aber die anderen gingen schon weiter, und schließlich wandte sich Alena um und folgte ihnen.

Um den Saal herum zog sich ein Labyrinth von Räumen, die sie vorsichtig durchstreiften. In manchen lagen Schriftrollen, und Schreibtische wiesen darauf hin, dass hier verwaltet und geplant worden war. In anderen standen Karaffen bereit, in denen wohl einmal Getränke gewesen waren, und ein Zimmer enthielt ein halbes Dutzend Musikinstrumente. Die sehen aus, als warten sie darauf, endlich wieder benutzt zu werden, dachte Alena. Schade, dass ich nicht weiß, wie man so was spielt …

Sie strich über die Saiten einer Sopran-Zeruda und nahm eine Jandolis in die Hand, ein bauchiges Saiteninstrument. Aber vor Schreck darüber, wie es sich anfühlte, ließ sie es sofort wieder fallen. Das Instrument prallte mit einem lauten *Twäng* auf den Steinboden und platzte auf wie eine reife Frucht.

»Alena, was soll das?«, schimpfte Rena. »Wir sind hier nur Gäste!«

Alenas Herzschlag beruhigte sich nur langsam. »Das Ding da … es hat irgendwie gekitzelt, und es fühlte sich warm an … und … da war so ein Pochen …«

»Ein Pochen?« Kerrik blickte abwechselnd das Instrument und Alena an.

»Wie ein Herzschlag«, sagte Alena. Sie konnte sich noch gut daran erinnern, wie sie einmal ein halb zahmes junges Schneehörnchen in der Hand gehalten hatte. Wie sie das Rasen seines Herzchens an ihrer Hand gefühlt hatte. So war das gewesen. Nur langsamer.

Rena legte die Hand auf die Sopran-Zeruda und ließ sie

einen Moment liegen. »Bei dem hier auch. Vielleicht sind alle Gegenstände hier so.«

Cchraskar fiepte. »Wollen wir nicht lieber gehen? Ganz ccchnell gehen?«

»Jetzt erst recht nicht«, sagte Rena fest.

Normalerweise hätte Alena jetzt eine Bemerkung wie »Du bist doch sonst nicht so feige, Cchraskar!« gemacht. Aber diesmal legte sie ihrem Freund einfach nur die Hand auf die pelzige Schulter. Ja, jetzt abhauen, das ist vielleicht gar keine schlechte Idee, dachte Alena. Sie bekam immer mehr Respekt vor Rena. Ihre »Tante« war vielleicht nicht sonderlich stark, aber sie hatte Mut.

In einem der nächsten Räume, wo anscheinend Versammlungen stattgefunden hatten, fanden sie ein halbes Dutzend ungewöhnlich großer geschnitzter Stühle. Kerrik befühlte ihr weißes Holz und schauderte. »Vielleicht wachsen sie«, sagte er nachdenklich. »Das würde erklären, warum alles hier so groß ist.«

Alena nickte. Es klang verrückt, konnte aber stimmen. Sie wollte es genau wissen. Als sie zurückgingen in den muschelförmigen Saal, tastete sie eine Säule nach der anderen ab, bis sie eine gefunden hatte, die sich eindeutig warm anfühlte.

»Was hast du vor?«, fragte Kerrik beunruhigt.

»Wart ab.« Alena gab Rena die Fackel zum Halten und zog ihr Messer. Zuerst wollte sie einfach fest zustoßen, versuchen, die Waffe in die Säule zu bohren, aber dann zögerte sie. Sie hatte keine Lust, ihre Klinge durch den Stein zu ruinieren. Also ritzte sie die Säule nur – und schrak zurück, als ihr etwas entgegenrann. Eine dunkelrote Flüssigkeit!

Unter ihren Füßen begann der Boden zu beben. Der ganze Saal wellte sich, schien sich zu verformen.

»Rostfraß und Asche!«, sagte Alena.

Aus dem Kapitell der Säule löste sich ein großer Steinbrocken und polterte auf sie hinunter. Behände wich Alena aus – auf ihre Reflexe konnte sie sich verlassen.

»Raus hier!«, brüllte Kerrik.

»Nein, nicht in die Eingangshalle«, schrie Rena und hielt ihn auf. »Die Treppenbrücken werden als Erstes einstürzen!« Sie rannte zur Stirnseite des Saals, zu den Reliefs hinüber. Alena und Cchraskar hasteten ihr hinterher.

Noch bevor sie die Reliefs erreichten, war der Aufruhr vorbei. Der Boden fühlte sich wieder fest an. Nur das Zischeln des Wasserfalls durchdrang die Stille.

Die Fackel war ausgegangen, und es war sehr dunkel im Bauch des Palasts. Alena krampfte ihre Hand in Cchraskars Fell. Sie hörte Rena und Kerrik neben sich atmen. »Alles in Ordnung mit euch?«, fragte sie schuldbewusst.

»Ja.« Renas Stimme klang gepresst. »Jetzt wissen wir also, was mit dem Palast nicht stimmt. Er lebt. Als du ihn verletzt hast, hat er sich gewehrt.«

»Rostfraß, bin ich froh, dass ich nicht richtig zugestoßen habe!«

»Wir sollten schleunigst hier raus«, wiederholte Kerrik. »Was ist, wenn sich das Ding in den Kopf setzt, uns töten zu wollen?«

»Es hat sich doch schon wieder beruhigt«, wandte Alena ein. Liebend gerne hätte sie sich aus dem Staub gemacht – aber sie durften nicht eher gehen, als bis sie diese verdammte Feuerblüte gefunden hatten! Zu viel hing davon ab. »Wenn es uns töten wollte, hätte es das schon tun können.«

Sie murmelte eine Formel und zündete die Fackel wieder an. In ihrem zuckenden Schein sah sie, was ihr vorhin entgangen war – die Reliefs veränderten, bewegten sich. Sehr langsam nur, fast unmerklich.

Rena holte tief Luft. »Schauen wir mal, wie es oben aussieht.«

Es war gar nicht so einfach, in die oberen Stockwerke zu gelangen; der Aufgang im Saal war durch Schutt blockiert, der aussah, als würde er dort schon jahrzehntelang liegen. Sie mussten in die Eingangshalle zurückkehren und den Treppenbaum benutzen. Geschickt hangelte Kerrik sich das metallene Geländer entlang und trat auf die intakten Stufen. Dann beugte er sich zu ihnen hinunter, um ihnen hochzuhelfen. Alena ergriff seine kräftige Hand, zog sich an ihm hoch und balancierte auf einer Stelle, die solide schien. »Alles klar?«, fragte er und stützte sie einen Moment lang, seine Hand lag auf ihrem Rücken.

Alena nickte nur. Seine Berührung ging ihr durch und durch. Ihre Blicke trafen sich, und sie schafften es beide nicht wegzuschauen.

Mit einem kühnen Sprung setzte ihnen Cchraskar nach, dann kam auch Rena zu ihnen hoch. »Was machen wir, wenn die Treppe einbricht?«, fragte sie matt und spähte nach unten.

»Rrrunterfallen«, sagte Cchraskar.

Alena wunderte sich, dass Kerrik die Klettertour so wenig ausmachte, obwohl auch er zur Erdgilde gehörte. »Hast du dir die Höhenangst im Dschungel abgewöhnt?«

Kerrik nickte und grinste schief. »Ich musste als Jugendlicher ständig auf Bäume klettern, um nicht von Salisars zerfleischt zu werden.« Sein Blick wanderte zu ihrer Waffe. »He, der Stein in deinem Schwert leuchtet ja noch heller!«

Alena sah, dass er recht hatte. »Entweder sind wir oben richtig oder die Gefahr ist dort größer …«

»Wahrscheinlich beides«, sagte Rena und tappte die Treppen hinauf in die Dunkelheit vor ihnen.

Das Mädchen und die Schlangen

Auf den ersten Blick war das oberste Stockwerk harmlos. Schnell entdeckten sie dort drei kreisförmige Räume voller kostbarer Möbel. In einem Raum waren die Fensterscheiben zerbrochen, so dass die Einrichtung nach hundert Wintern Regen und Wind übel aussah. Aber die anderen Zimmer wirkten so, als seien sie gerade mal ein paar Monate unbewohnt. Nur der dicke Staub auf allen Gegenständen verriet, dass es nicht so sein konnte.

»Sieht aus, als hätten hier die Regentin und ihre Familie gewohnt«, sagte Alena und berührte bewundernd die luftigen Stoffe auf einem der Betten. In so was zu schlafen musste sein, wie auf einer Wolke zu liegen. Jedenfalls ganz anders als auf ihrer dünnen Schlafmatte oder auf dem Boden zu übernachten, so wie sie es gewohnt war.

»Ja, glaube ich auch«, sagte Rena. »Diese runden Zimmer sind so groß wie ein ganzes Erdhaus bei mir zu Hause im Weißen Wald!«

»Klar, manche Leute braucchen eben Platz zum Nichtstun«, knurrte Cchraskar. Alena grinste. Alle Halbmenschen hassten die Regentin heiß und innig.

Alena war nicht sicher, ob die Möbel ihr gefielen. Hier waren die meisten aus Schmiedeeisen, aber nicht in dem schlichten Stil, den Alena bevorzugte, sondern voller Ranken und Ornamente. Die damalige Regentin muss ganz schön romantisch gewesen sein, dachte Alena verächtlich. Passte alles gut zum ursprünglichen Namen. *Palast der Blüten!* Kitschiger ging's ja kaum noch.

Nur die große Truhe neben dem Bett gefiel ihr, so eine hätte sie auch gerne gehabt. Sie klappte den Deckel hoch und spähte hinein, ließ ihn aber schnell wieder fallen, als ihr ein Dutzend rubinrot glühende Augen entgegenspähten. Noch mehr Schlangen! Waren die denn überall?

In vielen Ecken standen eiserne Blütenspiralen, an denen sich Gewächse hochrankten. Manche längst vertrocknet, andere so außer Kontrolle geraten, dass sie sich auf die Wände ausgebreitet hatten. Während Kerrik und Rena die Pflanzen untersuchten, wanderte Alena alleine durch die Räume. In einem der Zimmer glühte der Smaragd an ihrem Schwert besonders hell, und hier hatte Alena am stärksten das Gefühl, beobachtet zu werden. Dieser Raum war in zartem Rosa und Gelb eingerichtet, überall hingen Spiegel. Alena ahnte, dass es das Zimmer war, das einst die Tochter der Regentin bewohnt hatte.

In einer Ecke des Zimmers fiel ihr ein mit Flüssigkeit gefülltes Becken auf, das auf einer kleinen Säule stand. Eigentlich hatte sie nicht viel für Wasser übrig, aber dieses hier sah interessant aus. Pechschwarz war es. Wie die Farbe der Feuergilde. Alena steckte den Zeigefinger hinein – und eine Welle der Trauer schlug über ihr zusammen, trieb ihr Tränen in die Augen und ließ sie aufschluchzen in namenloser Verzweiflung. Mit letzter Kraft riss Alena den Finger aus dem schwarzen Wasser, stolperte zurück. Schwer atmend blieb sie stehen, wischte sich langsam die Tränen aus dem Gesicht und versuchte zu verstehen, was geschehen war. Wie ein Blitz tauchte Cchraskar an ihrer Seite auf. »Heee, du weinsst!«

»Nee«, schnappte Alena, schwer beleidigt, weil er ihr so etwas zutraute. »Dieses Zeug da in dem Becken hat mich fertiggemacht. Ich möchte gar nicht wissen, was passiert wäre, wenn ich davon getrunken hätte.«

»Im anderen Zimmer ist auch eins, im anderen«, berichtete ihr Freund. »Aber da ist das Wasser hellgrrrün.«

»Wie wär's, wenn *du* mal die Pfote reintunkst und schaust, was passiert? Ich habe keine Lust, so was noch mal zu erleben.«

Sie machten sich auf den Weg in den anderen Raum, den mit den zerbrochenen Deckenfenstern. Doch sie kamen nicht weit.

Als Alena an einem der Spiegel vorbeiging, stutzte sie, drehte sich um. Aus dem Augenwinkel hatte sie bemerkt, dass die Gestalt, die der Spiegel eben gezeigt hatte, irgendwie anders ausgesehen hatte als sie. Nun blickte ihr aus dem Glas eine Fremde entgegen. Es war ein Mädchen mit langen schwarzen Haaren, traurigen Augen und einem herzförmigen Mund. Unwillkürlich fuhr Alenas Hand zu ihrem Gesicht, ihren Haaren. Nein, sie hatte sich nicht verändert, ihre Haare waren noch immer schulterlang. Wer beim verdammten Feuergeist war dann das da im Spiegel? Kein Wunder, dass sie sich beobachtet gefühlt hatte!

»Wer bist du?«, flüsterte Alena, doch das Mädchen im Spiegel blickte sie nur weiter an. Schritt für Schritt wich Alena zurück, und die Figur im Spiegel tat das Gleiche, wurde kleiner und kleiner. Eine Gänsehaut überzog Alenas Arme. Sie drehte sich um und ging mit schnellen Schritten zu den anderen zurück.

»Jemand ist hier«, berichtete sie.

»Wo?« Rena fuhr herum.

»Dort drüben im Spiegel.« Erschöpft ließ Alena sich in einen der Stühle fallen. Es machte ihr kaum noch etwas aus, dass auch er sich alles andere als normal anfühlte. »Und diese Becken haben's in sich. Oh, hier ist auch eins.«

»Wir haben uns schon gefragt, was dieses Zeug ist«, meinte Rena. »Sieht aus wie dunkelblaues Wasser.«

»Probiert's doch einfach aus – ich habe meine Erfahrungen schon nebenan gemacht«, sagte Alena, und tatsächlich: Kerrik zögerte nicht und tauchte den Finger in die dunkelblaue Flüssigkeit. Sofort veränderte sich sein Gesicht, seine Augen bekamen einen hoffnungslosen Ausdruck. Sehnsüchtig, wie um sein Leben bittend, blickte er sie an, und Alena sah, wie Tränen in seine Augen traten.

Schnell zog ihn Alena von dem Becken weg. »Was hast du gespürt?«

Kerrik atmete tief durch. »Einsamkeit. Ganz tief und ganz schrecklich.«

»Ich glaube, diese Flüssigkeiten sind so was wie konzentrierte Gefühle«, sagte Alena. »Was könnte das Grüne sein?«

Es war eine kleine Pfütze der Freude, wie sie kurz darauf feststellte. Gut fühlte es sich an, da hineinzufassen, und ein paar Atemzüge lang strahlte Alena über das ganze Gesicht. Bis sie in die düstere Wirklichkeit zurückkehrte und sich daran erinnerte, dass sie jetzt gildenlos war, ihr Vater im Sterben lag und der gefährlichste Mann Dareshs entschlossen war, sie zu töten. Willkommen im echten Leben, dachte Alena und seufzte.

Währenddessen waren Rena und Kerrik hinübergegangen in das Zimmer der Tochter und kamen achselzuckend wieder zum Vorschein. »Was meinst du mit dem Spiegel? Wir haben nur festgestellt, dass wir ein bisschen blass aussehen ...«

Tatsächlich, die Gestalt im Spiegel war weg, und nur Alenas eigenes Gesicht starrte ihr entgegen.

Um jedes der runden Zimmer gruppierten sich andere Räume – die hatten sie schnell durchforstet. Sie fanden nichts Ungewöhnliches, aber auch nicht die Feuerblüte. Alena sah Rena an, dass sie allmählich den Mut verlor.

»Vielleicht hat dieser Jorak die Nachricht doch falsch entziffert«, sagte Alena, obwohl sie noch nicht bereit war, die Hoffnung aufzugeben.

»Ich glaube nicht«, sagte Rena. »Oder kannst du dir einen besseren Ort für etwas wie die Feuerblüte vorstellen als das hier?«

Wie Alena zugeben musste, war der Palast der Trauer der seltsamste und magischste Ort, den sie in ihrem Leben gesehen hatte. Auch wenn sie noch alles andere als sicher war, ob sie das gut fand oder nicht.

Sie hatten den nördlichen Teil des oberen Stockwerks noch nicht untersucht. Es war durch ein goldenes Tor vom Rests des Palastes abgetrennt. Zu dritt stemmten sie sich dagegen und staunten, wie leicht es aufging.

Doch als Alena sah, was sich dahinter verbarg, wurde ihr der Mund vor Entsetzen trocken. Rena stolperte so hastig zurück, dass sie beinahe gefallen wäre. Cchraskar duckte sich und fiepte. Eins war sofort klar – sie hatten gefunden, was sie suchten.

Aber es war unerreichbar.

Mit einem Blick erfasste Rena, was vor ihnen lag. In der Mitte des Saals stand ein Thron aus riesigen silbernen Blütenblättern. Dahinter entsprang, eingefasst von Säulen, ein Wasserfall, der bis hinunter ins Erdgeschoss sprudelte. Auf beiden Seiten des Saals gaben schmale, hohe Fenster den Blick in verwilderte Dachgärten frei. Auch im Thronsaal wucherten überall Pflanzen. An einer der Säulen hinter dem Thron rankte sich eine Pflanze mit Blüten empor, die orangerot schimmerte. Obwohl Rena noch nie eine Feuerblüte gesehen hatte, wusste sie sofort, was sie vor sich hatten.

Doch es war, als hätte der Palast lautlos Alarm ausgelöst, als hätte er um Hilfe gerufen, um sein Allerheiligstes zu schützen. Wie eine schwarze Flut hasteten von überallher die kleinen Schlangen heran, zuckten wie Peitschenschnüre über den Boden, auf den Thron zu. Es waren so viele, dass man die Mosaike des Bodens kaum mehr sah, und es wurden mit jedem Atemzug mehr. Mit wütend leuchtenden rubinroten Augen bauten sie sich vor dem Thron auf, und ihr vielstimmiges Zischen klang, als würde man tausend rot glühende Schwerter gleichzeitig in Wasserbottiche tauchen.

»Na wunderbar«, sagte Kerrik leise. »So was habe ich nicht mal in Lixantha gesehen.«

»Die sind gar nicht gut drauf«, murmelte Alena und umklammerte den Knauf ihres Schwertes. Der Smaragd leuchtete heller denn je. »Ich könnte mich vielleicht mit dem Schwert durchkämpfen. Aber ich fürchte, die können uns sogar in Schwierigkeiten bringen, wenn sie nicht giftig sind. Wenn Tausende von denen gleichzeitig angreifen …«

Giftig! Rena war zumute, als stürze sie immer tiefer in einen Albtraum. Die Bemerkung katapultierte sie vierzehn Winter zurück, zum Kampf um den Smaragdgarten. Damals war Alix, Alenas Mutter, mit einem vergifteten Dolch getötet worden. War es Alena bestimmt, auf ähnliche Weise zu sterben? Und so jung schon! Das konnte nicht sein, das durfte nicht sein!

»Es hat keinen Sinn«, sagte Rena, und die Stimme versagte ihr fast. »Wir dürfen das nicht riskieren.«

Sie befürchtete fast, dass Alena trotzdem losstürmen würde, auf ihre Koste-es-was-es-wolle-Art versuchen würde zum Thron durchzukommen. Aber sie hatte das Mädchen unterschätzt. Alena wartete ab, dachte nach.

»Wenn wir ein Seil mitgenommen hätten, könnten wir uns vielleicht über sie hinweghangeln«, überlegte Alena laut. »Wir könnten noch einmal zurückgehen und besser ausgerüstet wiederkommen.«

»Hm«, sagte Rena. Hatten sie wirklich eine Chance, wenn der Palast entschied, gegen sie zu kämpfen?

»Oder wir tasten uns von unten heran, vom Erdgeschoss aus, über den Wasserfall«, sagte Kerrik. Rena nickte. Das war gar keine schlechte Idee. Obwohl Alena – wasserscheu wie alle Feuerleute – Kerrik so entgeistert ansah, als hätte er vorgeschlagen, ein paar Dämonen zu Hilfe zu rufen.

Rena versuchte, ruhig zu atmen, sich zu konzentrieren. Sie beobachtete die Schlangen. An irgendetwas erinnerten sie diese Tiere. Die Art, wie sie sich jetzt gemeinsam bewegten, perfekt aufeinander abgestimmt. Wie von einem stärkeren Willen beherrscht, dem sie dienten. Von dem Palast, diesem lebendigen Ding, in dem sie hausten.

Die Memo-Fische!, fiel es Rena ein. Tjeris Memo-Fische! Diese winzigen silbernen Geschöpfe konnten gemeinsam Bilder erzeugen, indem sie ihre Körper nach Mustern gruppierten. Tjeri benutzte sie im Seenland dazu, um Nachrichten zu übermitteln.

Die Idee traf Rena wie ein Blitzschlag. Vielleicht konnte man mit Hilfe der Nattern mit dem Palast Verbindung aufnehmen! Das ging natürlich nur, wenn der Palast so eine Art Bewusstsein hatte. Aber nach dem, was Alena in den Spiegeln gesehen hatte, war Rena inzwischen bereit, auf genau das einen ziemlich hohen Betrag zu verwetten.

Aufregung durchspülte ihren Körper wie eine kühle Flut. Sie war Vermittlerin. Ihre Aufgabe war schon oft gewesen, Kontakt aufzunehmen. Vielleicht würde sie es auch diesmal schaffen.

Rena trat nach vorne. Schritt für Schritt ging sie näher auf die Schlangen zu.

»Was beim Feuergeist tust du da?« Eine Hand packte sie

hart am Arm. Rena schüttelte sie ab. »Ich will etwas versuchen.«

»Pass bloß auf! Wenn die tatsächlich giftig sind …«

Doch Rena hatte nicht vor, sich mit den Schlangen anzulegen. Sie blieb in zwei Menschenlängen Entfernung vor ihnen stehen und blickte sich um, versuchte, den Palast selbst anzusprechen und nicht die Wesen vor ihr. »Wir wissen, dass wir nicht eingeladen waren«, sagte sie laut. »Und das tut uns leid. Aber wir wussten nicht, wie wir dich hätten fragen sollen.«

Bildete sie sich das nur ein oder wurde das Zischen der Nattern leiser?

»Wir würden gerne mehr über dich erfahren«, fuhr Rena mit lauter Stimme fort. »Du bist einzigartig in Daresh. Aber niemand weiß etwas über dich. Das ist schade.«

Jetzt schauten die Schlangen abwartend drein. Fast ein wenig verblüfft wirkten sie.

Rena stellte sich, Alena, Kerrik und Cchraskar kurz vor, wie es die Höflichkeit gebot. Dann entschied sie, dass sie genug geredet hatte. Jetzt war es Zeit für Antworten. »Kannst du mit mir sprechen?«, fragte Rena. »Willst du mit mir sprechen?«

Es war jetzt sehr still im ehemaligen Thronsaal der Regentin. Dann kam Bewegung in den wimmelnden, lebenden Teppich vor ihr. Staunend beobachtete Rena, wie die Schlangen ihre Körper bogen, sich zusammenfanden. Nach ein paar Atemzügen kehrte wieder Ruhe ein. Und vor ihnen lagen Worte in lebenden Linien auf dem hellen Boden.

Reden Reden Reden Reden

Feuerblüten

Alena räusperte sich. »Das klingt, als hätte das Ding lange niemanden mehr zum Quatschen gehabt«, flüsterte sie. »Jetzt wird es wahrscheinlich gar nicht mehr aufhören …«

»Dann sind die Schlangen wenigstens beschäftigt«, knurrte Cchraskar.

»Still!«, zischte Rena. Wer wusste, wie hellhörig der Palast war. Sie wollte nicht, dass er jetzt durch eine respektlose Bemerkung verärgert wurde. Hier, im oberen Stockwerk, waren sie ihm noch mehr ausgeliefert als im Saal unten, und das vergaß Rena keinen Atemzug lang.

»Wer bist du?«, fragte sie.

Ich bin Moriann, formten die Schlangen.

»Das Mädchen im Spiegel!«, wisperte Alena, und Rena nickte. Die verrückte Tochter der Regentin! Oder war sie gar nicht wahnsinnig gewesen? Oft waren Menschen als verrückt bezeichnet worden, die einfach nur *anders* waren. Jedenfalls hatte es Moriann damals irgendwie geschafft, die Kontrolle über den Palast zu übernehmen. Und sie war noch immer hier. Anscheinend ist sie unsterblich geworden, dachte Rena.

»Was ist passiert?«, fragte sie vorsichtig. »Warst du nicht mal ein normaler Mensch?«

Normal war ich nie, antworteten die Schlangen. Sie wuselten umeinander, formten in schneller Folge neue Sätze vor Renas Füßen. *Ich konnte immer Dinge zum Leben erwecken. Ihnen meinen Willen geben.*

Rena holte tief Luft. Moriann war ein Anderskind gewesen! Solche Menschen waren sehr selten in Daresh, es gab nur Legenden über sie. Zum Beispiel über Tomarek, den Zeitbeuger, der vor zwanzig Generationen gelebt hatte und schon in jungen Jahren ermordet worden war. Man erzählte sich, dass er ganz nach seinen Wünschen die Zeit vorübergehend angehalten hatte, manchmal hatte es ihm auch gefallen, sie rückwärtslaufen zu lassen. Und vor fünf Generationen hatte Yanna Wunderhand gelebt, die Gegenstände durch die Luft bewegt hatte, ohne sie anzufassen. Doch Moriann schien ein noch ungewöhnlicheres Talent zu haben.

Wieder bewegten sich die Schlangen. *Eines Tages habe ich einen Fehler gemacht. Ich bin in eine der Säulen hineingegangen.*

»Hineingegangen?«, fragte Kerrik verblüfft.

Ich bin verschmolzen mit ihr. Und habe den Weg zurück nicht mehr gefunden. Seither ist der Palast ich, und ich bin der Palast.

Erschüttert schwiegen Rena und ihre Freunde. Was für ein Schicksal, dachte Rena. Es muss einzigartig in Daresh sein.

»Frag sie, wie sie sich fühlt«, zischte Alena. »Das Mädchen im Spiegel war furchtbar traurig.«

Rena nickte. Das hatte sie sowieso vorgehabt. »Ist es sehr einsam, hier zu leben?«, fragte sie.

Alle sind fort. Und nie kommt jemand her. Außer Eindringlingen, die stehlen wollen.

O je, dachte Rena. Im Grund waren sie das für Moriann ja auch: Eindringlinge. »Und das seit hundert Wintern …«

Wenn ich wüsste, wie man stirbt, wäre ich schon längst fort von hier.

»Ist das so schwer?«, entfuhr es Alena.

Diesmal war die Antwort lang, die Schlangen hatten viel

zu tun. *Für das Palast-Ich schon. Es kann noch Hunderte von Wintern dauern, bis die Mauern völlig zerfallen sind. Und vorher bin ich nicht frei.*

Rena wusste, dass das der Moment war, auf ihr Anliegen zurückzukommen. »Das ist schlimm. Wir aber haben das umgekehrte Problem. Wir kämpfen um das Leben unserer Freunde. Weißt du, weshalb wir hier sind?«

Ja. Wegen der Feuerblüten. Ihr habt darüber gesprochen.

Moriann hatte also jedes Wort gehört und alles gesehen. Vielleicht durch die Schlangen. Vielleicht durch andere Sinne. Gut, dass sie bei ihren Erkundungen nichts Nachteiliges über den Palast gesagt hatten. »Aber noch weißt du nicht, warum wir sie brauchen«, fuhr Rena fort und erzählte von Cano, vom Eisdämon, von Tavians und Tjeris Schicksal. Als sie geendet hatte, krochen die Schlangen lange Zeit hektisch umher, formten Muster, bildeten Formationen und bewegten sich dann wieder chaotisch durcheinander. Wahrscheinlich ist das Moriann Art, mit den Fingern auf den Tisch zu klopfen, während sie nachdenkt, dachte Rena.

Na gut, formten die Nattern schließlich. *Ich will euch helfen.*

»Wir danken dir«, sagte Rena und fragte sich, was für eine Bedeutung die Feuerblüten für Moriann hatten. Wahrscheinlich hatte auch sie gute Verwendung für Blumen, die Lebenskraft in sich speicherten.

Sieben Blüten kann ich entbehren, übermittelten die Schlangen. *Pflücken darf sie aber nur das Mädchen, das das Smaragdschwert trägt.*

Rena wandte sich zu Alena um. Auf dem Gesicht des Mädchens stand Verblüffung. Ich hätte ihr vom Smaragdgarten erzählen sollen, warf sich Rena vor. Sie hat ein Recht darauf, zu wissen, was damals passiert ist und wo die Steine an ihrem Schwert herkommen.

Doch jetzt war keine Zeit dafür. »Mach schnell – bevor sie sich's anders überlegt«, flüsterte ihr Rena zu.

Wie in Trance setzte Alena einen Fuß vor den anderen, ohne die schwarzen Schlangen zu beachten – die Augen fest auf die Säule gerichtet, an der sich die magische Pflanze emporrankte. Und die Schlangen machten vor ihr eine Gasse frei und flossen hinter ihr wieder zusammen, so dass es aussah, als ginge Alena über die Oberfläche eines schwarzen Sees.

Schnell pflückte sie ein halbes Dutzend der kostbaren Blüten und kehrte zu ihnen zurück.

»Alles klar?«, fragte Kerrik und legte ihr die Hand auf den Arm.

Alena nickte. »Ja. Aber es wundert mich nicht, dass sie uns nur so wenige geben wollte. Ich glaube, es ist nicht die richtige Jahreszeit. Es sind nur wenige Blüten an der Pflanze, viele waren schon verwelkt. Jetzt sind nur noch zehn oder so übrig. Aber diese hier reichen sicher um Tjeri und Pa zu heilen.« Sie reichte Kerrik eine Blüte und Rena zwei, den Rest behielt sie selbst und verstaute sie vorsichtig in der Tasche ihrer Tunika. Was Rena in Ordnung fand. Alena konnte die kostbaren Blüten am besten beschützen – und sie war diejenige, die vom Weißen Panther angegriffen wurde, sie brauchte die Blüten am dringendsten.

Sie wirken, wenn man sie sich auf die Zunge legt oder isst, buchstabierten die Schlangen.

»Danke für den Hinweis.« Vorsichtig hielt Rena die Feuerblüte, die sich samtig glatt anfühlte, zwischen den Fingern und betrachtete sie. Aus der Nähe sah sie nicht besonders bemerkenswert aus. Sie war klein, nur so groß wie ein Auge. Außen hatte sie einige breite orangerote Blütenblätter, innen einen zweiten Kranz winziger gelber Blättchen. Als Rena an ihr roch, nahm sie einen schwachen, aber herrlichen Duft wahr.

»Es ist wirklich Pech, dass die Pflanze fast abgeblüht ist«, sagte Kerrik. »Ich versuche mal eine Wachstumsformel anzuwenden.« Er schloss die Augen, konzentrierte sich, murmelte ein paar Worte. Doch die Pflanze reagierte kaum darauf, nur die Blätter hoben sich ein wenig. Schließlich seufzte Kerrik und öffnete die Augen wieder. »Zu weit weg. Schade. Ich müsste näher an sie herankommen.«

»Geht nicht. Vergiss es.« Rena wandte sich wieder an den Palast. »Wir danken dir, Moriann. Können wir irgendetwas für dich tun, dir helfen?«

Diesmal hatten es die Schlangen eilig. *Kommt vorbei zum Reden,* buchstabierten sie aus. *Ihr seid willkommen.*

»Machen wir«, sagte Rena und verbeugte sich leicht. Kerrik und Alena taten es ihr nach.

Sie gingen durch den Thronsaal und die Gemächer der Regentin zurück, stiegen hinab in den Saal mit dem Wasserfall – Tränen sind es, die ihn speisen, begriff Rena – und schritten durch die Eingangshalle nach draußen. Als sie den Palast verlassen hatten, atmete Rena freier. Tief sog sie den kalten Wind ein, der von Norden über Ekaterin fegte. Es war dunkel geworden; einen halben Sonnenumlauf lang waren sie im Palast der Trauer gewesen. Kaum zu glauben, wie schnell das alles gegangen war – erst heute Morgen hatte ihnen Jorak die Botschaft entschlüsselt.

»So etwas erlebt man nur einmal im Leben«, sagte sie. »Ob uns das einer glauben wird?«

»Komisch«, sagte Kerrik nachdenklich. »Es war fast wie in Lixantha. Wenn man den Dschungel kennenlernt und versteht, dann braucht man keine Angst vor ihm zu haben, dann hilft er einem sogar.«

Alena war schon losgegangen, in Richtung Stadt. Ungeduldig drehte sie sich um. »Worauf wartet ihr, beim Säurebad? Wir haben's eilig!«

Beim Gedanken daran, Tjeri nun helfen zu können, war Rena ganz leicht und hell zumute. Tjeri, bald hatte sie Tjeri wieder! Auf einmal strahlte sie über das ganze Gesicht.

»Ja, verdammt, wir haben es eilig!«, sagte Rena. Mit schnellen Schritten ging sie an den anderen vorbei und setzte sich an die Spitze ihres kleinen Trupps.

Im Schutz der Dunkelheit stahlen sie sich zurück in die Stadt. Alena war nicht wohl zumute, als sie durch die äußeren Bezirke wanderten. Wieder echote Canos Warnung in ihrem Kopf. *Und auf eins kannst du dich verlassen: Ich werde dich zerstören, so wie alle, die sich mir in den Weg stellen.* Inzwischen war Ekaterin nicht weniger gefährlich für sie als der Palast der Trauer. Wie sie es schon so oft getan hatte, tastete sie nach ihrem Gildenamulett, um den Feuergeist um Schutz zu bitten – vergebens diesmal. Nie wieder, dachte Alena und biss die Zähne zusammen.

Rena ging noch immer voran. Aber sie nahm nicht den direkten Kurs auf den Grünen Bezirk. »Wo willst du hin? Ich denke, wir gehen Tjeri holen?«, fragte Alena verwundert. Ihr war nicht wohl bei dem Gedanken, Lilas bald gegenüberstehen zu müssen. Und Kerrik ging wohl etwas Ähnliches durch den Kopf; er war auf einmal sehr still geworden.

»Meinst du, wir können einfach so bei Lilas hineinspazieren? Cano ist nicht blöd, er wird das Haus überwachen lassen.« In Renas Augen war ein vergnügter Funke. »Aber ich wette, er hat übersehen, dass er es mit Menschen einer anderen Gilde zu tun hat. So etwas zu bedenken war noch nie seine Stärke …«

Kurze Zeit später wusste Alena, dass der Grüne Bezirk untertunnelt war. Und sie erfuhr, wie es sich anfühlt, durch einen engen stickigen Gang zu kriechen. Es gefiel ihr nicht besonders. Sie bekam Sand in die Nase, und ihre Tunika war furchtbar dreckig, man konnte kaum noch erkennen, welche Farbe sie einmal gehabt hatte. Cchraskar dagegen war voll in seinem Element.

Ächzend zog Alena sich hinter ihren Freunden im unteren Stockwerk des Gartenhauses wieder ins Freie und klopfte sich den Staub ab. »Und so was macht ihr freiwillig?!«

»Aber ja«, erwiderte Kerrik grinsend. »Sag bloß, es hat dir keinen Spaß gemacht!«

In einem der Innengärten fanden sie Lilas. Sie trug ein einfaches, helles Leinenkleid und war barfuß; ihr Gesicht wirkte ernst und verschlossen.

Alena blieb verlegen im Hintergrund und hätte sich am liebsten unsichtbar gemacht. Wahrscheinlich ging es Kerrik ebenso, denn er sagte kein Wort.

Nach einem kühlen Blick auf Alena und Kerrik wandte Lilas sich Rena zu. »Er ist nicht mehr hier«, sagte sie.

»Was?!« Rena schrie es fast. »Was ist passiert?«

»Cano hat ihn wegbringen lassen«, erklärte Lilas. »Seine Leute haben meinem Meister weisgemacht, dass der Heiler vom Berge Tjeri wieder erwecken könnte. Ich konnte nichts dagegen tun. Du hättest sehen sollen, was für einen Aufstand ich gemacht habe. Aber sie waren bewaffnet, und zum Schluss haben sie uns gedroht.«

Alena ballte die Fäuste. Warum hatten sie nicht daran gedacht, Tjeri vorher ins Versteck zu bringen, in Keldos Höhle?

»Du hast getan, was du konntest«, sagte Rena dumpf. »Haben sie erwähnt, wo sie ihn hinschaffen?«

»Nein. Sie haben sich nicht mal die Mühe gemacht zu lügen.«

Sie krochen in den Tunnel zurück, suchten sich einen unterirdischen Rastplatz und blieben dort verwirrt und erschüttert sitzen. »Was jetzt?«, fragte Alena.

»Ich hätte daran denken müssen«, meinte Rena grimmig. »Auch das kommt mir sehr bekannt vor. Nur dass ich das letzte Mal der Köder war.«

»Köder? Du meinst, er will uns aus dem Versteck locken?« Kerrik runzelte die Stirn. »Gar keine schlechte Taktik.«

»Aber selbst wenn – wir müssen Tjeri finden«, sagte Alena. »Wahrscheinlich hat er ihn in sein Hauptquartier gebracht. Ich war da, als ich Cano das zweite Mal getroffen habe.«

Rena horchte auf. »Wo liegt es? Wie sieht es aus?«

»Ich weiß nicht. Irgendwo im Gelben Bezirk«, musste Alena zugeben und erzählte davon, wie man ihr die Augen verbunden und sie geführt hatte. »Aber ich habe meine Atemzüge gezählt, und ich würde die Gerüche und Geräusche wiedererkennen. Vielleicht kann ich es wiederfinden. Nur, wie verhindern wir, dass die Falle zuschnappt?«

»Wir müssen uns trennen«, erklärte Rena. Der entschlossene Blick war in ihre Augen zurückgekehrt. »Kerrik und Cchraskar müssen versuchen Canos Aufmerksamkeit auf sich zu ziehen. Währenddessen holen wir Tjeri raus. Am besten geht ihr noch mal zu Lilas' Haus und lotst eure Verfolger dann in den Roten Bezirk.«

Alena hätte keinen Klumpen verrostetes Roheisen darauf gesetzt, dass das funktionieren würde. Inzwischen kannte sie Cano gut genug, um zu wissen, dass er nicht leicht zu besiegen und erst recht nicht zu übertölpeln war. »Vielleicht fällt Jorak etwas Besseres ein«, sagte Kerrik plötzlich. »Ist es in Ordnung, wenn ich ihm Bescheid gebe, damit er uns hilft?«

Rena nickte. »Ja, mach nur, das ist eine gute Idee.«

Alena stöhnte, aber niemand beachtete sie. Niemanden interessiert es, was ich von ihm halte, dachte Alena eingeschnappt. Sie werden schon sehen, was sie davon haben – der Kerl hat's doch todsicher nur auf die Belohnung abgesehen!

Auf dem Markt kauften Rena und sie sich ein neues Schwert für Rena und zwei schwarze Kutten, um als reisende Schmiedinnen durchzugehen. Es würde nicht auffallen, wenn sie sich die Kapuzen über den Kopf zogen – schließlich war es wirklich kalt, und Feuerleute froren leicht. Dann begaben sie sich zum Herztor, wo Canos Leute sie damals abgeholt hatten. Um diese Uhrzeit waren nicht viele Leute hier.

»Gut, du machst jetzt die Augen zu, und ich führe dich«, sagte Rena. »Kannst du mir schon einen Tipp geben, worauf ich achten sollte?«

Alena schloss die Augen und rief die Erinnerungen in sich wach. »Ein Übungsplatz für Anfänger muss in der Nähe sein, ich habe das Geräuch von Holzschwertern gehört. Außerdem eine Schmiede, in der nachts noch gearbeitet wird. Es roch nach Hornspänen und Kräutern … Ich wette, in der Nähe arbeiten auch ein Heiler und jemand, der Messergriffe macht.«

Endlos lange, wie es Alena schien, irrten sie im Gelben Bezirk umher. Es fiel ihr nicht leicht, sich zu konzentrieren. Innerlich war sie verkrampft, viel zu oft musste sie an Cano und seine Drohung denken. Ihn jetzt absichtlich suchen zu gehen, sich in sein Hauptquartier zu wagen, schien aberwitzig. Aber sollte sie etwa vor Rena zugeben, dass sie Angst hatte? Auf gar keinen Fall!

Aus Zufall stolperten sie schließlich über die richtige Fährte. Ein paar Menschenlängen entfernt rief jemand etwas zu seinem Nachbarn hinüber. »He, Lex, hast du noch Telvarium im Lager?«

Alena zuckte zusammen. Lex, war das nicht einer von Canos Leuten? Der Muskelberg mit dem teuren Schwert? Vielleicht gehörte ihm die Schmiede, die Cano als Hauptquartier benutzte! Sie riss die Augen auf und sah gerade noch, in welcher Schmiede der Mann verschwand. Zwar hörte sie keine Holzschwerter – wahrscheinlich waren die Übungszeiten schon vorbei –, und es roch nicht nach Hornspänen, aber ein leichter Kräuterduft hing tatsächlich in der Luft. Was schlicht daran lag, dass jemand neben der Pyramide einen Strauch Jaiolo-Gewürz angepflanzt hatte.

»Weitergehen, lass dir nichts anmerken!«, zischte Alena ihrer Freundin zu. Sie drehten eine Runde und hielten dabei nach Wachen Ausschau. Zwei Posten, stellte Alena fest, und es sieht so aus, als hätten sie uns nicht bemerkt.

Aus Lex' Schmiede drang gedämpftes Hämmern, der harte Klang von Metall auf Metall.

»Kommen wir da irgendwie unbemerkt rein?« Renas Stimme klang gepresst.

»Ja, durch die Vordertür«, sagte Alena und grinste. »Esse und Amboss sind immer in der Mitte der Pyramide, man kann von dort aus den Eingang nicht sehen. Und bei dem Lärm wird er uns mit ein bisschen Glück auch nicht hören.«

Es war eine schreckliche Sünde, ohne Erlaubnis des Bewohners eine Schmiede zu betreten – und Mitgliedern anderer Gilden war es streng verboten. Aber eine Sünde mehr oder weniger macht jetzt wirklich nichts mehr aus, dachte Alena. Sie blickte sich um, ob auch niemand in der Nähe war, und drückte dann vorsichtig die eiserne Tür nach innen. Zum Glück quietschte sie nicht.

Im Inneren der Schmiede war die Luft warm wie im Sommer, und der beißende Geruch nach Rauch und heißem

Metall erfüllte den Raum. Erst als sie ihn hier wieder roch, wurde Alena klar, wie sehr sie ihn vermisst hatte. Ich bin Waffenschmiedin, dachte sie mit einer Mischung aus Stolz und Trotz. Daran ist nichts mehr zu ändern. Ob sie mir den Meistergrad geben oder nicht, ob ich ausgestoßen bin oder nicht.

Solange sie den Klang des Hammers hörten, waren sie sicher. Dann war Lex am Amboss beschäftigt – mit seinem Helfer, falls er einen hatte. Sie durften ihm nur nicht zu nahe kommen, sonst spürte er das Metall ihrer Schwerter.

Jetzt war kurze Zeit Ruhe. Lex hatte das Eisen gerade im Feuer. Dann wieder lautes Hämmern. *Kleng. Kleng.* Mit halbem Ohr lauschte Alena auf den kraftvollen Rhythmus, während sie durch die Seitenkammern schlichen. Sie konnte viel aus diesem Klang heraushören – wie heiß das Metall gerade war, welchen Hammer der Mann benutzte, an was für einer Form er sehr wahrscheinlich arbeitete und wie viel Energie er noch hatte. Alena tippte darauf, dass er Schwerter fertigte, so wie sie selbst. Und es klang, als sei Lex trotz der späten Stunde noch nicht im Geringsten müde. Hoffentlich müssen wir uns nicht mit ihm anlegen, dachte sie.

Sie fanden einen Schlafraum und zwei Erzlager – und einen dunklen Raum, in dem sich auf den ersten Blick nur ein paar Regale befanden. Doch als sie sich schon abwenden wollten, bemerkten sie, dass in den Schatten eine Gestalt lag, reglos und still. Alenas Herz machte einen Satz.

Sie hatten Tjeri gefunden!

»Mach mir Licht«, bat Rena hastig. Ihr war schlecht vor Anspannung und Angst um Tjeri. Alena schnitt kurzerhand einen Span aus einem hölzernen Vorratsregal und rief eine Flamme darauf herab.

Rena kniete sich neben ihren Gefährten. Im schwachen Licht des Spans sah sie, dass er abgemagert war, sein Gesicht war sehr blass und eingefallen, das dunkle Haar stumpf. Mit zitternden Fingern fühlte sie seinen Puls. Dem Erdgeist sei Dank, er lebte noch! Ungeschickt nestelte Rena eine der kleinen Blüten aus ihrer Tasche, hielt sie einige Atemzüge lang in den Händen. Sie war schon ein wenig welk. »Hoffentlich wirkt das Ding noch.«

Alena brachte einen Krug Wasser heran, der ein Stück entfernt gestanden hatte. Vorsichtig bettete Rena Tjeris Kopf in ihre Armbeuge und legte ihm die Blüte auf die Zunge. Sehr langsam gab sie ihm etwas Wasser und massierte seine Kehle, damit er es schluckte und nicht daran erstickte. Dann konnte sie nur noch warten. Jetzt würde sich zeigen, ob all die Mühen im Palast der Trauer sich gelohnt hatten.

Lange Zeit – ausnahmsweise hatte Rena vergessen ihre Atemzüge zu zählen – passierte nichts. Sie lauschte auf die Geräusche aus der Schmiede. Wenigstens hatte Lex noch nicht bemerkt, dass er ungebetenen Besuch hatte.

»Es klappt nicht«, flüsterte Alena entmutigt.

Rena antwortete nicht. Sie schaffte es nicht, die letzte Hoffnung fahren zu lassen. Wieder vergingen lange Momente, die Zeit dehnte sich ins Unendliche. Rena strich ihrem Gefährten über die Wange, und sie schauderte, wie kalt sein Körper war. Ihre Kehle war eng bei dem Gedanken, dass sie Tjeri vielleicht zum letzten Mal in den Armen hielt.

Alena sagte nichts mehr. Aber Rena konnte ihre Unruhe spüren. Klar, sie will hier raus, bevor Cano und seine Leute auftauchen und uns erwischen, dachte Rena, während ihr das Klingen des Hammers in den Ohren hallte. Sie ist nur zu höflich um mir zu sagen, dass ich jetzt endlich Abschied nehmen muss. Wenn die Feuerblüte nicht wirkt, dann gibt es keine Rettung mehr.

»Geh ruhig schon – ich komme nach«, sagte Rena und bemühte sich ihre Stimme gleichmäßig und ruhig klingen zu lassen. Sie wollte hierbleiben, bei Tjeri, sonst nichts ... alles andere war ihr egal geworden. Selbst der Gedanke an Canos Rache schaffte es nicht, den dunklen Nebel der Trauer zu zerreißen, der sie umgab.

»Was soll das sein, eine Beleidigung?«, zischte Alena. »Kein Mensch der Feuergilde lässt einen Freund im Stich! Ich bin vielleicht gildenlos, aber das heißt nicht, dass ich jetzt damit anfangen werde, mich wie eine Baumratte aufzuführen ...«

Rena hörte nicht mehr zu. Sie spürte, dass Tjeris Körper sich veränderte. Fast unmerklich zunächst. Er fühlte sich nicht mehr so schlaff an, ein Wille war in ihn zurückgekehrt. Seine Muskeln begannen leicht zu zucken wie die eines Träumers, der im Geist über eine Wiese läuft.

»Irgendwas passiert mit ihm!« Rena musste sich zwingen, leise zu sprechen. »Die Blüte wirkt!« Sie konnte fühlen, wie seine Haut wärmer wurde, endlich fühlte sie sich wieder lebendig an. Der Eishauch wich aus ihm!

Tjeri schlug die Augen auf. Erst schien er nichts zu sehen, aber dann richteten sich seine Augen auf ihr Gesicht. »Rena?«, fragte er, die Stimme noch schwach und rau.

»Ja«, sagte Rena und brach in Tränen aus.

Doch schon ein paar Atemzüge später fiel ihr etwas auf, und der Schreck fuhr ihr ins Herz wie eine Lanze. Schnell hob sie den Kopf und wischte sich das Wasser aus den Augen. Sie hielt den Atem an, lauschte – und hörte nichts.

Das Hämmern aus der Schmiede hatte aufgehört.

Feuer und Eis

Fasziniert beobachtete Alena, wie Rena weinte. Schon wieder, dachte sie. Und es scheint ihr noch nicht mal peinlich zu sein. Warum genau heult sie eigentlich diesmal? Ich denke, man macht es, wenn man traurig ist?

Erst als Rena den Kopf hob und lauschte, bemerkte auch Alena, dass es still geworden war. Nicht nur kurz, weil Lex das Eisen wieder im Feuer hatte, sondern schon seit vielen Atemzügen. Sie schalt sich dafür, dass sie sich hatte ablenken lassen. Wache zu halten war ihre Aufgabe gewesen!

Gemeinsam mit Rena half sie Tjeri beim Aufstehen, dann huschte sie zur Tür des Lagerraums, die sie nur angelehnt hatten, und spähte hinaus. Jeder Muskel ihres Körpers war angespannt, bereit zum Kampf. Nichts war zu sehen bis auf den leichten Widerschein des Schmiedefeuers.

Raus, signalisierte Alena ihren Freunden. So leise wie möglich schlichen sie sich aus dem Lagerraum. Tjeri fiel das Gehen schwer, Rena stützte ihn. Wo der Schmied wohl war? Noch immer keine Spur von ihm. Vielleicht zum Nachbarn rübergegangen, um ihm das Telvarium zu bringen. Alena zog die Vordertür auf und hielt sie von außen offen, damit die anderen hindurchkonnten.

Das Kollern eines Steinchens warnte sie. Alena fuhr herum. Hinter ihr stand Lex, der muskulöse Schmied, einen brennenden Kienspan in der Hand. Verblüfft starrte er sie an, doch als er Tjeri sah, begriff er, was geschehen war. Er brüllte auf wie ein Dhatlabulle und stürzte sich auf sie.

Alena rannte nach rechts, Rena und Tjeri flohen nach

links – das rettete sie. Lex war sich einen Moment zu lange unschlüssig, wem er folgen sollte. Das genügte. Sie verschwanden zwischen den Pyramiden, tauchten ein in die Dunkelheit. Alena wusste, dass Rena kein Licht brauchte, um sich zurechtzufinden und folgte blind dem Geräusch ihrer Schritte. Hinter ihnen wurde geflucht – anscheinend suchte Lex vergeblich nach einer brauchbaren Fackel. Aber Alena wusste, dass sie keinen großen Vorsprung hatten. Und der Alarmruf war nicht ungehört verhallt, jetzt kamen von allen Seiten Feuerleute heran. Wahrscheinlich waren viele von ihnen Canos Verbündete.

Plötzlich stand über dem Gelben Bezirk eine riesige weiße Flamme und tauchte die Gegend in gleißende Helligkeit.

Geblendet riss Rena den Arm vor die Augen. »Verdammt, was ist das?«

»Signalfeuer. Schnell! Weiter!« Alena blickte sich um und sah, dass ihre Verfolger aufholten. Dem Klang ihrer Schritte nach waren es fünf bis zehn Leute. Im Mittelpunkt des Lichts fühlte sie sich nackt, schutzlos. Verstecken konnten sie sich jetzt nicht mehr.

»Verdammt, meine Beine fühlen sich so weich an wie Brei!«, stöhnte Tjeri.

»Wir müssen noch ein ganzes Stück weiter – vielleicht geben sie auf, wenn wir im Grünen Bezirk sind«, presste Rena hervor. Sie fand es erstaunlich, dass er überhaupt schon wieder so viel Kraft hatte. Die Wirkung der Feuerblüte musste sehr stark sein.

Das Licht hatte auch eine Familie von Katzenmenschen aufgescheucht, die es sich an der warmen Außenwand einer der Pyramiden gemütlich gemacht hatte. Übellaunig kniffen die sechs Halbmenschen die Augen zusammen. Doch dann bemerkten sie Rena und Tjeri. Sofort stellten sich ihre Ohren auf, ihre Gesichter wurden freundlich.

»Ihr erkennt mich, nicht wahr?«, keuchte Tjeri. »Wir brauchen Hilfe! Könnt ihr die Menschen für uns aufhalten?«

»Wir können und wir werrrrden, Jederfreund«, sagte der alte Kater, der die Sippe anzuführen schien. Seine grünen Augen leuchteten vor Stolz. Er sprang auf die Beine, reckte sich kurz, hob seine Pfote und betrachtete zufrieden seine nadelspitzen Krallen. Dann liefen er und die übrigen Halbmenschen den Feuerleuten entgegen.

Alena und die anderen hasteten weiter. Kurz darauf hörten sie Schreie, das Jaulen und Fauchen der angreifenden Katzenmenschen. Alena blickte sich nur kurz um und sah ein Knäuel aus Fell, Krallen, Armen und Beinen. Nicht übel! Mit denen hätte sie sich ungern angelegt. Dann richtete sie den Blick wieder nach vorne. Sie konnten sich jetzt keine Fehler leisten. Ewig würden die Katzenmenschen Canos Leute nicht aufhalten können.

Ein paar Funkenflüge weit mussten sie noch rennen, dann lag der Bereich der Feuerleute hinter ihnen, jetzt waren sie im Grünen Bezirk. Dazwischen war nur eine breite Grenzstraße aus gestampfter Erde. Alena konnte schon die grünen Pflanzenstränge sehen, die an den Gebäuden der Erdgilde herunterwucherten. Kühl und friedlich sah das aus. Und in den Tunneln, die sich hinter diesen Vorhängen verbargen, konnten sie verschwinden, dort würden Canos Leute es nicht mehr schaffen, sie einzuholen. Jetzt sah sie auch Kerrik, er kam ihnen entgegen und hob grüßend die Hand. Doch Alena warf ihm nur einen kurzen Blick zu. Ihr Blick tastete sich an den Pflanzenvorhängen hinab … und blieb an einer Gestalt hängen, die halb dahinter verborgen an einer Hauswand lehnte. Einer Gestalt mit einem flammenfarbenen Umhang.

Alena keuchte auf und blieb stehen.

Die anderen sahen Cano kurz nach ihr.

Und wussten so wie sie, dass sie verloren waren.

Rena überlegte schnell. Vielleicht konnten sie Lärm machen und damit ein paar der Bewohner des Grünen Bezirks aus ihren Häusern locken? Vor Zuschauern würde Cano es nicht wagen, sie einfach abzuschlachten!

»Wir können in Ruhe über alles reden«, bot Cano an. Seine Stimme war freundlich. »Gehen wir ins Gildenhaus …«

»Nein!«, brüllte Rena ihn an. »Wenn du etwas zu sagen hast, sag es jetzt!« Sie mussten hierbleiben, in der Öffentlichkeit.

Wie sie gehofft hatte, lugten schon bald neugierige Gesichter aus den Hauseingängen. Erstaunt musterten sie Cano und lächelten, als sie den Heiler vom Berge erkannten. Doch Cano beachtete die Zeugen gar nicht. Er nahm einen hellen Kristall aus der Tasche, von dem Nebel aufstieg – kurz darauf tauchte an seiner Seite ein weißer Schatten auf, der zum geschmeidigen Körper eines Raubtiers wurde. Schnell legte sich Rena eine der Feuerblüten auf die Zunge, würgte sie hinunter. Alena und Kerrik taten das Gleiche. Hoffentlich half das!

»Na toll, *das* Vieh schon wieder«, murmelte Tjeri. »Immerhin sieht man diesmal, dass er es kontrolliert!«

Neugierig reckten die Zuschauer die Hälse. Rena überlief es kalt. Zwei Dutzend Männer, Frauen, Kinder standen in unmittelbarer Nähe des weißen Panthers, sie alle waren in höchster Gefahr.

»Das ist ein Eisdämon!«, schrie Rena ihren Gildenbrüdern zu und hoffte, dass sie ungeschoren bleiben würden, dass der Dämon nur denen schadete, auf die er angesetzt war. »Schaut ihn nicht an! Geht! In die Tunnel, schnell!«

Erschrocken sahen die Erdgildenmenschen zu ihr herüber, verschwanden dann hastig in ihren Häusern. Keiner kam auf die Idee zu bleiben, um ihnen zu helfen. Aber noch hatten sie die Halbmenschen auf ihrer Seite! Gegen die kamen Cano und seine Leute nicht an. Unruhig blickte sich Rena um. Wo blieben denn die Katzen?

Die Halbmenschen hatten Renas Schrei gehört, stürzten mit angelegten Ohren und gebleckten Zähnen herbei. Dankbar zog Rena ihr Schwert um sie zu unterstützen. Doch ihre Freude sickerte schnell weg, verwandelte sich in Enttäuschung. Als die Halbmenschen die Nähe des Eisdämons spürten, fauchten sie angstvoll, wichen zurück wie von einer abergläubischen Angst gepackt. Wenige Atemzüge später waren sie zwischen den Häusern verschwunden.

Hilflos blieben Rena und die anderen zurück.

»Sieht so aus, als müssten wir uns alleine durchschlagen«, sagte Alena leise. Ihre Stimme zitterte ein kleines bisschen, aber ansonsten hatte sie sich gut unter Kontrolle. Sie ließ Cano nicht aus den Augen.

Cano amüsiert sich blendend, dachte Rena. Jetzt hat er uns genau da, wo er uns die ganze Zeit haben wollte. Schon kamen seine Leute aus dem Gelben Bezirk heran, um sie in die Zange zu nehmen. Und die Einzige von ihnen, die es im Entferntesten mit ihnen aufnehmen konnte, war Alena!

Sie werden uns zwingen, mit ihnen zu gehen, dachte Rena. Und uns in irgendeiner dunklen Ecke töten.

»Habt ihr wirklich geglaubt, dass ihr mir so einfach entwischt?«, fragte Cano.

»Wieso sollten wir so etwas glauben?« Aus Alenas Stimme troff die Ironie. »Gibt doch keinen Grund, vor einem Wohltäter der Menschheit abzuhauen.«

Cano blickte sie kalt an. »Ich tue denen, die an mich glauben, Gutes. Du hast ja leider vorgezogen, die andere Seite zu wählen.«

Rena erinnerte sich an seine Kundgebung, die sie miterlebt hatten. Auch damals hatte er den Kristall dabeigehabt. Ganz plötzlich ging ihr auf, welchen Sinn diese Versammlungen hatten. Warum er dabei Leute nach vorne rief, die voller Sorgen und Schmerzen waren, und sie den Kristall berühren ließ. Er hatte ihre Schmerzen gesammelt! Den Eisdämon damit genährt und gestärkt!

»Blattfäule und Wurzelfraß«, murmelte Rena fassungslos. »Dieser Bastard!«

Sie wollte Tjeri zuflüstern, was sie vermutete, doch er schnitt ihr das Wort ab. »Sieht aus, als würde es gleich ziemlich brenzlig werden. Gib mir dein Messer, du hast ja noch das Schwert.«

»Du kannst doch trotz der Blüte kaum stehen – wie willst du da kämpfen?!«

Wortlos hielt Tjeri die Hand auf. Rena gab auf und reichte ihm eins der Messer, die sie aus Keldos Höhle mitgenommen hatten. Billig würde er sein Leben nicht hergeben – sie wusste längst, dass sich hinter Tjeris verschmitztem Lächeln ein eiserner Wille verbarg.

Rena sah, wie Cano dem Eisdämon ein Zeichen gab. O nein – was kommt jetzt?, fuhr es ihr durch den Kopf. Ist er noch gefährlich, obwohl wir die Feuerblüten haben? Verzweifelt blickte sie sich nach einem Fluchtweg um. Es gab keinen.

Der weiße Panther duckte sich, spannte seine Muskeln an. Seine gelben Augen verengten sich zu Schlitzen. Mit einem gewaltigen Satz warf er sich ihnen entgegen.

Jede Faser von Alenas Körper schrie danach, ihr Schwert herauszureißen und den Kampf aufzunehmen. Aber die harte Schule ihrer Träume war nicht umsonst gewesen. Sie blickte dem weißen Panther entgegen, ohne die Waffe zu ziehen, tastete nur mit der Hand nach dem grünen Stein am Griff ihres Schwertes. Er war warm unter ihren Fingern, und sie wusste ohne hinzusehen, dass er leuchtete.

Sie achtete kaum auf das, was Cano sagte, und antwortete, was ihr gerade in den Sinn kam. Jetzt galt es erst einmal, mit dem Dämon fertig zu werden. Denn diesmal war es kein Übungsgefecht, diesmal ging es um ihr Leben und das ihrer Freunde. Alena bündelte ihre Gedanken, baute ein Schutzschild daraus, so gut es ging.

Sie hatte damit gerechnet, dass der Panther sie wie in ihren Träumen erst einmal testen, um sie herumschleichen würde. Doch er überraschte sie damit, dass er sofort sprang. Instinktiv wich sie einen Schritt zurück, spürte, wie die Angst an ihrem Schutzschild nagte, es einzureißen drohte. Würden die Feuerblüten wirken und sie vor dem Dämon schützen?

Wie aus weiter Entfernung hörte sie Renas Aufschrei. Alena beachtete es nicht. Konzentrier dich, konzentrier dich!, hämmerte es in ihr.

Im letzten Augenblick, bevor der Dämon sie erwischte, schaffte sie es, die Lücken in der Mauer ihrer Gedanken zu schließen. Das Tier kam auf sie zu … und flog einfach durch sie hindurch, als wäre es nur ein Geisterbild.

Alenas Herz raste. Die erste Runde ging an sie.

Doch der Eisdämon hatte noch lange nicht aufgegeben. Als Nächstes wandte er sich Rena und Tjeri zu, keine drei Menschenlängen war er von ihnen entfernt. Schritt für Schritt wichen die beiden vor dem unheimlichen Wesen zurück – doch hinter ihnen standen Canos Leute, die Schwerter erhoben.

Auf einmal spürte Alena eine kalte Wut in sich. Dieser Dämon hatte in Daresh nichts zu suchen. Wie hatte es Cano wagen können, ihn in eine Stadt zu holen – und auch noch so zu tun, als wüsste er von nichts? Mit festen Schritten ging Alena dem Panther nach. Ihr war nicht wohl bei dem Gedanken, Cano den Rücken zuzuwenden, aber es ging nicht anders. Nicht einmal denken durfte sie an Cano und die anderen Männer. Alena ahnte, dass der Dämon sie in dem Moment, in dem ihre Konzentration nachließ, töten konnte und würde. Feuerblüte hin oder her.

Der weiße Panther wandte sich um und fauchte sie an, schlug mit der Pranke nach ihr.

»Du gehörst nicht hierher«, sagte Alena und hielt dem Blick seiner gelben Augen stand. »Geh! Los, verschwinde!«

Im Traum hatte das funktioniert. Doch noch während der Panther zurückwich, bemerkte Alena aus den Augenwinkeln, dass Cano sich bewegte, dem Dämon wieder ein Zeichen gab. Unwillkürlich krampfte sich ihre Hand um den Griff ihres Schwertes. Was hatte er vor?

Auf einmal war nicht mehr ein Panther da. Sondern fünf, sieben, zehn. Sie waren überall. Sie kauerten auf den Hausdächern, schlichen mit peitschenden Schwänzen die Straße entlang.

Verzweifelt drehte sich Alena um die eigene Achse, versuchte, jedes der Raubtiere im Auge und geistig im Griff zu behalten. Doch was mit einem der Dämonen funktioniert hatte, war mit zehn unmöglich. Rena und Tjeri waren schon eingekreist, zwei Panther belauerten sie, die gelben Augen gierig. Und um Alena schlichen gleich drei herum.

Alena spürte, wie ihr die Kontrolle entglitt. Kitzelnd rannen Schweißtropfen über ihre Stirn. Ich kann nicht, ich kann nicht!, schrie es in ihr. Am liebsten hätte Alena ihre

Wut und Hilflosigkeit herausgebrüllt. Doch dann fiel ihr Blick auf Cano. Interessiert, mit distanzierter Neugier, beobachtete er, wie sie sich schlug.

Du Mistkerl, dachte Alena. Auf einmal war ihre Nervosität weg, einfach so. Zurück blieb nur die kühle Ruhe, die sie während eines Schwertkampfs erfüllte. Sie hörte auf zu denken und zu versuchen jeden Panther im Blick zu behalten. Sie stellte sich vor, im Zentrum eines Feuerwirbels zu stehen, der alle Eisdämonen in seinen Bann zog.

Die Panther reagierten sofort. Sie hielten inne, blickten auf. Wirkten unruhig.

Cano runzelte die Stirn.

Doch bevor er dazu kam, einen neuen Befehl zu geben, gab es einen Aufruhr unter seinen Leuten. Ganz langsam, um nicht aus ihrer Konzentration gerissen zu werden, drehte Alena den Kopf, um herauszufinden, was dort geschah. Was sie sah, erschütterte sie. Vier Männer zerrten Kerrik und einen Iltismenschen mit sich. Obwohl sich beide heftig wehrten, kamen sie nicht frei. Alenas Herz pochte so heftig, dass es fast weh tat. Kerrik! Sie hatten Kerrik – und Cchraskar. Jetzt kämpfte sie wirklich um alles, was sie noch zu verlieren hatte.

Canos Leute beförderten ihre beiden Freunde mitten unter die Eisdämonen. Einer der Panther holte mit der Pranke aus, zog mit den Krallen blutige Spuren über Kerriks Arm. Kerrik geriet nicht in Panik. Er presste die gesunde Hand auf die Wunde und wich langsam zurück, wie es bei einem normalen Raubtier sinnvoll gewesen wäre. Der Panther folgte ihm.

Alena kämpfte darum, ihre wild durcheinanderschießenden Gedanken wieder in den Griff zu bekommen. Sie hatte nur eine Chance. Wenn sie die nicht nutzte, war Kerrik in zehn Atemzügen tot.

Alena holte tief Atem, schloss kurz die Augen. Sie zwang sich, nicht an Kerrik zu denken. Ihren Kopf zu leeren, an nichts zu denken. Ihr Herz raste, wollte sich nicht beruhigen lassen. Aber noch einmal schaffte sie es, ihre Gedanken zu bündeln. Sofort ließen die Panther von ihren Opfern ab und wandten sich ihr fauchend zu. Sie bewegten sich im Einklang, perfekt aufeinander abgestimmt – jetzt sah man, dass sie ein einziges Wesen waren und ein gemeinsamer Wille sie bestimmte.

»Gib auf!«, schleuderte Alena dem Eisdämon entgegen. »Du verlierst doch sowieso!«

Die Männer des Propheten bogen sich vor Lachen. Doch Cano lachte nicht mit ihnen.

»Das reicht jetzt«, sagte er. Er bewegte den Arm in einem Halbkreis.

Die Raubtiere rannten auseinander, in Windeseile verteilten sie sich in der Umgebung. Sie erklommen Gartenhäuser, liefen mühelos die steilen Seitenwände der Pyramiden hinauf und ließen sich auf den Spitzen nieder. Dann öffneten sie den Rachen und stießen ein tiefes, dröhnendes Brüllen aus.

Das Geräusch verhallte nicht, sondern wurde höher und höher, bis es so schrill klang wie Fingernägel auf einer Schieferplatte. Starr vor Entsetzen sah Alena, wie der Ton Gestalt annahm. Er war wie ein Flimmern in der Luft, das sich zu einer fast unsichtbaren Schockwelle formte. Einen Atemzug später traf die Welle sie und fegte sie von den Füßen. Es waren pure Kälte und reiner Schmerz, die da auf sie zufluteten. Ein unerträglich eisiger Hauch, der in die Seele schnitt wie ein Messer.

Alena fand sich zusammengekrümmt auf dem Boden wieder, ihr ganzer Körper fühlte sich taub an.

Cano war auf sie zugegangen, blickte auf sie herunter.

Er lächelte, streckte die Hand aus, wie um ihr aufzuhelfen. Doch inzwischen wusste Alena, was dieses Lächeln bedeutete. Irgendwie schaffte sie es, auf die Füße zu kommen und wegzustolpern. *Feuer,* dachte sie und spürte, dass ihr Körper unkontrolliert zitterte. *Wärme!* Sie raffte einen letzten Rest an Kraft zusammen und murmelte die uralte Formel, die Feuer aus der Luft rief. Eine mannshohe Flamme loderte zwischen ihr und Cano auf, spendete Wärme, schützte sie.

Die Panther brüllten zum zweiten Mal, und die Welle der Kälte überzog die Gartenhäuser mit einer dicken Eisschicht. Sie ließ die Pflanzenvorhänge, die an ihnen herabwucherten, braun werden und gefroren herunterkrachen. Die Lehmziegel der Wände brachen. Ein Mann und eine Frau, die nicht geflohen waren und den Kampf beobachteten, krümmten sich vor Qual und blieben reglos liegen. Erschüttert blickte Alena zu ihnen hinüber. Anscheinend war es Cano egal, ob er nebenbei noch ein paar Leute umbrachte und halb Ekaterin in Schutt und Asche legte!

So schnell es ging, humpelte Alena zu ihren Freunden, versuchte dabei, an so vielen Stellen Flammen zu entzünden, wie sie konnte. Wie lebendige Wesen leckten sie um sie herum in die Höhe und warfen einen warmen Schein auf Kerriks Gesicht. Doch Alena sah selbst, dass es nicht reichte. Das Feuer, das sie dem Dämon entgegenschleuderte, war nur ein klägliches Geflacker in den Eisschluchten rings um sie.

»Kannst du eine Feuerwand machen?«, keuchte Rena.

Verzweifelt schüttelte Alena den Kopf. »Ich bin noch keine Meisterin! Diese Formeln erfährt man erst, wenn man die Prüfung bestanden hat!«

Die Kälte schien sich bis auf ihre Knochen zu fressen.

Die weißen Panther hoben den Kopf, gleich würden sie wieder brüllen.

Alena kam der Gedanke, dass sie vielleicht hier und jetzt sterben würde.

Die Macht der Erde

»Die Feuerblüte!«, schrie Kerrik. »Nimm die Feuerblüte!«

Was meinte er damit? Was sollte sie mit der Pflanze machen? Sollte sie noch eine essen? War vielleicht gar keine schlechte Idee und wahrscheinlich die einzige Chance, das hier zu überleben!

Alena griff in ihre Tasche, bekam zwei samtig weiche Blüten in die Finger. Sie holte sie heraus, blickte sie ratlos an. Ziemlich zerquetscht sahen sie inzwischen aus, und die Hälfte der Blütenblätter war abgefallen. Na, wenn die noch wirkten, dann war es ein Wunder, und zwar kein kleines!

Die Eckzähne der weißen Panther glitzerten, als sie zum dritten Mal brüllten und ihre eisige Schockwelle über Ekaterin schickten. Hastig wollte Alena eine der Blüten in den Mund stecken, bevor es zu spät war. Doch ihre Hände fühlten sich noch immer taub an. Die Blüte rutschte ihr durch die Finger, fiel mitten in eine der nur noch kniehohen Flammen vor ihr …

Alena konnte gerade noch rechtzeitig zurückspringen. Haushoch loderte das Feuer auf, eine Flamme von einem tiefen Orange, wie Alena noch nie eine gesehen hatte. Prachtvoll und tödlich wie der Feuergeist persönlich griff sie nach den Dämonen und schmolz das Eis in ihrem Weg. Hastig versuchten die Panther auszuweichen, ein paar stürzten herab und lösten sich in Rauch auf.

Alena schrie und lachte gleichzeitig, fühlte sich mitgerissen in diesem lebendigen Wirbel, der sie rettete, der diese verdammten Biester hoffentlich zu kleinen schwarzen Klümpchen einschmolz!

Canos Leute wichen vorsichtig zurück, aber sie flohen nicht. Und es waren immer noch ein halbes Dutzend Panther übrig. Der Ring, der ihre Freunde umgab, hatte standgehalten. Alena war verzweifelt. Und sie hatten nur noch eine einzige Feuerblüte – eine, die Alena nicht für alles Gold von Daresh hergegeben hätte. Eine Blüte brauchte sie noch für ihren Vater.

Die anderen hatten gemerkt, was los war – und nun diskutierten Rena und Kerrik heftig über irgendetwas. Mit halbem Ohr hörte Alena zu, während sie besorgt beobachtete, wie die Flamme blasser wurde, wieder schrumpfte. In ein paar Atemzügen war ihre Kraft erschöpft!

»Wir müssen es tun!«, sagte Kerrik. »Sonst kommen wir hier nicht raus! Es könnte sie gerade lange genug ablenken …«

»Kommt gar nicht in Frage«, erwiderte Rena. »In den Häusern könnte noch jemand sein …«

»Da ist niemand mehr – die sind abgehauen«, brüllte Kerrik zurück. »Und je länger das hier dauert, desto mehr Leute müssen dran glauben! Es ist mir scheißegal, was du davon hältst, ich mache das jetzt!«

Alena packte Tjeri am Arm. »Wovon reden die eigentlich?«

»Von den Fähigkeiten der Erdgilde«, sagte Tjeri knapp. »Halt dich bereit. Wenn's losgeht, müssen wir rennen, so schnell wir können.«

Alena erinnerte sich daran, was Rena ihr einmal nebenbei erzählt hatte. Dass die Fähigkeiten ihrer eigentlich so friedlichen, harmlosen Gilde gefährlicher waren als die aller anderen … ach du Schreck, hatte sie etwa die Wahrheit gesagt?

Kerrik schloss die Augen, begann langsam und tief zu atmen. Angespannt beobachtete ihn Alena. Dann spürte sie es schon. Erst war es wie ein Kribbeln, das ihre Beine hochkroch. Dann begann der Boden unter ihr zu schwanken. Mit einem Knirschen tat sich ein Riss in einem der Gartenhäuser auf, Balken und Steine polterten auf die Straße. Jemand schrie. Eine der Pyramiden am Rand des Gelben Bezirks stürzte mit einem lauten Rumpeln in sich zusammen.

Auf einmal ging alles drunter und drüber. Menschen rannten durcheinander. Staub wirbelte auf, nahm ihr die Sicht. Hustend stolperte Alena umher. Sie hatte die anderen aus den Augen verloren. Verzweifelt versuchte sie, sich daran zu erinnern, in welcher Richtung der Schwarze Bezirk lag. Rennen war leicht gesagt – der Boden bockte unter ihr wie ein wildes Dhatla!

Als hätten ihre Gedanken es herbeigerufen, ragten plötzlich Säulenbeine vor ihr auf, der keilförmige Kopf eines Dhatlas streckte sich ihr entgegen. Alena wollte sich aus dem Weg werfen, doch dann hörte sie eine Stimme, die ihr bekannt vorkam, rufen: »Los, schnell! Steig auf!«

Ungläubig blickte sie auf, sah vertraute Gestalten auf dem Rücken des Tieres hocken. Alena zog und stemmte sich an den Hornplatten des Dhatlas hoch, schaffte es irgendwie, auf seinen Rücken zu klettern und zerschrammte sich dabei die Beine. Eine Hand packte sie, zog sie hoch.

Dann setzte sich das Dhatla wieder in Bewegung, schnaubend stürmte es durch den Staub. Schon ein paar Atemzüge später waren sie auf einer der Hauptstraßen, mitten im Gewühl aufgeregt umherlaufender Stadtbewohner und nervös zischelnder Dhatlas. Ihr Reittier nahm Kurs auf die Außenbezirke, drängte sich beharrlich durch. Alena hielt sich an Kerrik fest, der vor ihr saß, und versuchte herauszufinden, wer das Dhatla lenkte. Doch erst als sich der

Mann umwandte, erkannte sie Jorak, Kerriks gildenlosen Kompagnon.

»Ich glaube, jetzt folgt uns niemand mehr – ihr könnt abspringen!«, sagte er.

Alena ließ sich mit den anderen vom Rücken des Dhatlas gleiten. Sie landete hart auf dem festgetretenen Lehm der Straße, ihre Fußknöchel schmerzten.

»Wir treffen uns im Versteck«, sagte Rena. »Jeder geht auf einem anderen Weg!«

Und schon waren sie und Tjeri weg. Alena ließ sich mit Cchraskar in der aufgeregten Menge mitschwemmen, bog in eine der Gassen ab und machte sich dann auf zu einem der getarnten Eingänge. Kurz darauf saßen sie am großen Tisch in Keldos Höhle. Sie waren die Ersten, und es war fast unheimlich still in der unterirdischen Wohnung. Beschädigt war nichts, es lag nur ein bisschen mehr Staub auf den Möbeln als sonst. Sah aus, als hätte das Erdbeben nur in einem kleinen Bereich gewütet.

»Es ist alles so schnell gegangen«, sagte Alena erschöpft zu Cchraskar. »Ich glaube, ich habe das alles noch nicht ganz kapiert.«

»Erst war da die Feuerblüte und dann ein Erdbeben und dann noch ein Erdbeben und dann kam Jorak mit einem Dhatla«, fasste Cchraskar zusammen.

»Ja, ich glaube, so in etwa war es.« Alena stand auf um sich einen Schluck Darnellensaft einzugießen. Ihre Knie fühlten sich noch immer weich an. Das war knapp gewesen – beinahe hätte Cano seine Rache gehabt. Bei dem Gedanken daran, dass trotz ihrer gelungenen Flucht ganze Bezirke verwüstet und vielleicht Unbeteiligte getötet worden waren, wurde ihr schlecht.

Schnell holte sie einen Wühler aus Keldos Lager, schrieb eine kurze Nachricht an Ralissa und legte die letzte Feuerblüte dazu. »Es ist wichtig, hörst du!«, sagte sie, und die blanken Knopfaugen des Wühlers glänzten aufgeregt. Eilig machte er sich auf den Weg zu ihrem Vater. Alena fühlte sich, als wäre ein Albdruck von ihr genommen worden.

Kurz darauf traf Kerrik ein. Er atmete schwer und hielt sich den verletzten Arm. Dann kamen Rena und ihr Gefährte. Mit einem tiefen Seufzer ließ sich Tjeri auf eine Bank fallen und lehnte sich gegen die Wand.

Alena holte Keldos Verbandszeug aus einem der Vorratsschränke und machte sich daran, Kerrik zu verbinden. Was für ein Glück, dass sie für die Meisterprüfung so viel Heilkunst hatte pauken müssen! Aber Wunden wie diese hier hatte sie noch nie gesehen. Sie sahen nicht aus wie von Raubtierkrallen verursacht, sondern eher wie Verbrennungen.

Kerrik achtete kaum darauf, was sie mit ihm machte. Er und Rena waren zu sehr damit beschäftigt, sich anzuschreien. Alena hatte ihre Freundin noch nie so wütend gesehen.

»Hast du nicht auch geschworen, diese Formel niemals einzusetzen?«, raunzte sie Kerrik an. »Nicht mal um dein Leben zu retten?«

»Es ging darum, das Leben anderer Leute zu retten«, blaffte Kerrik zurück. »Es gibt Situationen, in denen der Zweck die Mittel heiligt!«

»Genau dieser Meinung bin ich nicht! Sonst ist nämlich Cano im Recht mit seinem Reich der Liebe, durchgesetzt ohne Rücksicht auf Verluste!«

»Das hat damit gar nichts zu tun!« Jetzt kochte Kerrik wirklich. »Ich habe das Beben so klein gehalten wie möglich. Wahrscheinlich ist niemand verletzt worden.«

»Woher willst du das wissen? Du kannst es nur feststellen, wenn du zurückgehst und hilfst, die Trümmer wegzuräumen!«

Schweigend hörte Alena zu und wand einen Streifen Verbandsstoff um Kerriks Arm. Sie hatte keine Ahnung, was sie in der Situation getan hätte. Irgendwie hatten beide recht. Vielleicht war es mit dem, was richtig war, so wie mit der Wahrheit.

Der Streifen Stoff wurde ihr aus der Hand gerissen, als Kerrik aufstand und einfach wegging. »He!«, sagte Alena, aber Kerrik drehte sich nicht mehr um und verschwand in den Gängen der Höhle. Es wurde wieder still im Versteck. Alena überlegte, ob sie ihm nachgehen sollte. Aber sie ahnte, dass Kerrik jetzt lieber allein sein wollte.

»Wenn er die Kerle nicht mit dem Erdbeben abgelenkt hätte, wäre es Jorak kaum geglückt, uns da rauszuholen«, wandte Tjeri ein. Er hatte schon eine halbe Karaffe Wasser getrunken und kaute jetzt gierig an einem Stück gepresster Algen, das er aus dem Vorratslager geholt hatte. »Das alles war nicht abgesprochen, oder?«

Noch während Rena den Kopf schüttelte, klopfte es an der Vordertür des Verstecks. Es war Jorak. »Alles klar bei euch?«, fragte er und blickte zweifelnd in die Runde. »Ist Kerrik noch nicht da?«

O je, dachte Alena. Falsches Thema.

»Doch«, sagte Rena und deutete mit einer vagen Geste zu dem Ganglabyrinth. Aber Jorak ging seinem Kompagnon nicht nach, sondern setzte sich mit an den Tisch.

Alena brach schließlich das drückende Schweigen. »Wo hast du eigentlich das Dhatla gelassen?«

Jorak grinste. »Wieder zurückgegeben. Es war nur geliehen. Wahrscheinlich hat der Besitzer gar nicht bemerkt, dass es kurz weg war.«

Alena grinste zurück. Dieser Kerl war gar nicht so schlimm, wie sie zuerst gedacht hatte.

»Danke übrigens für die Rettung«, sagte Rena und atmete tief durch, schaffte dann sogar ein Lächeln. Jorak konnte nichts dafür, was passiert war, es war unfair, ihren Ärger an ihm auszulassen. »Magst du heute Nacht hierbleiben? Wenn dich einer von Canos Leuten erkannt hat, bist du draußen nicht mehr in Sicherheit.«

»Das ist wohl richtig«, sagte Jorak und seufzte.

Es sah nicht so aus, als würde Kerrik in nächster Zeit zurückkommen. Dann mussten sie eben ohne ihn über die weitere Strategie sprechen. Rena war klar, dass sie sich mit diesem Kampf gegen Cano und den Eisdämon nur eine Atempause verschafft hatten.

»Wie viele Feuerblüten haben wir noch?«, fragte Rena.

»Keine mehr«, meinte Alena. »Die letzte habe ich meinem Vater geschickt. Rostfraß, hätten wir ein paar mehr gehabt, hätten wir den Dämon erledigen können! So haben wir ihn nur geschwächt.«

Mitleidig blickte Rena sie an und hoffte aus ganzem Herzen, dass Tavian überlebte. »Das heißt, wir müssen noch einmal zurück in den Palast der Trauer und Moriann überreden, dass sie uns noch welche gibt.«

»Wollen wir gleich los?« Alena stand auf.

Doch Rena merkte, wie erschöpft sie war. Der geistige Kampf gegen den Eisdämon musste sie ungeheuere Kraft gekostet haben. Auch Tjeri und Kerrik brauchten dringend Zeit, um sich zu erholen. Ganz zu schweigen von ihr selbst. »Nein, heute nicht. Ich würde vorschlagen, wir gehen morgen früh vor Sonnenaufgang los und ruhen uns bis dahin aus.«

»Leicht wird's nicht werden«, sagte Jorak. »Der Heiler

weiß wahrscheinlich, woher die Feuerblüten stammen. Wenn er klug ist – und ich fürchte, das ist er – wird er den Palast der Trauer bewachen lassen.«

»Es bringt trotzdem nichts, jetzt zu gehen. In diesem Zustand können wir nicht kämpfen.«

»Jedenfalls würden wir verlieren«, gab der junge Gildenlose zu.

Rena freute sich darüber, dass Jorak *wir* gesagt hatte. Ja, er hatte sich für sie entschieden, daran gab es keinen Zweifel mehr. »Such dir einfach ein Zimmer aus – es sind noch genug frei.«

Sie hatte Jorak die ganze Zeit über unauffällig beobachtet. Er lässt kaum die Augen von Alena, stellte sie fest. Aber inzwischen macht er es so geschickt, dass sie es nicht merkt. Sie fragte sich, was das zu bedeuten hatte. Er war wohl kaum ein Spion mit der Aufgabe, Alena zu überwachen. Ich glaube eher, er hat sich in sie verliebt, dachte Rena. Weiß er, wie schlecht seine Chancen im Moment stehen?

Sie und Tjeri wünschten den anderen eine gute Nachtruhe und zogen sich in ihre Räume zurück. Aneinandergekuschelt begannen sie zu reden, froh, endlich allein zu sein und Zeit für sich zu haben. Rena genoss jede Minute, die sie mit ihm zusammen war. Mehr denn je, seit sie ihn beinahe verloren hätte. »Wie hat es sich eigentlich angefühlt? Hast du etwas geträumt?«

»Ich habe geträumt, ich wäre in einer Eiswüste. Brr!« Tjeri verzog das Gesicht. »Wahrscheinlich eine Art Echo von Socorro. Wie lange war ich eigentlich im Koma? Ich habe eine Menge verpasst, oder?«

Rena erzählte ihm, was alles passiert war. Als sie ihm von Keldos Aufzeichnungen und der Gruft berichtete, war Tjeri lange still. »Ich will das selbst sehen«, sagte er schließlich und stand mühsam auf. Sie gingen durch den Gang zu dem

Mahnmal mit den drei Skeletten. Schwarz und still lag die Wasserfläche vor ihnen. Mit geschlossenen Augen tauchte Tjeri die Hand in das Wasser, dann beugte er den Kopf und murmelte ein paar Worte. Als sie die Gruft verlassen hatten, meinte er: »Das war Wasser aus den heiligen Seen. Es muss ihn ein Vermögen gekostet haben, es von Vanamee herschaffen zu lassen.«

»Ich glaube nicht, dass Geld ihm etwas bedeutet hat.«

Sie redeten noch lange in dieser Nacht, hielten sich dann wieder wortlos in den Armen. Nur widerwillig löschten sie schließlich das Licht, um zu schlafen. Es schien eine furchtbare Verschwendung, ihre wache Zeit zu opfern. Aber sie mussten Kraft sammeln für morgen.

Jetzt bin ich mit dem Kerl auch noch allein, dachte Alena. Am besten sage ich gleich, dass ich müde bin, und haue ab. Sie wollte in Ruhe noch ein bisschen an Kerrik denken.

Jorak betrachtete die dekorativen Handschriften an den Wänden oder tat jedenfalls so. Dann meinte er beiläufig: »Du bist jetzt auch gildenlos, habe ich gehört?«

»Ja«, sagte Alena kurz. Sie war sich nicht sicher, ob sie mit ihm darüber sprechen wollte. Es war etwas sehr Persönliches. *Aber wenn nicht mit ihm, mit wem dann?*, mischte sich eine innere Stimme ein. *Allzu viele Gildenlose kennst du ja nicht.*

»War ganz schön hart für dich, was?«, hakte Jorak nach.

»Ja«, wiederholte Alena. »Du kennst es ja nicht anders, oder? Wo lebst du eigentlich – normalerweise?« Im gleichen Atemzug, in dem sie es aussprach, fiel ihr ein, dass Jorak nicht mal Kerrik gesagt hatte, wo er wohnte.

Sie merkte, wie Jorak mit sich kämpfte. Doch dann sah er

sie an, und die Aufrichtigkeit und das Vertrauen in seinem Blick rührten Alena. »Meistens in einem Dhatla-Stall im Blauen Bezirk«, sagte er. »Das ist nicht so schlimm, wie's klingt. In der Futterkammer ist es ziemlich bequem, und es gibt genug Wasser.«

In einem Stall! O je, dachte Alena. Kein Wunder, dass er es normalerweise nicht erzählt. »Weiß das der Kerl, dem der Stall gehört?«

Jorak verzog das Gesicht. »Der würde mich sofort rauswerfen. Ich würde Ärger kriegen, wenn jemand erfährt, dass ich als Gildenloser im Blauen Bezirk lebe.«

»Wieso eigentlich im Blauen Bezirk? Hast du das Gefühl, am meisten zur Luftgilde zu gehören?« Alena wurde neugierig. »Oder würdest du lieber in die Feuergilde eintreten, wenn du könntest?«

Statt einer Antwort murmelte Jorak eine Formel. Plötzlich wehte ein Luftzug durch die Höhle, wirbelte ihre Haare durcheinander.

»Also Luft?«, fragte Alena.

Jorak bewegte wieder die Lippen, und plötzlich stand eine bläulich flackernde Flamme vor ihr im Raum. Verärgert sprang Alena zurück. »Spinnst du? Du kannst doch nicht ohne Warnung Blaues Feuer rufen! Weißt du nicht, was das anrichten kann?«

Sie hatte keine Lust mehr auf solche Angeberspielchen. Was hatte er damit beweisen wollen – dass er zu beiden Gilden gehören könnte? Alena stand auf. »Ich bin müde. Ich gehe jetzt ins Bett. Gute Nacht.«

»Gute Nacht«, sagte Jorak. Bildete sie es sich ein oder klang seine Stimme ein klein wenig enttäuscht?

Alena legte sich auf ihr Bett, ohne sich auszuziehen, und murmelte eine Formel, um die Kerze anzuzünden. Wirklich müde war sie noch nicht. Ihr Körper war immer noch auf

Gefahr eingestellt und brauchte wenig Schlaf. Außerdem ging ihr zu viel im Kopf herum. Wie es gewesen war, gegen den Eisdämon zu kämpfen. Wie Cano reagiert hatte. Wie sich der Edelstein in ihrem Schwert angefühlt hatte. Was sie im Palast der Trauer erlebt hatten. Kaum zu glauben, dass das alles heute passiert war!

Es klopfte an der Tür ihres Zimmer. Alena stöhnte innerlich. Wahrscheinlich Jorak. Vielleicht wollte er sich entschuldigen oder so was. Sie überlegte, ob sie sich schlafend stellen sollte, und stand dann doch auf um zu öffnen. Als sie sah, wer es war, war sie froh, dass sie es getan hatte.

Draußen stand Kerrik. Seine breiten Schultern füllten den Türrahmen fast ganz aus. Verlegen strich er sich durch die blonden Haare. »Ich wollte mich nur kurz …«

»Komm doch rein.« Alena trat zurück, um ihn hereinzulassen. Ihr Herz pochte heftig. Sah aus, als hätte er sich inzwischen abgeregt.

»Ich wollte mich eigentlich nur bedanken«, sagte Kerrik. »Als dieser verdammte Panther auf mich zukam, dachte ich wirklich, es ist aus mit mir. Ich bin ja in Lixantha schon ein paar üblen Viechern begegnet … aber die hatten nicht so was Unheimliches.«

»Das waren ja auch echte Tiere und keine Dämonen«, sagte Alena. Natürlich hatte sie ihm geholfen, was hätte sie sonst tun sollen? Aber es war trotzdem nett, dass er es nicht vergessen hatte.

»Wie fühlt sich dein Arm an?«, fragte sie, um die Stille zu durchbrechen, die sich zwischen sie geschoben hatte. Sie sah, dass er den Verband notdürftig festgeknotet hatte.

Er zuckte die Achseln. »Brennt schon nicht mehr ganz so schlimm. Gehört es zu eurer Ausbildung, so was zu behandeln?«

»Ja, klar. Schließlich ist es für uns normal, öfter mal verletzt zu werden.« Vorsichtig nahm Alena seinen Arm und befestigte den Verband richtig. Es fühlte sich ganz seltsam an, ihn zu berühren. Plötzlich spürte sie wieder die wunderbare Spannung zwischen ihnen, die sie zuletzt im Palast der Trauer bemerkt hatte.

Kerrik blickte sie an. »Ich glaube, du bist ein ganz besonderer Mensch«, sagte er leise.

Zuerst war es nur eine Umarmung, die Freundschaft bedeuten sollte und »Gute Nacht« und »Vielen Dank«, doch dann wurde es etwas anderes. Ihre Lippen trafen sich, und diesmal schreckten sie vor dem Kuss nicht zurück. Alena schloss die Augen, öffnete den Mund ein wenig und genoss es, wie seine Zunge mit ihrer spielte. Es fühlte sich ungewohnt an, aber sehr schön. Kerriks Hand lag auf ihrer Schulter, zärtlich ließ er seine Fingerspitzen ihren Arm hinunterwandern. Alenas ganzer Körper begann zu prickeln.

Ein Geräusch, leise Schritte. Erschrocken fuhren sie auseinander. Alena wandte sich um, sah nur einen leeren Gang. Wer war das gewesen? Jorak auf der Suche nach einem freien Zimmer? Rena auf dem Weg zum Waschraum? Cchraskar, der zu den Vorräten wollte? Warum nur hatten sie den Vorhang offen gelassen!

»Ich ... gehe jetzt besser«, meinte Kerrik, und Alena nickte stumm, traute sich nicht, einfach »Bleib doch noch« zu sagen.

Das Licht ihrer Kerze ließ riesige Schatten auf den Wänden tanzen. Hastig zog sich Alena bis auf ihr Unterkleid aus und schlüpfte unter die schwere, reich bestickte Decke ihres Betts, die ein klein bisschen muffig roch. Sie blies die Flamme des Kerzenleuchters aus und schloss die Augen. Lange lag sie so da, aber der Schlaf wollte nicht kommen. *Kerrik,* echote es in ihrem Kopf. *Kerrik*. Sie sehnte sich mit allen Sinnen nach ihm. Immer wieder musste sie daran denken, wie er sie angesehen hatte. Was er gesagt hatte. Und an den Kuss musste sie denken. Vor allem an den Kuss.

Alenas Gedanken schweiften zurück zu dem Jungen, mit dem sie sich in Gilmor getroffen hatte. Dem Erzsucher-Lehrling. Mit ihm zu schlafen war nicht besonders aufregend gewesen, hastig und unsicher. Aber sie ahnte, dass es auch anders sein konnte. Sie musste an Kerrik denken ... wie er jetzt in seinem Zimmer lag, nur ein paar Menschenlängen von ihr entfernt. Bestimmt schlief er noch nicht. Ob er jetzt gerade an sie dachte? Ein gewagter Gedanke formte sich in ihrem Kopf. Was wäre, wenn sie zu ihm schlich? Würde er sie wegschicken? Weil er noch an Lilas hing, weil sie ihm zu jung war oder er das Gefühl hatte, es wäre nicht richtig, wenn sie miteinander schliefen? Das wäre furchtbar.

Alena dachte an die Art, wie seine Hand über ihren Arm gewandert war. Und an eine ganz besondere getrocknete Wasserpflanze, die sie in Keldos Vorratskammer gesehen hatte. Wenn man sie kaute, verhinderte sie, dass man ein Kind bekam. Diesen Tipp hatte ihr Ralissa einmal gegeben.

Alena beschloss, es zu wagen. Ihre Nerven vibrierten, als sie die Decke wieder zurückschlug, aufstand und auf bloßen Füßen in den Gang tappte. Es war dunkel und still in Keldos Versteck, niemand war mehr auf.

Vor Kerriks Zimmer zögerte sie. Es dauerte ein Dutzend Atemzüge, bis sie sich überwinden konnte, den Vorhang beiseite zu ziehen und hineinzuschlüpfen. Der Raum war dunkel, aber sie erkannte den Umriss von Kerriks Körper auf der breiten Schlafmatte. Nervös streifte sich Alena ihr Unterkleid über den Kopf und legte sich zu ihm, schmiegte sich an seinen Rücken.

Kerrik war noch wach. Er richtete sich auf einen Ellenbogen auf, machte aber kein Licht. »Alena!«, flüsterte er. »Was beim Erdgeist ... ?«

Alena bekam kein Wort heraus. Sie strich über die glatten Muskeln seines Arms und seiner Seite und wartete darauf, was er tun würde. Nach und nach spürte sie, wie er sich unter ihren Händen entspannte. Schließlich drehte er sich zu ihr herum, legte seine Hand auf ihre Wange.

»Bist du sicher …?«, flüsterte er. Als sie nickte, stieß er einen kehligen Laut aus, ein Zwischending zwischen einem Seufzen und einem Stöhnen. Seine kräftigen Hände legten sich um ihre Taille, zogen sie näher zu ihm heran. Schon nach wenigen Atemzügen merkte Alena an der Art, wie sanft und geschickt er sie berührte, dass ihre Ahnung sie nicht getrogen hatte. Mit Kerrik zu schlafen war mit dem, was sie bisher gekannt hatte, nicht zu vergleichen. Ganz und gar nicht.

Zurück im Palast

Alena wachte auf, als sie Stimmen hörte. Die anderen waren alle schon auf. O je, sie hatte ganz vergessen, dass sie noch vor Morgengrauen zum Palast der Trauer aufbrechen wollten! Hatten die anderen ihr leeres Bett schon entdeckt?

Kerrik drehte sich zu ihr und küsste sie. Es fühlte sich herrlich an. »Ich gehe zuerst. Komm am besten in ein paar Atemzügen nach.«

Als er weg war, zündete Alena die Kerze an, kroch aus dem Bett und zog ihr Unterkleid wieder an. Dabei bemerkte sie einen Abfallbehälter, der von zerrissenen Schriftrollen und Papierfetzen überquoll. Neugierig zog sie ein paar davon heraus und versuchte, etwas darauf zu entziffern. »... dass ich dich noch immer liebe« stand auf einem Fetzen, »... weiß, ich war ein Idiot, Lilas« auf einem anderen.

Wie betäubt starrte Alena auf die Zeilen. Eine schmerzhafte Leere kroch in ihr hoch, als sie begriff, was das bedeutete. Wenn er Lilas immer noch liebte – was war es dann, was er für sie fühlte?

Sie haben Angst vor dem, was sie heute erwartet, dachte Rena zunächst, als sie sich zu den anderen an den Tisch setzte und eine Sprosse mit Honig in den Mund schob. Doch sie merkte schnell, die bedrückte Stimmung in Keldos Versteck war nicht allein dadurch zu erklären. Sie begann zu beobachten und stellte fest, dass Jorak Alena nicht mehr anblickte und nicht mit ihr sprach, dass zwischen Kerrik und Alena eine neue Vertrautheit war und Alena trotzdem traurig wirkte.

Sie haben miteinander geschlafen, wurde es Rena schlagartig klar, als sie die beiden ansah. Mit gemischten Gefühlen musterte sie Kerrik. Wusste er eigentlich, wie jung Alena war? Und anscheinend war dabei irgendetwas schiefgegangen, oder was gab es sonst für einen Grund für Alenas Verschlossenheit? Und Jorak, folgerte Rena, hat es irgendwie mitbekommen, und natürlich ist er nicht gerade begeistert. Insgesamt ein ganz schönes Kuddelmuddel, das sich nicht so einfach klären ließ und jetzt auf die Schnelle sowieso nicht.

»Geht's *dir* wenigstens gut?«, fragte sie Tjeri, als sie nach dem hastigen Frühstück in ihrem Zimmer ihre Waffen anlegten.

»So mittel – das wird reichen«, sagte er und gab zu: »Mir fehlen die Seen.«

Rena fehlten sie auch. Und sie hoffte, dass sie ihr Haus in Vanamee tatsächlich noch einmal wiedersehen würden. Sie prüfte zum letzten Mal, ob sie ihr Schwert richtig umgeschnallt hatte. »Wenn wir's nicht schaffen, dann war's eine gute Art zu sterben«, sagte sie verlegen. »Wir haben versucht Daresh vor einer schlimmen Zukunft zu bewahren …«

»Gute Art zu sterben? Brackwasser, du klingst schon wie jemand von der Feuergilde!« Tjeri lächelte. »Ich glaube, Alena hat einen schlechten Einfluss auf dich …«

Getrennt machten sie und die anderen sich auf den Weg, da sie als Gruppe aufgefallen wären. An einem Treffpunkt an der Stadtgrenze sammelten sie sich wieder – ein Halbmensch, der schreckliche Angst vor dem Eisdämon hatte, und fünf Menschen, die unzulänglich bewaffnet und kaum kampferprobt waren. Jorak und Tjeri trugen nur Messer, Kerrik hatte einen langen Stock aus Holz. Rena fragte sich, warum sie jemals geglaubt hatte, eine Chance gegen Cano zu haben.

Alena wirkte in sich gekehrt, aber auch grimmig entschlossen. Ihre Hand lag am Griff des Smaragdschwertes. »Glaubst du, dass Cano uns schon folgt?«, fragte sie. »Er wird versuchen uns aufzuhalten. Jede Wette. Wenn wir die Blüten kriegen können, wird er es nicht mehr leicht haben mit uns.«

Rena blickte mit zusammengekniffenen Augen hoch zum Palast der Trauer und nickte. Geduckt schlichen sie sich durch die Büsche. Rena hörte das Rascheln ihrer Schritte im trockenen Wintergras; nur Kerrik schaffte es, sich lautlos fortzubewegen, er konnte förmlich mit seiner Umgebung verschmelzen. Wir machen viel zu viel Krach, dachte Rena. Wenn jemand hier in der Gegend Wache hält, hört er uns. Ihre Nerven waren zum Zerreißen gespannt.

An manchen Stellen, an denen die Gräser niedrig standen, mussten sie sich auf den Boden werfen und voranrobben. Immer wieder blickte Rena auf um zu sehen, wie nah sie dem Palast der Trauer gekommen waren. Jetzt waren es noch drei Baumlängen, schon konnte sie die schmutzig grauen Säulen über sich aufragen sehen. Das Eingangstor war geschlossen, so wie sie es zurückgelassen hatten. Gleich geschafft, dachte Rena erleichtert und lauschte dem Ruf eines Rubinvogels, der irgendwo in einem Baum trillerte.

Ein Rubinvogel?!

Rubinvögel waren nur im Sommer hier, sie überwinterten in Tassos – um diese Jahreszeit durfte es hier keine geben! Rena hielt an, drückte sich gegen den Boden. Der Ruf war ein Signal gewesen, ganz klar. Aber was bedeutete er? Hatten Canos Leute sie gesichtet, würden sie gleich über sie herfallen? Oder hieß es nur: »Wir sind noch auf dem Posten, hier gibt's nichts Neues«?

Rena näherte ihre Lippen Alenas Ohr, flüsterte ihr zu: »Jemand ist in der Nähe. Ich weiß nicht, ob er uns schon entdeckt hat.«

»Was machen wir?«, wisperte Alena zurück.

Es war nicht mehr nötig zu antworten. Um sie herum wogte das Gras, ein halbes Dutzend Bewaffnete in graubrauner Tarnkleidung griff an.

»Rennt! In den Palast!«, brüllte Rena und sprintete auf die Säulen, auf Morianns düstere Heimat zu. Stolpernd und keuchend erreichten sie und Tjeri die Eingangsstufen, zogen das große eiserne Tor auf und schlüpften hindurch. Kerrik und Jorak folgten knapp hinter ihnen.

»Schnell, wieder zu damit!« Jorak hatte seine Fassung als Erster wiedergefunden. Kerrik und er warfen sich von innen gegen die Türflügel, die sich quietschend in Bewegung setzten. Doch sie konnten das Tor noch nicht schließen. Canos Leute hatten sie nur deswegen nicht eingeholt, weil Cchraskar und Alena sie draußen in Schach hielten. Zwanzig Menschenlängen vor dem Palast kämpften sie mit der Wildheit zweier Dämonen.

Rena rief sie, und ihre junge Freundin reagierte sofort. Sie drehte sich um und rannte zu ihnen herüber. Cchraskar flitzte ihr nach und überholte sie dabei. Canos Leute waren den beiden dicht auf den Fersen.

Alena warf sich durch das Tor und schlitterte über die Mosaiksteine der Eingangshalle. Sofort knallten die beiden Männer hinter ihr die Türflügel zu. Kerrik rammte den handbreiten Riegel vor. Auf einmal war es still und dunkel im Palast der Trauer.

»Puh, ich wusste gar nicccht, dass ich so schnell rennen kann«, sagte Cchraskar beeindruckt. Als er grinste, waren seine Fangzähne gut zu sehen, und Rena war froh, dass der Iltismensch an ihrer Seite war.

»Einen der Kerle hat Cchraskar draußen schon erledigt«, berichtete Alena und holte tief Luft. »Jetzt sind's noch sechs. Ich kenne ein paar von denen. Einer ist richtig gefährlich. Lex heißt er. Der, in dessen Schmiede wir Tjeri gefunden haben. Die große Blonde heißt Vinja und ist von der Luftgilde. Ein Gildenloser ist auch dabei. Tobai nennt er sich, glaube ich. Alle anderen sind Feuerleute.«

»Gibt's noch einen Weg, wie die Kerle hier reinkommen können?«, fragte Tjeri.

»Ich weiß nicht – so gut kennen wir uns auch nicht aus hier drin«, sagte Rena und schaute sich um. Einen Moment lang lauschten sie alle. »Vielleicht kann Cano irgendwie über die Balkons auf der anderen Seite kommen, über den Dachgarten ...«

Mit einer Formel entzündete Alena eine der Fackeln in den Wandhaltern. »Wir müssen wieder Kontakt zu Moriann aufnehmen, vielleicht hilft sie uns noch mal. Ich gehe gleich mal hoch in den Thronsaal und hole die Feuerblüten ...«

Rena nickte. »Moriann!«, rief sie. Ihre Stimme echote von den steinernen Wänden. Es kam keine Antwort, und von den Schlangen war nichts zu sehen. Stattdessen hörten sie ein Rumoren, das aus dem Kellerbereich kam.

»Wurzelfäule und Blattfraß, ich wette, es gibt unten Dienstboteneingänge«, stöhnte Kerrik und hob seinen schweren Holzstock vom Boden auf. Er hatte ihn vorhin fallen lassen, um die Hände für das Tor frei zu haben. »Gleich geht's rund!«

So war es. Mit gezückten Waffen hasteten Canos Leute vom Kellergeschoss herauf.

Rena fand sich Vinja gegenüber, der hochgewachsenen

blonden Frau der Luftgilde. Rena merkte schnell, dass ihre Gegnerin mit dem Schwert nur genauso mittelprächtig umgehen konnte wie sie selbst. Vinjas eigentliche Waffe – die Armbrust – hing über ihrer Schulter. Auf so kurze Entfernungen konnte sie sie nicht gegen einen Schwertkämpfer einsetzen. Aber Gnade uns der Erdgeist, wenn sie es schafft, oben auf die Galerie zu kommen, dachte Rena. Dann schießt sie uns in Ruhe einen nach dem anderen ab!

Rena manövrierte sich zwischen Vinja und den Treppenaufgang. Wütend griff die Frau sie an, versuchte, ihre Deckung zu durchbrechen. Aber Rena hatte dazugelernt seit ihren ersten Unterrichtsstunden mit Alix vor sechzehn Wintern. Sie wehrte die Schläge ohne Mühe ab, begann dann selbst anzugreifen. Verdutzt darüber, dass eine Frau der friedlichen Erdgilde überhaupt kämpfte, und das sogar ganz passabel, ließ sich Vinja zurückdrängen. Rena konnte es sich erlauben, aus den Augenwinkeln einen Blick auf ihre Freunde und deren Gegner zu werfen.

Kerrik hatte es mit dem muskulösen Schmied aufgenommen. Sie hatte Kerrik unrecht getan, wurde Rena klar – er wirbelte den Stock geschickt herum und hatte den Schmied schon ein paarmal hart erwischt. Fluchend versuchte Lex, den ungewohnten Kampfstil mit dem Schwert zu kontern, und hatte wenig Erfolg damit.

Tjeri dagegen war in Schwierigkeiten. Nur mit einem Messer bewaffnet stand er einem dunkelhaarigen Schwertkämpfer der Feuergilde gegenüber. Erleichtert sah Rena, wie Alena ihm zu Hilfe kam. Sie kämpfte mit kühler Präzision, und der Mann merkte bald, dass er dieses Mädchen ernst nehmen musste, wenn ihm sein Leben lieb war.

Jorak schien einen gefährlichen Gegner zu haben – Tobai, der junge Gildenlose, umkreiste ihn in der geduckten Haltung des erfahrenen Messerkämpfers.

Währenddessen hatte sich Cchraskar die beiden anderen Angreifer vorgenommen, sie bluteten schon aus mehreren Bisswunden. Gewandt tänzelte der Iltismensch um den Mann und die Frau herum und wartete nur auf eine neue Gelegenheit, seine Fangzähne einzusetzen. Um den musste Rena sich keine Sorgen machen!

Aber vielleicht um sich selbst. Denn nun steigerte Vinja ihr Tempo. Sie war sichtlich in ihrem Stolz getroffen, weil eine Gegnerin, die einen Kopf kleiner war als sie, überhaupt länger als ein paar Atemzüge gegen sie durchhielt. Verbissen versuchte Rena mitzuhalten und sich keine Blöße zu geben.

Alena hatte ihren Gegner mittlerweile erledigt. Blutend lag er in einer Ecke und hielt sich das Bein – der würde vorerst nicht mehr kämpfen können. »Geh nach oben!«, schrie Rena ihr zu. »Wir kommen hier schon irgendwie klar – hol du die Feuerblüten!«

Alena zögerte, nickte dann und schwang sich auf die gewundenen Treppen. Sie lief hoch in Richtung Thronsaal und verschwand in der Dunkelheit des oberen Stockwerks. Als sie gesehen hatte, dass Cano nicht unter den Angreifern war, war ihr klar, was er vorhatte. Er wird es machen wie das letzte Mal – während seine Leute uns verfolgen, wartet er am Ziel auf uns, dachte sie grimmig und hielt ihr Schwert bereit.

Sie hatte sich nicht getäuscht. Als sie die goldenen Türen des Thronsaals öffnete, sah sie Canos Silhouette im Gegenlicht. Ich hätte mich ihm sowieso irgendwann stellen müssen, dachte Alena, plötzlich ganz ruhig. Vielleicht ist in Daresh einfach kein Platz für zwei Gesetzlose wie uns …

Mit gleichmäßigen Schritten ging sie ihm entgegen.

»Du bist nicht überrascht«, sagte Cano.

»Nein«, erwiderte Alena. »Besonders einfallsreich warst du diesmal nicht.«

»Ich hatte nicht vor, dich zu überraschen. Nur, dich aufzuhalten. Du weißt, was das bedeutet?«

»Ja.« Es bedeutete, nur einer von ihnen würde diese Begegnung überleben. Alena umklammerte ihr Smaragdschwert. Cano stand genau zwischen ihr und den Feuerblüten. Seine Augen lagen im Schatten, doch Alena wusste, er beobachtete sie. Ahnte er auch, dass noch jemand anders sie beobachtete? Der Palast selbst?

»Moriann?«, flüsterte Alena, ohne Cano aus den Augen zu lassen. Eine einzelne schwarze Natter huschte vorbei, warf ihr einen Blick aus rubinroten Augen zu. Was bedeutete das? War der Palast auf ihrer Seite?

Bis sie das herausgefunden hatte, musste sie Cano ablenken, hinhalten. »Wieso hast du mich angelogen?«, fragte sie. »Du hast den Panther sehr wohl unter deiner Kontrolle. Er hat in deinem Auftrag Schaden angerichtet.«

»Wenn man eine Waffe besitzt, ist es Dummheit, sie nicht zu benutzen«, sagte Cano gelassen.

»Aber woher hast du diese Waffe?«

Cano schien es nicht eilig zu haben. Zu Alenas Überraschung antwortete er ihr. »Es war eigentlich Zufall. Wir wussten von der Existenz der Eisdämonen, sie hatten schon einige der Verbannten getötet«, erzählte er, ohne den Blick von ihr zu wenden. »Dann bin ich auf der Flucht vor einem Schneesturm in eine Höhle geraten, in der mir dieser eigenartige Kristall aufgefallen ist … ich habe ihn mitgenommen und entdeckt, dass er mir Macht über die Dämonen verleiht. Kummer, Sorge und Schmerz gab es genug unter den Verbannten, es war also kein Problem, dem Dämon immer wieder Kraft zufließen zu lassen.«

»Du kannst ihm also befehlen, wen er ins Koma fallen lassen soll und wen nicht?« Alena spürte, wie der Hass wieder in ihr hochquoll. »Wieso hast du Rena und mich zuerst verschont?«

»In Socorro habe ich Geduld gelernt. Und es hat sich gelohnt zu warten. Durch euch habe ich es endlich geschafft, Keldo ausfindig zu machen und zu erledigen. Außerdem wäre es für Rena ein zu leichter Tod gewesen.«

Alena schauderte. »Was für ein Reich wolltest du ... willst du ... wirklich erschaffen? Bestimmt keins der Liebe!«

»Liebe ist Schwäche«, sagte Cano kühl. »Das hättest du auch irgendwann begriffen. Um ehrlich zu sein – ich habe meine Pläne seit damals nicht geändert. Außer den Feuerleuten hat keine Gilde Platz in Daresh. Ich werde Daresh reinigen mit Feuer und Schwert und es zu einem besseren Ort machen. Ich habe gehofft, du könntest mich verstehen ...«

Ohne Warnung griff Cano an, sein Schwert sauste auf sie zu – der Kampf hatte begonnen! Mit einem Schrei, der durch die leeren Säle hallte, riss Alena ihre Klinge hoch und fing den Schlag ab. Stahl krachte auf Stahl. Schon attackierte Cano wieder, schnell und gnadenlos wie ein Raubtier. Laut hallte das Klirren der Waffen durch den Palast.

Nach zehn Atemzügen hatte Alena ihren Rhythmus gefunden. Sie kämpfte mit voller Konzentration, mit jedem Quäntchen ihrer Kraft und ihres Könnens. Gedankenschnell folgten Angriff und Konter aufeinander, flossen in eine einzige Bewegung. Und doch trieb Cano sie immer weiter zurück und schien sich dabei nicht einmal anzustrengen. Ein paarmal schaffte Alena es erst im letzten Moment, seine Attacken abzuwehren. Schon jetzt spürte sie, wie ihre Armmuskeln von der Anstrengung vibrierten. Eisig kroch die Angst in ihr hoch. Gegen einen solchen Kämpfer hatte sie kaum eine Chance!

Warum griff Moriann nicht ein, das Mädchen aus dem Spiegel? Sah aus, als würde sie abwarten, beobachten. Überall lugten die schwarzen Schlangen hervor.

Jetzt waren sie in der Nähe des Wasserfalls auf der Rückseite des Saals, Alena konnte sein sanftes Rauschen hören. Das Wasser strömte zwei Stockwerke in die Tiefe, nur ein spinnwebdünnes Seil umgab den Schacht. Alena versuchte wegzukommen von dieser gefährlichen Stelle – und rutschte auf einer Wasserlache aus, fiel an den Rand des Schachts.

Sofort stürzte sich Cano auf sie. Alena rollte weg, die Spitze von Canos Schwert klirrte auf den Steinboden. Alenas Herz raste. Hastig kam sie wieder auf die Füße, schob sich vom Abgrund weg. Mit müheloser Eleganz setzte Cano ihr nach, die Waffe erhoben. Sein Umhang wehte hinter ihm her wie ein dunkler Flügel.

Der Fall hatte Alenas Kampfrhythmus gebrochen. Ihr Atem ging ungleichmäßig, der Griff des Smaragdschwertes war schweißnass geworden. Jetzt kämpfte sie um ihr Leben.

»Moriann!«, schrie Alena verzweifelt. »Bitte hilf mir!«

Cano runzelte die Stirn – er wusste nicht, mit wem sie sprach. Wieder griff er an, drängte sie zurück. Sie näherten sich dem Thron, die hohen silbernen Blütenblätter ragten über ihnen auf. Alena schöpfte Hoffnung. Nun muss Moriann etwas tun, das kann sie nicht dulden!, jagte es durch ihren Kopf.

Und da war es schon, das Zischen. Es schien von überallher zu kommen. Aus allen Nischen und Winkeln krochen die Nattern hervor. Alena stemmte die Füße gegen den Boden, damit sie nicht versehentlich auf eine von ihnen trat. Hoffentlich erinnerte Moriann sich noch an sie und griff sie nicht an!

Cano zeigte keine Angst. Als die Schlangen nur noch drei Menschenlängen entfernt waren, reichte er mit der freien Hand in seine Tasche – und holte den weißen Kristall hervor, von dem Nebelschwaden emporwaberten. Neben Cano formte sich die Gestalt des Panthers aus dem wogenden Weiß. Einen Wimpernschlag später war der Dämon so real geworden wie ein echtes Tier.

Die Schlangen wichen entsetzt zurück. Ihre Köpfe pendelten hin und her, als sie versuchten, den Panther im Blickfeld zu behalten. Dann glitten sie davon und verkrochen sich. Alena fühlte den Boden unter ihren Füßen vibrieren, spürte, dass der Palast Angst hatte, schreckliche Angst. Moriann konnte ihr nicht helfen!

Eine furchtbare Kälte ging von dem Eisdämon aus, sog Alena die Kraft aus dem Körper. Mechanisch kämpfte sie weiter, verließ sich nur noch auf ihre Reflexe. Bald ist es vorbei, dachte sie und wehrte sich verzweifelt gegen die Schwäche. Wenn das so weitergeht, stehe ich gleich da und schaue zu, wie er mich zusammenhaut …

Mit letzter Kraft parierte sie Canos nächsten Angriff. Sie merkte, dass der Smaragd an ihrer Waffe heller glühte denn je. Warum fühlte sich ihr Schwert auf einmal so warm an? Die Wärme floss durch ihre Fingerspitzen, strömte wie ein goldener Fluss durch ihre Arme und durch ihren ganzen Körper.

Aber die Hilfe kam zu spät. Gegen einen Kämpfer wie Cano war jeder Fehler fatal. Sofort nutzte er ihre Schwäche aus, stieß waagrecht mit dem Schwert zu, um sie zu durchbohren.

Instinktiv wich Alena dem Stoß aus, stolperte zurück, krachte durch eins der Fenster des Thronsaals – und stürzte rücklings ins Leere.

Letzte Chance

Rena hatte lange mit einem Mann der Luftgilde zusammengelebt, sie kannte diese Gilde fast so gut wie ihre eigene. Sie wusste, wie sehr Luftmenschen es hassten, wenn ein festes Dach über ihrem Kopf war. Deshalb drängte sie Vinja tiefer in die Gewölbe rund um die Eingangshalle und merkte zufrieden, wie die blonde Frau immer nervöser wurde. Sie lauert auf eine Gelegenheit, ihre Armbrust einzusetzen, ahnte Rena und griff ohne Unterlass an, gab ihrer Gegnerin keine Gelegenheit, die Waffen zu wechseln.

Doch dann sah Rena über die Schulter, dass Kerrik Probleme hatte. Inzwischen hatte sich der Schmied dem Kampfstil des Mannes von der Erdgilde angepasst und verarbeitete den Stock zu Holzspänen. Länger als ein paar Atemzüge würde Kerrik nicht mehr durchhalten!

Vinja merkte, dass Rena einen Moment lang abgelenkt war – sie ließ ihr Schwert fallen, riss sich die Armbrust vor die Schulter und zielte auf Rena. »Waffe weg!«, fauchte sie.

Rena verfluchte ihre Unaufmerksamkeit. Langsam ließ sie ihr Schwert aus der Hand gleiten, der Stahl klirrte auf den Steinboden. Ihr ganzer Körper kribbelte bei dem Gedanken, wie es sich wohl anfühlen mochte, aus nächster Nähe von einem Armbrustbolzen getroffen zu werden.

Die Luftgildenfrau zögerte. Es gab niemanden, der ihr helfen konnte ihre Gefangene zu fesseln. Mich zu töten ist einfacher, schoss es Rena durch den Kopf. Sie wagte nicht, sich zu rühren – die kleinste Bewegung konnte Vinja dazu bringen abzudrücken.

Ein huschender Schatten hinter der Frau zog Renas Blick auf sich. Ihr Herz machte einen Satz, als sie eine von Morianns Schlangen bemerkte. Abwartend spähte das Tier zu ihnen herüber. Dann kroch es auf Vinjas Fuß zu. Die ist ganz sicher giftig, dachte Rena mit gemischten Gefühlen.

Vinja bemerkte, dass Rena etwas auf dem Boden beobachtete, und fuhr herum. Als sie die Schlange sah, schrie sie und machte einen Satz. Rena bückte sich schnell nach ihrem Schwert, und mit einem einzigen Schlag zertrümmerte sie die Armbrust. Holzsplitter flogen durch die Gegend. Mit ihrem zweiten Schlag traf Rena die blonde Frau mit der flachen Seite der Klinge seitlich am Kopf. Bewusstlos brach Vinja zusammen.

Rena verlor keine Zeit und lief zu Kerrik hinüber. Auf dem Weg griff sie sich einen mannshohen Kerzenständer aus Nachtholz, der zwischen den zerbrochenen Möbeln der Eingangshalle lag. »Kerrik – fang!« Sie warf ihrem Freund die neue Waffe zu und griff den Schmied mit dem Schwert an. Irritiert wandte Lex sich ihr zu – und kassierte von Kerrik einen Hieb, der ihn taumeln ließ. Mit frischer Kraft nahmen sie ihn zu zweit in die Zange. Zehn Atemzüge später lag der Schmied am Boden und rührte sich nicht mehr.

»Ist er tot?«, fragte Kerrik besorgt. »Ich wollte auf gar keinen Fall jemanden töten!«

»Meinst du, ich vielleicht?« Rena betrachtete Lex genauer. Nein, er war nicht tot. Sie fesselten ihn mit Kerriks Gürtel und hofften, es würde noch eine Weile dauern, bis er aufwachte. »Los, komm, wir müssen Jorak helfen!«

Der Aufprall trieb Alena die Luft aus den Lungen, sie spürte, wie sich Scherben in ihren Rücken bohrten. Halb betäubt wunderte sie sich, warum ihr Körper nicht zerschmettert zwischen den Eingangssäulen des Palasts lag. Ihr dämmerte, dass sie im winterlich verschneiten Dachgarten gelandet war. Hier war es zwar eisig kalt, sie lag mitten in einer Schneewehe – aber sie lebte!

Die Kraft, die das Smaragdschwert ihr zufließen ließ, begann zu wirken. Alena fühlte, wie ihre Energie zurückkehrte. Aber sie durfte sich auf keinen Fall auf einen Kampf hier draußen einlassen! Cano hatte viele Winter in der Eiswüste von Socorro hinter sich, er war Kälte gewohnt – sie nicht! Sie raffte sich auf, hinkte ein Blumenbeet entlang, suchte nach einem Eingang in den Palast. Hinter ihr sprang eine schwarz gekleidete Gestalt durch das zerbrochene Fenster, folgte ihr.

Alena fand einen kleinen Seiteneingang, hastete hindurch, stand wieder im Palast – und sah verblüfft, dass sie nur wenige Menschenlängen von der Säule entfernt war, an der sich die Feuerblüten emporrankten! Sie zögerte nicht, rannte auf die Säule zu.

Doch Cano war schneller. Kurz vor der Säule fing er sie ab, und diesmal reagierte Alena zu spät. Canos Klinge glitt durch ihre Deckung hindurch und bohrte sich tief in ihren Bauch. Im ersten Moment tat es nicht weh. Doch dann durchfuhr Alena ein grauenhafter Schmerz. Ihre Beine trugen sie nicht mehr, sie sackte zusammen. Sie spürte Blut an ihrem Körper herabfließen, die Welt verschwamm vor ihren Augen …

Wie durch einen Schleier sah sie, dass Cano auf sie herabblickte und das Smaragdschwert aufhob. Er betrachtete es mit hochgezogenen Augenbrauen und befestigte es an seinem Gürtel. Dann wischte er seine Waffe ab und wandte sich um, ging zum Thron aus silbernen Blütenblättern hinüber. Der weiße Panther hielt sich eng an seiner Seite.

Du hast kein Recht auf dieses Schwert, böse enden wirst du, wenn du es weiterhin benutzt … War das nun ihre Strafe? Alena spürte, wie das Leben aus ihrem Körper herausrann. Sie schloss die Augen, gab sich auf.

Sie fühlte eine Bewegung an ihrer Seite. Unter ihrer Hand wand sich ein kühler, glatter Schlangenkörper. Es kitzelte, als die Natter sich an ihr hochschlängelte. Mühsam öffnete Alena die Augen. Ein schwarzes Köpfchen mit Rubinaugen hing über ihr. Alena blinzelte, schaute noch einmal hin. Die Schlange hielt eine rote Blume im Maul.

Eine Feuerblüte!

Alena war zu schwach, um nach ihr zu greifen, sie schaffte es kaum, die Finger zu bewegen. Schmerzen brandeten durch ihren Körper, und vor Qual krümmte sie sich zusammen. Doch die Schlange gab nicht auf. Sie kroch noch höher, glitt über Alenas Wange. Ließ die Blüte auf ihre Zunge fallen.

Alenas Mund fühlte sich ausgetrocknet an. Aber sie brachte es irgendwie fertig, die Blüte hinunterzuwürgen. Sofort wurde ihr Blick klarer, und das Blut, das aus der Wunde rann, versiegte. Die Schmerzen wurden erträglicher. Danke, Moriann, dachte Alena und schloss kurz die Augen, holte tief Atem. Es fühlte sich gut an, noch am Leben zu sein.

Sie brauchte noch weitere dieser Blüten, aber die Schlangen waren verschwunden. Alena blickte hinüber zu der Säule, an der die Feuerblüten wuchsen. Sie war eine Menschenlänge entfernt. Unendlich weit! Denn schräg dahinter war Cano gerade dabei, es sich auf dem ehemaligen Sommerthron der Regentin bequem zu machen. Wenn er bemerkte, was vorging, konnte er in zwei Atemzügen bei ihr sein und ihr den Rest geben.

Sehr, sehr langsam kroch Alena vorwärts. Jedes Mal, wenn Cano den Kopf wandte, stellte sie sich tot, wagte kaum zu atmen. Wenn er die Blutspur sah, war es aus.

Ein Glück – jetzt stand er auf, um sich das goldene Tor am Eingang genauer anzusehen. Wahrscheinlich überlegt er schon, wie man es wegbringen und einschmelzen kann, dachte Alena, biss die Zähne zusammen und schob sich noch ein Stück weiter. Hoffentlich ist er noch lange beschäftigt …

Nun war sie nahe genug an der Säule. Alena streckte den Arm aus und versuchte, die beiden untersten Blüten zu erreichen. Die Anstrengung war fast zu viel für sie, nachdem sie so viel Blut verloren hatte. Sie musste sich voll konzentrieren, damit ihr Körper ihr gehorchte.

Fauchend fuhr der weiße Panther herum. Er hatte ihre Gedanken gespürt!

Alena spannte alle Muskeln an, richtete sich mühsam auf und griff nach den Blüten. Blätter unter ihren Fingern, der herbe Geruch nach Pflanzensaft …

In großen Sätzen jagte der Panther auf sie zu, und Cano folgte ihm. Alena bündelte ihre Gedanken und murmelte eine Formel. Es war nur ein jämmerliches Flämmchen, das sie zustande brachte. Aber es reichte. Sie ließ eine Blüte hineinfallen und das Feuer peitschte hoch, legte eine Flammenwand zwischen sie und Cano. Sie konnte den Eisdämon brüllen hören.

»Bisschen warm für dich, was?«, murmelte Alena und genoss die Hitze des Feuers auf ihrem Gesicht. Sie stützte sich an der Säule ab. Der Stein fühlte sich hart, aber warm an. *Hallo, Moriann,* dachte Alena und spürte den Herzschlag des Palasts unter ihren Handflächen.

Angestrengt spähte sie durch die Flammen. Das konnte nicht sein – der Eisdämon kam immer noch auf sie zu! Er hinkte und wirkte verletzt, aber seine Augen glitzerten vor Wut. Schnell warf Alena eine zweite Blüte ins Feuer, eine dritte …

Der Eisdämon brüllte auf, diesmal vor Schmerz. Er wand sich, schlug mit den Tatzen nach den Flammen. Sein Fell kräuselte sich, verschmorte, wurde schwarz. In dem Moment, als er sich in Rauch auflöste, ließ Cano mit einem Fluch den Kristall fallen, den er gehalten hatte, und knetete seine Hand. Klirrend zersprang der Stein auf dem Boden.

Erschöpft ließ sich Alena gegen die Säule zurücksinken. Triumph und Erleichterung durchpulsten sie. Sie hatte den Eisdämon endgültig vernichtet! Daresh – und sie selbst – waren von einem Albtraum befreit.

Das Feuer um sie herum griff immer höher, leckte an die Decke des Saales. Prasselnd fraß es sich die Wände entlang. Drei Blüten sind zu viel gewesen!, dachte Alena besorgt. Sie versuchte, ihre Gedanken zu bündeln, um das Feuer wieder unter Kontrolle zu bekommen. Aber die Flamme entwand sich ihr. Alena war nicht mehr stark genug, um sie zu beherrschen. »Rostfraß«, murmelte sie. Was hatte sie angerichtet? Wenn sie es nicht schaffte, das hier wieder zu löschen, brannte womöglich der ganze Palast ab! Sie hatte Moriann nicht schaden wollen!

Und sie hatte vergessen, dass Cano zu ihrer Gilde gehörte und nicht nur den Eisdämon kontrollierte, sondern besser als die meisten wusste, wie man mit Feuer umging. Alena sah, wie er eine Formel sprach, dann noch eine. Was hatte er vor? Jedenfalls sah es nicht so aus, als wollte er den Brand löschen. Langsam kam er auf sie zu, ging mitten durch das Feuer hindurch, ohne Schmerz zu zeigen, ohne dass ihm etwas geschah.

Und Alena stand an der Säule buchstäblich mit dem Rücken zur Wand!

Instinktiv griff sie nach ihrem Schwert – griff ins Leere. Sah ihr Smaragdschwert an Canos Gürtel hängen.

Das kommt davon, wenn man zu früh glaubt, dass man gewonnen hat, dachte Alena bitter. Rauch brannte in ihren Augen, machte ihr das Atmen schwer. Das Feuer sengte ihre Haare an und schimmerte auf Canos Klinge, die nur noch eine Armlänge entfernt war.

Ihre Blicke trafen sich, und Alena schauderte vor dem, was sie in Canos Augen sah. Sie presste sich gegen die Säule, dieses warme, lebendige Ding, und hatte plötzlich eine Idee. Eine letzte Chance hatte sie noch!

Die Schwertklinge raste ihr entgegen. Und genauso schnell wich Alena zur Seite aus. Canos Schwert bohrte sich in die Säule, und schwarzrotes Blut sprudelte hervor. Verblüfft starrte Cano es an.

Alena riß ihr Smaragdschwert von seinem Gürtel und rannte los, so gut es ging. Keinen Moment zu früh. Der Thronsaal bäumte sich auf, verformte sich um sie herum. Ächzend brachen die Deckengewölbe. Dort, wo Cano stand, polterten Steinbrocken zu Boden. Mit einem wütenden Zischen glitten von allen Seiten Hunderte von Schlangen heran, kreisten ihn ein. Cano schrie – aber nicht lange. Dann war es wieder still im Palast der Trauer, bis auf das Tosen der Flammen.

Hustend schleppte sich Alena zum Ausgang des Thronsaals. Doch die Flammen versperrten ihr den Weg. Und zurück ging auch nicht mehr, zwischen ihr und dem Dachgarten loderte eine zweite Feuerwand. Aus, vorbei, dachte Alena und brach in die Knie. Da komme ich nicht durch!

Jorak hatte, wie sich herausstellte, keine Hilfe nötig. Tobai, der junge Gildenlose, war tot. Sieht aus, als hätte Jorak weniger Hemmungen als wir anderen – und einen ziemlich guten Kampfstil, dachte Rena. Erschöpft ließ sie ihren Blick durch die Eingangshalle des Palasts schweifen. Nur noch zwei von Canos Leuten waren auf den Beinen, und mit denen wurde Cchraskar schon fertig.

Etwas anderes machte Rena sehr viel mehr Sorgen. Es roch stark nach Rauch. Sie ahnte, dass im Thronsaal etwas ganz und gar nicht in Ordnung war. Sie hastete zum oberen Stockwerk hinauf. Je höher sie kam, desto lauter wurde das Prasseln der Flammen. »Sieht so aus, als sei ihr ein Feuer außer Kontrolle geraten!«, rief sie den anderen von der Galerie aus zu. »Alena muss in Schwierigkeiten sein!«

Leichtfüßig sprintete Tjeri hinter ihr her die Treppen hoch. »Ich dachte, ihre Gilde liebt das Feuer …«

»Ja, aber schließlich könnt ihr von der Wassergilde auch Ertrinken.«

Sie erreichten den Eingang des Thronsaals – doch als Rena die goldenen Türen aufstoßen wollte, fuhr sie zurück. »Au! Verdammt, die sind glühend heiß!«

»Das bedeutet, der ganze Saal brennt«, stellte Tjeri fest. »Schnell, versuchen wir's von unten, über den Wasserfall!«

Es kostete Tjeri nur ein paar Atemzüge und eine Formel, den Wasserfall einzufrieren – so etwas gehörte zu den Fähigkeiten seiner Gilde. Mit zwei Messern hackte er sich in die Eiswand und zog sich daran hoch. Rena blickte ihm nach und sah das Seil, das er sich um den Bauch gebunden hatte, langsam im Schacht des Wasserfalls verschwinden. Hoffentlich war ihr Gefährte vorsichtig …

»Jorak, hilf ihm hier!«, rief Rena. »Kerrik – wir beide organisieren im oberen Stockwerk eine Löschkette!«

»Womit?«

»Das wirst du schon sehen!«

Farbiger Dampf stieg auf, als sie die Gefühlsflüssigkeiten aus dem oberen Stockwerk auf die Flammen kippten. Rena versuchte, die Dünste nicht einzuatmen – wahrscheinlich konnte man auf diesem Weg arg schwermütig werden – und rannte mit dem Bottich aus der Palastküche zurück, um die nächste Ladung zu holen. Sie stellten fest, dass die Freude schnell ausging, aber sich die Becken mit Traurigkeit und Einsamkeit von selbst wieder auffüllten. Wo das herkam, war anscheinend noch genug! Aber man hätte zehn Leute oder mehr gebraucht um die gierigen Flammen in Schach zu halten. Schon bald mussten Kerrik und sie das Löschen aufgeben. Sie eilten wieder nach unten.

Tjeri und Jorak hatten mehr Erfolg gehabt. Erleichtert sah Rena, dass sie dabei waren, Alena über den Wasserfall abzuseilen. Sie war bewusstlos und atmete flach, ihr Gesicht war rußgeschwärzt. Ihre Tunika war blutgetränkt, es sah so aus, als sei sie schwer verletzt. Renas Herz krampfte sich zusammen. Was war passiert? »Habt ihr Cano gesehen? Er muss auch da oben sein.«

Tjeri schüttelte den Kopf. »Wenn er noch dort ist, ist er tot. Ich konnte Alena nur rausholen, weil sie direkt neben dem Wasserfall lag.«

Inzwischen war die Kaskade wieder aufgetaut. Jorak tränkte einen Lappen mit kaltem Wasser und eilte zu ihnen zurück. Rena sah, dass seine Hände zitterten, als er Alena behutsam Ruß und Blut aus dem Gesicht wusch. Währenddessen stellte Rena fest, wo ihre Freundin verletzt war. Sah aus wie eine tiefe Schwertwunde direkt unterhalb der Rippen, aber erstaunlicherweise blutete es nicht mehr.

Das kalte Wasser weckte Alena, sie schlug die Augen auf. Dem Erdgeist sei Dank! Rena atmete tief durch, langsam löste sich ihre Anspannung. »Sie ist wach«, rief sie Kerrik und Cchraskar zu, die die übrigen Anhänger des Propheten in Schach hielten. Cchraskar stieß einen schrillen Laut der Erleichterung aus, und sein gesträubtes Fell glättete sich etwas.

»Wir müssen hier raus«, drängte Jorak. »Der verdammte Palast brennt ab!«

Er hatte recht. Immer mehr Rauch zog nach unten, und alle paar Augenblicke lief ein krampfartiges Beben durch die Wände des Palasts. Die Flammen hatten schon die obere Galerie erreicht und breiteten sich immer weiter aus.

»Ja. Raus hier.« Kerrik entfernte schnell den schweren Riegel, mit dem er den Eingang vorhin gesichert hatte.

Als Rena Alena aufstehen half, wurden die großen Türflügel des Haupttors von außen aufgestoßen. Wer war das? Verstärkung für Cano etwa? Nein, die Männer, die hereinfluteten, trugen die Uniformen der Stadtwache. Die hatten wohl den Rauch gesehen.

Das war's dann, dachte Rena, und sie wusste nicht, ob sie lachen oder weinen sollte. Jetzt verhaften sie uns, ab ins Verlies, und in zwanzig Wintern sehen wir das Tageslicht wieder, wenn wir Glück haben!

Zwei Wachen liefen auf sie zu – und halfen ihr, Alena zu stützen. Die anderen zogen ihre Schwerter. Ungläubig beobachtete Rena, wie die Wachen Canos verbliebene Leute überwältigten und mitsamt Vinja, Lex und den anderen Gefangenen nach draußen verfrachteten.

Wenige Atemzüge später standen sie alle in sicherer Entfernung von der Hügelkuppe in einem verschneiten Distelfeld. Hinter ihnen schlugen die Flammen aus dem Dach des Palasts. Die Säulen des Eingangs brachen in der Hitze zusammen.

»Was ist hier eigentlich los?«, krächzte Rena und sog dankbar die kalte, klare Luft ein. Sie blickte den beiden

Männern entgegen, die mit langen Schritten auf sie zukamen, und erkannte den Stadtkommandanten Yorkan. Neben ihm ging Navarro ke Tassos von der Feuergilde, sein Umhang aus Dhatla-Leder wehte hinter ihm her. Ihre Gesichter waren besorgt. »Rena! Alles in Ordnung?«, rief Navarro. »Leider habe ich Keldos Tagebuch, das du uns geschickt hast, erst heute früh bekommen. Einer der Stadtbeamten hat es eine Ewigkeit herumliegen lassen, bis er mir davon berichtet hat …«

»Und als wir gesehen haben, dass der Palast brennt, war auch klar, wo wir euch – und diesen Heiler vom Berge – suchen mussten«, knurrte Yorkan. »Ich hoffe, Ihr könnt mir verzeihen, dass ich Euch nicht geglaubt habe, was für ein Mensch er ist.«

Rena nickte. Aber auf einmal war das alles unwichtig. Sie wandte sich um, blickte zurück zum Palast. Alena stand neben ihr und starrte auf die Zerstörung. »Das ist meine Schuld. Ich habe Moriann getötet.«

»Hör auf damit!«, sagte Rena. »Ohne Cano wäre es nie so weit gekommen. Und vielleicht ist es besser so. Moriann wollte sterben. Jetzt ist sie frei.«

Alena nickte. Aber sie wandte den Blick erst vom Palast der Trauer, als Kerrik ihr den Arm um die Schultern legte und sie gemeinsam zurückgingen nach Ekaterin.

Freunde

Sie wurden in die Residenz des Stadtkommandanten gebracht. Ein Haufen Leute gratulierte ihnen, drängte sich um sie herum und wollte hören, was sie erlebt hatten. Dann wurden sie in ein Zimmer gebracht, wo Heiler sich um sie kümmerten und sie frische Sachen zum Anziehen bekamen.

Alena wusste kaum, wie ihr geschah. Wie in Trance ließ sie sich verbinden und antwortete mechanisch auf Fragen. Sie trauerte um den Palast, um Moriann – selbst um Cano. Es war so viel geschehen an diesem Tag, und sie hatte nicht einmal die Hälfte davon in Ruhe durchdenken können.

Schließlich eskortierte man sie in Räume, die dem Stadtkommandanten selbst gehörten und noch prachtvoller waren als Keldos Höhle. Doch Alena sehnte sich trotzdem nach kurzer Zeit in das Versteck zurück – einen Ort, an dem sie sich geborgen gefühlt hatte. An dem sie und Rena und Kerrik zu Hause gewesen waren, Freunde unter sich.

Kerrik war kaum ansprechbar. Er wirkte erschöpft, aber auch angespannt. Immer wieder ertappte Alena ihn dabei, wie er sich umblickte. Suche er nach Jorak? Alena wusste auch nicht, wohin er verschwunden war. Jorak war mit ihnen aus dem Palast gerannt, aber dann hatte er sich anscheinend unbemerkt davongemacht. Vielleicht wollte er nichts mit den Stadtwachen zu tun haben. Sie fragte sich, ob sie ihn noch einmal wiedersehen würden. Vielleicht hält Kerrik aber auch nach Lilas Ausschau, wurde es Alena klar. Ob sie noch hier ist?

Kurz darauf tauchte Lilas unter den Menschen auf, die

sie in Empfang genommen hatten. Sie war sehr blass und trug ein elegantes, hochgeschlossenes graublaues Kleid. Im Gegensatz zu allen anderen versuchte sie nicht, mit ihnen zu sprechen, hielt sich ein Stück entfernt. Dann war sie auf einmal verschwunden.

Sofort, als sie Lilas sah, waren Alenas Schuldgefühle zurück, genauso dumpf nagend wie zu Anfang. Ich muss ihr endlich sagen, dass das alles nicht Kerriks Fehler war, dachte sie. Sie hatte Angst vor diesem Gespräch. Aber was ist, wenn ich es nicht mache?, dachte sie. Dann schleppe ich dieses miese Gefühl noch ewig mit mir herum! Außerdem war da ja noch ihr Erstes Gesetz. *Ich werde nie jemandem schaden – außer es ist notwendig, um noch größeren Schaden abzuwenden oder mein Leben zu retten.*

Ja, dachte Alena. Es muss sein. Ich will keinem von beiden schaden, Lilas nicht und Kerrik erst recht nicht.

Alena arbeitete sich zu einem der Stadträte vor, einem beleibten Mann mit grauen Locken. »Entschuldigt – könntet Ihr für mich bitte ein Treffen mit Lilas ke Alaak arrangieren?«

»Yorkans Tochter?« Entgeistert blickte der Mann sie an. »Was wollt Ihr denn von ihr?«

»Ich habe eine Botschaft für sie«, behauptete Alena und wunderte sich darüber, dass der Rat die förmliche Anrede benutzt hatte. Noch vor kurzem hatten alle sie geduzt.

»Ich schaue mal, ob ich sie finden kann«, versprach der Rat und watschelte einen Gang hinunter.

Alenas Augen suchten nach Kerrik, fanden ihn. Sie konnte nicht aufhören, ihn anzusehen. Er würde sich entscheiden müssen, und sie hatte Angst vor dieser Entscheidung.

Es schien endlos zu dauern, bis der Stadtrat zurückkehrte. »Sie wartet in ihrem Zimmer auf Euch«, flüsterte er ihr zu. »Folgt mir.«

Ihre Freunde wurden so belagert, dass sie nicht merkten, wie Alena sich unauffällig absetzte. Nur Cchraskar sah es, und als sie ihm zunickte, wusste er, dass er sie diesmal nicht begleiten sollte.

Alenas Lederstiefel machten kaum ein Geräusch auf dem weichen Teppich, als sie dem Stadtrat über zwei Treppen nach unten folgte. Vor einer mit geschnitzten Ranken und Blättern verzierten Tür blieb er stehen. »So«, sagte er.

Am liebsten wäre Alena wieder umgedreht. Aber der Stadtrat beobachtete sie, rührte sich nicht von der Stelle. Sie konnte seine neugierigen Blicke im Nacken spüren. Alena hob mühsam die Hand – ihre Arme fühlten sich nach dem harten Schwertkampf kraftlos und matt an – und klopfte an die Tür.

Lilas' Zimmer in der Residenz war schlicht, aber kostbar mit Nachtholzmöbeln eingerichtet. Eine Kletterpflanze hatte sich so frech über die Wände ausgebreitet, als gehöre ihr das Zimmer. In der Mitte des Raumes stand Lilas und blickte sie an. Die Tür schloss sich hinter Alena, und sie waren allein.

»Wieso bist du hier, Alena?«, fragte Lilas kühl. »Wir haben uns nichts mehr zu sagen.«

Beim Feuergeist, es war genauso schlimm, wie sie es sich vorgestellt hatte!

»Doch, haben wir«, sagte Alena. »Ich wollte dir die ganze Zeit schon etwas sagen. Das Gedicht, das du gefunden hast … das hatte nichts zu bedeuten. Es war eine Spinnerei von mir. Kerrik hat dich nicht angelogen. Zwischen uns war nichts.«

Verzweifelt hoffte sie, dass Lilas dieses *war* nicht aufgreifen würde. Sie wollte die kostbare Erinnerung an die Nacht vor dem Kampf nicht preisgeben und verteidigen müssen.

Skeptisch blickte Lilas sie an. »Wieso kommst du gerade jetzt?«, fragte sie hart. »Hat Kerrik dich gebeten, zu mir zu gehen?«

»Nein, er wollte es nicht, er dachte, dass du für ihn verloren bist. Sonst wäre ich schon früher gekommen. Es tut mir leid! Ich wollte nicht, dass ihr euch trennt.« Alena spürte, wie Traurigkeit in ihr aufstieg, wie ihre Lippen anfingen zu zucken. Rostfraß, hatte Rena sie etwa mit ihrer Heulerei angesteckt?! Oder waren das die Nachwirkungen des Duells mit Cano, der Todesangst? Schnell fuhr sie fort: »Ich weiß, er ist kein Heiliger. Er hat mir erzählt, dass ihr schon mal Streit hattet wegen so was.«

»Ja, hatten wir«, bestätigte Lilas. Ihr Gesicht war nicht mehr ganz so streng und kühl, wurde langsam weicher.

»Er liebt dich«, sagte Alena schnell, und es gelang ihr gerade noch so, die Tränen zurückzuhalten. Lilas sollte nicht bemerken, wie es ihr ging.

Lilas schaute in eine andere Richtung und schwieg. Nachdenklich ließ sie die Finger über die glänzend grünen Blätter einer der Kletterpflanzen gleiten. Ratlos blieb Alena mitten im Raum stehen und wartete ab.

Schließlich hob Lilas den Kopf. »Ich danke dir. Geh jetzt bitte.«

Alena atmete tief durch, als sie endlich wieder im Gang stand. Beim Feuergeist, das war überstanden! Sie fühlte sich leicht, erleichtert, und das gab ihr die Bestätigung, das Richtige getan zu haben. Das nagende Gefühl in ihrem Inneren war verschwunden, zurück blieb nur Traurigkeit.

Von einem der Diener, die überall herumschwirrten, ließ sie sich zu den anderen zurückbringen. »Wo warst du?«, wollte Rena wissen.

»Hab nur schnell was erledigt«, antwortete Alena und erntete dafür einen nachdenklichen Blick.

Rena und der Stadtkommandant diskutierten darüber, was jetzt getan werden musste und wie die Bewohner von Daresh über die wahre Persönlichkeit ihres Heilers informiert werden sollten. Yorkan versprach, alles zu tun, um den Gerüchten über Rena entgegenzutreten und ihren Namen wieder reinzuwaschen. Er gab ihr neben ihrem Schwert auch ihr Messer wieder, das Messer, das Alix vor langer Zeit geschmiedet hatte.

Alena hörte nur mit halbem Ohr hin und beobachtete Kerrik. So entging es ihr nicht, als sich ein Diener zu ihm durchdrängte und ihm einen Zettel zusteckte. Stirnrunzelnd faltete Kerrik ihn auseinander und las ihn. Einen Moment lang blieb er noch sitzen, dann stand er hastig auf.

Alena war elend zumute. Sie wollte allein sein. »Gibt's hier auch ein Zimmer, wo man sich ausruhen kann?«, fragte sie einen der Heiler. »War ein harter Kampf da im Palast ...«

»Oh, natürlich! Entschuldigt!« Innerhalb von kürzester Zeit hatte sie eins der Gästezimmer für sich. Alena wusch sich, zog sich aus und ließ sich ins Bett fallen. In ihrem Kopf jagten so viele Gedanken umher, dass sie sie mit Gewalt verscheuchen musste. Schließlich schaffte sie es doch noch einzuschlafen.

Sie erwachte durch ein Klopfen an der Tür. Schnell streifte sie sich ihre brandneue Tunika über und öffnete. Draußen stand Kerrik.

Als sie seinen Gesichtsausdruck sah, ahnte sie, dass er gekommen war, um Abschied zu nehmen.

»Ich wollte sie vergessen – aber irgendwie hat es nicht geklappt«, sagte er, und sein Gesicht spiegelte den Widerstreit seiner Gefühle. »Danke, dass du mit ihr gesprochen hast.«

»Schon in Ordnung«, erwiderte Alena und fühlte, wie ihr Tränen über die Wangen liefen. Diesmal versuchte sie nicht, sie zu unterdrücken, und schämte sich nicht dafür.

Gildenlose durften weinen. Das war vielleicht der einzige Vorteil daran, ausgestoßen zu sein.

»Es tut mir leid«, sagte Kerrik betroffen. »Ich wollte dir nicht weh tun.«

»Hast du nicht«, log Alena.

Sachte strich er ihr eine Träne aus dem Augenwinkel und küsste sie auf die Wange. Dann schloss sich die Tür hinter ihm.

Plötzlich fühlte Alena sich sehr müde – noch müder als zuvor. Ihr wurde klar, dass ihr Körper wieder umgeschaltet hatte, dass er der Meinung war, die Gefahr sei vorbei. Jetzt bestand er wieder auf seinen normalen Bedürfnissen. Erschöpft vom Weinen rollte sie sich in die Bettdecke. Wahrscheinlich ist es besser so, dachte sie, bevor sie wegdämmerte. Sie wusste, es war der Stolz der Feuergilde, der aus ihr sprach: *Zweite Wahl will ich nicht sein, niemals.*

Wieder einmal fanden sich die Bewohner von Ekaterin auf dem Platz rund um das Herztor ein. Zum Glück ist diesmal die Stimmung anders als das letzte Mal, dachte Rena und hörte zu, wie Yorkan den Menschen erzählte, was geschehen war. »Ich bin zutiefst beschämt darüber, dass wir – wenn auch nur für kurze Zeit – geglaubt haben, was böse Zungen über Rena ke Alaak behaupteten. Nichts davon ist wahr. Ich bitte hiermit offiziell um Entschuldigung, Rena, und ich danke Euch und Euren Freunden dafür, dass ihr Daresh vor dem angeblichen Heiler beschützt habt.«

Jetzt hat sich der Kreis geschlossen, ging es Rena durch den Kopf. Das, was damals mit mir, Cano und Alix begonnen hat, endet mit mir, Cano und Alena. »Ich nehme Eure Entschuldigung an«, sagte sie. »Bitte verzeiht uns, dass der

Grüne Bezirk gelitten hat und der Palast der Trauer zerstört worden ist. Wir haben versucht, noch mehr Leid zu verhindern.«

Geduldig beantwortete sie alle Fragen, so gut sie konnte. Abschließend gab es ein Festbankett in der Residenz des Stadtkommandanten. Rena unterhielt sich mit vielen wichtigen Bürgern der Stadt, aber Spaß machte ihr eigentlich nur das Gespräch mit Navarro. Er war ein Mensch, der am liebsten über alles und jeden spottete, sich selbst eingeschlossen.

Sie war froh, als sie alle offiziellen Veranstaltungen durchgestanden hatte und Ekaterin zusammen mit Alena und Tjeri verlassen konnte. Sie hatte mal wieder eine Weile genug von der Stadt der Farben.

Die Rückreise nach Gilmor dauerte mehrere Tage. Und das war vielleicht auch ganz gut so – bis dahin hatte Alena Zeit, sich von Kerriks Abschied zu erholen. Rena war froh, dass sie sich nicht in Alena getäuscht hatte. Sie und Tavian sind sich ähnlich, dachte sie. Sie haben nicht nur den Mut, sich einem Kampf zu stellen. Sondern, was unendlich viel wichtiger ist, den Mut, das Richtige zu tun, auch wenn es weh tut.

Als sie in Gilmor ankamen, hatte sich Tavian schon wieder so weit erholt, dass er sie an der Tür der Schmiede begrüßen konnte. Erleichtert schlossen sich Alena und er in die Arme. »Du hast tatsächlich Cano besiegt? Ich kann's noch gar nicht glauben! Deine Mutter wäre stolz auf dich. Beim Feuergeist, ich bin froh, dass du noch lebst.«

»Ich auch – es war ganz schön knapp«, erzählte Alena. »Vorher hat er mir angeboten seine rechte Hand zu werden, wie du damals, kannst du dir das vorstellen?«

Lächelnd beobachtete Rena die Begrüßung. Doch bei aller Freude bemerkte sie, dass Tavian vermied, Alenas fehlendes Gildenamulett und das Smaragdschwert – das sie nun ganz offen trug – anzusprechen. Eigentlich hätte Alena als Ausgestoßene nicht mal nach Gilmor zurückkehren dürfen, streng genommen hatte sie seit dem Kampf um den Palast der Trauer ein halbes Dutzend Gildengesetze gebrochen. Rena beschloss so bald wie möglich mit Tavian darüber zu reden.

Die Gelegenheit kam schon bald darauf, als Alena mit ihrem Gepäck in ihr Zimmer verschwand.

»Und, wie bist du mit ihr klargekommen?«, fragte Tavian.

»Gut«, sagte Rena und sah ihm direkt in die Augen. »Ohne sie wären wir jetzt nicht hier. Wirf ihr nicht vor, dass sie sich mit der Gilde angelegt hat. Es musste sein. Außerdem hat sie genug gelitten deswegen.«

Tavian nickte langsam. »Wahrscheinlich hast du recht. Aber ich denke an ihre Zukunft. Wie schwer das Leben jetzt für sie sein wird ohne die Gilde. Es ist ein schreckliches Schicksal. Ich wünschte, ihr wäre das erspart geblieben.«

»Das wünschte ich auch«, erwiderte Rena leise. »Umso wichtiger ist, dass sie jetzt alles erfährt. Ich finde, das hat sie verdient. Du hättest es ihr schon viel früher sagen sollen.«

Tavian wusste sofort, wovon sie sprach. »Es ist ein Geheimnis, das nicht uns gehört.«

»Ja«, mischte sich Tjeri ein. »Aber was für einen Sinn hat es, wenn wir es ins Grab mitnehmen? Alena wird das Schwert weiter tragen, die Steine bleiben in der Welt der Menschen. Sie muss wissen, was es damit auf sich hat.«

»Außerdem muss sie endlich erfahren, wie ihre Mutter gestorben ist«, drängte Rena.

»Ja, das finde ich auch«, sagte eine Stimme. Alena lehnte im Türrahmen und beobachtete sie mit undurchdringlichem Gesichtsausdruck. Rena fühlte sich ertappt.

Tavian seufzte. »Na gut. Setz dich.«

Das Kochfeuer erhellte den Raum mit seinem warmen orangefarbenen Licht. Rena räusperte sich und begann zu erzählen. Von vier Menschen und einem jungen Storchenmenschen, die helfen wollten, den Frieden in Daresh wiederherzustellen. Wie sie erfahren hatten, dass die Halbmenschen einen Herrscher hatten, der irgendetwas mit der ganzen Sache zu tun hatte. Wie sie im Seenland nach diesem Herrscher – dem Me'ru – gesucht hatten um endlich die Wahrheit zu erfahren. »Wir fanden ihn an einem magischen Ort, dem Smaragdgarten«, sagte Rena schließlich. Ihre Kehle war trocken vom Erzählen, und die Erinnerung tat weh. »Dort lebt der Me'ru inmitten von Edelsteinen, die in diesem Garten wachsen; er ernährt sich von ihnen, und sie machen ihn unsterblich. Es ist ein Ort, der dem Erdgeist gehört, aber auch dem Feuergeist, dem Geist der Seen und dem Nordwind. Er ist die Seele von Daresh. Aber das darf nie jemand erfahren, weil dieser Ort sonst zerstört werden würde. Kein Mensch darf wissen, dass es ein Wesen wie den Me'ru gibt.«

Sie sah, Alena begriff allmählich, was das alles mit ihr zu tun hatte. Rena war ihr dankbar dafür, dass sie sie nicht unterbrach. Es war schwer genug, überhaupt darüber zu sprechen. »Verräter sind uns gefolgt, und wir mussten den Smaragdgarten und den Me'ru mit unserem Leben verteidigen«, fuhr sie fort. »Wir hatten schon gesiegt, als einer der Verräter Alix mit einem vergifteten Dolch getroffen hat. Immerhin hat er deine Mutter nicht lange überlebt.«

Alena starrte sie an. »Ihr wart alle dabei.«

»Ja. Wir drei – dein Vater, ich und Tjeri. Ich war damals erst achtzehn Winter alt.«

»Ihr durftet Steine aus dem Smaragdgarten mitnehmen, oder? Die an meinem Schwert sind auch von dort?«

»Alix hat sie vor ihrem Tod für dich ausgesucht«, erzählte Tavian, und seine goldgefleckten Augen waren dunkel vor Schmerz.

»Jetzt ist mir alles klar«, sagte Alena langsam. »Es ist ein Schwert, das lebt. Es kann kämpfen, will aber auch den Frieden, weil es nicht nur den Feuergeist, sondern auch ein Stück des Erdgeists in sich trägt. Habe ich das richtig kapiert?«

»Ich wusste nicht, dass die Kristalle das Schwert so stark beeinflussen würden«, verteidigte sich Tavian. »Wenn du es wirklich willst, mache ich dir ein anderes.«

»Zu spät – wir haben schon Freundschaft geschlossen«, sagte Alena und legte die Hand auf den Griff mit den grünen Steinen. »Was ist, macht es mich auch unsterblich?«

»Dazu müsstest du die Smaragde schon essen«, meinte Rena und musste trotz allem lachen.

Als Alena allein in ihrem Zimmer war, machte sie kein Licht. Im Dunkeln ließ sie die Fingerspitzen über das Gedicht auf der Klinge ihres Schwertes gleiten. Jetzt wusste sie also, worum es darin ging. Es war das, was ihr Vater gefühlt hatte, als er mit Rena und den anderen im Smaragdgarten gestanden hatte. Als Alix dort gestorben war.

Alena deckte sich mit dem alten Umhang ihrer Mutter zu und berührte den großen Smaragd im Schwertgriff. Sie fühlte sich ihrer Mutter sehr nah, im Einklang mit ihr. Wenn ich noch mal von ihr träume, rede ich mit ihr, sagte sie sich.

Ein ungeduldiges Scharren an der Außenwand der Schmiede ließ sie aufhorchen. Ein Wühler – für sie! Mit einer gemurmelten Formel zündete Alena eine Kerze an und ging nach draußen, um dem Tier seine Nachricht abzunehmen. Sie sah sofort, dass sie vom Rat kam. Alena seufzte. Mit einer Botschaft vom Rat hatte alles angefangen. Und was schrieben die Burschen diesmal?!

Als Alena die wenigen förmlichen Worte las, schien die Schrift vor ihren Augen zu flimmern.

Alena ke Tassos,
der Hohe Rat hat entschieden, dich trotz deines Verstoßes gegen das Gildenrecht noch einmal zur Prüfung zuzulassen; du bekommst einen Prüftag in der nächsten Woche. Bestehst du, wirst du wieder in die Feuergilde aufgenommen und erwirbst gleichzeitig deinen Meistergrad.
Navarro ke Tassos

Rena klopfte kurz an, und als Alena »Komm rein« rief, betrat sie Alenas Zimmer. »Was schreiben sie?«, fragte sie beunruhigt.

»Ich darf noch mal im Turm des Rates antreten – nächste Woche schon!« Alena konnte es noch gar nicht richtig glauben. »Navarro hat es zwar nicht extra erwähnt, aber ich glaube, das ist meine allerletzte Chance.«

»Wirst du's tun?«

Alena überlegte. Trotz ihrer Sprüche damals, nach der verpatzten Prüfung, fürchtete und hasste sie das Leben als Gildenlose. Ihr Element war und blieb das Feuer. Das einzige Risiko bei der Sache war, dass der Rat vielleicht versuchen würde ihr das Smaragdschwert wegzunehmen. Noch war es nicht völlig auf sie geprägt, die Zeit in Ekaterin war zu kurz gewesen. Beinahe wäre die Prägephase abgebrochen worden, als ihr Cano das Schwert im Palast der Trauer abgenommen hatte – zum Glück hatte sie es sich gerade noch rechtzeitig zurückgeholt.

Alena gab sich einen Ruck. »Ich mach's.«

Ein paar Tage später war es so weit, sie war zurück im Turm des Gildenrats. Diesmal warteten ein Zeuge und ein Prüfer im Großen Saal auf sie – wahrscheinlich war das bei Wiederholungsprüfungen so üblich. Es war ein unheimliches Gefühl, wieder vor Aron zu stehen, dem Hohen Rat mit dem düsteren Gesicht. Streng blickte er Alena an. »Ruf mir ein Kaltes Feuer.«

Verblüfft starrte Alena ihn an. Das war eine schwierige Aufgabe, und gefährlich. Woher wusste er überhaupt, dass sie so etwas konnte? Eigentlich durften Jugendliche solche Feuerarten nicht benutzen. War das ein Test? Vielleicht wollte er prüfen, ob sie sich an die Regeln hielt. Sollte sie seinen Befehl ablehnen? Oder behaupten, sie wisse nicht, wie das gehe?

Der Feuermeister vor ihr verriet nichts von dem, was er dachte. Alena entschied sich, das Risiko einzugehen. Aber nicht einfach so, sondern mit mustergültigen Vorsichtsmaßnahmen.

»Bitte geht zehn Schritte zurück«, bat sie Aron und den Zeugen. Mit einem Stück Kohle zeichnete sie einen Kreis auf den Boden, in dem sie die Flamme rufen würde. Dann erst schloss sie die Augen, konzentrierte sich und murmelte die Formel. Immer höher und höher musste Alena die Energie peitschen, bis sie die Zündung spürte. Als sie die Augen öffnete, brannte vor ihr die unheimliche silbrig grüne Flamme des Kalten Feuers. Handtellergroß nur, aber immerhin – es hatte geklappt! Sie hielt sie einen Atemzug lang, zwei, biss sich auf die Lippen vor Anstrengung. Dann nickte Aron, und sie ließ das Feuer niederbrennen.

»Tavian hat mir erzählt, dass er es dich gelehrt hat«, sagte Aron. »Ich wollte mich davon überzeugen, dass du weißt, wie man damit umgeht.«

Und er wollte sehen, ob ich ihn anlüge, dachte Alena.

Als Nächstes war die Schmiedeprüfung dran. Sie bekam den Auftrag, eine kleine Sichelklinge anzufertigen. Auch das war schwierig, weit schwieriger als eine Lanzenspitze. Alena fachte das Schmiedefeuer an und begann mit der Arbeit, versuchte zu vergessen, dass ihr zwei Männer kritisch dabei zuschauten. Sie hoffte, man merkte ihr nicht an, wie nervös sie war.

Ist ganz gut gelungen, dachte sie zufrieden, als sie Aron die fertig geschmiedete Klinge mit einer Zange entgegenhielt. Doch ihr Prüfer runzelte die Stirn. »Das hat deine Mutter besser gemacht.«

Ein Strudel von Gefühlen wirbelte in Alena. Doch dann schaute sie auf und blickte in das erwartungsvolle Gesicht des Zeugen. Ihr wurde klar: Das war Absicht. Sie wollen sehen, wie du auf Provokationen reagierst. Ob du wieder die Fassung verlierst.

Auf einmal kostete es Alena keine Mühe mehr, gelassen zu bleiben. »Meine Mutter war eine Meisterin vierten Grades, Meister Aron«, sagte sie. »Ich hoffe, eines Tages so gut zu werden wie sie. Aber das wird noch eine Weile dauern.«

Ihre Nervosität war weg. Auf einmal hatte sie das Gefühl, alles schaffen zu können. Als Aron nun selbst seine Klinge zog um sie im Schwertkampf zu prüfen, fuhr das Smaragdschwert fast von selbst in ihre Hand. Es fühlte sich an wie eine Verlängerung ihres Arms. Es ist auf mich geprägt, schoss es Alena durch den Kopf, und eine Welle des Glücks durchflutete sie. Wir sind eins. Nichts kann uns mehr trennen!

Als sie schließlich die Schwerter sinken ließen, blickte Aron sie lange an. »Du hast dich verändert.«

»Ja, das habe ich.« Alena erwiderte seinen Blick ruhig und fest.

»Meinen Glückwunsch«, sagte Aron, und es war das erste Mal, dass sie ihn lächeln sah. Er öffnete die Faust. In seiner Handfläche lag ein neues Gildenamulett. Eins, das sie als Meisterin auswies.

Rena und Tjeri umarmten sie zum Abschied. In Alenas Kehle war ein großer Kloß.

»Pass gut auf dich auf«, sagte Rena, und ihre Augen glänzten ganz eigenartig dabei.

»… und falls du mal Lust auf ein erfrischendes Bad in einem See hast, schau einfach bei uns vorbei«, sagte Tjeri mit einem unschuldigen Blick. Alena schüttelte sich beim Gedanken an so viel Wasser, und schnell fügte Tjeri hinzu: »Nein, jetzt mal im Ernst. Wenn du mal irgendwas brauchst, dann schick einen Wühler. Dann kriegst du ganz viele überflüssige Ratschläge und je nach Dringlichkeit umgehend Besuch.«

»Das gilt umgekehrt auch«, sagte Alena. Es gab schließlich Situationen, in denen man eine Meisterin der Feuergilde ganz gut gebrauchen konnte. Auch wenn sie erst sechzehn war.

Sie half Rena und Tjeri, ihr Gepäck auf das Dhatla zu hieven, und blickte ihnen nach, als sie davonritten. In Gedanken versunken machte sich Alena auf den Weg zu Ralissa, um sich bei ihr neuen Kleiderstoff zu holen. In Ekaterin hatte sie drei Hemden und ihre gute Tracht ruiniert, nach dem Kampf im Palast der Trauer taugten die Sachen nicht mal mehr als Putzlumpen.

Auf dem Dorfplatz lungerten Zarko und seine Gefährten herum. Sie beobachteten Alena mit großen Augen, trauten sich aber nicht näher heran. Haben die etwa Angst vor mir?, fragte sich Alena und musste lächeln. Vorher haben sie mich gehasst, jetzt bin ich ihnen nicht geheuer. Soll mir recht sein, dann lassen sie mich wenigstens in Ruhe.

Zum Spaß nickte sie ihnen freundlich zu, dann ging sie weiter. Wieso waren eigentlich Kilian und Jelica nicht bei Zarko und seinen Leuten?, überlegte sie. Aber sie vergaß die beiden schnell wieder und dachte darüber nach, was sie sich aus dem neuen Stoff schneidern würde.

Auf halbem Weg zu Ralissa spürte sie, dass jemand in der Nähe war, und hob den Kopf. Es waren Kilian und Jelica. Wachsam straffte sich Alena. Aber die beiden schienen ihr nicht feindlich gesonnen zu sein, sie winkten.

»Du hast bestanden, oder?«, fragte Jelica neugierig.

Hat sich mal wieder schnell rumgesprochen, dachte Alena. »Ja«, meinte sie. »Es ist nur ein bisschen schade, dass ich nicht mit euch und allen anderen zusammen Prüfung gemacht habe. Dann hätten wir jedes Jahr am gleichen Tag feiern können.«

»Können wir ja trotzdem machen«, sagte Kilian. »Dann feierst du eben zweimal Prüftag.«

»Klingt gut«, sagte Alena und hatte spontan eine Idee. »Apropos feiern – habt ihr Lust, heute Abend in den Phönixwald zu gehen? Mal schauen, ob ich irgendwo einen Krug Polliak herbekomme.«

»Klar«, antwortete Jelica und schaute sich schnell um. »Ich könnte ein bisschen Beljas mitbringen.«

»Ich würde auf jeden Fall gerne hören, wie du den Heiler vom Berge besiegt hast«, erklärte Kilian. »In welchem Stil hat er gekämpft?«

»Jedenfalls in einem besseren als ich«, gestand Alena. »Ich lag schon mit der Nase im Dreck und dachte, jetzt bin ich jeden Moment hinüber, als der Palast der Trauer Cano erledigt hat.«

Jelica blickte sie seltsam an, lachte dann. »He, sag mal, was genau haben sie da in Ekaterin mit dir gemacht?«

»Wieso?«, fragte Alena verdutzt.

Kilian und Jelica sahen sich an, zögerten. Schließlich meinte Jelica grinsend: »Na ja, früher konnte man nicht so richtig mit dir reden. Du warst ziemlich hochnäsig, wenn ich ehrlich bin.«

»Oh«, sagte Alena und fühlte, wie ihr Gesicht rot anlief wie ein Stück Metall im Schmiedefeuer.

»Aber ist ja auch egal.« Jelica winkte ab. »Auf der Lichtung, Aufgang zweiter Mond?«

»Bis dann!«, sagte Alena und fühlte sich ganz eigenartig froh und leicht, als sie den Weg in Richtung Dorf ging.

Anhang

Liste der wichtigsten Personen

Alena ke Tassos	*Sechzehn Winter alt, Feuergilde. Kämpft hervorragend, hat sich in ihrem Dorf aber schon reichlich unbeliebt gemacht.*
Cchraskar	*Alenas bester Freund, ein Iltismensch mit großer Klappe und scharfen Zähnen.*
Rena ke Alaak	*Zweiunddreißig Winter alt, Erdgilde, seit ihrer großen Friedensreise eine bekannte Vermittlerin. Klein und klug.*
Tjeri ke Vanamee	*Renas Gefährte aus der Wassergilde, Sucher von Beruf. Sehr beliebt bei Tieren und Halbmenschen.*
Kerrik ke Alaak	*Fünfundzwanzig Winter alt, Erdgilde. Ehemaliger Dschungeljunge, inzwischen ein ganzer Kerl.*
Cano ke Tassos	*Manche kennen ihn als »Heiler vom Berge«, andere als den ehemaligen »Propheten des Phönix« – für manche ist er ein Idol, für andere der gefährlichste Mensch Dareshs.*

Erdgilde	*(Provinz Alaak)*
Lilas	*Nett, hübsch, reich und zu Alenas Bedauern Kerriks Freundin.*
Yorkan	*Stadtkommandant von Ekaterin, Lilas' Vater.*

Feuergilde	*(Provinz Tassos)*
Tavian	*Alenas Vater. Berühmter Waffenschmied, Schwertkämpfer und Dichter, ehemalige rechte Hand des Propheten des Phönix.*
Alix	*Alenas Mutter. Legendäre Schwertkämpferin, seit vierzehn Wintern tot. Renas ehemalige beste Freundin.*
Marvy	*Schüchterne, aber raffinierte Außenseiterin unter den Jugendlichen von Gilmor.*
Aron	*Ratsmitglied in der Felsenburg und Alenas Prüfer. Ein alter Freund ihrer Mutter.*
Kilian	*Jelicas Bruder. Findet Alena eigentlich ganz sympathisch.*
Jelica	*Kilians Schwester. Hat ihren eigenen Kopf und ist trotzdem beliebt.*
Zarko	*Anführer der Jugendlichen in Gilmor, zu seinem Kummer blond und Sohn eines Erzschmelzers.*

Rayka, Olkie, Doral	*Zarkos Getreue.*
Ralissa	*Mehr oder weniger Tavians neue Gefährtin.*
Dozek	*Uralter Kauz, der in Gilmor Schwertscheiden fertigt.*
Palek	*Hat den Eisdämon als Erster gesehen – und erzählt seither in Gasthäusern davon.*
Kyria	*Meisterin in Gilmor. Auch mit ihr hat es sich Alena verdorben.*
Lexos, genannt Lex	*Schmied mit sanfter Stimme und teurem Schwert. Hat sich von Cano begeistern lassen.*
Navarro	*Vertrauenswürdiger Feuergildenmeister auf der Durchreise in Ekaterin. Ist stolz auf sein langes Haar und seinen Umhang aus Dhatla-Leder.*
Zojup	*Niederer Beamter, der im Gildenhaus von Ekaterin arbeitet.*
Luftgilde	*(Provinz Nerada)*
Coryn	*Meisterhändler, der es sogar schafft, einem Iltismenschen ein Paar Schuhe anzudrehen.*
Siri Jarys	*Eine von Dareshs berühmtesten Dichterinnen.*

Vinja	*Kann gut mit ihrer Armbrust umgehen, was Rena beinahe zum Verhängnis wird.*
Wassergilde	*(Provinz Vanamee)*
Dagua ke Vanamee	*Weises und lustiges Mitglied des Rates. Inzwischen mehr als siebzig Winter alt. Ehemaliger Reisegefährte von Alix und Rena.*
Ujuna	*Ratsmitglied in der Felsenburg.*
Ulika	*Keldos Frau, hat das Massaker vom Roten See nicht überlebt.*
Niri, Ro und Elai	*Keldos Kinder – längst tot, aber immer bei ihm.*
Gildenlose	
Keldo	*Canos Erzfeind. Ein Mann mit vielen Geheimnissen.*
Jorak	*Kerriks Kompagnon. Schlau und daran gewöhnt, sich durchzuschlagen.*
Neike	*Bewohnerin des Schwarzen Bezirks, die für ihre Auskunft ein unerwartetes Geschenk bekommt.*
Der alte Gildenlose	*Durfte seine Fehler in Socorro bereuen und gibt Alena wertvolle Hinweise.*

Die Regentin	*Herrscht gemeinsam mit dem Rat der vier Gilden über Daresh wie die vielen Regentinnen vor ihr.*
Moriann	*Die Tochter einer früheren Regentin – hat sich durch ihre besonderen Fähigkeiten in eine schwierige Situation gebracht.*

Dank

Dieses Buch ist meiner Schwester gewidmet, an die ich beim Schreiben von *Feuerblüte* so oft gedacht habe, und die wie Alena ein ungewöhnlicher Mensch ist. Danke, Sonny!

Danken möchte ich aber auch Isabel Abedi für ihre Begeisterung und die vielen rettenden Mails aus Hamburg; Christian Münker für seine Geduld; Edith Wiegel für den Spaß, den wir dabei hatten, über unsere Welten zu reden und Daniel Westermayr für sein Feedback aus der Sicht des Fantasy-Kenners.

Es ist so schön, dass nun eine neue Generation von Leser*innen Alenas Weg mit ihr gehen kann. Dafür geht ein großes Dankeschön an Julia Röhlig! Charlotte Hütten danke ich für ihr einfühlsames Lektorat und Markus Weber für das tolle Design von Alenas Schwert. Auch bei diesem Projekt haben mich Gerd F. Rumler und Martina Kuscheck von der Agentur Rumler wunderbar betreut – danke!

FEUERBLÜTE

Stadt der Wolkentrinker

Band 2

LESEPROBE

ISBN 978-3-7373-4357-2

Im Buchhandel erhältlich ab Frühjahr 2024!

Du bleibst hier – ich möchte nicht, dass du gegen diese Biester kämpfst. Immer wieder echote es in ihrem Kopf. Alena spürte, wie Wut auf ihren Vater in ihr hochbrodelte. Wie hatte er so was sagen können? Wieso hatte er sie nicht mal gefragt, was sie tun wollte? Die paar Atemzüge dafür hätte er sich nehmen können! Er hatte ihr einfach seine Wünsche aufgedrückt. Bedeutete es gar nichts, dass sie Meisterin war und damit ganz offiziell erwachsen?

Ich verlasse mich auf dich, Alena!

Alena verschränkte die Arme hinter dem Kopf und starrte an die schräge metallene Decke ihres Zimmers. Sie tastete sich an den Gedanken heran, wie es wäre, über die Grenze zu gehen und einfach weiterzuziehen, das Land dahinter zu erkunden. Hinein ins Unbekannte. Dinge sehen, die noch nie jemand gesehen hatte. Durch Gegenden reisen, in denen seit Tausenden von Wintern kein Bewohner Dareshs mehr gewesen war. Es würde gefährlich werden, selbst für eine Schwertkämpferin wie sie und mit einem Begleiter wie Cchraskar. Würde sie das schaffen, ging das überhaupt? Was war, wenn sie drüben in Schwierigkeiten geriet? Dann könnte niemand ihr helfen, und niemand würde je erfahren, was mit ihr geschehen war …

Sie nahm einen Schluck Cayoral direkt aus der Kanne, die ihr Vater am Nachmittag aufgebrüht hatte. Dabei verschüttete sie ein paar Tropfen, und erschrocken sah sie, dass ihre Hände zitterten.

Du hast Angst, wurde es Alena klar. Und trotzdem willst

du dorthin. Unbedingt. Was ist eigentlich mit dir los? Alle werden dich für verrückt halten. Und Pa wird schrecklich wütend auf dich sein.

Du bleibst hier – ich möchte nicht, dass du gegen diese Biester kämpfst.

Immerhin: Davon, dass ich nicht über die Grenze gehen soll, hat er nichts gesagt, dachte Alena trotzig. Außerdem habe ich nichts versprochen. Er hat mich nicht gefragt, und ich habe nicht ja gesagt.

Sie brauchte jemanden, der ihr einen Rat geben konnte. Vielleicht war dieser Jemand nicht einmal ein lebendes Wesen. Nachdenklich zog Alena ihr Schwert. Ob es ihr noch einmal einen Traum schicken konnte? Sie strich mit den Fingern über den großen Smaragd, der im Griff eingebettet war. Bei ihrem Kampf gegen den Weißen Panther hatte ihr Schwert ihr durch Träume geholfen, ihr einen Weg gezeigt, wie sie mit dem Dämon fertig werden konnte …

Alena legte die Hand um den Ledergriff ihres Schwerts und zwang sich, alle Gedanken aus ihrem Kopf zu verbannen, zur Ruhe zu kommen. Sie musste einschlafen! Doch die Nachricht vom Fall der Grenze, die Aufregung, ließ sich nicht so leicht verdrängen. Es schien ewig zu dauern, bis ihre Augenlider schwer wurden, bis sie es schaffte, wegzudämmern …

Wirbelnder Nebel. Alena sieht kaum die Hand vor dem Gesicht. Nervös bleibt sie stehen, blickt sich um, versucht im weißen Nirgendwo etwas zu erkennen. Schritt für Schritt wagt sie sich hinein ins Unbekannte. Doch auf einmal kann sie es kaum mehr erwarten, anzukommen. Freude durchpulst sie. Sie beginnt zu rennen, obwohl sie nicht sieht wohin. Der Nebel lichtet sich etwas, gerade genug, dass Alena eine eigenartige Landschaft dahinter erahnen kann, und eine schlanke Gestalt, die sich gegen den hellen Himmel abzeichnet …

Mit einem Ruck erwachte Alena. Der Cayoral, den sie vorhin verschüttet hatte, war noch nicht getrocknet; sie konnte kaum mehr als ein paar Momente geschlafen haben. Langsam löste sie die Finger vom Griff ihres Smaragdschwerts. Ein Echo der Freude, die sie vorhin gespürt hatte, kehrte zurück, als sie an den Traum dachte. Jetzt war sie sicher, dass sie jenseits der Grenze etwas Wunderbares finden konnte. Etwas, das ihr Leben verändern würde.

Sie musste aufbrechen – sobald wie möglich.

Doch ein nagendes schlechtes Gefühl in ihrem Inneren blieb. Es fühlte sich nicht gut an, einfach so zu gehen. Sie wünschte, sie hätte sich richtig von ihrem Vater verabschieden können. Ich brauche mal wieder ein Ritual, dachte Alena. Ein Abschiedsritual. Aber nicht jetzt. Kurz bevor ich gehe.

Sie begann die Sachen zusammenzusuchen, die sie für die Reise brauchte. Auch als sie hörte, wie jemand die Pyramide betrat, Schritte im Gang wahrnahm, packte sie weiter. Sie wusste längst, wer das war. Jelicas Schritte waren leichtfüßig und übermütig, Kilians ein wenig schüchtern, gleichmäßig. Alena wandte sich erst um, als sie Jelicas Stimme hörte.

»Du gehst also trotzdem.« Jelica lehnte im Türrahmen. »Überrascht mich ehrlich gesagt nicht. Aber was ist mit den Schwertern, die du fertig schmieden sollst?«

Alena ließ sich nicht beim Packen stören. Eine zweite Tunika zum Wechseln, Schleifstein, Verbandszeug – jetzt brauchte sie nur noch Proviant. »Ich arbeite heute die Nacht durch. Meinetwegen auch noch den ganzen Tag morgen. Aber dann mache ich mich auf den Weg.«

»Allein? Zu Fuß?« Kilian sah beeindruckt, aber auch ein bisschen besorgt aus. Er hockte sich auf eine Werkbank und stützte sich mit den Armen nach hinten ab.

»Nicht allein«, sagte Alena, hob den Kopf und sog die Luft ein. Sie musste lächeln. Es war nicht schwer zu merken, dass ihr bester Freund in der Nähe war, dazu roch er zu stark nach Raubtier. »Cchraskar, ich finde es ganz schön albern, dass du dich versteckst!«

»Vorrsicht ist bessser als blaue Fleccken, Feuerblüte.« Das haarige Gesicht des Iltismenschen lugte hinter der Tür hervor. Als Cchraskar grinste, kamen seine Fangzähne prächtig zur Geltung. »Die mögen micch nicht hier im Dorrf.«

»Warum hast du Meister Palek auch den Torquil-Braten geklaut, den er zum Dörren rausgehängt hatte?« Alena schüttelte den Kopf. »Das war nicht gerade schlau! Er konnte sich denken, wer's war.«

Kilian und Jelica beobachteten Alenas besten Freund mit großen Augen. Obwohl sie Cchraskar schon ein paarmal gesehen hatten, faszinierte er sie noch immer. Man sah nicht oft Halbmenschen in den Siedlungen, meistens blieben sie unter sich und scherten sich nicht um die »Dörflinge« – denen sie Spitznamen gaben, die oft weniger schmeichelhaft waren als Alenas Name »Feuerblüte«.

»Habt ihr gefragt, ob ihr mitkommen dürft?«, fragte Alena die Geschwister.

Kilian blickte zur Seite, sein Mund war verkniffen. »Ja. Keine Chance, wie ich's mir schon gedacht habe.«

»Schade«, meinte Alena und versuchte, nicht zu zeigen, wie enttäuscht sie war. Es wäre eine nette Abwechslung gewesen, menschliche Gesellschaft zu haben.

Jelica blickte sie neugierig an. »Was genau hast du vor? Wirst du mitkämpfen?«

»Nein.« Alena zurrte den Ledergurt um ihr Gepäck fest. »Nur wenn mir eins von den Viechern über den Weg läuft. Eigentlich will ich über die Grenze. Dass einer der Türme zusammengebrochen ist, ist eine Chance, wie es sie nur einmal im Leben gibt. Ja, ich weiß, das ist irgendwie egoistisch. Alle anderen verteidigen Daresh, nur ich nicht. Aber ich *muss* es einfach tun.«

»Suchst du nach dem Schatz?« Kilian sah sehnsüchtig aus.

»Vielleicht – wenn ich gerade Zeit habe«, antwortete Alena. Der Schatz war ihr nicht besonders wichtig. Tavian und sie waren nicht arm. Wozu sollten sie noch mehr Besitz horten? Alena hatte kein Interesse daran, in einem Palast zu leben oder ein eigenes Dhatla zu reiten. Nur dass man sich in Atakán angeblich Liebesglück herbeiwürfeln konnte, klang interessant. Sie musste wieder an Kerrik denken, an sein sonnenfarbenes Haar und seine ruhige Kraft. Vergiss es, dachte sie streng. Vergiss ihn endlich, Rostfraß und Asche!

»Ach verdammt«, rief Kilian. »Ich komme mit!«

Jelica fuhr herum. »Ich glaube, der Gedanke an diese dreimal verfluchten Würfel von Atakán hat dir das Hirn geröstet!«

»Es geht mir nicht nur um den Schatz.« Kilian blickte ärgerlich und ein wenig schuldbewusst drein. »Diese Biester einfach an der Grenze zurückzuschlagen reicht nicht. Wir sollten herausfinden, wo sie herkommen und ob dort drüben vielleicht noch Schlimmeres lauert. Ich wette, sie werden uns noch dankbar sein dafür, dass wir uns nach drüben gewagt haben!«

Gute Idee, dachte Alena anerkennend. Die muss ich mir merken, falls irgendjemand auf die Idee kommt, mir Vorwürfe zu machen.

Doch Jelica schienen Kilians Worte eher noch wütender zu machen. Sie stieß sich vom Türrahmen ab und blitzte ihren Bruder an. »Und was ist, wenn sie den Turm reparieren, bevor ihr zurückkommt?«

»Das werden sie nicht so bald hinkriegen«, sagte Alena und entschuldigte sich in Gedanken bei ihrem Vater dafür.

»Keine Sorge, ich passe sccchon auf sie auf«, behauptete Cchraskar und sträubte wichtigtuerisch sein Fell, so dass er viel größer wirkte, als er war.

»Na gut«, meinte Jelica plötzlich. »Ich komme auch mit.«

Alena war verblüfft. Doch als sie sah, wie Jelica Kilian anblickte, begriff sie. Sie brachte es nicht fertig, ihren Bruder allein gehen zu lassen. Ihren kleinen Bruder, der inzwischen größer war als sie.

Wie es weitergeht erfährst du im
zweiten Band von *»Feuerblüte«*.
Im Buchhandel erhältlich ab Frühjahr 2024!

Hedderichstr. 114, D-60596 Frankfurt am Main
ISBN 978-3-7373-4357-2

DARESH
Mond-Orakel
Larkness
Schwarzes Nest
Felsenburg
VANAMEE
Irawai
Phöni
Constanta Pavonis
Yamal
Carradan
TA
See des Gildenrates
Purpurfelsen
Roruk
Uskali
Colaris
JENSEITS DER SCHATTENTORE